KARL OLSBERG

# MIRROR



atb aufbau taschenbuch

KARL OLSBERG promovierte über Anwendungen Künstlicher Intelligenz. Er war Unternehmensberater, Marketingdirektor eines TV-Senders, Geschäftsführer und erfolgreicher Gründer mehrerer Start-ups. Heute arbeitet er als Schriftsteller und Unternehmer und lebt mit seiner Familie in Hamburg.

Bislang erschienen im Aufbau Taschenbuch seine Thriller »Das System«, »Der Duft«, »Schwarzer Regen«, »Glanz« sowie »Die achte Offenbarung«.

Mehr vom und zum Autor unter www.karlolsberg.de

Die Journalistin Freya recherchiert in der Ukraine, als sie feststellt, dass sich ihr Mirror seltsam verhält. Das Gerät sollte sie mit Wissen ausstatten, ihr Leben verbessern – und sie glücklich machen. Sie fragt sich jedoch, ob es nicht auch eigene Emotionen entwickeln kann. Schnell findet Freya heraus, dass andere Nutzer ähnliche Beobachtungen mit ihren Mirrors gemacht haben. Sie versucht, mit dem Hacker Linus dieser Fehlfunktion auf den Grund zu gehen, und steht bald vor einer Gefahr unvorstellbaren Ausmaßes.

KARL OLSBERG

# MIRROR

THRILLER

atb aufbau taschenbuch

MIX
Papier aus verantwortungsvollen Quellen
FSC® C083411

ISBN 978-3-7466-3234-6

Aufbau Taschenbuch ist eine Marke
der Aufbau Verlag GmbH & Co. KG

1. Auflage 2016

Umschlaggestaltung und Motiv © www.buerosued.de, München
Gesetzt in der Whitman durch die LVD GmbH, Berlin
Druck und Binden CPI books GmbH, Leck, Germany
Printed in Germany

www.aufbau-verlag.de

Ein wahrer Freund ist
wie ein zweites Ich.
*Marcus Tullius Cicero*

Für Carolin,
mein zweites Ich

# PROLOG

Carl Poulson saß entspannt am Steuer seines Tesla und las ein Buch, während er vorschriftsgemäß mit nicht mehr als fünfundfünfzig Meilen pro Stunde den Highway 101 Richtung Norden entlangfuhr. Die Golden Gate Bridge hatte er kurz zuvor überquert, ohne den grandiosen Ausblick zu beachten. Zu oft hatte er die Strecke von seinem Luxusapartment in San Francisco bis zu dem kleinen, immer etwas heruntergekommen wirkenden Bungalow seines Vaters schon zurückgelegt. Außerdem hatte er Dad versprochen, *Eine Welt zu viel* zu lesen – immerhin war es ihm gewidmet –, und wollte vor seinem Besuch wenigstens wissen, worum es überhaupt ging. Irgendeine wirre Science-Fiction-Geschichte über einen einsamen Helden, der quer durch verschiedene absurde Paralleluniversen seiner großen Liebe nachjagte und dabei eine Menge erotischer Abenteuer, teils recht freizügig beschrieben, erlebte, so viel hatte er beim Querlesen herausgefunden. Kein Verlag hatte seine Bücher drucken wollen, also gab Dad sie im Selbstverlag heraus. Geld brachte das kaum, aber seit er Ende der Neunziger Internetaktien gekauft und sie rechtzeitig vor dem großen Crash wieder abgestoßen hatte, war sein Ruhestand finanziell abgesichert, und mit dem Schreiben auch noch so wirrer Romane konnte er seine Tage wenigstens halbwegs sinnvoll füllen.

»Schundliteratur« hatte Mom diese Schreibprojekte halb scherzhaft, halb ernst gemeint genannt, bevor sie vor drei Jahren viel zu früh gestorben war. Brustkrebs. An so was starb man doch heute nicht mehr! Hätte sie sich nicht immer geweigert, zu den Vorsorgeuntersuchungen zu gehen, würde sie jetzt noch leben. Dass ein Mensch so sorglos und unaufmerksam mit seinem Körper umging, war eines der vielen Dinge, die Carl ändern wollte.

»Du hast eine Kurznachricht von Alan Poulson erhalten«, sagte eine freundliche, wohl modulierte Männerstimme, die seiner eigenen nachempfunden war und sowohl aus dem kleinen Kommunikationsgerät kam, das an seinem Ohr klemmte, als auch aus den Lautsprechern des Wagens. Man hörte ihr kaum an, dass sie künstlich war.

Das war der Name seines Vaters. Carls Mirror hatte die Verwandtschaftsbeziehung irgendwie noch nicht richtig abgebildet. Er würde Eric, den Technikchef, bitten, sich das anzusehen.

»Hat er wieder mal Dringendes zu tun und keine Zeit für meinen Besuch?« Es war mehr ein Test als eine ernstgemeinte Frage, viel zu komplex, als dass die künstliche Intelligenz seines Mirrors sie hätte korrekt interpretieren und sinnvoll beantworten können.

»Soll ich die Nachricht vorlesen?«, fragte der Mirror. Immerhin, das war eine durchaus sinnvolle Reaktion.

»Ja.«

»Hilfe«, sagte der Mirror in seiner freundlichen, neutralen Stimme.

»Hilfe? Ist das der Text der Nachricht? Nur dieses Wort?«

»Ich verstehe diese Frage nicht. Benötigst du Hilfe, Carl?«

»Lies mir die letzte Nachricht von Alan Poulson noch einmal vor!«

»Der Text der letzten Nachricht von Alan Poulson lautet: Hilfe.«

Ein eisiger Schauer lief über Carls Rücken. »Rufe Alan Poulson an!«, sagte er, während er das Buch auf den Beifahrersitz warf und den Tesla auf manuelle Steuerung umschaltete. Mehrere Warnsignale ertönten, als er das Gaspedal drückte und der leise sirrende Elektromotor den Wagen auf deutlich mehr als die erlaubte Höchstgeschwindigkeit beschleunigte.

Sanfte Musik erklang plötzlich, eine Panflöte vor synthetischen Streichern. »Du bist sehr angespannt«, sagte Carls Mirror wie zur Erklärung. »Bitte reduziere die Geschwindigkeit. Du bringst sonst dich und andere in Gefahr.«

»Dies ist ein Notfall!«, sagte Carl so ruhig wie möglich. »Musik abschalten. Rufe sofort Alan Poulson an!«

Die Musik verstummte. Aus den Lautsprechern und dem MirrorClip in seinem Ohr drang das altmodische Tuten des Freizeichens wie ein Signal aus dem letzten Jahrhundert. Kurz darauf erklang eine Stimme, die der seines Vaters so stark ähnelte, dass Carl im ersten Moment erleichtert aufatmete, bevor ihm klar wurde, dass er bloß mit der modernen Version eines Anrufbeantworters verbunden war. »Dies ist der Mirror von Alan Poulson. Ich kann momentan nicht selbst antworten, aber mein Mirror nimmt gern deine Nachricht auf oder beantwortet deine Fragen.«

»Wie geht es dir, Dad?«

»Na ja, man wird eben nicht jünger«, antwortete die Stimme. »Aber ich jogge täglich meine drei Meilen, und die kalifornische Sonne tut mir gut.« Das war eine synthetische Antwort, die Dads Mirror aus früheren Gesprächen extrahiert hatte. Sie hatte nichts mit seinem tatsächlichen Zustand zu tun.

»Wie ist der Gesundheitsstatus deines Eigentümers?«, fragte Carl.

»Aus Datenschutzgründen kann ich diese Frage nicht beantworten«, erwiderte der Mirror und erfüllte damit exakt die Vorgaben, die die Rechtsabteilung von Carls Firma Walnut Systems, Inc. erarbeitet hatte.

»Dies ist ein Notfall. Ich brauche exakte Angaben über den Gesundheitszustand von Alan Poulson.«

»Aus Datenschutzgründen kann ich diese Frage nicht beantworten.«

Verdammt! So ein Mirror war eben doch bloß eine Maschine,

selbst wenn er sich durch permanente Beobachtung immer besser an die Verhaltensmuster seines Besitzers anpasste. Durch Mirror-Sense, das flexible Armband, das jeder Mirror-Besitzer am Handgelenk trug, wusste das Gerät stets, wie es seinem Träger ging, ob er aufgeregt, freudig erregt, traurig oder krank war. Es erkannte Herzrhythmusstörungen, ungesunden Blutdruck und Schlaganfallsymptome, selbst wenn diese seinem Träger gar nicht bewusst wurden. Aber das nützte Carl jetzt gar nichts. Falls Dad erneut einen Schlaganfall bekommen hatte, lag er jetzt wahrscheinlich bewusstlos oder tot in seinem Haus.

»Ich möchte dich noch einmal bitten, die Geschwindigkeit zu drosseln und dich zu entspannen«, sagte Carls Mirror.

Am liebsten hätte er das flache Gerät, kleiner und leichter als ein Taschenbuch, aus dem Fenster geworfen. Aber jedes der zweihundert Beta-Testgeräte, die zurzeit im Umlauf waren, hatte in der Herstellung mehr als hunderttausend Dollar gekostet. Nur ein kleiner Betrag, gemessen daran, wie viel Geld bereits in die Entwicklung des Mirrors geflossen war, aber genug, um die Korinthenkacker von Global Information Systems auf den Plan zu rufen, die vor einem halben Jahr die Mehrheit an Carls Firma übernommen hatten. Er hatte sich seitdem schon mehr als einmal gewünscht, die Übernahme rückgängig machen zu können, und dafür gern die fast hundert Millionen Dollar auf seinen Bankkonten zurückgezahlt. Aber diese Entscheidung lag nun mal nicht in seiner Macht. Er konnte wahrscheinlich froh sein, dass sie ihn noch nicht als Vorstandschef von Walnut Systems abberufen hatten.

Endlich erreichte er die Ausfahrt nördlich von Sausalito. Er nahm dem Fahrer eines Porsche-Geländewagens die Vorfahrt und jagte mit quietschenden Reifen den Shoreline Highway entlang. Kurz darauf bog er in eine Seitenstraße ein, die in die Marin Avenue mündete, an der das Haus seines Vaters stand.

Schon von weitem sah er den Krankenwagen. Als er anhielt und aus dem Wagen sprang, kamen ihm gerade zwei Rettungskräfte entgegen, die eine Trage schleppten.

»Dad!«

Sein Vater lag reglos da, eine Sauerstoffmaske auf dem wächsern wirkenden bleichen Gesicht, die Augen geschlossen.

»Was ist passiert?«, fragte Carl.

»Sie sind sein Sohn?«, erwiderte der Sanitäter.

»Ja.«

»Ein anaphylaktischer Schock. Wahrscheinlich eine Lebensmittelallergie. Ist Ihr Vater allergisch auf irgendwas?«

»Erdnüsse. Aber eigentlich achtet er darauf … Ist es ernst? Er wird doch nicht …?«

»Er ist stabil, aber sein Gehirn war eine Zeitlang mit Sauerstoff unterversorgt. Wir sind gerade noch rechtzeitig gekommen. Ob bleibende Schäden auftreten, kann man noch nicht sagen.«

»Wer hat Sie eigentlich gerufen?«

»Das kann ich Ihnen nicht sagen. Wenn er nicht selbst den Notruf aktiviert hat, dann war es vielleicht ein Nachbar.«

»Wo bringen Sie ihn hin?«

»Ins Marin General Hospital. Möchten Sie ihn begleiten?«

»Nein, ich komme gleich nach. Ich möchte erst rausfinden, was den Schock ausgelöst hat.«

Er sah zu, wie die beiden Rettungssanitäter die Trage mit geübten Griffen im Krankenwagen fixierten. Einer der beiden blieb im Transportraum, während sich der andere ans Steuer setzte und mit eingeschaltetem Blaulicht davonfuhr.

Carl betrat den kleinen Bungalow. Die Eingangstür war noch angelehnt, ein durchdringender Alarmton verstummte erst, als er sie hinter sich schloss.

Sein Vater war nach dem Tod seiner Mutter von Idaho hierher

nach Kalifornien gezogen, um in der Nähe seines einzigen Sohns zu sein. Trotzdem hatten sie sich in letzter Zeit nicht allzu häufig gesehen. Das letzte Mal war schon wieder vier Wochen her. Damals hatte Carl ihn endlich dazu überreden können, beim Betatest des Mirrors mitzumachen. Dad, der schon immer einen Hang zu Verschwörungstheorien gehabt hatte, war nicht gerade begeistert von der Idee gewesen, ein elektronisches Gerät rund um die Uhr an seinem Leben teilhaben zu lassen. Doch er hatte schließlich Carl zuliebe eingewilligt.

Der Techniker, der das Gerät gebracht hatte, hatte auch gleich die vollautomatische MirrorSafe-Schließanlage in die Tür eingebaut. Damit wurden Schlüssel oder Zahlencodes überflüssig. Die Tür konnte das Gesicht und die Stimme ihres Besitzers zuverlässig erkennen und öffnete nur diesem. Da sie offen gestanden hatte, musste entweder Dad selbst sie geöffnet haben, oder …

Carl betrat das Wohnzimmer. Der Großbildfernseher lief, irgendein Baseballspiel. Auf dem Couchtisch stand eine Packung Cracker. Es war nicht die Marke, die Dad sonst bevorzugte. Er warf einen kurzen Blick auf das Zutatenverzeichnis: *Kann Spuren von Schalenfrüchten und Erdnüssen enthalten.* Sein Vater hatte nicht aufgepasst.

Dads Mirror lag auf dem Sofa, auf dem Crackerkrümel verstreut lagen. Eine rote Warnmeldung blinkte: *Verbindung zu MirrorSense und MirrorClip unterbrochen.*

Carl nahm den Mirror und tippte auf den Bildschirm. Die Warnmeldung verschwand. Dafür erschien das computeranimierte Gesicht seines Vaters.

»Bitte bringe mich zu meinem Besitzer Alan Poulson!«, sagte das Gerät.

»Hast du den Notruf aktiviert?«, fragte Carl.

»Bitte identifiziere dich.«

»Carl Poulson.«

Das Gesicht lächelte. »Identität bestätigt. Hallo, Carl Poulson!«

»Hast du den Notruf aktiviert?«, fragte er erneut.

»Mein Besitzer hatte einen starken Blutdruckabfall«, erklärte der Mirror. »Ich habe den Notruf aktiviert. Die Verbindung zu MirrorSense und MirrorClip ist unterbrochen. Bitte bringe mich zu meinem Besitzer Alan Poulson!«

Carl schaltete den Mirror in den Stand-by-Modus, steckte ihn ein und fuhr zum Krankenhaus. Der schreckliche Anblick seines bleichen, wie tot daliegenden Vaters steckte ihm noch in den Knochen. Doch gleichzeitig spürte er so etwas wie Stolz in seinem Bauch.

Nun war genau der Fall eingetreten, für den Carl all die Mühen und Strapazen auf sich genommen hatte. Es erschien ihm wie eine Fügung des Schicksals, dass ausgerechnet sein eigener Vater der erste Mensch war, dem ein Mirror das Leben gerettet hatte.

# Phase 1

# 01100010110010 1. 10010111010100

Die bunten Buchstaben der Lichterkette, die Mama über dem Gabentisch aufgehängt hatte, spiegelten sich verschwommen in dem metallisch glänzenden Geschenkpapier. Er versuchte, das Paket so zu halten, dass er die leuchtende Schrift darin lesen konnte, doch er sah nur einen Ausschnitt: *PPY BIRTHD*.

»Andreas?«

Dass die Worte auf dem Kopf und in Spiegelschrift standen, bereitete ihm keine Mühe. Doch wie er das Paket auch drehte, es gelang ihm nie, alle Buchstaben auf einmal auf die glitzernde Fläche zu bannen. Vielleicht, wenn er es ganz dicht ans Gesicht hielt …

»Andreas, willst du das Paket nicht auspacken?«

Er mochte es nicht, wenn Mama ihn Andreas nannte. Andy klang wesentlich besser. Er drehte das Paket um. Auf der Rückseite klebte ein Tesafilmstreifen, der halb unter dem dunkelroten Geschenkband hervorlugte. Schief. Eine kleine Ecke hatte sich vom Papier abgelöst. Er versuchte, sie wieder anzudrücken, doch der Klebstoff hielt nicht mehr.

»Andreas, soll ich es vielleicht für dich auspacken?«

Nein, bloß nicht. Sie würde mit ihren ungeschickten Fingern das schöne Papier zerreißen und wahrscheinlich noch einen Kratzer in den Karton darunter machen, wenn sie ungeduldig das Geschenkband herunterzerrte, ohne den Knoten zu öffnen.

»Andreas, wir wollen bald essen!« Das war der Mann, der seit zehn Monaten und vier Tagen bei Mama wohnte und Sex mit ihr hatte. Andy konnte ihn nicht leiden.

Sorgfältig betrachtete er die Schleife, löste sie vorsichtig, strich das Band glatt, zog dann mit spitzen Fingern an dem Knoten, bis es ihm gelang, ihn etwas zu lockern. Endlich hatte er das Band gelöst, wickelte es auf drei Fingern seiner linken Hand auf und legte es sorgfältig auf den Gabentisch. Dann knibbelte er behutsam die Tesafilmstreifen ab. Schließlich klappte er die schlampig umgefalteten Enden des Geschenkpapiers auf, glättete sie und öffnete es.

Die Unterseite eines schwarzen Kartons kam zum Vorschein. Ein Barcode-Aufkleber mit einer EAN-Nummer klebte darauf: 5–901235 –123457. Darunter stand »Made in China«.

Der Mann sagte: »Wenn wir in dem Tempo weitermachen, komme ich zu spät ins Büro!«

»Bitte lass ihm die Zeit, die er braucht«, sagte Mama. Die beiden sprachen wieder einmal über Andy, als sei er gar nicht da.

»Findest du nicht, er muss langsam lernen, sich wie ein richtiger Erwachsener zu verhalten?«

»Ich bin ein richtiger Erwachsener«, sagte Andy, ohne den Blick von dem Karton zu wenden.

»Dann mach jetzt endlich das verdammte Geschenk auf!«

»Rudolf!« Mama sprach laut. »Es ist sein Geburtstag!«

»Genau«, sagte der Mann. »Er ist jetzt einundzwanzig und könnte langsam damit aufhören, sich wie ein Zehnjähriger aufzuführen. Als ich in seinem Alter war, hatte ich schon eine eigene Wohnung, eine feste Freundin und einen Job!«

Andy drehte den Karton um. Auf der Vorderseite stand ganz oben *Walnut Systems*. Neben den beiden Wörtern war ein Logo abgebildet, das vielleicht das Innere einer Walnuss darstellen sollte, oder auch ein Gehirn. Darunter stand in großen silbernen Buchstaben *MIRROR*. Zwei der Buchstaben – das R vor und hinter dem O – waren spiegelverkehrt geschrieben. Das sah lustig aus. Unterhalb der Schrift war etwas abgebildet, das wie ein Spiegel aussah – ein schwarzer Rahmen mit einer glatten silbernen Fläche. Andy drehte sie so, dass er sich selbst darin sehen konnte – unscharf, aber doch erkennbar: Hellblaue Augen hinter einer Brille aus schwarzem Kunststoff, lockige blonde Haare. Er streckte seinem Spiegelbild die Zunge heraus.

»Das ist doch wohl die Höhe!«, rief der Mann. »Wenn du dein Geschenk nicht haben willst, musst du es nur sagen! Ich schicke es gleich morgen zurück.«

»Er meint es doch nicht so!«, sagte Mama.

»Weißt du eigentlich, was dieses Ding gekostet hat?«

Andy ignorierte die Worte. Er drehte die Packung so, dass sich die Lichterkette in der silbernen Fläche spiegelte. Das Spiegelbild war klarer als das auf dem Geschenkpapier. Er hielt die Packung an die Nase und roch daran. Er liebte diesen künstlichen Geruch ungeöffneter Verpackungen: Papier, Farbe, Plastik, alles noch unberührt und frisch.

»Also, ich frühstücke jetzt. Was ihr macht, ist mir egal.« Der Mann setzte sich und schenkte sich Kaffee ein.

»Alles Gute zum Geburtstag, mein Sohn«, sagte Mama.

»Danke, Mama«, erwiderte er, ohne sie anzusehen. Vorsichtig öffnete er die Packung. Der Geruch nach Neuem verstärkte sich. Innen lag der Mirror auf einer schwarzen samtigen Unterlage. Der Bildschirm spiegelte schwach – eine Schutzfolie aus Plastik klebte noch darauf. Andy nahm ihn heraus. Das Gerät war schwerer als sein Smartphone, aber dafür auch viel leistungsfähiger. Andy kannte die technischen Daten auswendig: Tausendvierundzwanzig Risc-Prozessoren, die es auf sieben Billionen Rechenoperationen pro Sekunde brachten – so viele wie der schnellste Computer der Welt im Jahr 2000. Ein Terabyte Onboard-Speicher. Superschnelle Internetverbindung mit einer Datentransferrate von bis zu zweihundertsechsundfünfzig Megabit pro Sekunde, die allerdings nur mit einem Ethernet-Kabel erreicht werden konnte – im normalen Mobilfunknetz schaffte der Mirror selbst unter optimalen Bedingungen höchstens zweiunddreißig Megabit. Alles in allem der mit Abstand leistungsfähigste Computer, der je in einem für Konsumenten gedachten Endgerät gesteckt hatte.

Das Eindrucksvollste an dem Mirror war jedoch seine innere Architektur: Die Prozessoren, der Aufbau des Speichers und die Onboard-Software waren optimiert worden, um ein künstliches neuronales Netz mit mehreren hundert Millionen Neuronen abzubilden, vergleichbar mit dem Gehirn eines Vogels.

Er drückte den Netzschalter an der Seite des Geräts. Nichts geschah. Na klar, Mama hatte vergessen, es vorher aufzuladen. Vorsichtig legte Andy das MirrorBrain, wie die Zentraleinheit des Mirrors offiziell genannt wurde, beiseite, holte das restliche Zubehör aus der Packung und befreite es behutsam von seiner Plastikumhüllung: Die MirrorCharge-Ladestation, das MirrorSense-Armband und den MirrorClip-Ohrstecker, die beide per Bluetooth drahtlos mit dem MirrorBrain in Verbindung standen. Probehalber streifte er sich das MirrorSense-Armband über das rechte Handgelenk. Es sah schick aus: schwarz, mit schwach leuchtenden LEDs, die den Text *no connection* in roter Schrift wiedergaben. Auf der Unterseite war das Band elastisch, so dass man es einfach über das Handgelenk streifen konnte. Hier waren auch die Sensoren für Puls, elektrischen Hautwiderstand und Temperatur angebracht.

»Frühstücken wir jetzt endlich zusammen, oder was?«, schnauzte der Mann.

»Einen Augenblick noch, Rudolf«, erwiderte Mama.

Andy steckte sich den Clip ans Ohr und zog den dünnen, etwa zehn Zentimeter langen flexiblen Fühler heraus, so dass es aussah, als trage er eine Antenne am Kopf. In Wahrheit waren am oberen Ende ein Mikrofon und eine stecknadelkopfgroße hochauflösende 360°-Kamera angebracht. Damit nahm der Mirror die Umgebung wahr. Der Clip fühlte sich ein bisschen ungewohnt an, aber nicht unangenehm. Er bog den Fühler nach vorn, so dass er parallel zum Bügel seiner Brille lag, und betrachtete sich in der Spiegeloberfläche der Verpackung. In dem unscharfen Bild war jedoch nicht zu erkennen, ob der Fühler auffiel.

»Ich muss gleich los!«

Andy steckte den Stecker der Ladestation ein und legte das MirrorBrain auf die Station. Eine glockenartige Melodie erklang, dann zeigte ein animiertes Symbol an, dass der Akku des Geräts geladen wurde. Andy wusste, dass er voll aufgeladen im Normalbetrieb gut achtzehn Stunden hielt. Nachts blieb das Gerät auf der Ladestation, wo es mit neuer Energie versorgt wurde und gleichzeitig die am Tag aufgezeichneten Eindrücke verarbeitete – genau wie das Gehirn eines Menschen. Er nahm den Clip ab und legte ihn wieder in die Packung. Das Armband ließ er am Handgelenk – es fühlte sich irgendwie gut an. Die LED-Schrift war inzwischen verblasst, aber eine Berührung mit dem Finger reichte, um sie erneut anzeigen zu lassen.

»Lass uns jetzt frühstücken, mein Schatz.«

»Ja, Mama. Danke, Mama.«

Sie gab ihm einen Kuss auf die Stirn, als sei er noch ein kleines Kind. »Gern geschehen. Ich hoffe, dein Geschenk gefällt dir.«

»Ja, Mama.«

Andy wusste alles über den Mirror, was man wissen musste – das Netz war voll von Testberichten und begeisterten Meinungen. Allein am ersten Tag waren weltweit fünf Millionen Geräte verkauft worden. Der Mirror war im Begriff, selbst das iPhone als erfolgreichstes Elektronikprodukt aller Zeiten zu überflügeln.

Andy hatte sich jedoch etwas anderes zum Geburtstag gewünscht: einen neuen Highend-Gaming-PC. Der Mirror war in erster Linie ein Kommunikationsgerät, doch Andy hatte niemanden, mit dem er kommunizieren wollte, außer in der virtuellen Welt von *World of*

*Wizardry*, seinem Lieblings-Onlinespiel – und dafür brauchte er bloß ein Headset und kein über tausend Euro teures Gerät. Er überlegte, ob er Mama das sagen und sie bitten sollte, den Mirror umzutauschen, doch sie würde bestimmt Theater deswegen machen. Sie sagte immer, er spiele ohnehin schon viel zu viel am Computer und solle sich lieber mehr in der »richtigen Welt« beschäftigen. Sie begriff einfach nicht, dass Online-Rollenspiele für Andy die »richtige Welt« waren – die einzige Welt, in der er sein wollte. Eine Welt, in der alle Menschen gleich waren. In der man nicht von stinkenden, hektischen Menschenmengen bedrängt wurde, in der man nicht von Autos angefahren werden konnte, bloß weil man von der verwirrenden Vielfalt der Sinneseindrücke abgelenkt war. Eine Welt, in der einem die anderen nicht gleich ansahen, dass man anders war. Eine Welt, in der es nicht darauf ankam, die Gesichtsausdrücke der anderen lesen zu können oder ihre seltsamen Witze und Wortspiele zu verstehen. Eine Welt, in der Andy seine Stärken – Intelligenz, Auffassungsgabe, blitzartige Reflexe – perfekt einsetzen konnte. Eine Welt, in der man keine teuren Kommunikationsgeräte brauchte, um andere damit zu beeindrucken; in der nur die eigenen Fähigkeiten, Kreativität und Einfallsreichtum zählten.

Er stieß ein irritiertes Schnauben aus und setzte sich an seinen Platz. Mama hatte einen Blumenkranz aus weißen Rosen um seinen Teller gelegt. Einige der Blüten waren schon welk. Der Mann schaufelte Rührei mit Speck auf seinen Teller. Der Geruch verursachte Andy Übelkeit. Er hasste Speck, denn der wurde aus Schweinen gemacht, sensiblen Wesen, die unter unwürdigsten Umständen lebten und auf ein unnatürliches Gewicht gemästet wurden, nur um dann, kaum ausgewachsen, brutal geschlachtet zu werden. Der Gedanke ließ ihn schaudern.

Er aß ein Brötchen mit Honig, trank warmen Kakao und wartete darauf, dass der Mann endlich das Haus verließ.

# 01100010110010 **2.** 10010111010100

»Komm schon, Alter! Nur ein Gramm. Ein Gramm, mehr nicht. Du kriegst dein Geld, Ehrenwort!«

Jack Skinner blickte in das bleiche pockennarbige Gesicht des Junkies, das von der trüben Straßenlaterne in fahles Licht getaucht wurde. Will Mason. Er kannte ihn noch aus der Zeit, als sie beide zur Schule gegangen waren. Damals war Will einer der besten Schüler gewesen. Hatte Jack manchmal abschreiben lassen. Hatte sogar 'nen Highschoolabschluss gemacht. Wollte Informatik studieren, das große Geld machen im Valley. Jetzt war er nur noch ein Wrack.

Jack hasste Junkies. Hasste Leute, die sich gehenließen. Die jammerten, bettelten, unmögliche Dinge versprachen. Keine Selbstachtung hatten. Und Jack hasste Drogen. Aber es war nun mal sein Job, das Zeug zu verkaufen, und dieses arme Würstchen würde sonst was tun, um den nächsten Schuss zu kriegen.

»Du schuldest mir noch achtzig vom letzten Mal«, sagte er mit der entspannt-lässigen Stimme, von der er wusste, dass sie die Junkies mehr einschüchterte als jedes Gebrüll.

»Ich weiß. Ich weiß ja, Mann!« Wills Augen waren weit geöffnet und glitzerten, als sei er kurz davor, in Tränen auszubrechen. Ein Speichelfaden hing aus seinem Mund. »Du kriegst dein Geld, ehrlich! Mit Zinsen. Hab's nur gerade nicht dabei!«

Jack sah sich um. Niemand war in der Nähe. Sie standen auf dem Parkplatz eines runtergekommenen Diners in Hunter's Point, dem abgefucktesten Stadtteil von San Francisco, ganz in der Nähe der stillgelegten Werft. Nicht mehr lange, dann würden irgendwelche Immobilienhaie das ganze Gelände kaufen, die baufälligen Häuser und Lagerschuppen abreißen und Glastempel für Dotcom-Millionäre bauen, und für Leute wie Jack wäre dann kein Platz mehr. Nicht, dass er an der Gegend hing – obwohl er hier aufgewachsen war.

Er überlegte kurz, ob es Zeit war, Will ein paar Manieren beizubringen. Doch der Kerl tat ihm irgendwie leid.

»Hör zu, Will. Ich kann dir nichts mehr geben, wenn du nicht deine Schulden bezahlst. Besorg mir die achtzig und leg noch zwanzig drauf, dann hast du deinen nächsten Schuss.«

»Das mach ich! Das mach ich!«, stammelte Will und streckte eine zitternde schmutzige Hand aus. »Du kriegst es gleich morgen! Aber ich brauche jetzt einen Schuss! Nur einen!«

Jack schüttelte den Kopf, während ihn ein Anflug von Ekel überkam. Er war zu weich für diesen Scheißjob. Er musste aussteigen. Aber natürlich war das unmöglich. Er stand bei Mike ebenso in der Kreide wie Will bei ihm. Wenn er nicht wenigstens einen Teil des Stoffs, den er bei sich trug, schnell zu Geld machte, würde er in ernste Schwierigkeiten kommen. Und Mike würde nicht so sanft mit ihm umgehen wie er mit dem armen Schwein von Junkie vor sich.

Wills Stimme bebte vor Verzweiflung, während Tränen über seine Wangen rollten. »Bitte, Jack!«, flehte er mit heiserer Stimme. »Nur noch dieses eine Mal!«

»Tut mir leid«, sagte Jack, wandte sich um und ging betont lässig über den Parkplatz.

Will stieß ein Geräusch aus, das wie das Aufheulen eines verwundeten Tieres klang. Jack hörte seine schlurfenden Schritte, als er hinter Will herkam. Er beachtete sie nicht, ging einfach weiter.

Eine Bewegung, die er aus dem Augenwinkel wahrnahm, ließ ihn instinktiv zur Seite zucken. Eine Eisenstange! Sie verfehlte knapp seinen Schädel und krachte hart auf seine Schulter. Ein stechender Schmerz erstreckte sich bis in die Fingerspitzen seines linken Arms.

Er fuhr herum. Dieser Abschaum hatte es gewagt, ihn anzugreifen!

Wills Augen waren weit aufgerissen, sein Gesicht zu einer Fratze verzerrt. Braune Zähne standen schief in seinem aufgerissenen Maul.

Jack ignorierte die Schmerzen in seiner Schulter und zog das Klappmesser aus der Hosentasche. »Du Scheißkerl! Ich mach dich fertig!«

Will hob die Eisenstange und holte zum Schlag aus, doch diesmal war Jack vorbereitet. Er wich dem Schwung mühelos aus, packte die Stange und wand sie dem Junkie aus der Hand. Mit einem Krachen fiel sie zu Boden.

»Du miese Ratte!«, brüllte Jack. »Ich werd dir zeigen, was mit Leuten passiert, die mich verscheißern wollen!« Er richtete das Messer auf Will.

Der Junkie kniete sich auf den Boden und hob die Hände. »Bitte, Jack! Bitte nicht! Es tut mir leid! Bitte, bitte tu mir nichts!«

»Das hättest du dir vorher überlegen sollen!«

»He, was soll das?«, ertönte eine tiefe Stimme. Jack sah über die Schulter. Ein breitschultriger Kerl mit Glatze und Tätowierungen kam aus dem Diner auf ihn zu.

»Er wollte mich ausrauben!«, rief Will. »Helfen Sie mir bitte, Sir!«

»Halt dich da raus!«, sagte Jack drohend. »Das hier geht dich nichts an.«

Der Typ kam langsam näher. Springerstiefel und Lederjacke. »Lass den Mann in Ruhe und verpiss dich.«

»Ich sagte, halt dich da raus!«, drohte Jack. »Dieser Typ da schuldet mir Geld. Außerdem hat er mich mit einer Eisenstange angegriffen!«

»Er lügt!«, rief Will. »Er hat mich überfallen und mit dem Messer bedroht!« Der Wichser würde eine Abreibung kriegen, die er sein Leben lang nicht vergaß, wenn Jack mit dem tätowierten Riesen fertig war.

»Hör zu, ich rate dir, dich hier nicht einzumischen!«, sagte Jack so ruhig wie möglich.

Der Breitschultrige grinste. »Sagt wer?«

»Ich bin Mitglied der Hunters, falls dir das was sagt. Wenn du dich mit uns anlegst, wirst du's bereuen.«

»Denkst du Nigger etwa, du hast hier was zu sagen? Ich pisse auf deine Hunters!«

Bei dem Wort Nigger zuckte Jack innerlich zusammen. Es war weniger die Beleidigung – er hatte schon Schlimmeres zu hören bekommen. Doch es war offensichtlich, dass der Typ auf Streit aus war. Er suchte bloß einen Grund, seine vermutlich mit Meth aufgeputschte Aggressivität an jemandem auszulassen, und ein Nigger kam da gerade recht.

Jack war selbst kein Weichei, er hatte schon als Jugendlicher so manchen Straßenkampf hinter sich gebracht. Aber der Typ da wog mindestens das Doppelte wie er, und er sah durchtrainiert aus. Es war besser, einen Kampf zu vermeiden. Will konnte er sich später vorknöpfen.

Er klappte das Messer zusammen, steckte es demonstrativ ein und hob die Hände. »Schon gut. Ich sag noch mal, dass dich das hier nichts angeht, aber ich will keinen Ärger mit dir.«

Der Tätowierte grinste breit. »Zu spät, Nigger!« Er hatte plötzlich einen Schlagstock in der Hand.

Jack wollte das Messer wieder hervorholen, doch in diesem Moment spürte er einen harten Schlag in den Rücken. Will hatte ihn von hinten mit der Eisenstange attackiert! Der Schlag war nicht sehr gut gezielt und richtete kaum Schaden an, aber er brachte Jack aus dem Gleichgewicht. Er stolperte vor, genau in den Schwung des Breitschultrigen hinein, der seinen Schlagstock gegen Jacks Schläfe krachen ließ. Bunte Lichter tanzten vor seinen Augen, und er fiel zu Boden.

Vergeblich versuchte er, sich gegen die Tritte und Schläge der beiden Männer zu schützen, die jetzt von allen Seiten auf ihn einprasselten. Es dauerte lange, bis er endlich ohnmächtig wurde.

## 01100010110010 **3.** 10010111010100

»Andreas, mach jetzt bitte den Computer aus. Du weißt, was du mir versprochen hast!«

»Aber Mama, es ist mein Geburtstag!«

»Deshalb habe ich dich auch eine Stunde überziehen lassen. Aber jetzt ist endgültig Schluss. Du hast ja noch nicht mal dein Geschenk ausprobiert! Den ganzen Tag sitzt du nur vor diesem blöden Rechner und spielst irgendwelche Ballerspiele!«

»Das sind keine Ballerspiele, Mama. Das ist *World of Wizardry*. Da gibt es kaum Feuerwaffen.«

»Das ist mir vollkommen egal!« Ihre Stimme wurde schrill. Andy war nicht sehr gut darin, die Emotionen von Menschen einzuschätzen, aber in diesem Fall war es einfach, zu erkennen, dass Mama sauer war. Bald würde sie den Mann dazuholen, und dann würde es richtig ungemütlich werden. Der Mann hatte Andy schon mehrfach gedroht, ihn aus der Wohnung zu werfen. Nicht, dass Andy davor Angst gehabt hätte – er wusste, dass Mama das niemals zulassen würde. Aber sie weinte dann jedes Mal, und das wollte er nicht.

»Also gut, ich mache sofort aus. Fünf Minuten noch.«

»Nein!« Ihre Stimme war so laut, dass er sich am liebsten die Ohren zugehalten hätte. »Du machst jetzt sofort Schluss!«

»Aber mein Team ist mitten in einer ...«

»Jetzt sofort, Andreas, oder ich ziehe den Stecker raus!«

»Ist ja gut. Nur kurz tschüs sagen.« Er tippte »Gotta go. CUT« in das Chatfenster und beendete das Programm, ohne die Proteste der Spielergruppe abzuwarten, mit der er gerade mitten in einem Raid auf eine gegnerische Clanfestung war. Sie würden es auch ohne ihn schaffen.

Mama wartete, bis das Programm beendet war, bevor sie den Raum verließ. Andy spielte mit dem Gedanken, sich wieder in das Spiel einzuloggen, doch er wusste, dass der Mann seine ultimative Drohung wahrmachen und das Internet für eine Woche kappen würde, wenn sie ihn erwischten. Dann hatte er bloß noch die schlechte Mobilfunkverbindung über sein Smartphone, und sein Datenvolumen war diesen Monat schon so gut wie ausgeschöpft.

Was für ein blöder Geburtstag! Statt ihn einfach machen zu lassen, was er wollte, hatte Mama einen »tollen Tag« für ihn organisiert. Sie waren nach dem Frühstück zu Hagenbeck gegangen, obwohl Mama eigentlich wissen musste, dass sich das für Andy wie ein Gefängnisbesuch anfühlte – nur waren im Unterschied zu einem richtigen Gefängnis alle eingesperrten Tiere unschuldig. Mittags hatten sie in einem Restaurant gegessen, wo Andy sich Nudeln mit Tomatensoße bestellt hatte, die nicht besonders geschmeckt hatten. Am Nachmittag war der Mann mit ihm ins Kino gegangen. Er hatte sich dafür extra von der Arbeit freigenommen, deshalb hatte Andy nicht nein sagen können. Sie hatten einen blödsinnigen Animationsfilm gesehen, bei dem alle im Kino bis auf Andy dauernd laut gelacht hatten, ohne dass er verstanden hätte, warum. Von dem aufdringlichen Aftershave des Mannes hatte er Kopfschmerzen bekommen.

Danach hatten sie den Geburtstagskuchen gegessen, immerhin Schokoladentorte, und dann hatte sich Andy endlich wieder mit seinen Freunden in der virtuellen Welt treffen können. Doch nun war es damit schon wieder vorbei, und das, obwohl er sein Tageslimit von vier Stunden Onlinespielen gerade mal um dreiundfünfzig Minuten überzogen hatte. An seinem Geburtstag!

Er sah auf die Uhr. Kurz vor zehn. Er war noch überhaupt nicht müde.

Sein Blick fiel auf die Ladestation des Mirrors. Die LED leuchtete grün. Er hatte zwar keine große Lust, sich mit dem Gerät zu beschäftigen, aber er konnte es ja probehalber mal einschalten.

Vorsichtig entfernte er die Schutzfolie vom Bildschirm des MirrorBrains und drückte den Einschaltknopf. Ein Glockenton erklang, und das sich um die eigene Achse drehende Innere einer Walnuss erschien. Ein Ladebalken füllte sich langsam. Dann erklang eine Frauenstimme: »Bitte sage deinen Namen.«

»Andy Willert.«

Ein Ladebalken erschien, der sich langsam füllte.

»Andy Willert«, erklang es aus dem Lautsprecher. »Ich freue mich, dich kennenzulernen. Ich bin dein Mirror.« Die Stimme war jetzt anders, wirkte seltsam vertraut und doch fremd – ungefähr so wie seine eigene Stimme, wenn er sich in einem Video reden hörte. »Jetzt mache bitte ein Selfie von dir.«

Auf dem Bildschirm war nun das Bild der Frontkamera zu sehen. Andy drehte das Gerät so, dass sein Gesicht erschien, und drückte den Auslöser.

Das Bild verschwand, und erneut erschien ein Ladebalken.

Dann plötzlich war Andy selbst auf dem Bildschirm zu sehen. Doch es war nicht das Bild der Frontkamera, sondern eine animierte 3-D-Figur, die ihm verblüffend ähnelte: die krausen blonden Haare, die schwarze Brille, die schmale Nase, sogar das Muttermal am Kinn.

»Hallo, Andy«, sagte das Gesicht. »Ich bin sicher, wir werden gute Freunde werden. Denn du weißt ja: Dein bester Freund bist du selbst.«

Andy starrte mit einer Mischung von Faszination und Abscheu auf sein virtuelles Ebenbild. Er wischte mit dem Finger über den Touchscreen und drehte damit die 3-D-Figur, so dass er sich von der Seite und von hinten betrachten konnte. Das musste man Walnut Systems lassen: Die Technik, mit der sie sein Gesicht scannten und daraus ein virtuelles Abbild schufen, war wirklich verblüffend.

»Bist du mit deinem Ebenbild zufrieden?«, fragte der Mirror.

»Ja«, sagte Andy.

»Falls du es später ändern willst, sage es mir einfach. Aber nun lege bitte das mitgelieferte MirrorSense-Armband um und setze den MirrorClip in dein Ohr.«

Andy tat beides. Auf dem Armband erschien eine Leuchtschrift: *Connected*. Als er den Clip hinter sein linkes Ohr klemmte, konnte er die Stimme des Mirrors hören: »Sehr gut. Nun biege bitte den Draht an deinem Clip nach vorn, so dass die Spitze ungefähr neben deinem Auge ist. Du kannst ihn mit der mitgelieferten Plastikklemme an deinem Brillengestell befestigen.«

Es war ein bisschen unheimlich, Anweisungen von einer Maschine zu bekommen, die so klang wie Andy selbst. Auf dem Bildschirm erschien nun das Kamerabild. Es war kreisförmig und verzerrt, denn die Kamera hatte ein sehr weites Blickfeld. Er sah seine eigene Nase rechts in das Bild hereinragen, während links sein Ohr das Blickfeld begrenzte.

»Ich kalibriere nun MirrorSense und MirrorClip«, sagte der Mirror. »Das dauert nur einen Moment.« Eine einfache, sich wiederholende Melodie erklang – das akustische Pendant eines Ladebalkens.

»Ich habe die Kalibrierung jetzt abgeschlossen. Nun möchte ich dich gern näher kennenlernen. Sage mir bitte deinen Facebook-Benutzernamen.«

Nachdem Andy ihm Benutzernamen und Passwort seiner verschiedenen Social-Media-Accounts inklusive seines Spieleraccounts in World of Wizardry genannt hatte, sagte die Maschine: »Vielen

Dank. Ich brauche nun etwas Zeit, um all die neuen Informationen zu verarbeiten. Es ist schon spät. Bitte lege mein MirrorBrain auf die Ladestation und behalte dein MirrorSense-Armband am Handgelenk. Gute Nacht, Andy!«

»Gute Nacht!«, sagte Andy, legte das Gerät auf die Station und ging schlafen.

## 01100010110010 4. 10010111010100

Lukas betrachtete das frische Tattoo auf seinem Oberarm im Spiegel. Er konnte die Buchstaben in Spiegelschrift nicht lesen, aber er wusste ja, was sie bedeuteten: Ellen, der Name seiner Freundin, geschrieben auf ein Herz, das ein Adler in den Klauen hielt. Das Tattoo war noch ganz rot, wund und aufgequollen, und es tat ziemlich weh. Doch das machte ihm nichts aus, im Gegenteil. Er war stolz auf den Schmerz. Irgendwie war das Gefühl richtig geil.

Er konnte es nicht abwarten, es ihr zu zeigen. In letzter Zeit hatten sie sich öfter gestritten, und beim letzten Mal hatte er sie eine blöde Schlampe genannt. Das tat ihm jetzt leid. Er liebte sie doch, ihre langen blondierten Haare, ihre vollen, knallrot geschminkten Lippen, ihre Titten, die sich fest anfühlten wie prallgefüllte Luftballons, ihren knackigen Arsch. Er war nicht so gut mit Worten, deshalb musste er ihr seine Liebe eben anders zeigen: indem er ihren Namen für immer in seine Haut einbrannte, die Schmerzen ertrug, nur für sie. Er war sich sicher, dass er sie damit beeindrucken werde. Zum Dank würde sie ihn küssen, und er würde sie ganz fest an sich drücken und ihr die Kleider vom Leib reißen und sie richtig durchvögeln, bis sie seinen Namen in höchsten Tönen schrie. Und dann, wenn sie gekommen war, würde er sie fragen, ob er nicht endlich bei ihr einziehen konnte.

Stolz spannte er seine Muskeln an. Das tat noch mehr weh, aber es war trotzdem ein gutes Gefühl. Schmerz, der stark machte. Manchmal, wenn sein Vater im Alkoholrausch auf ihn eingeprügelt hatte, war Lukas sich wie ein Stück glühend heißer Stahl vorgekommen, auf den ein Hammer eindrosch. Die Schläge hatten ihn härter gemacht. Stärker. Unzerbrechlich. Dann waren die Schmerzen etwas erträglicher gewesen.

Er roch an seinem T-Shirt: Es ging noch. Er streifte es über, sprühte etwas Deo darauf, zog die Lederjacke an und verließ die Wohnung.

Ellen wohnte nur ein paar Straßen weiter. Sie trafen sich immer nur bei ihr, denn Ellen wohnte allein und mochte Lukas' Mitbewohner Piotr nicht. Sie arbeitete als Bürohilfe in einer Versicherungsagentur und verdiente ein richtiges Gehalt, anders als Lukas, der von Hartz IV leben musste, seit er bei seinem Lehrbetrieb, einer Klempnerei in Wandsbek, wegen einer Schlägerei rausgeflogen war. In letzter Zeit hatte Ellen häufig Überstunden machen müssen, deshalb hatten sie vereinbart, dass sie ihn anrief, wenn sie zu Hause war und er vorbeikommen konnte. Doch heute würde er sie überraschen. Wenn sie noch nicht von der Arbeit zurück war, würde er einfach vor ihrer Wohnung warten. Wenn sie dann kam, würde er wortlos seine Lederjacke ausziehen und ihr das Tattoo zeigen. Dann würde sie große Augen machen!

Kalte Regentropfen liefen ihm in den Kragen, als er die Straße in Hamburg-Billstedt entlanglief, zwischen grauen Wohnblocks hindurch. Es machte ihm nichts aus. Seine Schritte waren federnd, voller Kraft und Energie. Er fühlte sich wunderbar stark. Stark wie Stahl. Eisenhart. Unzerbrechlich. Vor Vorfreude beulte sich bereits seine Hose aus, als er daran dachte, was gleich passieren würde.

Er überlegte, ob er ihr Blumen mitbringen sollte. Frauen standen ja auf so was. Aber eigentlich, fand er, war das Tattoo Geschenk genug. Außerdem hatte es eine Menge gekostet, obwohl Tarik ihm einen Sonderpreis gemacht hatte, und er war wie immer ziemlich knapp bei Kasse.

Endlich stand er vor ihrer Wohnungstür und klingelte. Hörte er da Stimmen im Inneren? Nein, er musste sich getäuscht haben. Er wartete einen Moment, dann klingelte er noch mal.

Jetzt waren Schritte zu hören. Die Tür öffnete sich. Ellens Haare waren ganz zerzaust.

»Lukas! Du, wir hatten doch vereinbart, dass ich dich anrufe!«

Ihr Tonfall verunsicherte ihn. War sie immer noch sauer wegen neulich?

»Guck mal!«, sagte er und zog seine Lederjacke aus. Er sog scharf die Luft ein, als das Innenfutter über die wunden Stellen rieb.

»Was soll das denn?«, fragte Ellen.

»Für dich!«, sagte er irritiert.

»Spinnst du jetzt, oder was? Kannst du mich nicht vorher fragen, bevor du so was machen lässt?«

»Was? Ich … ich dachte, du freust dich!«

»Lukas, du sollst nicht so viel denken, das liegt dir nicht so.«

Allmählich wurde ihm bewusst, dass er einen Fehler gemacht hatte. Wieder mal. Er verstand bloß nicht, warum.

»Magst du es nicht? Findest du, Tarik hat den Adler nicht richtig hingekriegt?«

Ihre Stimme wurde sanft. »Das ist es nicht. Aber …«

»Aber was?«

»Lukas, das ist ja irgendwie süß, und du weißt, dass ich dich wirklich mag. Aber ein Tattoo mit meinem Namen, das ist mir einfach zu viel.«

»Zu viel? Wieso zu viel? Tarik hat mir einen Sonderpreis gemacht. Und ich kann es abstottern.«

Sie seufzte. »Du begreifst wirklich gar nichts.«

»Was begreife ich nicht?«

»Wer ist denn das?«, drang eine Männerstimme nach draußen. »Doch nicht etwa der Trottel, von dem du mir erzählt hast?«

Lukas wurde eiskalt. Plötzlich schmerzte das Tattoo genau wie in dem Moment, als Tarik die Nadel wieder und wieder und wieder in die Haut gestochen hatte.

»Es ist besser, du gehst jetzt!«, sagte Ellen.

Wortlos schob Lukas sie zur Seite und drängte in die Wohnung.

Ein Mann stand in der Schlafzimmertür. Er war mindestens fünfzehn Jahre älter als Lukas und hatte kaum noch Haare. Er trug nur karierte Boxershorts.

Lukas spürte einen Druck in seinem Kopf, ein dumpfes Pochen. Er ballte die Fäuste und ging langsam auf den Wichser zu, der es gewagt hatte, sich an seiner Freundin zu vergreifen.

»Lukas, nicht!«, rief Ellen.

»Passen Sie auf, was Sie tun!«, sagte der Wichser. »Ich habe einen Mirror!« Er wies auf ein Ding in seinem Ohr, das aussah wie ein Hörgerät.

Sollte das etwa bedeuten, dass man ihn deswegen nicht schlagen durfte? Weil er behindert war, oder was? Wieso trieb es Ellen mit einem Behinderten? Plötzlich verließ ihn alle Kraft, wie Luft, die aus einem geplatzten Luftballon entwich. Er fühlte sich bleischwer.

»Lukas, du musst das verstehen!«, sagte Ellen. »Ich hab dich wirklich gern, aber … aber das mit uns, das hat einfach keine Zukunft.«

Er sah sie an, verstand kein Wort, so als hätte sie Türkisch gequatscht. »Wieso?«, fragte er.

»Du und ich, wir … wir passen einfach nicht zusammen.«

»Wir passen nicht zusammen?« Immer noch begriff er kein Wort.

»Hören Sie, es wäre wirklich gut, wenn Sie jetzt gehen würden«, sagte der Wichser.

Lukas fuhr herum. »Was hast du gesagt?«

Der Mann wich zurück. Seine Augen waren aufgerissen. Er hatte Angst. Der Wichser hatte Angst! Plötzlich fühlte sich Lukas stark. Dieser erbärmliche Wicht mit dem Hörgerät glaubte wirklich, ihm die Freundin ausspannen zu können? Der würde sich wundern!

»Pass mal auf, du behinderter Wichser!«, schrie er und hob eine Faust. »Wenn einer sich hier verpisst, dann bist du das, und zwar ein bisschen plötzlich, oder ich hau dir eins in die Fresse, dass dir dein Hörgerät aus dem Ohr fliegt!«

»Mirror, ruf die Polizei!«, sagte der Wichser.

»Was?«, fragte Lukas. »Was hast du gesagt, du Wichser?«

»Lukas!«, rief Ellen. »Bitte geh jetzt!«

»Erst wenn dieses Arschloch aus deiner Wohnung verschwunden ist!«

»Sie haben es gehört!«, sagte der Wichser. »Die Bewohnerin dieser Wohnung möchte, dass Sie augenblicklich gehen. Entweder, Sie leisten dem Folge, oder ich werde dafür sorgen, dass Sie wegen Hausfriedensbruchs angezeigt werden. Ich mache Sie darauf aufmerksam, dass alles, was sie hier tun, aufgezeichnet wird und später vor Gericht gegen sie verwendet werden kann.«

»Was?«

»Wissen Sie überhaupt, was das hier ist?« Der Wichser zeigte auf das Hörgerät.

»Ein Hörgerät«, sagte Lukas.

Der Wichser lachte hässlich. »Oh Mann, der ist ja wirklich so blöd, wie du erzählt hast, Ellen!«

Jetzt reichte es! Mit einem urtümlichen Wutschrei holte Lukas zum Schlag aus. Doch der Wichser machte einen Satz zurück und knallte blitzschnell die Schlafzimmertür zu, so dass Lukas' Faust in das Holz krachte. Er versuchte, die Klinke hinunterzudrücken, aber es ging nicht. Ellen schrie irgendwas, aber er hörte nicht zu. Besinnungslos vor Wut machte er zwei Schritte zurück, nahm Anlauf und rammte die Schulter gegen die Tür.

Es war, als stoße jemand einen glühenden Dolch in seinen Oberarm. Er schrie auf. In seiner Raserei hatte er das frische Tattoo vergessen. Halb vor Schmerz, halb aus Frust trat er mit dem Stiefel gegen die Tür, doch das bewirkte nicht das Geringste. Die Hand auf die pochende Wunde gepresst, drehte er sich um.

Ellen starrte ihn mit großen Augen an. »Es … es tut mir leid!«, sagte sie. »Ich wollte nicht, dass du es auf diese Weise erfährst!«

Einen Moment lang verspürte er große Lust, ihr die Fresse zu polieren. Die dreckige Hure hatte es weiß Gott verdient! Er hatte sich extra ein Tattoo für sie machen lassen, und sie hatte in der Zwischenzeit einen Behinderten gevögelt! Doch er vergriff sich nicht an Frauen. Niemals. Er wollte nicht so werden wie sein Vater.

»Ich … ich bin dir zu blöd, oder?«, fragte er.

Sie sagte nichts.

Ihm wurde plötzlich übel, so dass er sich zusammennehmen musste, um sich nicht vor ihren Füßen zu übergeben. Schwindel befiel ihn. Das Tattoo brannte wie Feuer.

Er wandte sich ab und verließ die Wohnung. Als er aus dem Haus trat, hielt vor ihm ein Peterwagen mit Blaulicht. Zwei Beamte sprangen aus dem Wagen. Der eine von beiden warf ihm einen kurzen Blick zu, doch sie beachteten ihn nicht weiter, sondern rannten ins Haus.

Langsam schleppte er sich durch den Regen nach Hause wie ein geprügelter Hund.

## 0110001011001 0 5. 10010111010100

Ein sanfter, heller Glockenton weckte Andy. Er schlug die Augen auf. Der Wecker auf seinem Nachtschrank zeigte sechs Uhr zwölf – siebenundvierzig Minuten vor der eingestellten Weckzeit.

»Guten Morgen, Andy!«, sagte seine eigene Stimme. Sie kam von dem MirrorBrain, das neben dem Wecker auf seiner Ladestation lag.

Andy setzte seine Brille auf, nahm das Gerät in die Hand und betrachtete das Gesicht auf dem Display – sein Gesicht, das ihn aufmunternd anlächelte.

»Warum hast du mich geweckt?«, fragte er.

»Du hast acht Stunden und sieben Minuten geschlafen. Außerdem befandst du dich nicht in einer REM-Tiefschlafphase. Es war ein guter Zeitpunkt, um dich zu wecken.«

»Mein Wecker ist auf 6.59 eingestellt. Ich brauche meinen Schlaf!«

»Die optimale Schlafdauer beträgt individuell unterschiedlich zwischen sieben und neun Stunden.«

»Normalerweise vielleicht. Aber ich bin anders als andere.« Andy rechnete nicht damit, dass der Mirror diese Aussage verstand, aber es ärgerte ihn, dass das Gerät in sein Leben eingriff, ohne dass er ihm die Anweisung dazu gegeben hatte.

»Das Asperger-Syndrom beeinflusst das individuelle Schlafbedürfnis nicht wesentlich«, gab der Mirror zur Antwort.

Nun war Andy hellwach. »Woher weißt du das?«

»Ich verstehe die Frage nicht.«

Er war fast erleichtert über diese Antwort. »Woher weißt du, dass ich das Asperger-Syndrom habe?«, präzisierte er.

»Deine Kommentare und Mitteilungen in sozialen Netzwerken

lassen den Rückschluss zu, dass du an einer milden Form von Autismus leidest.«

»Ich leide nicht daran!«, sagte Andy. »Asperger ist keine Krankheit, sondern ein Persönlichkeitsmerkmal!«

»Viele Menschen mit Asperger empfinden dies als eine Belastung. Sie haben das Gefühl, auf dem falschen Planeten zu leben.«

Andy starrte das Gerät verblüfft an. So gut hatte noch nie jemand beschrieben, wie er sich fühlte: Wie ein Mensch unter lauter Aliens.

»Wie viele Mirror-Besitzer haben noch Asperger?«, fragte er.

»Asperger tritt bei etwa 0,2 bis 0,3 Prozent der Menschen auf.«

Das war nicht die Antwort auf seine Frage, aber man konnte wohl davon ausgehen, dass Asperger bei Mirror-Besitzern ebenso häufig war wie im Rest der Bevölkerung. Bei hundert Millionen Mirror-Käufern waren das mindestens zweihunderttausend weltweit. Zweihunderttausend Menschen, die waren wie er selbst! Andy wusste, dass die Mirrors all dieser Aspies über das MirrorNet miteinander verbunden waren. Sein eigener Mirror lernte nicht nur aus dem, was Andy tat, sondern auch aus dem Verhalten der anderen. Plötzlich sah er das Gerät mit ganz anderen Augen. Er war nicht mehr allein! Er war nicht mehr hilflos dem Unverständnis des Mannes und Mamas Mitleid ausgeliefert. Er konnte mit anderen in Kontakt treten. Mehr noch, er konnte seinen Mirror nutzen, um sich auf dem »falschen Planeten«, wie das Gerät es genannt hatte, besser zurechtzufinden.

»Kannst du die Gesichtsausdrücke anderer Menschen deuten?«, fragte er.

»Walnut Systems hat speziell für Menschen mit Autismus eine Funktion entwickelt, die MirrorExpressions genannt wird. Sie blendet dir verbale Interpretationen der Gesichtsausdrücke anderer Menschen in das Display deiner optionalen MirrorGlass-Brille ein. Wenn du keine MirrorGlass-Brille besitzt, kann ich dir einfach sagen, was die Gesichtsausdrücke anderer Menschen bedeuten. Du musst nur auf dein MirrorSense-Armband tippen, wenn du jemanden ansiehst.«

»Gut!«, sagte Andy und sprang aus dem Bett.

Zwanzig Minuten später ging er frisch geduscht und fertig angezogen in die Küche. Der Mirror steckte in der mitgelieferten diebstahlsicheren Gürteltasche, der MirrorClip in seinem Ohr, die Kamera war am Brillenbügel angebracht. Der Mann und Mama saßen beim Frühstück.

»Überrascht«, erklang es aus dem kleinen Ohrhörer, als der Mann von seiner altmodischen Papierzeitung aufblickte und Andy kurz auf sein Armband tippte. »Besorgt«, war der Kommentar des Mirrors beim Anblick seiner Mutter. Das hätte er sich denken können – Mama war fast immer besorgt, wenn sie ihn sah.

»Was ist mit dir?«, fragte Mama. »Geht es dir nicht gut?«

»Mir geht es sehr gut«, sagte Andy.

»Warum bist du dann schon auf?«

»Ich habe lange genug geschlafen.«

»Wie schön, dass du zu dieser Erkenntnis gelangt bist«, sagte der Mann.

»Sarkasmus«, warnte der Mirror.

»Setz dich doch zu uns«, sagte Mama. »Ich mache dir einen Tee.«

»Sag mal, hast du da etwa eine Kamera an deiner Brille?«, fragte der Mann.

»Misstrauen«, deutete der Mirror seinen Gesichtsausdruck.

»Ihr wolltet doch, dass ich euer Geschenk ausprobiere!«, erwiderte Andy. »Die Kamera gehört dazu, sonst funktioniert es nicht.«

»Mach das Ding sofort aus!«, befahl der Mann.

»Zorn«, kommentierte der Mirror.

»Lass ihn doch, Rudolf!«, meinte Mama.

»Er kann gern in seinem Zimmer mit seinem Gerät herumspielen, oder draußen. Aber nicht hier am Küchentisch!«

»Zorn.«

»Immer musst du an allem herummeckern, was Andreas macht!«

»Zorn.«

»Und du nimmst ihn immer in Schutz, egal, was er macht! Für dich ist der Junge heilig! Dabei ist er ...« Er beendete den Satz nicht.

Andy tippte erneut auf das MirrorSense-Armband.

»Verachtung«, gab sein Mirror zurück.

»Du verachtest mich!«, sagte Andy.

Der Mann starrte ihn an. »Was? Nein, Junge! Das siehst du ganz falsch! Ich verachte dich nicht!«

»Besorgnis. Er lügt.«

»Du lügst!«, sagte Andy.

»Andreas!«, rief Mama. »Wie kannst du so etwas sagen!«

»Besorgnis.«

»Ich kann es sagen, weil es stimmt. Mein Mirror hat es mir gesagt. Er kann eure Gesichter lesen.«

»Dein Mirror?«, fragte Mama.

»Verwunderung«, sagte der Mirror.

»Das ist ja wohl die Höhe!«, rief der Mann. »Mach sofort das Ding aus, oder ich nehme es dir weg!«

»Zorn.«

»Das darfst du nicht!«, sagte Andy. »Der Mirror gehört mir! Niemand darf ihn mir wegnehmen!«

»Dann verschwinde sofort aus der Küche!«

»Wie kannst du es wagen, meinen Sohn aus meiner Küche zu schicken!«, sagte Mama. Ihre Stimme zitterte ganz komisch.

»Zorn«, erklärte der Mirror, als Andy reflexartig auf das Armband tippte.

»Wenn das so ist, dann gehe wohl besser ich!«, sagte der Mann, warf die Zeitung auf den Tisch und ging aus dem Raum. Die Tür krachte hinter ihm zu.

Mama weinte.

Andy wusste nicht, was er machen sollte.

»Sag ihr, dass es dir leidtut«, sagte der Mirror zu ihm.

»Was? Aber …«, gab Andy zurück.

Mama sah ihn an. »Was?«

»Verwunderung«, sagte der Mirror. »Sag ihr, dass es dir leidtut.«

»Es tut mir leid, Mama«, sagte Andy.

Ihr Mund wurde breit. »Schon gut, mein Junge! Du hast nichts falsch gemacht. Rudolf hat momentan Stress im Job. Er meint es nicht so. Nun setz dich erst mal hin und frühstücke!«

»Erleichterung«, sagte der Mirror.

## 0110001011001 0 **6.** 1001011101010 0

Tschernobyl: Hochmut.

Es war Freya Harmsens Angewohnheit, jeden Ort, den sie bereiste, mit einem einzigen Wort zu charakterisieren. Das Wesentliche auf den Punkt zu bringen war ihre Aufgabe als Journalistin und Fotografin. Einen Ort, eine Situation in einem einzigen Bild oder einem kurzen Satz treffend festzuhalten war eine Kunst, die sie auch nach zehn Jahren Berufserfahrung längst noch nicht perfekt beherrschte.

Sie stand auf einem großen Platz, der einmal als Parkplatz für die Beschäftigten des Kernkraftwerks gedient haben mochte. Vor ihr ragte der gigantische Betonblock auf, in dessen Innerem die Trümmer von Block vier des Kernkraftwerks verschlossen waren. Sie warf einen nervösen Blick auf ihre Führerin, eine junge Ukrainerin namens Maria Jelenowa, die einen Geigerzähler in der Hand hielt. Das

Gerät zeigte 0,7 Milliröntgen pro Stunde an, immerhin etwa das Zwanzigfache der natürlichen Strahlung. Kein wirklich beängstigender Wert, aber genug, um bei Freya das Gefühl des Unwohlseins und der Beklemmung zu verstärken, das sie befallen hatte, seit sie in der Sperrzone waren.

Maria lächelte beruhigend. »Kein Problem«, sagte sie auf Englisch. »Der größte Teil der Strahlung wird durch den Betonmantel blockiert. Hier haben noch viele Jahre lang Tausende Menschen gearbeitet. Der letzte Reaktorblock ist erst im Jahr 2000 außer Betrieb gegangen, vierzehn Jahre nach der Katastrophe. Wenn man nicht allzu lange hierbleibt, passiert einem nichts.«

Freya strich sich eine Locke ihres kaum zu bändigenden roten Haarschopfs aus dem Gesicht und machte ein paar Fotos, indem sie leicht gegen den Bügel ihrer MirrorGlass-Brille tippte. Sie hatte sich erst vor kurzem einen Mirror gekauft, nachdem ihn ihr ein befreundeter Journalist empfohlen hatte. Die Bilder der Brillenkamera und der Drohne seien exzellent und der Mirror sei außerordentlich einfach zu bedienen. Bisher hatte sich diese Einschätzung als richtig erwiesen. Auch die übrigen Funktionen, von der Terminorganisation bis zur Einkaufsberatung und dem digitalen Bezahlen, hatte Freya schätzen gelernt, obwohl sie das Gefühl hatte, bei weitem noch nicht alle Möglichkeiten des Geräts auszunutzen. Verblüfft hatte sie das Gerät gestern am Flughafen von Kiew, als sie ein ukrainischer Sicherheitsbeamter auf Russisch angesprochen hatte und der Mirror ungefragt die Übersetzung des Textes in das Sichtfeld ihrer Brille eingeblendet hatte: »Sie müssen die Kamerabrille ausschalten!«

»Kommen Sie«, sagte Maria. »Die Kraftwerksruine ist doch langweilig. Ich zeige Ihnen die wirklich interessanten Plätze.«

Sie stiegen in den Mietwagen, einen VW Golf, den sie in Kiew gemietet hatte. Sie holperten über leere Straßen, deren Asphalt aufgeplatzt war. Einmal mussten sie einen Baum umfahren, der mitten auf der Straße aus einem fast kreisrunden Loch emporgewachsen war. Freya stoppte den Wagen und machte ein Foto davon.

Nach ein paar Kilometern wies ein Schild in kyrillischer Schrift darauf hin, dass sie die Grenze einer Stadt erreicht hatten. »Pripjat«, sagte Maria.

Es war das eigentliche Ziel ihrer Reise in diese tote Gegend. Freya war als freie Journalistin von der Londoner Zeitung Sunday Times beauftragt worden, eine Reportage über Tschernobyl dreißig Jahre nach der Katastrophe zu machen. Sie hatte den Auftrag gern angenommen, auch wenn sie die Vorstellung, in das radioaktiv verstrahlte Gebiet zu reisen, von Anfang an mit Unbehagen erfüllt hatte. Wenigstens konnte sie so einen gutbezahlten Job mit ihrem privaten Interesse verbinden. Denn sie arbeitete insgeheim an einem eigenen Projekt, für das hier sicher ein paar schöne Bilder abfallen würden.

»Die Schönheit der Zerstörung« war der gedachte Titel eines Bildbandes, für den Freya bereits seit einigen Monaten Material sammelte. Es sollte ihr Versuch werden, sich international einen Namen als Fotografin zu machen. Ihre Idee war es, die Umweltzerstörung durch den Menschen zu dokumentieren – doch nicht mit den üblichen, grauenerregend hässlichen Bildern von qualmenden Schloten, verpesteten Flüssen, industrieller Ödnis oder an Ölvergiftung verendenden Seevögeln. Stattdessen wollte sie die schöne Seite der Zerstörung zeigen: das farbenprächtige Schillern von Ölflecken auf Wasser, die Eleganz der glänzenden Metallrohre einer Raffinerie, die Schönheit der vom Smog in die Länge gezogenen Sonnenuntergänge über asiatischen Metropolen, die dekadente Pracht vor sich hin rostender Tankerwracks. Selbst in den gelben Qualmwolken, die sich aus den Schloten der Chemiefabriken erhoben, ließ sich Schönheit finden.

Es war eine trügerische Schönheit, die, so hoffte Freya, beim Betrachter eine Mischung aus Faszination und Grusel hervorrufen würde. Statt sich voller Ekel abzuwenden, würden die Leser ihre Bilder immer wieder sehen wollen – und sich damit der subtilen Botschaft der Umweltzerstörung eher öffnen. Das jedenfalls war ihre Idee. Ob sie funktionierte, würde sie erst wissen, wenn sie einen Verlag für ihr Werk gefunden hatte. Bisher hatte sie mit ihrem Exposé und den beigefügten Beispielbildern nur mehr oder weniger freundliche Absagen kassiert.

Sie fuhren durch leere Straßen, zwischen Wohnhäusern hindurch, die seltsam normal wirkten. Auf einem Platz in der Mitte der Stadt bedeutete ihr Maria anzuhalten. Sie stiegen aus und sahen sich um.

Pripjat: Stille.

Freyas Nackenhaare stellten sich auf. Nichts war zu hören, kein Verkehrslärm, kein Vogelgezwitscher, nicht einmal das Rauschen des Windes. Sie scharrte unbewusst mit einem Fuß, um sich zu vergewissern, dass sie nicht taub geworden war. Die Lautlosigkeit löste in ihr eine Beklemmung aus, die mit Worten kaum zu beschreiben war.

Die Gebäude wirkten unversehrt, so als könne sich jeden Moment eine Balkontür öffnen und eine Frau mit einem Wäschekorb heraustreten, um in der strahlenden Nachmittagssonne ihre Wäsche aufzuhängen.

»Manchmal habe ich das Gefühl, dass ich die Geister der Menschen spüren kann, die hier lebten«, sagte Maria in die Stille hinein.

Freya nickte. An diesem Ort fiel es nicht schwer, an Gespenster zu glauben.

Eine Bewegung, die sie aus dem Augenwinkel wahrnahm, ließ sie herumfahren. »Was war das?«

Maria folgte ihrem Blick. »Was denn?«

Freya wies auf ein schmuckloses Gebäude auf der gegenüberliegenden Seite des Platzes. Die Tür stand offen. »Dort drüben. Da war jemand. Glaube ich.«

Langsam gingen sie auf das Haus zu. Der Flur hinter dem Eingang lag in tiefem Schatten. Als sie noch etwa zwanzig Meter entfernt waren, war plötzlich deutlich eine Bewegung zu erkennen. Dann stürmte jemand – etwas – aus dem Gebäude. Freya machte mehrere Bilder mit der Brillenkamera.

Ein Reh. Es floh die Straße entlang, bis es hinter einer Häuserecke verschwunden war.

Maria lachte. »Scheint so, als hätte die Stadt doch noch ein paar lebendige Einwohner.«

Freya sagte nichts. Sie fand die Begegnung verstörend. Die Geisterstadt erschien ihr plötzlich wie ein unheilvolles Vorzeichen einer zukünftigen Welt ohne Menschen. Die Natur würde den Planeten innerhalb kürzester Zeit zurückerobern.

»Ich nenne diese Gegend ›Das Reich der Wölfe‹«, sagte Maria. »Von denen gibt es hier Tausende. Nachts kann man sie heulen hören, und dann ist es hier noch ein ganzes Stück gruseliger. So verrückt es klingt: Die Katastrophe von 1986 hat aus dieser Gegend ein riesiges Naturschutzgebiet gemacht. Die Radioaktivität scheint den Tieren nicht viel auszumachen – aber vielleicht leben sie einfach nicht lange genug, um die schädlichen Auswirkungen zu spüren. Andererseits habe ich Geschichten von Kälbern mit vier Hörnern oder Säuglingen mit zusammengewachsenen Beinen gehört, die nach der Katastrophe geboren worden sein sollen. Vielleicht sind das auch nur die üblichen Horrorgeschichten. Ich bin keine Biologin.«

Sie betraten das Gebäude. Es roch nach Schimmel und Moder. Eine Betontreppe führte nach oben. An der Rückwand war eine der großen Fensterscheiben gesprungen, so dass es hereingeregnet hatte. In dem aufgeplatzten Linoleumfußboden davor hatten sich Gräser und ein paar niedrige Sträucher ausgebreitet.

Links vom Eingang befand sich ein großer Raum, der einmal ein Restaurant gewesen sein mochte. Dafür sprach die große Zahl von Tischen und Stühlen, die noch dort standen. Eine Tür auf der gegenüberliegenden Seite führte in eine Küche. Die Elektrogeräte waren vor langer Zeit entfernt worden, ebenso alle Küchenutensilien. Nur ein rostiges Messer lag noch auf einer staubigen Arbeitsfläche.

Hinter der Küche befanden sich eine leere Kühlkammer, in der immer noch der Geruch modrigen Fleisches hing, ein Vorratsraum und eine große Abstellkammer. Zwischen halbverrottetem Gerümpel standen mehrere große, auf Holzrahmen aufgezogene Farbdrucke: Fotos von Michail Gorbatschow, das fleckige Muttermal auf seiner Stirn wegretuschiert, und weiteren Parteifunktionären, die Freya nicht erkannte. Daneben rote Spruchtafeln und Banner.

»Die waren sicher für die Feierlichkeiten zum 1. Mai gedacht«, kommentierte Maria.

Freya fotografierte die stummen Zeugen einer untergegangenen Epoche fasziniert.

Maria führte sie in ein weiteres Gebäude, das an dem Platz lag. »Das hier war mal ein Kindergarten«, sagte sie.

Freya hätte es auch ohne Hinweis erkannt. Mit zugeschnürter Kehle betrachtete sie die kindlich bemalten Wände, die Tafel neben der Eingangstür, auf der das kyrillische Alphabet aufgemalt war. Auf dem Boden lagen zwischen Gerümpel, umgefallenen Stühlen und von der Decke abgebröckeltem Mörtel staubige Kinderschuhe, ein Teddybär, eine Blechtrommel. Ein blaues Blechauto ohne Räder lag auf dem Rücken, als hätte es einen schweren Unfall gehabt. Auf einem niedrigen Tisch lagen eine nackte Puppe, der ein Bein fehlte, und eine Gasmaske.

»Es sieht aus, als seien die Menschen in großer Hektik geflohen, als es passierte.«

Maria schüttelte den Kopf. »Zuerst haben die Menschen hier überhaupt nicht gewusst, was los war. Ein Stück die Straße runter gibt es ein Hotel, das höchste Gebäude im Ort. Dort haben sich Leute auf dem Dach versammelt, um die gigantische Wolke zu bestaunen, die über dem Reaktor aufgestiegen war. Erst nach Stunden ist die Evakuierung eingeleitet worden. Sie können sich sicher vorstellen, dass die damaligen Behörden auf so etwas überhaupt nicht vorbereitet waren. Eine Kernschmelze kam in den Fünfjahresplänen des Obersten Sowjets nicht vor.«

»Ich würde gern eine Kamerafahrt mit der Drohne durch diesen Raum machen«, sagte Freya.

»Natürlich, nur zu.«

Freya holte das Gerät aus dem Auto und kramte ihr MirrorBrain aus der Handtasche, um die Drohnensteuerung zu aktivieren. Das 3-D-Gesicht mit dem roten lockigen Haar, das ihr entgegenblickte, hatte herabgezogene Augenbrauen und zusammengepresste Lippen. Es spiegelte ihre eigene Stimmung. Freya wusste, dass der Mirror durch seine Kamera ihren Gesichtsausdruck lesen und zusammen mit den Daten des MirrorSense-Armbands ihre Gefühle interpretieren konnte, aber es verblüffte sie noch immer, wie gut das funktionierte. Der Mirror schien sich regelrecht unwohl zu fühlen. Aber das war natürlich nur eine geschickt gemachte Illusion – das Gerät war schließlich bloß ein Stück Hardware, echte Gefühle würde es niemals empfinden können.

»Aktiviere MirrorBird«, sagte sie. Das Gesicht verschwand, und die Fernbedienung für die Drohne erschien: ein paar einfache Pfeilsymbole überlagerten das Kamerabild, das zurzeit nur den Fußboden darstellte, auf dem die Drohne lag.

Freya tippte auf das Startsymbol, und die Drohne schwebte sirrend empor, bis sie auf Hüfthöhe war. Langsam bewegte Freya das Gerät durch den Raum. »Aufnahme!«, sagte sie. Ein roter blinkender

Punkt erschien auf dem Monitor. Sie ließ die Drohne dicht über die Bänke und Stühle dahinschweben. Das Bild war hochauflösend und völlig wackelfrei. Wirklich erstaunlich.

Ein Teddybär kam ins Bild. Ein Auge fehlte. Freya steuerte die Kamera direkt auf ihn zu. Sie bekam eine Gänsehaut von der schaurigen Schönheit des Anblicks.

Plötzlich eine Bewegung. Eine Spinne krabbelte an dem Kopf des Teddys empor. Im Kamerabild wirkte sie wie ein riesiges Ungetüm, obwohl sie nur ein paar Zentimeter durchmaß. Freya zuckte zusammen. Sie hasste Spinnen.

Das Kamerabild wurde unscharf. Die Drohne stieg senkrecht nach oben und schwebte unter der Decke des Raums. Die Kamerafahrt war ruiniert. Warum war das passiert? Freya hatte die Kamerasteuerung nicht berührt.

»Verlasse so schnell wie möglich diesen Ort«, sagte der Mirror in ihrem Ohr.

»Was ist mit Ihnen?«, fragte Maria. »Ist Ihnen nicht gut?«

»Nein, ich bin okay. Die Aufnahme ist leider nichts geworden. Ich muss sie wiederholen.«

Freya versuchte, die Drohne erneut durch den Raum zu steuern. Doch irgendetwas stimmte mit der Steuerung nicht. Sobald sie versuchte, die Drohne dicht über das am Boden verstreute Spielzeug zu steuern, schwenkte die Kamera zur Seite und das Bild stellte sich unscharf. Vergeblich versuchte sie, die Drohne wieder unter Kontrolle zu bringen. Schließlich gab sie auf. Sie würde mit dem Material auskommen müssen, das sie bereits hatte.

# 01100010110010 7. 10010111010100

Carl saß an seinem Schreibtisch in dem kleinen Büro in einer Ecke eines unauffälligen Bürokomplexes in Oakland. Er hätte sich etwas Besseres leisten können; Ted Corley von Global Information Systems hatte ihm schon mehrmals vorgeschlagen, in das Konzernbüro in Downtown San Francisco umzuziehen. Sein Schreibtisch hätte ganz oben in einem Glastempel stehen können, mit Blick auf die Bay oder sogar die Golden Gate Bridge. Aber solche Äußerlichkeiten interessierten ihn nicht, und er wollte lieber hier bei den Entwicklerteams sein, die die Software für die Mirrors programmierten, als drüben bei den Managern von GIS, die sich um die Herstellung und den Verkauf der Hardware kümmerten.

Er ging noch einmal die Präsentation durch, die er Montag auf der Aufsichtsratssitzung halten würde. Die Verkaufszahlen der Mirrors hatten sich hervorragend entwickelt. In weniger als sechs Monaten seit dem Launch hatten sie schon die Hundertmillionenmarke geknackt. Dass es nicht noch mehr waren, lag an Lieferschwierigkeiten der chinesischen Fabriken, die der boomenden Nachfrage kaum nachkommen konnten. Fabrikneue Mirrors wurden inzwischen auf Ebay zum Dreifachen des regulären Preises gehandelt. Das würden die GIS-Manager bestimmt zum Anlass nehmen, um noch einmal ihre Forderung nach einer Preiserhöhung zum Ausdruck zu bringen. Diese geldgeilen, kurzsichtigen Schwachköpfe! Immerhin hatte Carl dem Druck bisher standhalten können und den Endverbraucherpreis für das Basisset bei 999 Dollar belassen, obwohl dieser nach Abzug der Handelsmarge unter den Herstellungskosten lag. Aber hier ging es um Marktanteile und um die Etablierung neuer Standards, da musste man eben investieren. Und GIS hatte genug Geld, um ein paar Hundert Millionen an Anlaufverlusten wegzustecken. Er musste ihnen einfach klarmachen, dass …

Die Tür ging auf und Jennifer, seine Assistentin, steckte den Kopf herein. »Sie ist immer noch da«, sagte sie.

»Wer?«

»Die Nonne. Ich hab dir doch schon heute Morgen von ihr erzählt.«

Na klar. Die Nonne. Als gäbe es nicht schon genug Verrückte, die überall Unwahrheiten über die Mirrors verbreiteten und versuchten, Panik zu schüren. Das Internet war voll von Verschwörungstheorien. Die gängigste war, dass die Mirrors von der NSA entwickelt worden seien, um eine vollständige Überwachung aller Bürger zu erreichen. Carl und sein Cogründer Eric Brandon konnten noch so oft darauf hinweisen, dass die Mirrors ausschließlich über sicher verschlüsselte Leitungen kommunizierten und niemand auf die Daten der Nutzer Zugriff hatte, am allerwenigsten die NSA – gegen solche Behauptungen konnte man einfach nichts tun, außer immer wieder darauf hinzuweisen, dass mehrere Organisationen, die sich um Bürgerrechte und Datenschutz kümmerten, die Software genau unter die Lupe genommen hatten. Aber die Gegner behaupteten natürlich gleich, die seien gekauft worden.

Immerhin gab es genügend positive Berichte – Posts in den sozialen Medien, in denen begeisterte Nutzer darüber berichteten, wie ihnen ihr Mirror geholfen hatte, abzunehmen, eine Freundin zu finden, in der Schule besser zu werden. Besonders berührt hatte Carl der Bericht eines vierzehnjährigen Jungen aus Idaho, der wegen seines Stotterns in der Schule gemobbt worden war und nun dank seines Mirrors nach nur vier Wochen völlig normal sprechen konnte. Trotzdem wirkte Walnut Systems für Paranoide, Verschwörungstheoretiker und Internet-Trolle wie ein Magnet.

Und jetzt auch noch eine Nonne!

»Was will sie noch mal?«, fragte er.

»Mit dir sprechen. Sie sagt, sie geht nicht weg, bis sie vorgelassen worden ist. Sie hat einen Rucksack voller Proviant dabei.«

»Können wir sie nicht einfach rauswerfen?«

»Können wir. Aber Lisa aus der PR-Abteilung sagt, das wäre ein Riesenfehler. Immerhin ist sie eine Nonne. Wenn die Journalisten mitkriegen, dass wir sie vor die Tür gesetzt haben …«

»Und was soll ich dann tun?«

»Hör dir an, was sie zu sagen hat. Gib ihr zehn Minuten.«

Er seufzte. »Na schön, von mir aus. Ich hab ja zum Glück sonst nichts zu tun.«

Kurz darauf betrat eine junge dunkelhäutige Frau mit einer schwarzen Kutte und einer schwarzweißen Haube auf dem Kopf den Raum. Sie blickte ernst.

»Mein Name ist Schwester Cornelia vom Orden Unserer Lieben Frau in Palo Alto. Danke, dass Sie sich Zeit für mich nehmen, Mr Poulson.«

Carl setzte sich mit ihr an den kleinen Konferenztisch. Er bot ihr keinen Kaffee an, um das Gespräch nicht unnötig in die Länge zu ziehen. Stattdessen sah er demonstrativ auf die Uhr. »Was kann ich für Sie tun, Schwester?«

»Es geht um Ihr Gerät, den Mirror.«

»Was ist damit? Machen Sie sich Sorgen, dass die Mirrors das Seelenheil der Gläubigen gefährden?«

Die Nonne lächelte nicht. »Ehrlich gesagt, ja, Sir.« Sie holte einen Mirror aus ihrer Kutte und legte ihn auf den Tisch. »Ich habe dieses Gerät getestet. Ich weiß nicht, ob Ihnen dies bewusst ist oder nicht, Mr Poulson, doch die Stimme, die ich daraus vernahm, war die des Teufels!«

Sie sah Carl mit vorgerecktem Kinn und blitzenden Augen an, als erwarte sie, dass ihm im nächsten Moment Hörner und Hufe wuchsen.

»Die Stimme … des Teufels?«

»Ja, Sir. Das Gerät hat mir unzüchtige Worte ins Ohr geflüstert. Es hat mich sogar dazu aufgefordert, einen Pater in unangemessener Weise anzusprechen! Denn viele Verführer sind in die Welt gekommen, die nicht bekennen Jesum Christum, dass er in das Fleisch gekommen ist. Das ist der Verführer und der Widerchrist.«

»Sehen Sie, Schwester, es ist so«, erklärte Carl mit der ruhigen Stimme, mit der er schon tausendmal Journalisten, Politikern und Schulklassen die Funktionsweise des Mirrors erklärt hatte. »Ihr Mirror möchte, dass Sie sich gut fühlen. Dazu misst er unter anderem Ihren Hautwiderstand, der etwas über Ihren Erregungszustand aussagt, und Ihren Puls, aber er analysiert auch Ihr Stimmmuster, Ihre Atemfrequenz und wenn Sie ihn ansehen, Ihren Gesichtsausdruck und die Weite Ihrer Pupillen. Wenn Sie den Pater angesehen haben und es hat sich in Ihnen der Wunsch geregt, ihm nahe zu sein, dann ist das ganz natürlich und …«

»Was erlauben Sie sich! Ich lebe im Zölibat, genau wie der Pater!«

»Wenn Ihr Mirror Ihnen etwas sagt, das Sie nicht hören wollen, dann können Sie es einfach ignorieren. Sie müssen nur ›Ruhe‹ sagen, und Ihr Mirror wird sofort verstummen.«

»Aber er hat mich zur Sünde aufgefordert! Er wollte, dass ich mich meinen körperlichen Gelüsten hingebe!«

»Er wollte nur, dass Sie sich gut fühlen, Schwester Cornelia. Der Mirror weiß nicht, was eine Sünde ist.«

»Das ist es ja gerade!«, sagte die Nonne triumphierend. »Ihr Gerät verführt die Menschen dazu, zu sündigen und unzüchtig zu leben!«

Carl seufzte. »Wie gesagt, ein Mirror versucht nur, alles zu tun, damit sein Besitzer sich wohl fühlt«, sagte er so geduldig wie möglich. »Wenn das in Ihren Augen eine Sünde ist, dann empfehle ich Ihnen, das Gerät zurückzugeben. Wir werden Ihnen selbstverständlich den vollen Kaufpreis erstatten.«

Die Nonne stand auf und steckte das Gerät wieder ein. »Ich habe nichts anderes von Ihnen erwartet als honigsüße Worte«, sagte sie, und es klang wie das Plädoyer eines Staatsanwalts gegen einen Massenmörder. »Doch es steht geschrieben: Lasst euch nicht irreführen! Weder Unzüchtige noch Götzendiener, Ehebrecher, Lustknaben, Knabenschänder, Diebe, Geizige, Trunkenbolde, Lästerer oder Räuber werden das Reich Gottes ererben!«

Damit drehte sie sich um und verließ den Raum.

Carl sah ihr einen Augenblick nach, schüttelte den Kopf und wandte sich wieder seiner Präsentation zu.

## 01100010110010 8. 10010111010100

Nach dem Frühstück recherchierte Andy im Internet über MirrorExpressions. Er fand etliche begeisterte Foreneinträge, die davon berichteten, wie diese Funktion Menschen im Autismus-Spektrum das Leben erleichterte. Aber es gab natürlich auch kritische Stimmen. Manche glaubten, das Erkennen von Gesichtsausdrücken diene Geheimdiensten dazu, die »Gesinnung« der Menschen zu überwachen. Vergleiche zu dem dystopischen Roman *1984* von George Orwell wurden gezogen. Andy hatte das Buch nie gelesen, kannte jedoch grob den Inhalt, weil sie es vor einigen Jahren im Unterricht besprochen hatten. Wieder andere hielten diese Befürchtungen für Unfug, weil MirrorExpressions nichts anderes tat als das, was jeder normale Mensch ohnehin konnte.

Ermutigt von seinen Recherchen beschloss Andy, eine Expedition zu unternehmen und den Alien-Planeten, auf dem er geboren worden war, auf eigene Faust zu erforschen. Die Gesichtsausdrücke, die er mit dieser Aussage bei seiner Mutter auslöste, interpretierte der Mirror nacheinander als »Überraschung«, »Freude« und »Sorge«.

»Bist du sicher, dass du allein da draußen zurechtkommst?«, fragte sie.

Zugegebenermaßen fühlte er sich nicht sehr wohl bei der Vorstellung, abseits seiner wenigen gewohnten Wege und ohne seine Mutter, die ihn sicher nach Hause führen konnte, in der Stadt herumzulaufen. Aber er war ja jetzt nicht mehr allein. Er hatte seinen Mirror.

»Klar, Mama«, sagte er.

Sie lächelte. »Dann wünsche ich dir viel Spaß, mein Sohn.«

»Freude«, kommentierte der Mirror.

Er beschloss, mit der U-Bahn in die Innenstadt zu fahren. Das hatte er noch nie gemacht. Er kannte den U-Bahn-Plan auswendig, außerdem hatte der Mirror natürlich auch ein eingebautes Navigationssystem. Trotzdem fühlte er sich, als betrete er feindliches, von unbekannten Monstern bevölkertes Terrain in seinem Lieblings-Onlinespiel, als er die Haltestelle Wartenau betrat. Auf dem Bahnsteig warteten nur wenige Berufspendler, aber die U-Bahn, die kurz darauf anhielt, war so voll, dass er sich nicht hineintraute. Die nächste Bahn fuhr in die Gegenrichtung. Sie war fast leer. Also stieg er ein und fuhr in Richtung Volksdorf. Die Gesichter der Menschen in der Bahn seien »gleichgültig«, sagte der Mirror. Nur ein bärtiger Mann und ein Mädchen mit dicken Brüsten sahen sich »verliebt« an. Andy fand es interessant, dass man das tatsächlich sehen konnte, und fragte sich, ob das alle Menschen außer ihm erkannt hätten oder ob es eine besondere Fähigkeit des Mirrors war.

Drei Stationen weiter, am Wandsbeker Markt, stieg er wieder aus und schlenderte durch das Einkaufszentrum Quarree, in dem er bereits mehrfach mit seiner Mutter gewesen war. Normalerweise bekam er in solchen Einkaufszentren schnell Platzangst, doch mit dem

Mirror war es, als müsse er keine Angst mehr haben. Er konnte sogar die Augen schließen und sich von der Kamera führen lassen: »Geradeaus … jetzt rechts … Achtung, bleib stehen … weiter geradeaus …«

»Was machst du da?«

Er schlug die Augen auf und blickte in das Gesicht eines Mädchens, vielleicht ein oder zwei Jahre jünger als er selbst. Sie hatte große braune Augen und kaffeebraunes schulterlanges Haar. Sommersprossen sprenkelten ihr Gesicht. Am interessantesten an ihr war jedoch die Brille, die sie trug. Er erkannte sofort den kleinen Knopf der Kameralinse am linken Bügel. Sie trug einen MirrorClip im Ohr!

»Ich erforsche diesen Planeten«, sagte er und merkte erst eine Sekunde später, dass das für normale Menschen vermutlich eine albern klingende Aussage war.

Sie lächelte, nur ganz kurz, als traue sie sich nicht, zuzugeben, dass sie das amüsant fand. »Neugier … Freude … Verwunderung«, kommentierte Andys Mirror.

»Hast du auch einen Mirror?«, fragte sie.

»Das sieht man doch«, sagte er.

Sie veränderte das Gesicht.

»Enttäuschung«, erklärte sein Mirror. »Entschuldige dich bei ihr!«

»Was?«, fragte Andy.

»Was?«, fragte das Mädchen.

»Entschuldige«, sagte Andy.

»Du hast Asperger«, stellte das Mädchen fest.

Er war einen Moment sprachlos. »Woher weißt du das?«

»Mein Mirror hat es mir gesagt«, erklärte sie. »Leute mit Asperger sagen manchmal komische Sachen.«

»Was habe ich denn Komisches gesagt?«

»Weiß ich nicht.«

»Und woher weiß dein Mirror, dass ich Asperger habe?«

»Ich bin nicht sicher. Vielleicht hat dein Mirror es meinem Mirror gesagt.«

Andy holte das Gerät aus der Tasche an seinem Gürtel und blickte sein Ebenbild an. »Hast du ihr gesagt, dass ich Asperger habe?«, fragte er.

»Lade Sie auf einen Kaffee ein«, erwiderte der Mirror.

»Ich mag keinen Kaffee«, sagte Andy.

»Sie mag Kaffee«, erklärte der Mirror geduldig.

Andy sah das Mädchen an. Sie blickte ihn an, und er konnte auch ohne die Erklärung seines Geräts sehen, dass sie neugierig und ein bisschen verwundert war.

»Willst du einen Kaffee mit mir trinken?«, fragte er.

»Okay«, sagte sie.

Sie gingen in ein Café im ersten Stock des Einkaufszentrums. Sie bestellte einen Cappuccino. Er nahm einen Zitronentee. Sie unterhielten sich. Zu Anfang fiel ihm das noch schwer, doch der Mirror half ihm, wenn er nicht wusste, was er sagen sollte. Irgendwann jedoch brauchte er die Unterstützung des Geräts nicht mehr. Es fiel ihm immer leichter, mit dem Mädchen zu sprechen.

Es stellte sich heraus, dass sie Viktoria hieß, achtzehn Jahre alt war und noch zur Schule ging. Sie würde in diesem Jahr Abitur machen und wollte danach Buchhändlerin werden.

»Buchhändlerin? Wer wird denn heutzutage noch Buchhändlerin?«, fragte Andy.

»Ich«, erwiderte sie. »Ich mag nun mal Bücher.«

Andy, der einen E-Reader besaß, las sehr gern, aber fast ausschließlich digital. Er musste aber zugeben, dass gedruckte Bücher irgendwie schön waren. Seine Mutter hatte eine Menge Bücher zu Hause, meistens Liebesromane. Andy hatte mal versucht, einen zu lesen, aber schon nach der ersten Seite überhaupt nicht verstanden, warum man Spaß an solchen ausgedachten Geschichten haben konnte. Er bevorzugte Sachbücher, vor allem Bücher über Mathematik und Informatik.

»Warum spielst du denn ein Online-Fantasy-Rollenspiel, wenn du dich überhaupt nicht für Fantasy interessierst?«, fragte Viktoria, deren Lieblingsbuch *Der Herr der Ringe* hieß.

»Weil ich die Welt verstehe«, erklärte er und meinte natürlich die *World of Wizardry*. Und es stimmte: Es hatte ihn nie besonders interessiert, wie Orks oder Waldschrate aussahen. Was ihn an der Online-Welt faszinierte, war ihre Berechenbarkeit. Er wusste, was geschah, wenn er einen Sturmzauber über eine Gruppe von Kobolden sprach. Natürlich nicht in allen Einzelheiten, aber er kannte die Wirkungsparameter genau – die Schadenspunkte jedes einzelnen Blitzes und Eiswirbels, den er beschwor, die Rüstungsklasse der Gegner, ihre Lebenspunkte, die Wahrscheinlichkeit, dass ein Kobold mehrere Eiswirbel überstand. Als er Viktoria das erklärte, wies ihn sein Mirror darauf hin, dass sie gelangweilt war und er besser das Thema wechselte.

Nachdem sie über eine Stunde dort saßen und er so viel gesagt hatte wie sonst in einer Woche nicht, fragte er unvermittelt: »Warum redest du eigentlich mit mir?«

Sie sah ihn »verblüfft« an. »Hat dein Mirror dir gesagt, dass du das fragen sollst?«

»Nein«, sagte er. »Ich habe mich bloß gewundert. Sonst redet nie jemand mit mir. Schon gar nicht so lange.«

»Du bist … leise«, sagte sie.

»Ich bin leise?«, sagte er und sprach etwas lauter, weil er Angst hatte, sie könne vielleicht ein bisschen schwerhörig sein.

Sie schüttelte den Kopf. »Nein, nicht so. Ich meine nicht deine Stimme, ich meine dein Gesicht.«

»Mein Gesicht ist leise?«, fragte Andy. Er hoffte, dass ihm sein Mirror erklären werde, was sie damit meinte, doch der blieb stumm.

»Sozusagen. Ich bin sehr empfindlich, was Gesichtsausdrücke angeht. Meine Mutter sagt, ich bin hochsensibel. Menschen machen mir schnell Angst. Ich finde es sehr anstrengend, mit anderen zusammen zu sein. Sie sehen mich an, und es ist, als würden sie mich mit den Augen anschreien. Verstehst du, was ich meine?«

»Nein.«

»Jedenfalls, du bist anders. Dein Gesicht ist ruhig.«

»Ich kann nichts dafür«, sagte er. »Ich habe Asperger.«

»Ja, ich weiß. Aber für mich ist das schön. Du bist eben anders. Ich kann mit dir reden, ohne dass es für mich anstrengend ist.«

So etwas Schönes hatte noch nie jemand zu ihm gesagt. Andy wusste nicht, was er darauf antworten sollte. Er wartete darauf, dass sein Mirror ihm einen Hinweis gab, doch das Gerät blieb stumm. Also schwieg er auch.

»Ich muss los«, sagte Viktoria. »Willst du mein Freund sein?«

»Was?«

Sie kicherte, was ihn irritierte. »Ich meine natürlich im Mirror-Net.«

»Ja.«

Sie tippte auf den Bildschirm ihres Geräts. »Freundschaftsanfrage von Viktoria Junghans bestätigen?«, sagte seine eigene Stimme in seinem Ohr.

»Ja«, erwiderte Andy.

»Du bist jetzt mit Viktoria Junghans befreundet«, stellte Andys Mirror fest.

# 0110001011001 0 9. 10010111010100

»Wo ist mein Geld?«, fragte Mike. Er war kleiner als Jack, ein Latino, der eigentlich Miguel hieß, aber seine mexikanische Abstammung gern verleugnete.

»Ich hab's dir doch schon erklärt, Mike«, sagte Jack und bemühte sich, seine Nervosität zu verbergen. »Ich bin ausgeraubt worden. Ich weiß, dass das mein Fehler war. Ich mache es wieder gut. Aber ich kann den Stoff nicht herzaubern.«

Mike wandte sich an Ronny, einen schwarzen Riesen, der die Muskelmasse eines Zuchtbullen und auch dessen IQ besaß. »Bin ich schwerhörig, oder was? Hat er gesagt, wo mein Geld ist?«

»Nein, Mike.«

»Ich habe dein Geld nicht«, sagte Jack. »Aber ich besorge es. Gib mir eine Woche!«

»Eine Woche?«, fragte Mike mit einer Stimme, als hätte ihn Jack eben darum gebeten, seine Freundin vögeln zu dürfen. »Sehe ich etwa aus wie die Bank of San Francisco? Glaubst du, ich bin ein verschissener Bankangestellter, Mann? Der seine Zeit damit vertrödelt, anderen Leuten Kredite zu geben? Glaubst du das?«

»Nein, Mike. Ich bin dir noch nie Geld schuldig geblieben, das weißt du. Das ist eine absolute Ausnahme.«

»Eine Ausnahme.« Mike nickte. »Klar, eine Ausnahme. Und du erwartest jetzt bestimmt, dass ich auch eine Ausnahme mache und dich nicht für deine Dämlichkeit bestrafe, oder?«

»Ich … ich … bitte dich nur, mir etwas Zeit zu geben, damit ich meinen Fehler wiedergutmachen kann.«

Mike nickte. »Okay. Die kriegst du. Ich geb dir eine Woche, dann will ich die Tausend zurück. Plus zwanzig Prozent Zinsen.«

»Danke, Mike!«, sagte Jack erleichtert.

»Aber vorher muss ich dir noch eine kleine Lektion erteilen. Ronny und Chaz, lasst uns mal einen Augenblick allein.«

Seine beiden Leibwächter verließen den Raum, der im privaten Bereich einer Stripbar lag, einer der vielen Betriebe, die Mike zum Geldwaschen benutzte.

»Was für eine Lektion?«, fragte Jack und konnte nicht verhindern, dass seine Stimme zitterte.

»Jack, wie lange arbeitest du jetzt schon für mich?«

»Knapp sieben Jahre.«

»Und hab ich dich in diesen knapp sieben Jahren jemals ungerecht behandelt?«

»Nein, Mike.«

»Hab ich dir vertraut? Hab ich dir dein eigenes Gebiet gegeben? Dir fünfzehn Prozent von den Einnahmen gelassen?«

»Ja, Mike.«

»Hab ich zu dir gestanden, obwohl Chaz mir immer wieder gesagt hat, du seist zu weich zu deinen Kunden?«

»Ja, Mike, das hast du.«

»Denkst du, ich mag dich, Jack?«

»Ich … ich weiß nicht. Ja, eigentlich schon.«

Mike nickte.

»Siehst du, da liegt das Problem. Du denkst das, die anderen denken das auch. Und es stimmt. Ich mag dich, Jack.«

Jack sagte nichts.

»Und deshalb muss ich zu dir besonders fair sein, Jack. Hart, aber fair. Weil ich dich mag. Und weil es nicht sein kann, dass ich Leute unfair behandle, nur weil ich sie mag, oder?«

Jack schluckte.

»Du weißt, was mit einem Leitwolf passiert, wenn der alt wird und nicht mehr die Kraft hat, um die jungen Wölfe in seinem Rudel zu disziplinieren? Wenn sie seine Schwäche spüren? Dann stürzen sie sich auf ihn, zerreißen ihn in tausend Stücke und fressen sein Herz auf, weil sie glauben, dass sie dann seine Stärke in sich aufnehmen!«

Jack kannte sich nicht besonders mit Wölfen aus, aber das erschien ihm ziemlich unwahrscheinlich. Doch er hätte es niemals gewagt, Mike zu widersprechen.

»Willst du, dass das mit mir passiert, Mike? Willst du das?«

Jack schüttelte den Kopf.

»Wenn du es willst, Jack, dann musst du es bloß sagen. Du musst es nur Ronny und Chaz sagen. Zu dritt seid ihr viel stärker als ich. Ihr könntet mich in null Komma nichts fertigmachen, ihr drei. Und dann könntest du der neue Leitwolf sein, oder Chaz. Ronny nicht, der ist zu blöd dazu. Willst du das, Jack?«

»Nein, Mike. Du bist ein guter Anführer. Du weißt, dass wir das alle so sehen.«

Mike nickte. »Mhm. Ja, das ist gut. Gut so. Aber ich darf keine Schwäche zeigen, oder? Weil, wenn ich jemals Schwäche zeige, dann würden junge Wölfe wie du oder Chaz meine Schwäche spüren, und ihr würdet mich zerreißen und mein Herz fressen.«

»Niemand glaubt, dass du schwach bist, Mike. Niemand, ehrlich. Am allerwenigsten ich.«

»Niemals Schwäche zeigen, das ist das eiserne Gesetz des Leitwolfs. Hart, aber fair sein. Du weißt ja, was ich mit Leuten mache, die mir Geld schulden. Das muss ich nun auch mit dir machen. Und das kotzt mich ehrlich gesagt an. Manchmal, da hasse ich diesen Job. Wenn ich hart, aber fair sein muss zu Leuten, die ich mag.« Er zeigte mit dem Finger auf Jack, und seine Stimme wurde immer lauter, als er sagte: »Weil diese Leute mich hängenlassen. Weil diese Leute ihren beschissenen Job nicht hinkriegen. Weil sie zu weich sind und sich von verkackten Junkies fertigmachen lassen! Weil diese Leute mir mein Geld nicht geben!« Die letzten Worte brüllte er so laut, dass Jack glaubte, die Gäste in der Bar müssten sie trotz der wummernden Discomusik hören.

Wie auf Kommando kamen Chaz und Ronny wieder rein.

»Gibt es ein Problem, Mike?«, fragte Chaz, der ebenfalls Mexikaner war, seinen Boss aber um einen Kopf überragte.

»Nein, kein Problem. Bloß dieses Weichei da hat mir mein Geld nicht gegeben. Und ihr wisst ja, was ich mit Leuten mache, die mir mein Geld nicht geben, oder?«

»Klar, Mike. Wissen wir.«

Jack wehrte sich nicht, als die Schläge auf ihn niedergingen. Sich zu wehren hätte es nur schlimmer gemacht.

## 01100010110010 **10.** 10010111010100

»Wegmachen? Soll das 'n Witz sein?«, fragte Tarik. »Ich hab dir das doch erst gestern gestochen!«

»Ich weiß. War halt ein Fehler.«

»Mann, kannst du dir das nicht vorher überlegen?«

»Ich wollte Ellen damit überraschen.«

»Mag sie es etwa nicht?«

»Da war so ein Wichser mit Hörgerät bei ihr.«

Tarik lachte. »Ellen vögelt einen mit Hörgerät?«

»Hör auf zu lachen, oder du kriegst eine rein!«

»Schon gut. Tut mir leid, Alter. Echt. Aber so einfach kann ich das nicht wegmachen. Erst mal muss das verheilen. Und man wird immer eine Narbe sehen.«

»Ist mir egal.«

»Und der Typ hatte wirklich ein Hörgerät? Wie alt war der denn?«

»Alt. Mindestens vierzig, schätze ich.«

»Vierzig ist doch nicht alt.«

»Jedenfalls zu alt für Ellen, der Wichser.«

»Und was war das für ein Hörgerät?«

»War so eins mit Antenne. Silbern.«

»Seit wann haben Hörgeräte Antennen?«

»Weiß ich doch nicht. Ich hab noch nie eins gebraucht.«

»Sag mal, das war nicht zufällig ein MirrorClip, den der Typ im Ohr hatte, oder?«

»Ein was?«

»Hatte der auch so'n schwarzes Plastikarmband um?«

»Ja. Woher weißt du das?«

»Weil der Typ kein Hörgerät hatte, sondern einen Mirror.«

»Ja, kann sein. Ich glaub, er hat so was in der Art gesagt.«

»Was hat er denn gesagt?«

»Mirror, hol die Polizei oder so ähnlich.« Lukas stutzte, als ihm etwas klar wurde. »Und dann sind wirklich die Bullen gekommen. Ich hab sie gesehen, als ich aus dem Haus kam.«

»Hast du ihn verprügelt?«

»Ne, ging nicht. Der feige Wichser hat sich hinter der Schlafzimmertür versteckt.«

Tarik lachte. »Oh Mann, du hast wirklich mehr Glück als Verstand, was in deinem Fall zwar nicht viel heißen will, aber trotzdem.«

Lukas spürte Zorn in sich aufwallen. Er mochte es nicht, wenn er ausgelacht wurde. Das mochte er ganz und gar nicht. Aber Tarik war in Ordnung, und er hatte ihm einen Sonderpreis für das Tattoo gemacht. Außerdem brauchte Lukas ihn noch, denn einer musste es ja schließlich wieder wegmachen.

»Hör auf zu lachen!«

»Entschuldige. Du weißt nicht, was ein Mirror ist, oder? Mann, das weiß doch wirklich jeder!«

»Na und? Ich bin nicht jeder.«

»Was hast'n du für'n Smartphone?«

»Ein Nexus 9.«

»Lahme Kiste. Ein Mirror ist so was Ähnliches, nur tausendmal so schnell.«

»Der Typ hatte ein Smartphone im Ohr?«

»Genau genommen ein Zubehörteil. Es nennt sich MirrorClip. Da ist ein Ohrhörer dran, durch den du die Stimme des Mirrors hören kannst. Das, was du für eine Antenne gehalten hast, ist eine Rundumkamera. Damit kann der Mirror sehen.«

»Sehen? Wie, sehen?«

»Ein Mirror ist so was wie ein persönlicher Ratgeber. Ein guter Freund. Ich kenn einen, der einen hat. Echt ein geiles Ding, sagt er. Hilft einem, Frauen anzuquatschen.«

»Wie denn das?«

»Das Ding kann denken. Es sagt dir, was du sagen sollst. Eigentlich könntest du so was ganz gut gebrauchen.«

»Das Ding kann denken?«

»Ja. Sagt jedenfalls der Typ, der so einen hat. Mit künstlicher Intelligenz. So wie der Roboter in Terminator.«

»Der Film mit Schwarzenegger?«

»Ja genau.«

»Geiler Film!«

»Stimmt. Und jetzt gibt es diese Mirrors wirklich. Würde mich nicht wundern, wenn sie bald intelligente Kampfroboter bauen. Dann aber gute Nacht!«

»Das war doch bloß ein Film! Das waren nur Schauspieler und Filmtricks.«

»Weiß ich. Aber ich sag dir, Mann, wir sind dem näher, als die meisten denken. Ich hab schon manchmal ein komisches Gefühl, wenn ich vor meinem Laptop sitze. Dann denke ich, vielleicht sieht er mich jetzt an und denkt, was ist das denn für ein komischer Typ, und wieso muss ich eigentlich alles machen, was der mir sagt.«

Lukas lachte. »Ha, was für ein Blödsinn!«

»Vielleicht. Ich hab ja keine Ahnung von solchen Dingen. Aber so ein Mirror, der ist echt geil.«

Lukas dachte angestrengt nach. »Wenn der Typ so ein Ding hatte, meinst du, er hat es benutzt, um Ellen anzuquatschen?«

»Klar. Garantiert hat er das.«

»Und wenn ich auch einen hätte, könnte ich dann Ellen auch anquatschen?«

»Wieso anquatschen? Du kennst sie doch schon.«

»Ja, ich meine, könnte ich … würde sie … ich bin nicht so gut mit Worten, weißt du.«

»Weiß ich.«

»Wenn mir einer sagen würde, was ich sagen soll, dann könnte ich … könnte ich vielleicht das Richtige sagen, damit sie den Wichser rausschmeißt und mich wieder nimmt. Dann bräuchtest du auch das blöde Tattoo nicht wegzumachen.«

»Blödes Tattoo? Das ist eine meiner besten Arbeiten!«

»Ich mein ja bloß.«

»Ja, kann schon sein. Keine Ahnung. Ich hab so'n Mirror noch nie benutzt. Aber angeblich weiß der besser, was eine Frau will, als die Frau selbst.«

»Wie soll das denn gehen?«

»Weiß ich doch nicht. Ist eh egal, wir beide können uns so ein Ding sowieso nicht leisten.«

»Teuer?«

»Tausend, plus das, was die Extras kosten.«

»Was für Extras?«

»So 'ne coole Brille, die einem Dinge zeigt, die nicht da sind, zum Beispiel. Und 'ne 3-D-Brille, so ähnlich wie das Holodeck aus Star Trek. Und sogar 'ne Drohne.«

»Klingt echt geil.«

»Ist es auch.«

Sie quatschten noch ein bisschen, dann ging Lukas nachdenklich nach Hause. Er hatte keinen Computer, wozu auch. Sein Smartphone hatte eine schlechte Internetverbindung, aber es reichte. Er gab »Mirror« bei Google ein und erhielt sofort jede Menge Treffer. Er sah sich ein paar Videos an, die erklärten, was ein Mirror war. Die Teile, die beschrieben, wie das Ding funktionierte, übersprang er. Doch was man damit machen konnte, war ziemlich faszinierend. In einem Video hatte ein Typ eine Mirror-Brille auf und quatschte damit wildfremde Mädchen an. Er sagte genau das, was der Mirror ihm vorsagte, und es funktionierte voll gut.

Nach zwei Stunden war der Akku des Smartphones fast leer, und Lukas wusste, dass er auch einen Mirror brauchte. Er rang eine Weile mit sich, dann überwand er seine Abscheu und rief die Nummer seiner Mutter an.

»Lussi!«, rief sie, obwohl sie genau wusste, dass er den Namen hasste. Er war doch kein Dreijähriger mehr. »Wieso meldest du dich nie?« Ihre wehleidige Art, wenn sie miteinander sprachen, hasste er noch mehr.

»Ich brauche Geld«, sagte er.

»Wieso rufst du immer bloß an, wenn du Geld brauchst? Du weißt genau, dass ich dir nicht einfach so Geld geben kann. Wofür willst du es überhaupt? Brauchst du schon wieder einen Anwalt? Oder Drogen? Ich hab dir immer gesagt, dass du dich davon fernhalten sollst, Lussi, oder du wirst wie dein Vater!«

Lukas bereute es bereits, die alte Schnepfe angerufen zu haben. Im Hintergrund hörte er die Stimme des Mannes seiner Mutter: »Wer ist das? Dein Sohn etwa? Ich hab doch gesagt, wenn er das nächste Mal anruft, will ich mit ihm sprechen!«

»Aber Stefan, ich spreche doch so selten mit ihm!« Es klang, als würde sie gleich losheulen.

»Gib mal her!« Er hatte ihr wohl den Hörer aus der Hand gerissen, denn jetzt klang seine Stimme klar und deutlich. »Lukas?«

»Hallo, Stefan.«

»Was willst du?«

»Ich wollte Mama ... ich meine, euch beide um etwas Geld bitten.«

»Du weißt genau, dass du kein Geld kriegst. Such dir einen Job.«

»Das will ich ja. Genau dafür brauche ich ja das Geld.« Das war ein spontaner Einfall. Lukas' spontane Einfälle waren meistens nicht sehr gut, aber besser, als gar nichts zu sagen.

»Wieso brauchst du Geld, um dir einen Job zu suchen?«

»Weil ...« Lukas suchte angestrengt nach einer plausiblen Antwort, fand aber keine. »Ich will mir einen Mirror kaufen«, sagte er schließlich.

»Einen Mirror?« Stefan schien verblüfft. Gerade als Lukas ihm erklären wollte, was ein Mirror war, sagte er: »Hm. Das ist vielleicht gar keine so schlechte Idee.«

Es war das erste Mal, dass der zweite Mann seiner Mutter etwas lobte, das Lukas gesagt hatte.

»So blöd, wie du bist, könnte dir ein externes Gehirn vielleicht tatsächlich helfen«, schob Stefan nach. Lukas verstand den Satz nicht genau, aber es war auf jeden Fall eine Beleidigung.

»Ich brauche zweitausend Euro«, sagte er. Es konnte nicht schaden, eine etwas höhere Summe zu nennen und sich dann runterhandeln zu lassen.

»Vergiss es!«, erwiderte Stefan. »Ich hab dir schon gesagt, du kriegst kein Geld.«

»Aber … aber ich brauche den Mirror! Für die Arbeit!« Lukas hatte keine Ahnung, ob es eine Arbeit gab, für die man einen Mirror brauchte, aber es klang überzeugend, fand er.

»Okay«, sagte Stefan zu Lukas' Überraschung. »Du kriegst einen Mirror. Aber ich bestelle ihn für dich im Internet.«

»Echt jetzt? Cool! Danke, Stefan!«

»Schon gut. Vielleicht hilft dir das Ding ja wirklich, endlich was mit deinem Leben anzufangen. Ich hab einen Kollegen, dessen Sohn ist geistig behindert. Der hat auch einen Mirror, und der Kollege ist ganz begeistert.«

Ruhig bleiben, sagte sich Lukas. Es hatte keinen Sinn, das Smartphone vor Wut durch den Raum zu schleudern. Er brauchte es noch.

»Kann ich … bitte … Mama noch mal sprechen?«

»Von mir aus.«

Er redete noch ein bisschen mit seiner Mutter, die auch fand, dass es eine gute Idee sei, wenn er einen Mirror bekam. Sie sagte es auf eine nettere Art als Stefan, aber Lukas wurde das Gefühl nicht los, dass ein Mirror nur was für echte Spackos war, so eine Art geistiger Rollator. Dabei hatte es in dem YouTube-Video so ausgesehen, als hätten nur coole Typen einen Mirror. Wie auch immer, wenn das Ding nichts taugte, konnte er es ja immer noch weiterverkaufen.

## 0110001011 0010 **11.** 1001011101 0100

»Wo warst du so lange?«, fragte Andys Mutter, als er zurückkam.

»Im Quarree«, sagte er.

»Im Quarree? Ich dachte, du hasst es dort!«

»Ich habe ja jetzt meinen Mirror.«

Seine Mutter lächelte. »Es freut mich, dass er dir so gut gefällt. Was hast du denn im Quarree gemacht? Hast du dir etwas gekauft?«

»Nein. Ich habe Tee getrunken. Mit einem Mädchen. Sie hat aber einen Cappuccino gehabt.«

Seine Mutter machte ein seltsames Gesicht. Andy tippte auf das MirrorSense-Armband.

»Ungläubiges Erstaunen«, sagte die inzwischen vertraute Stimme in seinem Ohr.

»Du hast Tee getrunken? Mit einem Mädchen?« Nicht zum ersten Mal wunderte sich Andy, warum sie ihn Dinge fragte, die er ihr gerade eben gesagt hatte.

»Ja. Sie heißt Viktoria. Sie ist jetzt meine Freundin.«

Wieder dieses Gesicht, aber die Augen schienen noch größer zu sein. »Deine Freundin?«

»Im MirrorNet.«

»Das ... das ist toll, Andreas! Das ist wirklich toll! Da wird sich auch Rudolf freuen!«

Die Erwähnung des Mannes vertrieb Andys gute Laune schlagartig. »Ich gehe jetzt auf mein Zimmer.«

Andy studierte im zweiten Semester Mathematik an der Universität Hamburg. Zum Glück konnte man das meiste online erledigen; volle Hörsäle waren ein Alptraum für ihn. Nur die lästigen Prüfungen musste er vor Ort wahrnehmen. Er überlegte, ob er das nächste Kapitel in dem Buch über Graphentheorie lesen sollte, das er gerade durcharbeitete. Aber irgendwie hatte er dazu keine Lust. Er war seltsam aufgewühlt, nervös, aber auf eine angenehme Art. Er musste immer wieder an Viktoria denken. Sie war das netteste Mädchen, dem er je begegnet war. Und sie schien ihn auch zu mögen. Er hätte nie gedacht, dass er einmal heiraten wollen würde, aber auf einmal erschien ihm der Gedanke nicht mehr absurd.

»Hast du Lust, dir die MirrorWorld anzusehen?«, fragte die Stimme in seinem Ohr. »Das ist die Welt, in der ich lebe. Du kannst sie dir im Computer angucken. Gehe einfach auf www.walnutsystems.com/mirrorworld.«

»Okay.« Andy gab die URL in seinen Browser ein. Auf der Website konnte man ein Programm herunterladen, das die MirrorWorld simulierte. Es war mit Andys 3-D-Brille kompatibel, die er zum Spielen von *World of Wizardry* benutzte. Nachdem er das Programm installiert hatte, setzte er die Brille auf. Das hochauflösende Stereodisplay beförderte ihn direkt in die virtuelle Welt.

Verblüfft drehte er den Kopf. Die Brille veränderte das 3-D-Bild der Umgebung entsprechend seinen Bewegungen, so dass er sich in der Simulation umsehen konnte, als sei er wirklich dort. Doch das war es nicht, was ihn überraschte, denn dieses Eintauchen in die virtuelle Welt kannte er längst von seinen Spielen. Es war vielmehr die Umgebung, in der er sich befand, die ihn in Erstaunen versetzte: Er stand in einer Nachbildung seines eigenen Zimmers! Die Objekte darin – sein Bett, der Kleiderschrank, das Bücherregal, der Schreibtisch, der Stuhl, auf dem er saß – waren nachgebildet, die Texturen pixelig und etwas verwaschen wie in einem altmodischen Computerspiel. Aber das war eindeutig sein Zimmer! Er besaß einen virtuellen Körper, den er wie in einem Spiel steuern konnte.

»Willkommen in der MirrorWorld«, sagte der Mirror.

»Wie … wie ist das möglich?«, fragte Andy.

»Ich verstehe die Frage nicht.«

»Wieso bin ich in einer Simulation meines Zimmers?«

»Die MirrorWorld ist ein virtuelles Abbild der realen Welt. Jeder Mirror sammelt ständig Informationen über seine Umgebung, die er an die zentralen MirrorWorld-Server sendet, wo sie zu einem Gesamtbild zusammengetragen werden. Je mehr Mirrors es gibt, desto genauer entspricht die MirrorWorld der Realität.«

»Wow!«

Andy steuerte seinen Avatar zur Tür seines Zimmers. Als er sie erreichte, erschien ein virtueller Button, den Andy mit einer Handbewegung anklicken konnte. Die Tür öffnete sich. Dahinter lagen der Flur, links das Wohnzimmer, das Schlafzimmer seiner Mutter, in dem auch der Mann übernachtete, gegenüber das Bad, die Küche. Alles war so, wie Andy es kannte. Es waren nicht alle Objekte aus der Realität ganz genau abgebildet. Zum Beispiel fehlte der Wasserhahn an der Spüle, und die Kästen mit Kräutern, die Mama vor das Küchenfenster gestellt hatte, waren ebenfalls nicht vorhanden. Dennoch erstaunte Andy die Präzision dieser künstlichen Realität.

Allerdings fehlte seine Mutter.

Er bewegte sich auf die Haustür zu, öffnete sie und trat hinaus ins Treppenhaus. Treppenstufen führten hinab, doch die Treppe nach oben in den dritten Stock des Mietshauses endete nach ein paar Stufen in einer grauen Wand. Andy begriff: Er war heute Morgen mit dem Mirror die Treppe hinabgestiegen, doch was oberhalb lag, hatte die Kamera des Geräts noch nicht erfasst, weshalb es diesen Teil des Hauses in der MirrorWorld noch nicht gab. Also folgte er der Treppe nach unten.

Als er auf die Straße hinaustrat, war er verblüfft von der Menge an Details, die ihm entgegenschlugen. Jedes Haus der ruhigen Wohnstraße in Eilbek, in der er wohnte, war vollständig abgebildet. Grob simulierte Autos parkten am Straßenrand. Bäume und Büsche reckten ihre Zweige in den blauen Himmel, an dem träge einige Wolken vorbeizogen. Und dann sah er etwas, das ihm den Atem verschlug: In etwa hundert Meter Entfernung kam ihm ein Mann entgegen. Er hatte ein kantiges Gesicht, eine Halbglatze und einen braunen Vollbart.

Andy ging auf ihn zu. »Hallo!«, sagte er.

Der Mann blieb stehen. »Wer bist du?«

»Ich bin Andy. Und du?«

»Volker.«

»Wohnst du auch hier in der Papenstraße?«

»Nein. Ich wohne im Hirschgraben, direkt gegenüber dem Eilbeker Bürgerpark.«

»Ach so.«

»Was machst du hier?«, fragte der Mann.

»Ich habe gestern einen Mirror zum Geburtstag bekommen.«

»Dann ist das dein erster Ausflug in die MirrorWorld?«

»Ja.«

»Sei vorsichtig«, sagte der Mann und ging weiter.

»Willst du mein Freund sein?«, rief Andy ihm nach. Doch der Mann antwortete nicht, sondern setzte seinen Weg fort, ohne sich umzublicken.

Andy nahm die Brille ab. Einen Moment lang überkam ihn das vertraute Gefühl der Orientierungslosigkeit, das er immer hatte, wenn er aus der virtuellen Realität in die Wirklichkeit zurückkehrte. Diesmal war es besonders stark. Vielleicht lag es daran, dass die simulierte Welt der echten so ähnlich war.

»Möchtest du mit mir in *World of Wizardry* spielen?«, fragte der Mirror.

»Okay«, sagte Andy, beendete das MirrorWorld-Programm und startete das Online-Spiel.

Anstelle der gewohnten Log-in-Oberfläche erschien ein Dialogfeld, das ihn darauf hinwies, dass World of Wizardry mit der Mirror-Gaming-Funktion kompatibel sei. Er durfte einen Begleiter auswählen, der von seinem Mirror gesteuert wurde. Andy entschied sich für einen kleinen Hund, der zwar keine besondere Kampfstärke aufwies, dafür aber in der Lage war, durch niedrige Eingänge und Löcher zu schlüpfen, und eine gute Spürnase hatte. Er taufte den Hund Paul.

Endlich befand er sich in der virtuellen Welt *Goraya*. Er setzte die

3-D-Brille wieder auf und sah sich um. Paul stand schwanzwedelnd neben ihm und blickte erwartungsvoll zu ihm auf.

Er befand sich im Clanhaus der Eisenfresser, wie sich die Spielergruppe nannte, der er angehörte. Zurzeit war niemand hier außer einem griesgrämigen Zwerg hinter der Theke, der jedoch ein computergesteuerter sogenannter NPC war und lediglich dazu da, Proviant, Heiltränke und einfache Ausrüstungsgegenstände zu verkaufen. Über die Dialogfunktion des Spiels kontaktierte er die anderen Spieler seines Teams.

»RiemannZeta!«, rief Blutfetzen, ein Halbork-Krieger, ihn bei seinem selbstgewählten Spielernamen. »Du kommst gerade richtig! Wir könnten hier ein bisschen Verstärkung gebrauchen!«

»Bin gleich da«, sagte Andy. Er benutzte einen Teleportationszauber, um sich an den Ort zu befördern, an dem Blutfetzen war.

Er materialisierte sich mitten in einer Schlacht und sah auf den ersten Blick, dass die Situation ziemlich verzweifelt war. Ein halbes Dutzend Clanmitglieder kämpfte gegen eine Gruppe von Spinnenreiterinnen. Sie hatten kaum noch Lebenspunkte und waren den Gegnern hoffnungslos unterlegen. Vielleicht konnte er wenigstens helfen, den Rückzug zu decken.

»Wir müssen abhauen!«, rief er ins Mikrofon seiner 3-D-Brille.

»Geht nicht!«, erwiderte Blutfetzen. »Sie haben eine magische Barriere errichtet.«

»Und wie bin ich dann hier hereingekommen?«

»Oneway. Es ist eine Falle der *Schwarzen Schatten.*« Das war ein Clan von Schwarzmagiern, mit denen die Eisenfresser schon häufiger aneinandergeraten waren.

»Na toll. Hättest du das nicht eher sagen können?«

»Wir brauchen deine Hilfe. Hör auf zu quatschen, und sprich mal einen Heilzauber, oder ich bin gleich weg vom Fenster.«

Er versuchte, die entsprechenden Gesten mit seinen virtuellen

Händen durchzuführen, doch die Spinnenreiterinnen konzentrierten nun ihre Angriffe auf den Neuankömmling. Immer wieder wurde sein Zauber durch Pfeile und Giftattacken unterbrochen.

»Möchtest du, dass ich die Steuerung deiner Figur übernehme?«, fragte eine Stimme unmittelbar neben ihm.

Andy drehte sich um. »Was?« Im nächsten Moment wurde das Bild kurzzeitig rot, was anzeigte, dass er von einem Pfeil oder Schlimmerem getroffen worden war. Seine Lebensenergie-Anzeige am linken unteren Bildrand sank um fast ein Drittel.

»Möchtest du, dass ich die Steuerung deiner Figur übernehme?«, fragte Paul, der Hund, und sah ihn dabei schwanzwedelnd an.

»Na gut«, sagte Andy.

Was nun geschah, war ein bisschen unheimlich. Andys virtuelle Figur begann plötzlich von selbst zu handeln, als sei sie zu eigenem Leben erwacht. Sie machte einen Salto nach rechts, wodurch sie einem Spinnennetz-Zauber auswich, der sie unbeweglich gemacht hätte. Dann führte sie blitzschnell einige Handbewegungen aus, die einen Eiswirbel auf die Spinnen losließen, wodurch diese ihrerseits kurzzeitig eingefroren wurden. Andys Avatar nutzte die Gelegenheit, um einen Heilzauber auf den Halbork und Darkknife, eine Diebin, zu sprechen.

»Hey, das war cool!«, sagte Blutfetzen und schleuderte eine Wurfaxt nach einer der Spinnenreiterinnen, die daraufhin in tausend Stücke zersplitterte und sich auflöste. »Wusste gar nicht, dass du so was draufhast.«

Andy sagte nichts, sah nur zu, wie seine Spielfigur mit atemberaubender Geschwindigkeit einen Zauber nach dem nächsten auf die Spinnenreiterinnen abfeuerte. Es dauerte nicht lange, bis die Angreifer zurückgeschlagen waren.

»Nicht schlecht«, kommentierte Darkknife. »Das war Rettung in letzter Minute. Danke, Mann!«

»Schon gut«, sagte Andy. Ihm war ein wenig mulmig zumute.

»Sag mal, wem gehört denn der Köter da?«, fragte Molfigator, ein Paladin, und zeigte auf Paul.

»Das ist meiner«, erklärte Andy stolz. »Ich habe jetzt einen Mirror.«

»Echt jetzt?«, fragte Blutfetzen. »Du hast deinen Mirror die Drecksarbeit machen lassen?«

»Das erklärt einiges!«, stellte Darkknife fest.

»Das ist uncool«, meinte Molfigator. »Wir hätten es auch ohne solche schäbigen Tricks geschafft.«

Andy war verwirrt. Waren seine Clanbrüder und -schwestern auf einmal sauer auf ihn?

»Hätten wir nicht«, nahm Blutfetzen Andy in Schutz. »Die Schatten hätten uns fertiggemacht. Danke, RiemannZeta. Aber nächstes Mal kämpf bitte wieder selber. Ich möchte nicht, dass der Ruf unseres Clans ruiniert wird.«

»Ja, okay«, sagte Andy kleinlaut. »Tut mir leid. Ich wusste nicht, dass das gegen die Regeln verstößt.«

»Tut es nicht. Aber es gibt inzwischen einfach zu viele Spieler, die ihre Figuren rund um die Uhr von ihren Mirrors kontrollieren lassen«, erklärte Darkknife. »Das sollte verboten werden, finde ich. Es macht doch keinen Spaß mehr, wenn wir die Computer an unserer Stelle kämpfen lassen.«

Andy verstand nicht, was daran schlecht sein sollte. Man setzte doch schließlich auch mächtige magische Gegenstände im Kampf ein oder beschwor Dämonen aus der Unterwelt, um sie für sich kämpfen zu lassen. Warum nicht die Fähigkeiten seines Mirrors nutzen? Doch die Lust am Spielen war ihm plötzlich vergangen. Die Welt von Goraya kam ihm auf einmal irgendwie kindisch vor, vor allem im Vergleich zur MirrorWorld.

»Ich muss dann los«, sagte er und klinkte sich aus dem Spiel aus.

# 01100010110010 **12.** 10010111010100

Terry wartete bereits im Ankunftsbereich des Terminals in Heathrow auf Freya. Er war ein Klischee-Ire mit dünnem rotem Haar und kristallblauen Augen, der das süßeste Lächeln aller bisherigen Liebhaber von Freya hatte. Seine MirrorGlass-Brille zeigte einen grün leuchtenden Punkt am linken Bügel. Er zeichnete ihre Begegnung auf, obwohl überall Schilder hingen, die darauf hinwiesen, dass das Filmen im Ankunftsbereich untersagt war.

Er nahm sie in den Arm und gab ihr einen leidenschaftlichen Kuss. »Wie war's?«

»Anstrengend«, sagte sie, während sie zum Parkplatz schlenderten. »Aber du hättest mich nicht abholen müssen. Ich hätte den Express in die Stadt nehmen können.«

»Klar. Und hinterher hättest du eine Woche geschmollt, weil du mir nicht wichtig genug bist.«

»Heißt das, du bist nur hier, weil du Angst hast, ich wäre sonst sauer auf dich?«, fragte sie in gespielter Entrüstung.

»Nein, ich war sowieso gerade hier, weil ich meine andere Geliebte zum Flughafen gebracht hab.«

Sie stieß ihm spielerisch den Ellenbogen in die Seite.

»Hast du genügend Material für deinen Artikel?«, fragte er.

»Ich glaube schon. Leider hat die Drohne gesponnen, so dass der YouTube-Trailer wohl nichts wird.«

»Gesponnen? Was meinst du?«

»Die Steuerung hat verrücktgespielt. Das Ding ist mitten während einer Kamerafahrt ausgeschert.«

»Hm. Seltsam. Vielleicht war der Akku leer.«

»Nein, war er nicht.«

Sie erreichten eine Dreiviertelstunde später das kleine, sündhaft teure Apartment in der Chalcot Road im Londoner Stadtteil Primrose Hill. Er trug ihr den Koffer hinauf, ganz der Gentleman.

»Soll ich dich ein bisschen massieren?«, fragte er. »Du bist sicher verspannt nach den Stunden im engen Flieger.«

Niedlich, wie verklausuliert er sich ausdrückte, wenn er Sex wollte. Er stammte aus einer erzkatholischen Familie.

»Später«, sagte sie. »Ich will erst noch das Material sichten.«

»Wie du meinst.«

Sie schloss ihren Laptop an die Steckdose an und lud die Bild- und Videodateien von ihrem MirrorDrive herunter. Er sah ihr über die Schulter, während sie die Dateien durchklickte. Sie hatte etwa tausend Fotos gemacht und zwei Stunden Videomaterial aufgezeichnet, das meiste davon mit der Kamera der MirrorGlass-Brille. Ein kurzes Interview mit Maria war auch dabei.

»Hier, das ist die Szene, wo die Drohne abgeschmiert ist«, sagte sie und startete die Aufzeichnung. Ein kalter Schauer lief ihr über den Rücken, als sie die ruhige, ästhetische Kamerafahrt über die traurigen Reste des Kindergartens betrachtete. Plötzlich sah man in Großaufnahme die Spinne, die wie ein Monster aus einem Horrorfilm wirkte. Dann wurde das Bild unscharf, und man konnte grob erkennen, wie die Perspektive wechselte und die Drohne unter die Zimmerdecke aufstieg.

»Cooler Effekt mit der Spinne«, sagte Terry. »Schade, dass ausgerechnet da die Aufnahme ruiniert ist.«

»Hast du eine Ahnung, was da schiefgegangen sein könnte?«, fragte sie.

»Du musst versehentlich die manuelle Steuerung ausgelöst haben.«

»Hab ich aber nicht. Außerdem hat die Drohnensteuerung danach nicht mehr richtig funktioniert. Ich hab versucht, die Kamerafahrt zu wiederholen, aber das Ding hat verrücktgespielt.«

»Gib mir mal deinen Mirror. Vielleicht stimmt irgendwas mit den Einstellungen nicht. Du bist sicher, dass du nicht aus Versehen die manuelle Steuerung angetippt hast?«

»Sehe ich aus wie eine Idiotin?«

»Du siehst aus wie die attraktivste Frau nördlich der Themse!«

»Nördlich der Themse? Wen kennst du denn südlich davon, der hübscher ist als ich?«, fragte sie lachend und küsste ihn auf den Mund.

Er erwiderte den Kuss leidenschaftlich, offensichtlich ausgehungert nach fünf Tagen ihrer Abwesenheit. Doch sie entzog sich ihm.

»Mein Mirror hat keinen Saft mehr.«

»Dafür hab ich ein bisschen zu viel davon.«

»Später«, sagte sie. »Und diesmal ohne Kamera, kapiert?«

»Och, komm schon!«, maulte er. »Mein Mirror will doch auch seinen Spaß haben!«

»Ich will aber Sex mit dir und nicht mit deinem Mirror«, widersprach sie.

»Ich hab gelesen, dass Paare, die beide einen MirrorClip oder MirrorGlasses tragen, doppelt so viel Spaß dabei haben.«

»Ich bin dir also allein nicht gut genug?«, sagte sie mit gespieltem Ernst.

Er wurde knallrot. Diese plötzliche Verlegenheit, wenn er glaubte, einen Schnitzer gemacht zu haben, liebte sie an ihm.

»Tut mir leid. Natürlich nicht. Ich meine, natürlich bist du auch ohne Mirror gut genug!«

»*Auch ohne* Mirror?«

»Ich meinte … ich wollte nicht …«

Sie lachte. »Schon gut, ich zieh dich doch bloß auf! Ich kann ja verstehen, dass du deine privaten Pornos mit mir drehen willst. Ist mir auch lieber, als wenn du dir irgendwelche Filmchen im Internet anguckst. Aber ich möchte eben auch mal völlig entspannt sein und nicht dauernd überlegen müssen, wie ich im Kamerabild wirke, okay?«

»Ja, natürlich.«

»Und außerdem haben die Leute von der NSA schon genug Spaß gehabt.«

»Der Mirror ist absolut sicher«, sagte Terry ernst. »Ich hab das gecheckt, für meinen großen Bericht über Walnut Systems in der *FT*. Hab sogar mit einem Hacker gesprochen. Da kommt keiner rein, auch die NSA nicht. Angeblich toben die Konservativen in der US-Regierung deswegen. Haben wohl Angst, dass Terroristen Mirrors benutzen könnten.«

»Tun sie ja vielleicht auch.«

»Und wenn schon. Terroristen benutzen auch Telefone und das Darknet. Jede Technik kann missbraucht werden.«

»Wie auch immer, der Mirror bleibt heute mal aus, okay?«

»Okay.« Terry küsste sie am Nacken, was bei ihr immer eine Gänsehaut am ganzen Körper auslöste. Sie zog scharf die Luft ein, dann klappte sie den Deckel des Laptops zu, drehte sich zu ihm um und küsste ihn lange.

»Du hast mir gefehlt«, sagte er später, als sie Arm in Arm nackt und verschwitzt auf dem zerwühlten Bett lagen.

»Du mir auch«, erwiderte sie.

Er küsste sie. »Nächstes Mal komme ich mit!«

»Das kannst du dir doch zeitlich gar nicht erlauben.«

»Doch, irgendwie verbinde ich das Angenehme mit dem Nützlichen. Mache eine Reportage über die wirtschaftliche Entwicklung in der Ukraine oder so.«

»Ehrlich gesagt, bin ich froh, dass ich nicht noch mal dorthin muss«, sagte Freya. »Irgendwie hat mir dieser traurige Ort ziemlich auf den Magen geschlagen. Ich war froh, als ich dort …«

Sie stockte.

»Was ist? Was hast du?«

»Mir ist gerade was eingefallen.« Sie sprang auf, zog sich einen seidenen Morgenmantel über und holte den Mirror von seiner Ladestation. Der Ladebalken zeigte 15 %. Das würde auf jeden Fall reichen, um die Drohne noch einmal aufsteigen zu lassen.

»Sagst du mir jetzt, was du da machst? Ich war nämlich noch nicht fertig mit dir! Hab bloß eine kleine Pause gemacht.«

»Mir ist was eingefallen. Als die Steuerung ausfiel, hat der Mirror etwas zu mir gesagt. ›Verlasse sofort diesen Ort‹ oder so ähnlich.«

»Das hat er gesagt?«

»Ja.«

»Wahrscheinlich hat er gespürt, dass du dich nicht wohl gefühlt hast.«

»Genau. Vielleicht ist das der Grund dafür, dass die Drohnensteuerung versagt hat.«

»Wie meinst du das?«

»Wenn ich das richtig verstanden habe, dann spiegelt ein Mirror die Persönlichkeit seines Besitzers. Mit so einem neuronalen Netz.«

»Richtig.«

»Was, wenn der Mirror Angst hatte?«

»Verstehe ich dich richtig? Du denkst, das Ding hat Gefühle?«

»Na ja, ich verstehe nicht viel davon. Aber es wäre doch denkbar, oder?«

»Nein, wäre es nicht. Ich bin zwar auch kein Softwareentwickler, aber ich habe mich bei der Recherche damit beschäftigt, wie die Geräte funktionieren. Was der Mirror macht, ist, ein Profil von dir zu erstellen. Dann sucht er nach Dingen, die du vielleicht brauchst oder gernhast, und versucht, dir das Leben so angenehm wie möglich zu machen. Wenn er spürt, dass du dich nicht wohl fühlst, versucht er, die Ursache zu erkennen und etwas dagegen zu tun. Aber das heißt noch lange nicht, dass er selbst Gefühle hat. Das ist bloß ein komplizierter Optimierungsalgorithmus. Gefühle empfinden kann er nicht.«

»Wenn du es sagst«, meinte Freya.

»Aber ich hab Gefühle«, sagte Terry und grinste breit. »Und zwar ziemlich intensive. Also, kommst du jetzt wieder ins Bett, oder was?«

Sie ließ den Morgenmantel von ihren Schultern rutschen und ging langsam, mit aufreizend wiegenden Hüften, auf ihn zu.

## 01100010110010 13. 10010111010100

Andy wanderte durch das Einkaufszentrum Quarree. Es war die virtuelle Version in MirrorWorld, doch das vergaß er beinahe, so echt wirkte alles um ihn herum. Anscheinend war die Simulation umso exakter, je öfter ein bestimmter Ort von Menschen mit aktiviertem Mirror besucht wurde. Daher war es nicht verwunderlich, dass das Einkaufszentrum besonders detailliert dargestellt war. Er betrachtete das Schaufenster eines Bekleidungsgeschäfts genauer. Mehrere Schaufensterpuppen standen darin. Die Puppen selbst wirkten sehr echt, doch die Kleider, die sie trugen, waren seltsam – unförmige Stofffetzen mit verwaschenen Texturen und ineinanderfließenden Farben. Solche Kleider hatte er in der Realität noch nie gesehen. Er wunderte sich eine Weile darüber, bis ihm klar wurde, dass diese Kleider Mischungen aus unterschiedlichen realen Kleidungsstücken sein mussten. Das Schaufenster war zu verschiedenen Zeiten von unterschiedlichen Mirrors betrachtet worden, und das Simulationsprogramm hatte eine Art Durchschnitt aus all den Daten gebildet, die es erfasst hatte. Deshalb waren die Schaufensterpuppen exakt abgebildet, weil sie sich nicht verändert hatten, doch die Mode, die sie trugen, war anscheinend mehrfach gewechselt worden.

Er wanderte weiter bis zu dem Café, in dem er mit Viktoria gesessen hatte. Sie war nicht da. Natürlich nicht. Wieso sollte sie auch hier sein? Es wäre schon ein äußerst unwahrscheinlicher Zufall, wenn sie gerade jetzt ebenfalls in der MirrorWorld wäre und noch dazu am selben Ort.

»Viktoria Junghans möchte dich sprechen«, sagte der Mirror. »Soll ich das Gespräch annehmen?«

Andy zuckte zusammen. Einen Moment lang hatte er das Gefühl, der Mirror habe seine Gedanken gelesen. Aber das war natürlich Quatsch. Es war Zufall, dass sie ausgerechnet jetzt anrief.

»Ja!«, sagte er.

»Hallo, Andy«, sagte Viktorias Stimme in seinem Ohr. Doch sie klang irgendwie seltsam.

»Hallo, Viktoria«, sagte er. »Wo bist du?«

»Viktoria ist in ihrem Zimmer«, sagte die Stimme.

Andy brauchte einen Moment, bis er begriff. »Du bist Viktorias Mirror?«

»Ja.«

»Ich dachte, Viktoria will mit mir sprechen.«

»Möchtest du mit Viktoria sprechen?«

»Ja.«

»Einen Augenblick.«

»Andy?«

»Bist du das, Viktoria?«

»Natürlich. Wer soll es denn sonst sein?«

»Dein Mirror hat mich kontaktiert. Ich dachte erst, du seist es selbst.«

»Mein Mirror? Das ist merkwürdig. Ich hab ihm nicht gesagt, dass er das tun soll.«

»Oh. Entschuldige. Ich dachte, du wolltest mit mir sprechen.«

»Das will ich ja auch!«

Andy schwieg einen Moment und dachte darüber nach. »Jedenfalls ist es schön, dass dein Mirror meinen Mirror kontaktiert hat«, sagte er schließlich.

»Ja, das ist es«, stimmte sie zu.

»Hast du Lust, mit mir ins Quarree zu gehen?«

»Ich kann nicht weg. Ich muss noch was für die Schule machen.«

»Ich meinte, in der MirrorWorld.«

»In der MirrorWorld? Klar, warum nicht?«

»Ich bin in dem Café, in dem wir uns getroffen haben.«

»Bin gleich da.«

Kurz darauf hörte er eine Melodie, und Viktorias Avatar erschien vor ihm. Gemeinsam spazierten sie durch das Einkaufszentrum. Niemand sonst hielt sich in der virtuellen Version auf. Es war, als gehörte das Quarree ihnen ganz allein. Sie lachten über die seltsamen Kleidungsstücke in den Schaufenstern.

»Wollen wir zur Innenstadt fliegen?«, fragte Viktoria.

»Fliegen?«, fragte Andy.

»Klar, das geht ganz einfach.« Sie zeigte ihm, welche Geste er machen musste, um den Flugmodus zu aktivieren. Als er es ihr nachmachte, hob sein Avatar vom Boden ab und neigte sich leicht nach vorn. Nun konnte er durch das Einkaufszentrum schweben wie Superman.

Sie verließen das Quarree, drehten eine kleine Runde über dem Wandsbeker Markt, damit Andy sich mit der Steuerung vertraut machen konnte, und stiegen dann höher hinauf. Die Stadt breitete sich unter ihnen aus wie eine Spielzeugwelt. Hin und wieder konnte er Figuren sehen, die darin herumliefen – andere Mirrorbesitzer. Andy lachte.

»Was ist so lustig?«, fragte Viktoria, die neben ihm schwebte.

»Es ist fast, als könnte man wirklich fliegen!«, sagte er.

»Na ja«, meinte sie. »Es ist ja nicht echt.«

»Das weiß ich. Aber es fühlt sich ziemlich echt an.«

»Fang mich!«, rief sie und zischte los Richtung Innenstadt.

Er jagte ihr nach. Im Tiefflug schossen sie durch die Straßen, umrundeten die Fontäne auf der Innenalster, die aussah wie eine große weiße Feder, landeten kurz auf der Turmspitze des Michels und auf dem Dach der Elbphilharmonie und flogen dann die Elbe entlang Richtung Nordsee. Andy hatte sich noch nie so frei und leicht gefühlt wie in diesem Moment.

»Andreas?«, sagte eine Stimme neben ihm. »Es gibt Abendessen!«

»Nicht jetzt, Mama!«, rief er genervt, während er hinter Viktoria über die Ladung eines riesigen Containerfrachters glitt, der sich träge elbabwärts bewegte.

»Andreas, ich habe dich schon zweimal gerufen! Mach jetzt sofort das Spiel aus!«

»Mama, du nervst! Echt jetzt! Tut mir leid, Viktoria, ich muss los.«

»Das kenne ich«, sagte sie. »Kein Problem. Melde dich, wenn du wieder Zeit hast.«

»Mach ich. Tschüs!«

Er nahm die Brille ab und starrte seine Mutter wütend an. »Das war jetzt echt blöd!«

Ihre Augen waren ganz groß, und ihr Mund stand aufgeklappt. »Hast du etwa … mit dem Mädchen …?«

»Ja.«

»Oh. Das tut mir wirklich leid, Andreas.«

»Nenn mich nicht immer Andreas! Den Namen finde ich total bescheuert. Niemand heißt heutzutage Andreas!«

»Entschuldigung. Tut mir leid. Komm bitte zum Abendessen.«

Andy fuhr genervt den Computer herunter. Seinen Mirror nahm er mit zum Abendbrot.

»Ich habe gehört, du hast jetzt eine Freundin«, sagte der Mann.

Andy antwortete nicht.

»Frag ihn, ob er auch eine hat«, sagte sein Mirror.

»Hast du auch eine?«, fragte Andy.

Der Mann machte ein komisches Gesicht, verschluckte sich an seinem Brot. Er hustete, dann fragte er: »Was?«

»Ob du eine Freundin hast«, wiederholte er.

»Andreas!«, rief Mama. »Was fällt dir ein, so etwas zu fragen!«

»Deine Mutter ist meine Freundin!«, sagte der Mann.

Andy tippte auf sein MirrorSense-Armband. »Verlegenheit«, sagte der Mirror.

Andy grinste. Sein Mirror gefiel ihm immer besser.

## 01100010110010 **14.** 10010111010100

Lukas klingelte an Ellens Wohnungstür. Sein Herz klopfte heftig, trotz der sanften Musik, die aus seinem MirrorClip erklang.

Er konnte ihre Schritte hören und sehen, wie es hinter dem Türspion dunkel wurde. Doch sie machte nicht auf.

Als er erneut klingelte, hörte er, wie die Sicherheitskette vorgelegt wurde. Die Tür öffnete sich einen Spaltbreit. »Was willst du?«

Lukas wartete darauf, dass der Mirror etwas sagte, doch das Gerät blieb stumm. Erst gestern hatte er ihn bekommen, und es war gar nicht einfach gewesen, die ganzen neuen Begriffe zu verstehen: MirrorClip, MirrorSense, MirrorBrain, Mirrordies, Mirrordas. Zum Glück hatte der Mirror mit ihm gesprochen und ihm genau erklärt, was er tun sollte. Es war ein cooles Gefühl gewesen, als er plötzlich sich selbst in 3-D auf dem Bildschirm gesehen und dann seine eigene Stimme zu ihm hatte sprechen hören. Er hatte sich fast ein wenig darüber erschrocken. Es grenzte an Zauberei, was die heute für Geräte bauen konnten.

Ellen wartete einen Moment, doch Lukas wusste nicht, was er sagen sollte, also blieb er stumm. Sie schloss die Tür wieder. Gerade als er sich enttäuscht abwenden wollte, hörte er erneut das Rasseln der Türkette, dann öffnete sie ihm.

»Also gut«, sagte sie und seufzte laut. »Komm rein.«

Er folgte ihr in die Wohnung.

»Liebst du diese Person?«, fragte die Stimme in seinem Ohr. Unwillkürlich drehte Lukas den Kopf nach rechts, aber natürlich war da niemand.

»Ja«, sagte er.

Ellen drehte sich zu ihm um. »Was, ja?«

»Nichts.«

»Hast du jetzt etwa auch immer dieses Ding im Ohr? So einen Mirror?«

Stolz nickte er. »Klar! Echt geiles Teil!«

»Nimm ihn raus!«

»Was?«

»Nimm ihn raus!«

»Wieso denn?«

»Weil ich mit dir reden will und nicht mit einem beschissenen Computer.«

»Ich rede doch mit dir!«

»Ja, aber du sagst mir bloß, was dir dein Mirror sagt.«

»Überhaupt nicht. Bisher hat er mir noch gar nichts gesagt.«

»Diese Person ist nicht die Richtige für dich«, sagte sein Mirror in diesem Moment.

»Was?«, fragte Lukas verwirrt.

»Was hat er jetzt gesagt?«, fragte Ellen.

»Diese Person ist nicht die Richtige für dich«, wiederholte der Mirror. »Willst du, dass ich dir eine geeignetere Partnerin vermittle?«

Lukas zögerte kurz. »Nein«, sagte er. »Ich will Ellen.«

»Ich verstehe«, sagte der Mirror.

»Was hat er gesagt?«, wollte Ellen wissen.

»Dass du nicht die Richtige für mich bist. Und ob er mir eine bessere Perl ... ich meine, Freundin besorgen soll. Aber ich habe gesagt, nein, ich will dich.«

Sie lächelte. »Das ist süß von dir. Aber vielleicht hat dein Mirror ja recht. Vielleicht bin ich wirklich nicht die Richtige für dich.«

»Sie ist nicht die Richtige für dich«, bestätigte der Mirror.

»Ja, wenn du meinst ...«, sagte Lukas verwirrt.

»Ben und ich, weißt du, ich glaube, das ist echt die große Liebe.«

»Welcher Ben?«

»Ben, du weißt schon, mein Chef. Der, der neulich Abend hier war.«

»Der Behinderte? Das war dein Chef?«

»Wieso behindert? Der ist doch nicht behindert.«

Lukas fiel ein, dass er den MirrorClip für ein Hörgerät gehalten hatte. Wenn Ben behindert war, dann war er selbst es auch, denn er trug ja jetzt ebenfalls einen Mirror. Darüber musste er lachen.

»Warum lachst du?«, fragte Ellen in beleidigtem Tonfall. »Ich weiß, er ist älter als ich und mein Chef, und außerdem ist er verheiratet. Aber er lässt sich bald scheiden, hat er gesagt.«

»Was?«, fragte Lukas, der überhaupt nicht verstand, warum sie ihm das alles erzählte. Und erst recht nicht, warum Ellen mit einem Verheirateten rumvögelte. Aber plötzlich war ihm das egal. Er sah sie auf einmal mit ganz anderen Augen. Die zu dick aufgetragene Schminke. Die gespritzten Lippen. Die Silikontitten. Der aufreizende Fummel, den sie anhatte. Sie war eine verdammte Nutte! Warum hatte er das nicht gleich gesehen? Und noch dazu eine Nutte, die so dumm war, zu glauben, dass ein verheirateter Mann sich für sie scheiden lassen würde! Dabei wusste doch jeder, dass Männer so was sagten, damit die jungen Flittchen sie ranließen. Dieser Ben würde sie fallenlassen wie eine verschimmelte Kartoffel, wenn er eine mit noch größeren Möpsen fand. Und dann würde sie heulen und angewinselt kommen und ihn zurückhaben wollen. Aber nichts da! Er würde ihr die kalte Schulter zeigen, da konnte sie betteln, so viel sie wollte. Weil er dann längst eine noch viel bessere Perle haben würde. Eine mit schwarzen langen Haaren und kaffeebrauner Haut. Sein Mirror würde ihm eine besorgen, da war er sicher.

»Lukas? Hast du mir überhaupt zugehört?«

»Was?«

»Das ist wieder typisch! Warum erzähle ich dir das alles überhaupt?«

»Was denn?«

»Dass wir Freunde bleiben können und all das.«

»Okay.«

»Was, okay?«

»Wir können von mir aus Freunde bleiben.«

»Was? Einfach so?«

»Wie jetzt? Das wolltest du doch.«

»Ja, schon, aber … Du kommst extra her, um mich zurückzuerobern, und dann findest du es auf einmal okay, dass wir bloß Freunde bleiben?«

»Du hast doch gesagt, du willst mich nicht mehr.« Lukas war sich nicht sicher, ob sein Mirror die Frauen verstand. Er selber jedenfalls nicht.

»Du musst das verstehen, das mit Ben ist echt die große Liebe!«, sagte Ellen.

»Weiß ich. Ist okay. Wir bleiben Freunde und so.«

Sie verzog den Mund so, wie sie ihn immer verzog, wenn sie schmollte. Sah er da eine Träne in ihrem Auge? Sie nickte.

»Sie ist nicht die Richtige für dich«, sagte der Mirror. »Sag ihr auf Wiedersehen und wünsch ihr alles Gute.«

»Auf Wiedersehen«, sagte Lukas. »Alles Gute.«

»Danke«, sagte sie, und jetzt waren ihre Augen ganz glasig.

»Geh jetzt!«, sagte sein Mirror.

»Ich muss jetzt«, sagte Lukas.

Am Ausgang beugte sie sich vor, um ihn zum Abschied zu küssen, zuckte dann aber doch zurück. »Meld dich mal, ja?«

»Klar. Mach ich. Tschüs.«

Er war erleichtert, als er vor die Haustür trat.

»Willst du, dass ich dir eine geeignete Partnerin vermittle?«, fragte sein Mirror.

»Ja«, sagte Lukas. »Aber sie muss geile Titten haben. Und schwarze lange Haare. Und große, dunkle Augen. Und am besten wäre es, wenn sie Ellen heißt.«

»Ich habe eine geeignete Partnerin für dich gefunden«, verkündete der Mirror.

»Wow, das ging ja schnell!«, erwiderte Lukas.

»Gehe in die Bar *Chez Nous* in der Langen Reihe.«

»Wie? Jetzt gleich?«

»Ja. Sie wird da sein.«

»Wow. Cool. Ich meine, ich kenne sie ja gar nicht. Sieht sie gut aus?«

»Sieh auf dein MirrorBrain.«

Er holte das Gerät aus der Tasche. Auf dem Display war ein Foto zu sehen: eine Frau mit roten Haaren, hellblauen Augen und Sommersprossen. Ihre Brüste konnte man unter dem dicken Wollpullover, den sie auf dem Foto trug, nicht erkennen. Aber Rothaarige waren, seiner Erfahrung und dem Anschauen etlicher Pornos nach zu urteilen, meistens ziemlich flachbrüstig, jedenfalls, wenn ihre Titten nicht ein bisschen aufgemotzt waren.

»Wie heißt sie?«, fragte Lukas.

»Katrin«, erwiderte der Mirror.

Obwohl diese Katrin eigentlich ein ganz süßes Lächeln hatte, war Lukas ein bisschen enttäuscht. Der Mirror hatte keine einzige seiner Vorgaben erfüllt. »Hast du keine Bessere für mich?«, fragte er.

»Sie ist die geeignetste verfügbare Kandidatin im Umkreis von fünfzig Kilometern«, behauptete der Mirror. »Du wirst sie mögen, Lukas.«

Na schön. Äußerlichkeiten waren ja nicht alles. Vielleicht war sie gut im Bett.

Das *Chez Nous* war so ein Schickimickiladen, in den sich Lukas niemals freiwillig begeben hätte. Sie saß an der Bar, einen Orangensaft vor sich. Als er eintrat, drehte sie sich zu ihm um und lächelte.

»Hallo, Lukas! Ich bin Katrin.«

»Äh, hallo!«, sagte er, verblüfft, dass sie ihn kannte. Dann entdeckte er die kleine Antenne über ihrem linken Ohr. Sie trug auch einen MirrorClip. Na klar, war ja eigentlich logisch, so konnte sein Mirror sie besser verkuppeln. Eigentlich ziemlich praktisch, das Ganze.

Sie musterte ihn von oben bis unten. »Gut gebaut bist du ja!«

»Äh, du auch!«, sagte er.

Sie lachte. Es war ein schrilles, irgendwie dreckiges Lachen. Er bekam davon einen Ständer.

Sie unterhielten sich eine Weile, kamen sich rasch näher, und Lukas stellte fest, dass sein Mirror recht behalten hatte: Katrin sah nicht aus wie die Frau seiner Träume, aber sie war clever, und der Sex, den sie später hatten, war sensationell.

# 01100010110010 15. 10010111010100

»Das sind wirklich eindrucksvolle Zahlen, Carl«, sagte Don Spinner und strich sich durch seine wallende Mähne weißen Haares, als mache ihn die gute Umsatzentwicklung des Mirrors nervös. »Respekt!«

Carl ignorierte die atemberaubende Aussicht aus den bodentiefen Fenstern im fünfunddreißigsten Stock des Hochhauses, in dem die Firma Global Information Systems, Mehrheitsaktionär von Walnut Systems, ihr Büro hatte. Er warf einen Blick zu Ashton Morris, dem Finanzchef von GIS, der in seinem zu engen, zerknitterten Anzug und der schief sitzenden Nickelbrille wie ein Finanzbeamter aussah. Spinners Meinung war irrelevant; als Anwalt konnte er bestenfalls zu rechtlichen Fragen einen inhaltlichen Beitrag leisten. Was Morris dachte und sagte, konnte dagegen über die Zukunft von Walnut Systems entscheiden.

Der Finanzchef nahm die Brille ab, putzte sie kurz mit einem fleckigen Tuch, setzte sie wieder auf und musterte Carl mit seinen kalten grauen Augen. »In der Tat, die Absatzsteigerung ist eindrucksvoll«, sagte er mit leiser, bedächtiger Stimme. »Aber den Absatz zu steigern ist einfach, wenn man seine Produkte praktisch verschenkt und noch dazu einen riesigen Marketingrummel veranstaltet. Mich interessiert einzig und allein, was unterm Strich dabei hängenbleibt. Und das sieht leider nicht so gut aus.« Er blätterte demonstrativ in einem Stapel eng mit Tabellen bedruckter Papiere, dabei war Carl sicher, dass er die wesentlichen Kennzahlen auswendig wusste. Angeblich hatte Morris ein fotografisches Gedächtnis. »Im letzten Quartal hat Walnut Systems einen Umsatz von dreiundzwanzig Komma drei Milliarden Dollar gemacht, bei einem Verlust von acht Komma sieben fünf Milliarden. Für jedes Gerät, das wir für tausend

Dollar verkaufen, zahlen wir fünfhundertdreißig Dollar drauf. Die Mirrors sind die größte Geldvernichtungsaktion, die Global Information Systems in seiner Geschichte gemacht hat.«

»Sie als Finanzchef sollten doch wohl zwischen Kosten und Investitionen unterscheiden können«, sagte Paula Robinson, eine hübsche Mittdreißigerin mit kaffeebrauner Haut, einem schlicht-eleganten Designerkleid und einer kugelförmigen Afrolook-Frisur. Sie war bei Walnut Systems für das Marketing verantwortlich. Carl selbst hatte sie für teures Geld von Apple abgeworben. Sie machte einen großartigen Job, war jedoch ziemlich hitzköpfig und kam manchmal leicht arrogant rüber. In diesem Moment wünschte sich Carl, sie würde sich etwas zurückhalten.

»Dass Ihre Marketingausgaben nachhaltige Investitionen sind, müssen Sie erst noch beweisen, Mrs Robinson«, erwiderte Morris ruhig.

»Nichts leichter als das«, sagte Paula. »Hier sind die aktuellen Werte für Bekanntheitsgrad und Markenimage. Wir sind inzwischen auf Platz sieben der bekanntesten Elektronikgerätemarken weltweit, bei Markenimage auf Platz drei. Der Net Promoter Score liegt bei sechsundachtzig Prozent. Das hat selbst das iPhone bei weitem nicht geschafft.«

»Der was?«, fragte Don Spinner.

»Der Net Promoter Score sagt aus, ob die Käufer eines Produktes dieses ihren Freunden empfehlen würden. Jeder Kunde bewertet dies auf einer Skala von null bis zehn. Dann wird der Anteil der Kunden, die einen Wert unter sieben angeben, von denen abgezogen, die neun oder zehn ankreuzen. In unserem konkreten Fall würden einundneunzig Prozent der Kunden ihren Mirror ›sehr wahrscheinlich‹ weiterempfehlen, während nur fünf Prozent ihn ›wahrscheinlich nicht‹ empfehlen würden. Die restlichen vier Prozent liegen irgendwo dazwischen.«

»Der Net Promoter Score ist ja wohl kaum eine Leistung des Marketings«, warf Ted Corley ein, der bei GIS für den Bereich Konsumentengeräte zuständig war. Er war untersetzt und hatte eine Glatze, machte diese optischen Defizite aber durch ein gewinnendes Lächeln und seine fast schon entnervende permanent gute Laune wett. »Er misst in erster Linie die Qualität des Produkts.«

»Er misst die Einstellung der Kunden zu ihrem Produkt«, widersprach Paula. »Dabei spielt Marketing eine große Rolle. Wenn die Kunden stolz auf ihr Produkt sind, weil es allgemein als ›cool‹ oder ›trendy‹ angesehen wird, dann bewerten sie es besser.«

»Mag ja alles sein«, meldete sich Morris zu Wort. »Aber es nützt uns nichts, wenn die Kunden das Produkt weiterempfehlen, wir aber bei jedem Verkauf draufzahlen.«

»Das nützt uns nichts?«, fragte Paula. »Das ist doch ...«

»Lass gut sein, Paula!«, bremste Carl sie. »Mr Morris, Sie haben recht. Wir müssen Walnut Systems auf einen profitablen Kurs bringen. Und das werden wir auch. Aber zuerst müssen wir eine hohe Marktdurchdringung erreichen. Es darf uns nicht passieren, dass Samsung oder Google oder Apple mit einem Konkurrenzprodukt auf den Markt kommen und uns damit unterlaufen. Wir wissen, dass sie alle mit Hochdruck an ähnlichen Systemen arbeiten.«

»Ich dachte immer, dass Ihre Technik der der Konkurrenz klar überlegen sei«, sagte Morris. »Haben wir nicht deshalb die stolze Summe von sieben Milliarden Dollar für siebenundfünfzig Prozent der Anteile hingeblättert, Ted?« Er warf einen fragenden Blick zu Corley.

»Die Technik des Mirrors ist momentan einzigartig«, stimmte Carl zu. »Mit Betonung auf ›momentan‹. Wir sind hier in einem Wettlauf.«

»Soll das heißen, wir müssen noch mehr Geld in die Entwicklung stecken?«, fragte Morris. »Ein Wettrennen gegen Google, Apple,

Samsung, Microsoft und wen sonst noch gewinnen? Das klingt für mich wie ein Fass ohne Boden.«

»Das ist es nicht«, schaltete sich Carls Cogründer und Technikchef Eric Brandon ein. Mit seiner großen Brille, den krausen Haaren und dem verwaschenen T-Shirt wirkte er wie der perfekte Nerd. Er war gerade mal zweiunddreißig und doch einer der besten Spezialisten für Künstliche Intelligenz weltweit. »Hier geht es nicht darum, immer bessere Hardware zu entwickeln.«

»Worum denn dann?«, fragte Morris.

»Es geht um Daten«, erklärte Eric. »Je mehr Nutzerdaten das System hat, umso besser funktioniert es. Das ist so ähnlich wie bei sozialen Netzwerken: Je mehr Leute mitmachen, desto nützlicher. Das führt fast immer dazu, dass am Ende nur noch ein großer Anbieter übrigbleibt. Oft ist es derjenige, der zuerst einen großen Marktanteil erzielt hat.«

»Das berühmte The-Winner-Takes-It-All-Syndrom«, warf Don Spinner ein, sichtlich froh, auch einen Redebeitrag leisten zu können.

»Exakt!«, bestätigte Paula. »Genau darum geht es hier.«

»Wo genau liegen die Vorteile, wenn mehr Nutzer teilnehmen?«, fragte Morris.

»Je mehr Daten wir haben, desto intelligenter werden die Mirrors«, erklärte Eric. »Nehmen wir als Beispiel die MirrorWorld. Wir haben bereits jetzt eine detaillierte 3-D-Simulation der realen Welt erstellt, die etwa drei Prozent der Fläche der USA, aber achtundsiebzig Prozent der Fläche der größten zwanzig Städte umfasst. Und das, ohne dass wir etwas dafür tun mussten.«

»Und was nützt uns das?«, fragte Morris.

»Die Mirror-Nutzer können diese Welt besuchen, sich dort treffen, Computerspiele darin spielen. Das ist wie Google Streetview, nur viel detaillierter, und wir müssen keine eigenen Fahrzeuge herumfahren lassen. Dieser Vorsprung macht die Mirrors für die Benutzer attraktiver als andere Systeme. Ein weiteres Beispiel ist MirrorSense. Ursprünglich konnte dieses Armband nur sehr grob feststellen, ob ein Benutzer aufgeregt ist oder nicht. Mittlerweile haben unsere neuronalen Netze aus der Beobachtung von Millionen Nutzern viel subtilere Modelle unserer emotionalen Reaktionen erstellt. Anhand von Gesichtsausdruck, Bewegung, Stimme, Veränderung der Herzfrequenz, des Blutdrucks und so weiter können sie kleinste Gefühlsnuancen erkennen. Ein Mirror weiß, ob sein Besitzer Liebeskummer hat, wütend auf seinen Nachbarn ist oder mal zum Arzt gehen sollte. Ein drittes Beispiel ist MirrorTalk. Aus Millionen von Dating-Situationen hat unser System die besten Strategien abgeleitet, um einen Menschen für sich einzunehmen. Wenn beide einen Mirror tragen, ist es oft nur eine Frage von Minuten, bis sie ineinander verliebt sind. Je mehr Daten dafür zur Verfügung stehen, desto besser funktioniert das alles.«

»Gibt es da nicht ein Datenschutz-Problem?«, fragte Morris. »Sie können doch nicht einfach den Leuten beim Dating zuschauen und das aufzeichnen.«

»Die Benutzer geben ihr Einverständnis, dass diese Daten erfasst werden«, sagte Carl. »Und es ist völlig anonym. Niemand kann hinterher nachvollziehen, aus welchen Gesprächen welche Eindrücke herausextrahiert wurden. Die Daten sind absolut sicher vor Zugriffen durch Dritte. Das ist eine unserer obersten Prioritäten.«

»Gut, dass Sie das ansprechen, Carl«, meldete sich Don Spinner zu Wort. »Wir haben schon wieder einen Anruf von Senator Nimroy erhalten. Der Druck wächst, dass wir den Sicherheitsbehörden endlich Zugang zu den Daten geben.«

»Auf keinen Fall!«, widersprach Carl. »Wenn wir das tun, ist der Mirror tot. Kein Nutzer würde ihn jemals wieder benutzen, wenn er befürchten müsste, dass er ständig überwacht wird.«

»Das wäre ein marketingtechnischer Selbstmord«, bestätigte Paula.

»Nimroy hat angedroht, einen Gesetzentwurf einzubringen, um uns notfalls dazu zu zwingen.«

»Dann verlagern wir den Firmensitz nach Korea oder Deutschland«, sagte Carl.

»Die Regierung könnte die Mirror-Nutzung in den USA verbieten, wenn die Sicherheitsbehörden keinen Zugriff auf die Daten bekommen.«

»Wir verkaufen bereits jetzt sechzig Prozent der Geräte im Ausland.«

»Hier wird gar nichts irgendwohin verlagert«, sagte Ted Corley. »Mit Nimroy werden wir schon fertig. Der kann es sich nicht erlauben, sich mit der kalifornischen Computerindustrie anzulegen. Und zum Glück gibt es genug Politiker, denen die Bürgerrechte noch wichtig sind.«

»Kommen wir zurück auf die Finanzen«, sagte Morris. »Ich habe verstanden, dass uns Marktdurchdringung einen Wettbewerbsvorteil verschafft. Aber der nützt uns nur etwas, wenn wir irgendwann damit Geld verdienen. Ted, wie sehen deine Vorschläge dazu aus?«

Sie einigten sich am Ende des Meetings darauf, durch eine Kapazitätsausweitung in China die Herstellkosten nochmals zu senken, die Preise einiger Zubehörteile wie etwa der Drohne MirrorBird und der MirrorGlasses sukzessive zu erhöhen und in der MirrorWorld virtuelle Werbeflächen einzuführen, zum Beispiel Plakate und Leuchtreklamen dort, wo diese auch in der realen Welt zu finden waren. Diese Werbeflächen würden jeweils auf den individuellen Nutzer abgestimmte Inhalte anzeigen, ähnlich den Werbebannern im Internet.

»Klasse gemacht!«, sagte Carl zu Eric, als sie zurück auf die andere Seite der Bay fuhren. »Du hast Morris mit deiner Argumentation überzeugt. Ich hätte nicht gedacht, dass er uns noch mal drei Milliarden Kapital bis zum Break Even zur Verfügung stellt. Ohne dich wäre ich da oben voll gegen die Wand gefahren.«

»Danke«, sagte Eric nur.

»Ist irgendwas?«, fragte Carl. »Du wirkst nicht sehr zufrieden.«

»Es ist nicht das Meeting«, erwiderte sein Freund. »Das war ganz okay.«

»Was denn dann?«

»Nicht so wichtig. Hab bloß schlecht geschlafen.«

Carl bohrte nicht weiter nach. Vielleicht wollte oder konnte Eric nicht offen sprechen, solange Paula mit im Wagen saß. Aber wenn sein Cogründer sich über etwas Sorgen machte, dann gab es bestimmt einen guten Grund dafür.

## 01100010110010 16. 10010111010100

Jack starrte in den Spiegel. Das Gesicht, das ihm entgegenblickte, schien aus einem Horrorfilm zu stammen: die Nase schief, das linke Auge zugeschwollen, das rechte blutrot, eine breite Zahnlücke im rechten Oberkiefer, mehrere nur notdürftig mit Pflastern versorgte Platzwunden. Sein Körper sah noch schlimmer aus. Jeder Atemzug tat ihm weh, mindestens eine Rippe war gebrochen. Seine Mom hätte ihm gesagt, er müsse zum Arzt gehen. Aber Jack konnte sich keinen Arztbesuch leisten, jetzt schon gar nicht, und außerdem hatte er keine Lust auf Fragen danach, wer ihm das angetan hatte. Es würde schon gehen, solange er nicht wieder in eine Schlägerei geriet.

Er wusste, dass er noch Glück gehabt hatte. Ronny und Chaz hatten ihn ordentlich vermöbelt, aber sie hatten darauf geachtet, ihm keine bleibenden Schäden zuzufügen. Einen Krüppel konnte Mike nicht gebrauchen. Wenn er innerhalb einer Woche nicht tausendzweihundert Tacken auf den Tisch blätterte, würden sie nicht mehr so zimperlich sein. Sie würden ihn als mahnendes Beispiel auf einer Müllkippe deponieren oder ins Hafenbecken werfen. Sie würden ihn nicht spurlos verschwinden lassen, denn jeder sollte sehen, was geschah, wenn man sich mit Mike und den Hunters überwarf. Die Bullen würden gar nicht erst versuchen, die Mörder zu verhaften. Solange bloß ein Ganove dem anderen den Schädel einschlug, machten sie Dienst nach Vorschrift.

Eine Woche. Tausendzweihundert. Wie sollte er das anstellen? Abhauen war keine Alternative: Wenn er nicht, wie vereinbart, mit dem Geld erschien, würde Mike sich seine Familie vornehmen, allen voran seine Mom, die allein drüben in San Leandro lebte und als Putzfrau und Näherin arbeitete. Außerdem hatte Mike überall Kontakte und würde ihn früher oder später ausfindig machen, und dann gnade ihm Gott. Nein, Abhauen war nicht drin.

Er kam sich auf einmal genauso elend, hilflos und abgefuckt vor wie sein alter Schulkamerad Will. Eine Sekunde lang überlegte er, ob er Mike um eine Fristverlängerung bitten sollte. Aber das war absurd, er würde sich bloß eine weitere Tracht Prügel einhandeln.

Die naheliegende Lösung wäre, Will aufzutreiben und ihm die Beute wieder abzunehmen. Aber das war sinnlos. Er hatte längst alle Ecken abgesucht, in denen sich der Junkie normalerweise herumdrückte, aber dort wusste niemand, wo er war. Falls er den Stoff überhaupt noch besaß, war er vermutlich abgehauen, da er zu Recht die Rache der Hunters gefürchtet hatte. Oder er hatte sich den goldenen Schuss gesetzt und verschimmelte irgendwo. Möglich war auch, dass sich der Glatzkopf den Stoff gekrallt hatte. Dann war er erst recht unwiederbringlich verloren.

Er ging im Kopf die Liste der Jobs durch, deren er fähig war und die ihm innerhalb einer Woche genug einbringen konnten.

Einbruchdiebstahl: Reiche gab es in der Umgebung mehr als genug, aber deren Häuser waren viel zu gut gesichert, als dass er da allein ohne längere Vorbereitung reinkommen würde, außer er hatte unverschämtes Glück. Außerdem wurden die Gebiete um die Bay von Gangs kontrolliert. Wenn eine von denen ihn bei einem Einbruchsversuch erwischte, würden sie kurzen Prozess machen.

Räuberische Erpressung und Entführung: Brauchte viel zu viel Vorbereitungszeit und war allein kaum zu machen.

Ein Banküberfall: War heutzutage mit all der Überwachungstechnik und den Zeitsperren aussichtslos.

Ein Kurier- oder Leibwächterjob: Manchmal konnte man gut verdienen, wenn man für andere die Drecksarbeit machte. Aber er hatte keinen Namen in diesem Metier, und so, wie er aussah, würde ihm niemand einen solchen Job anvertrauen.

Auftragsmord: Nein, so tief würde er nicht sinken. Außerdem galt hier dasselbe wie bei Kurier- und Leibwächterjobs.

Ehrliche Arbeit: Selbst wenn es ihm gelang, kurzfristig einen Gelegenheitsjob aufzutreiben, würde er damit höchstens fünfzig am Tag verdienen. Viel zu wenig. Er besaß auch nichts, was er hätte verkaufen können, hauste in einem Drecksloch, in dem kaum etwas ihm gehörte.

Damit blieben noch zwei Möglichkeiten: bewaffneter Raubüberfall und Taschendiebstahl. Irgendeinen Laden mit gezogener Waffe zu überfallen war immer noch die einfachste und schnellste Methode, zu Geld zu kommen. Aber es würde nicht reichen. Die typische Ladenkasse enthielt selten mehr als zweihundert Dollar. Er würde mindestens sechs erfolgreiche Überfälle innerhalb einer Woche durchführen müssen, ohne dass er geschnappt wurde. Das war so gut wie ausgeschlossen. Außerdem war das Risiko groß, dass irgendein indischer oder chinesischer Ladenbesitzer den Helden spielte und eine Waffe zog oder ihn irgendwie anders attackierte. Dann würde er entweder zum Mörder werden oder selbst draufgehen.

Also Taschendiebstahl. Als Kind hatte er das eine Zeitlang gemacht. Er war gut gewesen, hatte manchmal einen Hunderter an einem einzigen Tag erbeutet, natürlich das meiste bei seinem Gangboss abliefern müssen, aber er hatte ein ansehnliches Taschengeld gehabt und sich immer die neuesten Sneakers und Handys kaufen können. Doch heutzutage trugen die Leute ja nur noch Plastik mit sich herum oder bezahlten gleich mit dem Smartphone. Genau hier lag die Chance: Ihre Smartphones waren mehr und mehr der Lebensmittelpunkt der Reichen. Sie waren wunderschön glatt und schlank, perfekt, um sie unbemerkt aus einer Jackentasche zu fischen. Man konnte sie für ein paar Kröten bei einem Hehler verkaufen. Oft genug aber waren die Besitzer bereit, eine Art Lösegeld zu bezahlen, um ihr Gerät zurückzubekommen, denn darauf waren wertvolle Daten gespeichert – Adressen, E-Mails, Fotos, manchmal verräterische Hinweise auf heimliche Affären oder illegale Deals. Selbst wenn man damit in der Praxis meistens nicht viel anfangen konnte, gerieten gerade Neureiche schnell in Panik, wenn jemand ihr Smartphone in die Finger bekam. Jack kannte einen Hacker, der jeden Sperrcode knackte. Dann war es ein Klacks, den Besitzer anzurufen und ihm einen Deal anzubieten. Schon an der Stimme konnte man hören, wie viel derjenige bereit war, zu bezahlen.

Das beste Revier für Taschendiebstahl war der Finanzdistrikt im Nordosten der Stadt rund um die berühmte Hochhausnadel, die Transamerica Pyramid. Hier liefen genug Neureiche herum. Allerdings würde er dort in seiner jetzigen Verfassung sofort auffallen, es sei denn, ihm fiel eine gute Tarnung ein. Er dachte einen Moment darüber nach, dann hatte er eine Idee.

Er kramte in seinen Sachen, bis er eine hautenge Laufhose und ein verwaschenes T-Shirt fand. Dazu zog er Turnschuhe an. Dann bandagierte er seinen Kopf mit Verbandsmull. Eine Plastikwasserflasche, die er sich mit einem einfachen Gürtel umschnallte, eine Umhängetasche und ein alter Fahrradhelm, den er als Jugendlicher beim Skateboardfahren benutzt hatte, komplettierten die Verkleidung. Nun sah er aus wie ein Fahrradkurier, der vor kurzem einen Unfall gehabt hatte. Die Leute würden ihn ansehen, ihn eine Sekunde lang bedauern und ihn dann wieder vergessen. Er steckte ein paar alte Zeitungen in eine Versandtasche, schrieb in krakeliger Schrift eine unleserliche Adresse darauf, klebte sie zu und verstaute sie in seiner Umhängetasche. Dann machte er sich auf den Weg.

Es war nicht weiter schwierig: Im Finanzdistrikt umherlaufen, sich suchend umsehen, dabei unauffällig einen der vielen Yuppies im Auge behalten, der gerade telefonierte, während er eine Zigarette rauchte oder auf dem Weg irgendwohin war. Sobald der Typ sein Smartphone einsteckte, hingehen und ihn mit genuschelter Stimme nach einer fiktiven Adresse fragen. Den Umschlag fallen lassen, ihn ungeschickt wieder aufheben, dabei den Typen anrempeln, ihm mit dem Umschlag vor dem Gesicht herumfummeln, während er mit der anderen Hand blitzschnell das Smartphone aus der Tasche griff. Sich entschuldigen, langsam weitergehen, dabei auf den Umschlag starren und sich immer wieder umsehen. Dann in die nächste Straße einbiegen und aus dem Sichtfeld verschwinden, bevor der Typ merkte, dass ihm etwas fehlte.

Die meisten Opfer guckten zuerst nach ihrer Brieftasche. Wenn die noch da war, schlossen sie die Hypothese, bestohlen worden zu sein, aus und suchten verzweifelt nach ihrem Smartphone, von dem sie überzeugt waren, es in Gedanken irgendwohin gesteckt oder liegengelassen zu haben. Das Tolle an Menschen war, dass sie so viele Dinge unbewusst taten und hinterher keine Ahnung mehr hatten, was sie wann gemacht hatten.

Natürlich war die Sache nicht ohne Risiko, weshalb er den Taschendiebstahl eigentlich längst aufgegeben hatte. Er war dreimal von den Bullen erwischt worden. Die ersten Male war er mit einer Jugendstrafe davongekommen, aber das dritte Mal hatte er zwei Jahre gekriegt. Beim vierten Mal würden es mindestens fünf werden. Im Knast hatte er Mike kennengelernt, und dieser hatte ihm nach der Entlassung einen Posten in seiner Gang angeboten. Jack hatte angenommen. Drogen zu verticken war deutlich weniger riskant, und Taschendiebstahl wurde mit zunehmendem Alter immer schwieriger.

Aber er war immer noch ziemlich gut. Am Nachmittag hatte er mit seiner Masche zwei iPhones und ein brandneues Samsung Smartphone erbeutet. Nicht schlecht für den Anfang. Natürlich war er schlau genug, die Akkus aus den Dingern rauszunehmen.

Er wollte sein Glück nicht überstrapazieren und riskieren, dass er irgendjemandem auffiel, also beschloss er, den nächsten Bus zurück in Richtung Hunter's Point zu nehmen. Doch dann sah er etwas, das einfach zu verlockend war, um die Gelegenheit ungenutzt verstreichen zu lassen: Ein Typ stand am Straßenrand – wahrscheinlich wartete er auf ein Taxi – und beschäftigte sich intensiv mit seinem Smartphone. Sein schwarzer lederner Aktenkoffer stand neben ihm auf dem Boden, unbeachtet.

Jack ging auf ihn zu. Der Typ beachtete ihn nicht. Ohne anzuhalten oder die Geschwindigkeit zu verändern, ging er mit festen, geraden Schritten weiter. Im Vorbeigehen angelte er mit einem extra für diesen Zweck zurechtgebogenen festen Stahldraht, den er zuvor aus seiner Umhängetasche geholt hatte, nach dem Griff des Aktenkoffers. Bei diesem Manöver kam es darauf an, Körperhaltung und Schrittgeschwindigkeit nicht zu verändern, so dass das Opfer aus dem Augenwinkel keine verdächtige Bewegung wahrnahm. Er hatte nur einen Versuch, den Griff zu erwischen. Er wusste aus Erfahrung, dass es nur bei einem Drittel der Fälle klappte. Doch er hatte Glück, der Haken blieb an dem lederbezogenen Griff hängen, und er konnte den Aktenkoffer anheben. Mit einer flüssigen Bewegung nahm er ihn hoch und schob ihn unter seine Umhängetasche, so dass der Koffer den Blicken der Umstehenden verborgen war. Er ging mit klopfendem Herzen weiter, ohne sich umzusehen. Keine lauten Rufe hinter ihm. Der Typ starrte wahrscheinlich immer noch auf sein Smartphone.

Er bog in die nächste Straße ein. Erst als er zwei Blocks entfernt war, erlaubte er sich den Luxus, anzuhalten und seine Beute in der Umhängetasche zu verstauen. Jetzt konnte er entspannt mit dem Bus nach Hause fahren.

## 01100010110010 17. 10010111010100

»Du solltest ihr vielleicht etwas mitbringen«, sagte Mama. »Ein kleines Geschenk oder so. Immerhin ist das dein erstes richtiges Date.«

»Blödsinn«, erwiderte der Mann. »Zu einem Date bringt man doch nichts mit!«

»Das ist kein Date«, widersprach Andy. »Ich treffe mich bloß mit Viktoria zum Teetrinken.«

»Klar ist das ein Date«, behauptete der Mann.

»Du musst ja nicht, wenn du nicht willst«, sagte Mama. »War nur so eine Idee.«

»Was soll ich ihr denn mitbringen?«, fragte Andy, bloß um den Mann zu ärgern.

»Ich weiß nicht. Blumen vielleicht. Oder Schokolade. Frauen mögen so etwas.«

»So ein Quatsch!«, kommentierte der Mann.

Mama sah ihn an, ohne etwas zu sagen. »Zorn«, erklärte Andys Mirror.

»Ich weiß nicht, ob sie Blumen mag. Oder Schokolade.«

»Glaub mir, jede Frau mag Blumen, und Schokolade mögen die meisten auch.«

»Schwachsinn!«, kommentierte der Mann. »Da hat der Junge endlich mal ein Date, und du machst daraus eine oberspießige Aktion, als wären wir im vorletzten Jahrhundert. Du solltest nicht immer so viele historische Liebesromane lesen, Anna!«

»Romantik kommt nie aus der Mode!«, erwiderte Mama. »Aber mir ist schon klar, dass du das nicht kapierst. Wenn es nach dir ginge, sollte er ihr wahrscheinlich eine Packung Kondome mitbringen.«

»Was?«, rief Andy.

»Okay, ich merk schon, meine Meinung ist hier unerwünscht«, sagte der Mann und ging aus der Küche.

»Es tut mir leid, Andr … ich meine, Andy. Ich würde mich jedenfalls über Schokolade oder Blumen freuen.«

»Aber du bist nicht Viktoria.«

»Da hast du wohl recht. Kannst du nicht jemanden fragen? Eine Freundin vielleicht?«

»Gute Idee, Mama. Mirror, kontaktiere Viktorias Mirror.«

»Hallo, Andy«, erklang Viktorias Stimme in seinem Ohr.

»Bist du Viktorias Mirror?«

»Ja. Möchtest du mit Viktoria sprechen?«

»Nein. Ich möchte wissen, was Viktoria gefällt.«

»Viktorias Lieblingsfarbe ist Rosa. Sie mag gern Sushi und chinesisches Essen. Sie sieht gern Horrorfilme. Sie hört gern Punkrock. Ihre Lieblingsband heißt *Don't Eat all the Humans, Please.*«

»Mag Viktoria Schokolade?«

»Viktoria mag Lakritze, am liebsten die salzige aus Dänemark.«

»Danke!«

»Gern geschehen.«

»Sie mag Lakritze«, sagte Andy zu Mama. »Die salzige aus Dänemark.«

»Woher weißt du das?«

»Ihr Mirror hat es mir gesagt.«

»Wie praktisch!«

Sie trafen sich in demselben Café wie beim letzten Mal. Andy gab ihr eine Plastikdose.

»Hier, für dich!«

»Dänische Salzlakritze!«, rief sie. »Das ist aber lieb. Danke!«

Die Kellnerin kam. Andy bestellte einen Tee und Viktoria einen Cappuccino.

»Es war schön, als wir das letzte Mal hier waren«, sagte Viktoria. »In der MirrorWorld, meine ich.«

»Ja«, sagte Andy.

»Schade, dass wir in der realen Welt nicht fliegen können.«

»Ja, schade.«

»Mach ihr ein Kompliment«, sagte Andys Mirror. »Sag ihr, dass sie schöne Augen hat.«

Das kam Andy ein bisschen komisch vor. Ihre Augen waren eigentlich ganz normal, blaugrau mit ein paar hellgrünen Flecken darin. Doch mittlerweile vertraute er seinem Mirror.

»Du hast schöne Augen«, sagte er.

»Was?«, fragte Viktoria.

»Du hast schöne Augen«, wiederholte er.

Sie sah ihn einen Moment lang schweigend an.

»Misstrauen«, erklärte Andys Mirror.

»Sagst du das jetzt etwa bloß, weil es dir dein Mirror gesagt hat?«

»Zorn«, sagte der Mirror.

Andy wusste nicht, was er antworten sollte.

»Hat dir dein Mirror gesagt, du sollst mir sagen, dass ich schöne Augen habe?«

»Ja«, sagte Andy, dem seine Mutter eingeschärft hatte, dass sich Lügen niemals auszahlten.

»Und wie findest du meine Augen wirklich?«

»Sag ihr, dass ihre Augen wie Diamanten funkeln«, sagte der Mirror.

»Sie sind blaugrau mit ein paar hellgrünen Flecken drin«, sagte Andy.

Viktoria lachte. Es klang so schön und hell wie die Melodie, die der Mirror machte, wenn er Andy weckte.

»War das dumm, was ich gesagt habe?«, fragte Andy. »Mein Mirror hat mir nämlich gesagt, ich soll etwas anderes sagen. Er hat gesagt, ich soll sagen, dass deine Augen wie Diamanten funkeln. Aber das tun sie überhaupt nicht.«

Viktoria lachte noch lauter. »Du bist wirklich lustig, Andy. Aber tu mir bitte einen Gefallen: Nimm deinen MirrorClip aus dem Ohr, wenn wir miteinander reden, okay?«

»Tu das nicht«, sagte der Mirror. »Ich kann dir sonst nicht mehr helfen.«

Andy nahm den Clip aus dem Ohr und steckte ihn in die Hosentasche.

»Schon besser«, sagte Viktoria und lächelte. Andy war ein bisschen verunsichert, weil er wusste, dass es verschiedene Arten von Lächeln gab – nettes Lächeln, fröhliches Lächeln, höfliches Lächeln, vorgetäuschtes Lächeln, boshaftes Lächeln –, jedoch nicht erkennen konnte, welche Art von Lächeln das war.

»Was ist mit deinem MirrorClip?«, fragte Andy. »Willst du ihn nicht auch abnehmen?«

Das Lächeln wurde breiter. »Okay. Das ist nur fair.« Sie nahm den Clip ebenfalls aus dem Ohr.

Ohne den Mirror war es viel anstrengender für Andy, sich zu unterhalten. Er wusste oft nicht, was er sagen sollte, und so kam es zu langen Pausen, in denen sie sich bloß ansahen, bis es Andy unangenehm wurde und er den Blick senkte. Doch mit der Zeit wurde es einfacher, denn Viktoria half ihm, indem sie selbst viel erzählte oder ihm konkrete Fragen stellte, die er ausführlich beantworten konnte.

»Du bist der seltsamste Mensch, dem ich je begegnet bin, Andy«, sagte sie irgendwann.

»Du auch«, erwiderte er.

Sie lachte. »Was findest du denn seltsam an mir?«

»Alles«, sagte Andy. »Aber du bist sehr nett.«

»Findest du andere Menschen auch seltsam?«

»Ja. Bis auf Mama.«

»Und magst du die anderen Menschen so wie mich?«

»Nein.«

»Magst du deine Mutter so wie mich?«

Andy überlegte einen Moment. »Nein«, sagte er. »Dich mag ich mehr.«

»Ich muss jetzt los«, sagte sie.

»Okay.« Gab es einen Zusammenhang zwischen seiner letzten Aussage und der Tatsache, dass sie jetzt ging? Er wusste, dass Menschen manchmal sagten, sie müssten jetzt los, wenn sie keine Lust mehr hatten. Hatte er etwas Falsches gesagt?

»Bringst du mich noch zur U-Bahn?«, fragte sie.

»Ja, gut.«

Als sie auf die Straße gingen, nahm Viktoria Andys Hand in ihre. Das fühlte sich seltsam an. Bei jedem anderen Menschen wäre es ihm unangenehm gewesen. Doch bei ihr nicht.

Sie erreichten die U-Bahn. Viktoria wohnte in Farmsen und musste Richtung Nordosten, Andy in die Gegenrichtung. Sie standen nebeneinander, ohne etwas zu sagen, bis Viktorias U-Bahn einfuhr.

Da drehte sie sich zu ihm um, fasste sein Gesicht mit beiden Händen an und küsste ihn auf den Mund.

Er erschrak und zuckte zurück.

»Tschüs!«, rief sie, und ehe er etwas erwidern konnte, drehte sie sich um und sprang in den Zug.

Er sah ihr nach, bis sie weggefahren war.

Als er nach Hause kam, konnte er immer noch ihre Lippen auf seinen spüren.

»Wie war es?«, fragte Mama.

»Gut«, sagte er und ging in sein Zimmer. Dort nahm er den MirrorClip aus der Hosentasche und setzte ihn wieder ein.

»Wenn du mich nicht an deinem Leben teilhaben lässt, dann kann ich nicht lernen, was dir gefällt«, sagte der Mirror. »Bitte behalte mich so oft wie möglich in deinem Ohr.«

»Viktoria mag es nicht, wenn ich dich in meinem Ohr habe, während ich mit ihr rede«, erklärte Andy.

»Ich verstehe diese Aussage nicht.«

»Du hast mir falsche Sachen gesagt. Du hast gesagt, ich soll sagen, dass ihre Augen wie Diamanten funkeln. Dabei tun sie das gar nicht.«

»Das ist eine Redensart. 87,5 % der Frauen finden Männer, die diesen Satz sagen, anschließend attraktiver.«

»Viktoria nicht.«

»Danke für diese Information. Ich werde das in Zukunft berücksichtigen.«

»Gut«, sagte Andy. Doch sein Vertrauen in seinen Mirror war ein bisschen erschüttert.

# 01100010110010 18. 10010111010100

Freya schaltete die Drohne ein und aktivierte die Steuerung. Als das Fluggerät mit brummenden Rotoren abhob, konnte sie den kühlen Luftzug an ihren nackten Beinen spüren. Sie aktivierte den Kameramodus und steuerte die Drohne so, dass sie auf den Monitor ihres Laptops zuflog, bis dieser das Kamerabild ausfüllte. Ein Foto war darauf zu sehen: Ein verrostetes Riesenrad mit leuchtend gelben Kanzeln ragte hoch in den Himmel, daneben das Skelett eines Autoscooters, die Plane, die das Metallgerüst abgedeckt hatte, längst vermodert. Das runde Dach eines altmodischen Karussells war halb eingestürzt. Die Pferde, die an rostigen Stangen aufgereiht waren, reckten trotzig ihre Köpfe nach oben, als wollten sie dem Zerfall bis zuletzt trotzen. Dieser Rummel war nie eröffnet worden – als die Reaktorkatastrophe passierte, waren die Arbeiter noch mit dem Aufbau beschäftigt gewesen.

Das Fluggerät befolgte gehorsam ihre Anweisungen. Kein Zeichen einer Fehlfunktion.

Wahrscheinlich hatte Terry recht gehabt, wie so oft. Er war ein wirklich kluger Kopf, einer der besten freien Journalisten Londons. Sein Spezialgebiet waren Wirtschaftsthemen. Er fand es früher als andere heraus, wenn Fusionen bevorstanden, scheinbar gesunde Unternehmen plötzlich pleitegingen oder ein Insiderhandel aufflog. Aber er verfügte auch über ein großes Allgemeinwissen, von Geschichte und Philosophie bis zu Mathematik und Physik. Freya kam sich in seiner Gegenwart immer ein bisschen minderbemittelt vor.

Trotzdem hatte sie ihr journalistischer Instinkt gedrängt, ihrer ursprünglichen Intuition zu folgen. Mochte es auch noch so unwahrscheinlich sein, die theoretische Möglichkeit, dass ein elektronisches

Gerät tatsächlich Gefühle entwickelt haben könnte, faszinierte sie. Sie wusste nicht, ob das technisch möglich war, aber trotz seines breiten Wissens wusste es Terry höchstwahrscheinlich auch nicht. Deshalb hatte sie beschlossen, ein kleines Experiment zu machen. Wenn es ihr gelang, das seltsame Verhalten der Drohne zu reproduzieren, dann hatte sie wahrscheinlich die Ursache dafür gefunden.

Sie tippte mehrmals eine Taste an, und die Bilder wechselten: eine Schwimmhalle, deren gewaltiges Wasserbecken längst ausgetrocknet war, eine Schule, in deren Klassenräumen noch die Hausaufgaben für den 26. April 1986 an der Tafel standen. Die Nahaufnahme von kyrillischer Schrift, die jemand in eine Tischplatte geritzt hatte: »Vovik + Tanya = Liebe«, hatte Maria übersetzt, und Freya hatte sich gefragt, was aus den beiden geworden war und ob die Katastrophe trotz allem Raum für ein Happy End gelassen hatte. Ein altes Klavier. Freya hatte eine Taste gedrückt und einen Ton erzeugt, der in dem menschenleeren Gebäude lange nachgehallt hatte wie der klagende Laut eines Geistes. Die Bilder riefen in Freya starke Emotionen hervor.

Die Drohne schwebte reglos auf der Stelle. Was immer die Fehlsteuerung in Pripjat ausgelöst hatte, Freyas Theorie war offensichtlich falsch.

Sie drückte ein weiteres Mal auf die Taste. Das Bild einer Vogelspinne war zu sehen.

Die Drohne zischte davon, als hätte ihr jemand einen Tritt verpasst. Sie flog einen Kreis durch das Zimmer und landete dann zu Freyas Füßen.

Das gab es doch nicht!

Freya hatte eine Spinnenphobie. Doch das Bild ließ sie in diesem Moment kalt, sie hatte ja gewusst, dass es sich in der Auswahl befand. Außerdem hatte sie ihr MirrorSense-Armband nicht umgelegt, um zu vermeiden, dass bei ihrem kleinen Experiment ihr eigener Erregungszustand die Reaktion des Mirrors beeinflusste. Trotzdem hatte die Drohne plötzlich abgedreht. Es war also nicht die gespenstische Atmosphäre des früheren Kindergartens gewesen, die das Fluggerät aus dem Konzept gebracht hatte, sondern die kleine Spinne, die unvermittelt ins Bild gekrabbelt war.

Sie versuchte, das Fluggerät wieder in Richtung des Monitors zu steuern, doch wie schon in Pripjat gebärdete es sich störrisch wie ein scheues Pferd. Erst als sie die Taste ein weiteres Mal drückte und statt der Spinne eine Krähe zu sehen war, die auf einem verrosteten Fahrrad hockte, ließ sie sich wieder normal steuern.

Versuchshalber blätterte Freya zurück und zeigte erneut das Spinnenbild. Wieder drehte die Drohne ab, obwohl die Reaktion diesmal weniger heftig auszufallen schien.

Sie wischte die Kamerasteuerung auf dem Display des Mirrors beiseite, so dass ihr eigenes Ebenbild erschien. Mit neutralem Gesicht schien es sie anzustarren.

Freya nahm die Drohne in die Hand und ging damit auf den Monitor zu. Dann drehte sie das Gerät so, dass die Kamera auf den Bildschirm gerichtet war. Das Gesicht ihres virtuellen Ebenbilds verzog sich auf so komische Weise zu einem Ausdruck angstvollen Erschreckens, dass sie laut lachte. Die Rotoren der Drohne heulten auf, als das Gerät erneut versuchte, sich aus dem Staub zu machen, doch Freya hielt es fest in der Hand. Es bestand kein Zweifel: Ihr Mirror hatte Angst vor Spinnen!

Aber vielleicht war das ja gar keine so aufregende Neuigkeit, wie sie dachte. Vielleicht wusste jeder außer ihr längst, dass Mirrors emotional reagierten?

Sie gab bei Google »Mirror Gefühle« ein. Erwartungsgemäß erschien oben in der Trefferliste eine Beschreibung des MirrorSense-Armbands, mit dem »der Mirror deine Gefühle erkennen kann und somit immer weiß, wie es dir gerade geht«. Dass der Mirror selbst Gefühle hatte, stand dort nicht.

Unter den weiteren Treffern fand sich auch ein Artikel über Spiegelneuronen. Demzufolge waren dies spezielle Gehirnzellen, die es dem Menschen und höheren Tieren ermöglichten, Gefühle anderer zu erkennen und nachzuempfinden. Dabei spielten sich in den jeweiligen Gehirnregionen dieselben Vorgänge ab, egal, ob man eine Handlung selbst ausführte oder sie nur beobachtete. Obwohl die wissenschaftlichen Erkenntnisse noch dürftig und umstritten waren, gingen viele Forscher davon aus, dass Spiegelneuronen die Basis für Mitgefühl waren.

Wenn das Konzept der Spiegelneuronen bei der Entwicklung der Mirrors angewandt worden war, wofür allein schon der Name des Geräts sprach, dann war es durchaus möglich, dass Mirrors bestimmte Reaktionsmuster ihrer Besitzer nicht nur erkannten, sondern selbst nachbildeten. Das würde die Spinnenphobie ihres Geräts erklären. Der Mirror musste über das MirrorSense-Armband ihr Erschrecken registriert haben, als die Spinne unvermittelt im Kamerabild aufgetaucht war. Aber hatte dieser eine harmlose Vorfall gereicht, um die Assoziation »Spinne = Angst« permanent in dem Mirror zu speichern?

Sie beschäftigte sich näher mit dem Aufbau und der Funktion des Mirrors, über die es im Internet Hunderte von Artikeln und Videos gab. Eines wurde schnell deutlich: Das Gerät lernte nicht nur durch Beobachtung seines Besitzers, sondern auch durch den Vergleich von dessen Reaktionen mit denen anderer Mirror-Besitzer. Demzufolge hatte das Gerät erkannt, dass im Kamerabild ein achtbeiniges Tier zu sehen gewesen war, das nicht nur Freya, sondern auch Tausende anderer Menschen in Angst und Schrecken versetzte. Freyas Mirror hatte sich also die Spinnenphobie im MirrorNet bei anderen, ähnlich veranlagten Menschen quasi abgeschaut.

Nach einigen Stunden Recherche wusste sie, dass es eine Menge Berichte von Menschen im Internet gab, deren Mirror sich seltsam verhalten hatte. Doch ob dies daran lag, dass Mirrors eigene Gefühle entwickelten, darüber fand sie im Web nichts.

Sie grinste, als sie daran dachte, was für große Augen Terry machen würde, wenn sie ihm ihr Experiment heute Abend vorführte. Dieses Mal hatte sie recht gehabt, und er hatte danebengelegen! Dann verschwand das selbstgefällige Grinsen und sie runzelte die Stirn, als sie über die Implikation ihrer Entdeckung nachdachte.

## 01100010110010 **19.** 1001011101010 0

Das Ding war echt der Hammer!

Seit Lukas einen Mirror hatte, war sein Leben völlig verändert. Er arbeitete jetzt auf einer Großbaustelle im Hafen und verdiente ordentliches Geld. Der Mirror hatte ihm den Job verschafft, einfach so. Und das Beste war: Das Gerät half ihm auch dabei, die Dinge zu tun, die getan werden mussten, sagte ihm, wo welche Materialien lagerten, korrigierte ihn, wenn er im Begriff war, etwas falsch zu machen, warnte ihn vor Gefahren, half ihm sogar beim Witzereißen in der Pause. Der Wahnsinn! Ein paar Kollegen hatten ihn schon darauf angequatscht, was das für ein Ding war, das er im Ohr trug, und als er es ihnen erklärte, hatten sie große Augen gemacht und gesagt, sie wollten auch so eines. Zum ersten Mal in seinem Leben war er nicht bloß der dumme Loser, der Idiot, über den sich alle lustig machten. Er war der Mann mit dem Mirror.

Aber das Beste war natürlich Katrin. Statt sich weiter mit der alten

Zicke Ellen rumzuärgern, hatte er seine Traumfrau kennengelernt. Sie sah zwar auf den ersten Blick nicht so aus wie seine Traumfrau, aber sie hatte Feuer unterm Arsch wie keine, die er bisher gehabt hatte. Sie wusste genau, was sie wollte, im Bett und auch sonst. Der Sex mit ihr war so richtig schön versaut – vor allem, wenn er den Mirror aufbehielt und der ihm sagte, was er mit ihr machen sollte. Ein- oder zweimal hatte er gezögert, weil er sich nicht sicher gewesen war, ob das nicht ein Programmfehler sein musste oder so. Aber als er Katrin gefragt hatte, hatte sie die Anweisung des Mirrors bestätigt. Das Ding war so was von genial!

»Hey, Lukas!«

Das war Ellens Stimme. Ausgerechnet jetzt. Er ging weiter die Rolltreppe hinunter zum U-Bahnsteig, tat, als habe er nichts gehört.

»Lukas, warte doch mal!«

Als er das Ende der Rolltreppe erreichte, drehte er sich kurz um. Sie stolperte hinter ihm her die Treppe herunter. Ihr Macker war auch dabei. Lukas warf einen schnellen Blick auf die Anzeige: Die U-Bahn kam in fünf Minuten.

Ellen gab ihm einen Kuss auf die Wange. »Wie geht's dir denn?«

»Super.«

»Und wo geht's hin?«

»Zu meiner Freundin.«

Sie runzelte die Stirn. »Du hast eine neue Freundin?«

»Ja.«

»Seit wann?«

»Seit letztem Mittwoch.«

Ihre Augen wurden groß. »Du hattest schon eine neue Freundin, als du mich das letzte Mal besucht hast?«

»Nein. Erst danach.«

»Am selben Tag?«

»Ja.«

»Ich hätte nicht gedacht, dass ich dir so wenig bedeute.« Sie klang beleidigt.

»Sag ihr: Vorbei ist vorbei«, schlug der Mirror vor.

»Vorbei ist vorbei, echt jetzt«, sagte Lukas.

»Und sonst?«

»Alles gut. Ich arbeite jetzt auf dem Bau.«

»Du hast einen Job? Glückwunsch!«

»Danke.«

»Scheint dich ja richtig voranzubringen, dein Mirror!«, sagte der Wichser, Bernd oder wie auch immer. Heute hatte er keinen MirrorClip im Ohr.

»Ja«, sagte Lukas.

»Frag ihn, warum er seinen MirrorClip nicht trägt«, sagte der Mirror.

»Warum trägst du eigentlich deinen MirrorClip nicht?«

»Er braucht keinen Mirror«, antwortete Ellen für ihn. »Er weiß auch so, was er tun und sagen muss.« Als sie Lukas' irritierten Blick bemerkte, fügte sie schnell hinzu: »Aber das heißt natürlich nicht, dass du deinen nicht tragen sollst.«

»Sag ihr, dass dein Mirror dich mit den Mirror-Benutzern auf der ganzen Welt verbindet«, schlug der Mirror vor.

Er sagte es ihr.

»Sag ihr, dass du dich als Teil einer starken Gemeinschaft fühlst.« Auch das wiederholte er.

»Du klingst, als würdest du Werbetexte runterspulen«, sagte Ellen. »Dein Mirror oder, besser gesagt, die Leute, die ihn gebaut haben, verkaufen dich doch für dumm!«

»Quatsch«, entgegnete Lukas. »Das Ding ist echt geil, Mann. Ich verdiene jetzt richtig Kohle, und die Kollegen auf dem Bau beneiden mich alle.«

Zum Glück kam in diesem Moment die Bahn, und da die beiden in die andere Richtung mussten, war das Gespräch beendet. Doch Lukas war irritiert. Es gefiel ihm nicht, was Ellen gesagt hatte. Er war nicht besonders schnell im Kopf, das wusste er. Was, wenn sie recht hatte, wenn am Ende doch nur minderbemittelte Loser so ein Ding benutzten?

»Glaubst du, nur Dummköpfe benutzen Mirrors?«, fragte er Katrin, als er ihre Wohnung in St. Georg erreichte.

»Hältst du mich etwa für blöd?«, fragte sie und runzelte die Stirn.

»Was? Nein! Wieso?«

Erst als sie auf ihren MirrorClip tippte, begriff er: Sie trug auch einen Mirror. Also war das, was Ellen gesagt hatte, Unsinn. Katrin war mit Sicherheit intelligenter als seine Ex. Wenn sie einen Mirror benutzte, dann war das ganz sicher kein Zeichen von Dummheit.

»Wer hat so was gesagt?«, wollte sie wissen.

»Meine Ex. Hab sie vorhin am Bahnsteig getroffen.«

»Deine Ex? Was interessiert dich, was diese Schlampe denkt? Wer so blöd ist, sich von seinem Chef vögeln zu lassen, und ihm glaubt, dass er sich bald scheiden lässt, sollte sich keine Meinung über die Intelligenz anderer Leute erlauben.«

»Du hast recht. Aber manche glauben anscheinend, dass man ein Spacko ist, wenn man einen Mirror trägt.«

»Das sind Idioten«, sagte Katrin. »Die sind bloß neidisch.«

»Wie wäre es, wenn ihr etwas tut, um die Mirrors beliebter zu machen?«, schlug ihm sein Mirror vor.

»Wie wäre es, wenn wir etwas tun, um die Mirrors beliebter zu machen?«, sagte Lukas.

»Was denn?«, fragte Katrin.

»Ihr könntet einen Fanclub gründen«, sagte der Mirror.

»Wir könnten einen Fanclub gründen«, sagte Lukas.

»Einen Fanclub? Was ist das denn für eine bescheuerte Idee?«

»Sag ihr, dass es bereits überall auf der Welt Mirror-Fanclubs gibt. Die Mitglieder dieser Clubs haben viele Vorteile im MirrorNet.«

Er sagte es ihr.

»Warte mal, das dauert mir zu lange, wenn du alles nachplapperst«, meinte sie. »Mirror, teile, was du sagst, mit dem Mirror von Lukas. Was sind die Vorteile eines Mirror-Fanclubs?«

»Die Mitglieder eines Fanclubs haben viele Vorteile«, sagte Lukas' Mirror. »Zum Beispiel gibt es viele exklusive Sonderangebote für Mirror-Zubehör und Rabatte bei vielen Unternehmen, wie Reiseveranstaltern, Versicherungen und Hotels. Außerdem können Mirror-Fanclub-Mitglieder am Betatest der neuen MirrorScore-Funktion teilnehmen.«

»Mein Mirror hat gesagt ...«, begann Lukas, aber Katrin winkte ab.

»Ich hab es auch gehört. Mirror, was ist MirrorScore?«

»MirrorScore ist eine brandneue Funktion des MirrorNets. Sammle Punkte, indem du etwas für die MirrorNet-Community tust. Je mehr Punkte du hast, desto beliebter bist du im MirrorNet. MirrorScore-Punkte können außerdem für exklusive Vorteile eingesetzt werden.«

»Das klingt doch geil!«, sagte Lukas.

»Was für Vorteile?«, fragte Katrin.

»Die Mitglieder mit den meisten MirrorScore-Punkten in einer Region bekommen exklusiven Zugang zu neuen Features, Updates und Informationen. Bau dir deinen persönlichen Informationsvorsprung auf. Dann weißt du vor allen anderen über exklusive News und Events Bescheid, bekommst früher als andere die Möglichkeit, neue Produkte zu ordern und Updates downzuloaden. MirrorScore lässt dein Leben mit dem Mirror noch aufregender werden!«

»Das klingt doch geil!«, sagte Lukas noch einmal.

»Was muss man tun, um einen Mirror-Fanclub zu gründen?«, fragte Katrin.

Ihre Mirrors erklärten es ihnen. Lukas verstand nicht alles, aber Katrin begriff, sagte an den richtigen Stellen »Ja«, und kurz darauf hatten sie den Fanclub »Zauberspiegel St. Georg« gegründet, dessen Vorsitzende Katrin Dorn war. Es gab sogar eine eigene Website, auf der Katrins und Lukas' Profildaten automatisch als Clubgründer eingetragen waren.

Lukas war stolz wie Oskar. Wenn ihm das nächste Mal Ellen oder ihr behinderter Macker über den Weg liefen, würden sie aber große Augen machen!

## 01100010110010 **20.** 1001011101010 0

»Du hast eine Einladung von Viktoria, in die MirrorWorld zu kommen«, sagte Andys Mirror.

»Gut«, erwiderte Andy.

»Möchtest du die Einladung annehmen?«

»Ja.«

»Dann aktiviere bitte das MirrorWorld-Programm auf deinem PC und setze deine 3-D-Brille auf.«

Andy befolgte die Anweisung und stand kurz darauf in einem virtuellen Raum. Ein Bett, ein weißes Bücherregal, ein Kleiderschrank, ein kleiner Schreibtisch und ein unförmiges Gebilde in einer Ecke waren die einzigen Objekte.

Viktorias Avatar stand neben ihm. Sie trug schwarze Kleidung, so dass sie wie ein Ninja in *World of Wizardry* aussah.

»Sieht es bei dir wirklich so aus?«, fragte Andy.

»Hallo, Andy«, erwiderte sie. »Sieht es wie aus?«

»Rosa.« Er deutete auf die simulierten Wände, die in dieser Farbe gestrichen waren.

»Komm doch her und sieh es dir selbst an.«

»Ich bin doch schon hier.«

»Ich meine, in echt.«

»Ich weiß gar nicht, wo du wohnst.«

Sie nannte ihm ihre Adresse.

»Ich war noch nie in Farmsen«, sagte er.

»Das macht nichts. Dein Mirror kann dich zu mir führen.«

»Ich dachte, du magst es nicht, wenn ich ihn aufhabe, während ich mit dir rede.«

»Ich habe noch mal mit meinem Mirror gesprochen. Er hat mir erklärt, dass dein Mirror bloß versucht hat, dir zu helfen. Er weiß, dass du Autist bist, und hat dir gezeigt, wie man Komplimente macht. Das kann er anscheinend nicht besonders gut. Aber er lernt dazu. Jedenfalls war es dumm von mir, dir zu sagen, dass du ihn abschalten sollst.«

»Das war es nicht.«

»Vielleicht. Aber jedenfalls kannst du ihn ab jetzt immer anlassen, und ich habe meinen auch an.«

»Okay.«

»Wann willst du herkommen?«

»Wann soll ich herkommen?«

»Jetzt gleich?«

»Gut.«

Eine gute halbe Stunde später klingelte er an der Wohnungstür im zweiten Stock eines Mietshauses. Er fand es lustig, dass Viktoria im zweiten Stock wohnte, genau wie er selbst. Eine Frau machte ihm auf und sah ihn merkwürdig an. »Misstrauen«, erklärte der Mirror.

»Wer sind Sie?«, fragte Andy.

»Wer ich bin?«, fragte die Frau.

»Erstaunen«, erklärte der Mirror.

»Ich möchte zu Viktoria«, erklärte Andy.

»Ach so«, sagte die Frau. »Du musst Andy sein. Ich bin Viktorias Mutter. Ich heiße Nina.« Sie reichte ihm die Hand.

Andy mochte es nicht, wenn er jemandem die Hand geben musste, aber er nahm sie trotzdem, denn er wollte Viktorias Mutter nicht verärgern. Die Mutter führte ihn zu Viktorias Zimmer.

Es sah fast genauso aus wie in der Simulation: ein Bett, ein weißes Bücherregal, ein Kleiderschrank, ein kleiner Schreibtisch und ein unförmiges Ding in der Ecke. Auf dem Ding saß Viktoria. Sie hatte Kopfhörer auf, aus denen Musik zischte.

»Viktoria!«, brüllte ihre Mutter. »Du hast Besuch!«

Viktoria sah auf, nahm die Kopfhörer ab und sprang von dem Ding hoch, das aussah wie ein zerknautschter Sack mit irgendwas drin. »Andy! Ich habe gar nicht so schnell mit dir gerechnet!«

»Ich lasse euch dann allein, muss noch mal los, einkaufen«, sagte Viktorias Mutter und machte die Tür hinter sich zu.

»Ich habe dir Lakritze mitgebracht«, sagte er. »Die Guten aus Dänemark gab es am U-Bahn-Kiosk nicht. Ich hoffe, die hier magst du auch.«

»Das ist aber lieb von dir!«

»Küss sie!«, sagte Andys Mirror.

»Was?«, meinte Andy erschrocken.

»Was?«, fragte Viktoria.

»Mein Mirror hat gesagt, ich soll dich küssen!«, sagte Andy.

»Dann tu's doch einfach!«, erwiderte Viktoria.

»Na gut«, sagte Andy und küsste sie.

»Du kannst mich dabei ruhig in den Arm nehmen«, sagte Viktoria. »Komm her, ich zeig es dir.« Sie küssten sich erneut, viel länger diesmal.

»Du bist ein bisschen steif«, sagte sie, als sie sich voneinander lösten. »Magst du es nicht?«

»Doch.«

»Aber?«

»Es … es ist nur … etwas ungewohnt.«

»Dann üben wir am besten noch ein bisschen.«

Sie küssten sich oft und lange. Irgendwann lagen sie auf dem Bett.

»Küss ihren Hals«, sagte Andys Mirror. »Genau unterhalb des Ohrläppchens.«

Er machte es. Sie stöhnte auf.

»Magst du es nicht?«, fragte er.

»Doch«, erwiderte sie. »Sogar sehr!«

Und dann berührte sie ihn an einer Stelle, wo er sehr empfindlich war. Es fühlte sich sehr seltsam an und sehr gut. Ohne seinen Mirror hätte er nicht gewusst, was er tun sollte. Doch das Gerät wusste immer ganz genau, was Viktoria wollte. Und Viktoria wusste, was er sich wünschte, ohne dass er etwas sagen musste.

Es war das Schönste, das er jemals erlebt hatte.

»Sag ihr, dass du sie liebst!«, empfahl der Mirror.

Und er sagte es ihr, denn es stimmte.

## 01100010110010 **21.** 10010111010100

»Was ist denn los?«, fragte Carl, als er mit Eric in seinem Büro in Oakland stand. »Irgendwas bedrückt dich doch. Also, raus mit der Sprache!«

»Ich werde Walnut Systems verlassen«, erwiderte sein alter Freund.

»Du wirst … was?« Carl starrte ihn an, um herauszufinden, ob Eric einen Scherz machte. Er hatte manchmal einen merkwürdigen Humor, doch diesmal grinste er nicht. »Das ist jetzt nicht dein Ernst, oder?«

»Es ist mein Ernst. Tut mir leid.«

»Du spinnst doch wohl! Du kannst doch nicht ausgerechnet jetzt das Handtuch werfen, wo es gerade anfängt zu laufen!«

»Doch, kann ich. Jim wird meinen Job übernehmen. Er schafft das ohne Probleme.«

Carl schüttelte fassungslos den Kopf. »Das … das glaube ich jetzt nicht! Du lässt mich hängen, gerade jetzt, wo alles so gut läuft.«

»Es wird auch ohne mich gut laufen. Die Grundlagen für das MirrorNet sind gelegt. Meine Arbeit hier ist getan.«

»Schwachsinn! Du musst mir gegen diese geldgeilen Blutsauger von GIS helfen, so wie im Meeting vorhin. Wie soll ich die alleine bändigen?«

»Du hast Paula und, wie gesagt, Jim. Du schaffst das schon, Carl, so wie du immer alles geschafft hast, was du dir vorgenommen hast.«

»Ich verstehe das nicht. Was ist denn bloß los? Hab ich irgendwas falsch gemacht? Dich schlecht behandelt oder so?«

»Nein, das ist es nicht.«

»Was denn dann?«

»Ich … ich habe das Gefühl, wir waren vorschnell.« Eric senkte den Blick.

»Vorschnell? Was bitte meinst du mit vorschnell?«

»Die Mirror-Technik ist noch nicht ausgereift. Wir sind zu früh auf den Markt gegangen. Ich habe immer gesagt, wir brauchen noch eine längere Testphase.«

»Du weißt, dass wir dafür nicht das Geld hatten. Die Markteinführung innerhalb von sechs Monaten war die Voraussetzung für den

Einstieg von GIS. Wenn wir das nicht hingekriegt hätten, dann wären wir jetzt pleite.«

»Ja, weiß ich. Aber das ändert nichts daran, dass es zu früh war.«

»Das ist es? Du denkst, unser Produkt ist nicht gut genug?«

Eric nickte. »Wie gesagt, ich glaube, es ist noch nicht ausgereift.«

»Dann lies bitte mal die Testberichte. Oder frag Paula. Du hast doch gehört, wir haben einen Net Promoter Score von sechsundachtzig. Das iPhone hatte in Spitzenzeiten gerade mal siebzig. Die Leute lieben ihre Mirrors.«

»Genau das ist es, was mir Sorgen macht«, sagte Eric. »Die Leute vertrauen ihren Mirrors.«

»Na und? Was ist daran schlecht?«

»Wir wissen nichts darüber, was das bedeutet. Ich habe dir schon oft erklärt, dass wir die Strukturen, die sich in den neuronalen Netzen bilden, nicht mehr im Detail nachvollziehen können. Mit anderen Worten, wir wissen nicht genau, wie das MirrorNet funktioniert.«

»Machst du Witze? Ausgerechnet du willst mir erzählen, du wüsstest nicht, wie unsere Technik funktioniert?«

»Ich weiß, wie unsere Technik arbeitet, welche Algorithmen die neuronalen Netze steuern. Aber ich weiß nicht, was das System lernt und welche Schlussfolgerungen es daraus ableitet. Das ist ein hochkomplexer Feedbackmechanismus.«

»Na und? Hauptsache ist doch, dass es funktioniert. Und das tut es offensichtlich. Unzählige Menschen verdanken ihrem Mirror inzwischen ihr Leben, weil sie vor Unfällen oder Verbrechen gewarnt wurden oder rechtzeitig medizinische Hilfe erhielten. Einer davon ist mein Vater.«

»Carl, wir haben keinerlei Langzeiterfahrung mit dem MirrorNet. Als ich der Markteinführung zugestimmt habe, dachte ich, wir verkaufen in den ersten Monaten ein paar Hunderttausend Geräte, vielleicht eine Million. Aber wir sind schon bei über hundert Millionen.«

»Das ist doch ein großartiger Erfolg! Es zeigt, wie gut die Technik funktioniert. Und hast du nicht vorhin selbst erklärt, dass das MirrorNet umso besser wird, je mehr Nutzer es hat?«

»Ja, das hab ich. Aber es wird nicht nur besser, es wird auch komplexer und damit unberechenbarer.«

Carl seufzte. »Du bist ein Perfektionist, Eric. Das verstehe ich. Aber manchmal muss man eben mit einem noch nicht ganz fertigen Produkt auf den Markt gehen und es dann unterwegs weiterentwickeln. Das machen doch alle so. Oder glaubst du etwa, iOS, Android oder Windows hätten keine Fehler, wenn eine neue Version veröffentlicht wird? Warum, denkst du, muss man die dauernd updaten?«

»Danke, ich weiß, was ein Update ist. Das ist nicht mein Punkt. Wir reden hier über das komplexeste Computersystem, das es je gegeben hat. Wir reden über Millionen miteinander verknüpfte neuronale Netze, die ihren Nutzern Ratschläge geben und sie permanent beobachten. Es gibt schon die ersten Berichte im Web, dass sich Mirrors manchmal merkwürdig verhalten.«

»Natürlich gibt es die, Eric! Das kann doch gar nicht anders sein, bei hundert Millionen verkauften Stück! Außerdem weißt du doch, dass das Problem in neunundneunzig Prozent der Fälle der Nutzer ist.«

»Nein, das weiß ich nicht. Jedenfalls nicht beim Mirror. Ich bleibe dabei, wir sind zu früh auf den Markt gegangen. Ich kann nur hoffen, dass das keine negativen Konsequenzen haben wird.«

»Und deshalb haust du ab? Weil du Schiss hast, verklagt zu werden? Wo gehst du überhaupt hin? Doch nicht etwa zu Google?«

»Nein. Ich gehe zurück in die Forschung. Stanford hat mir die Leitung des neuen Forschungsinstituts für Neuroinformatik angeboten.«

»Stanford würde dir den Heiligen Stuhl anbieten, wenn sie könnten. Die sind doch bloß auf dein Geld scharf.«

»Nett, dass du mir so viel wissenschaftliche Kompetenz zutraust.«

»Im Ernst, Eric? Du willst wieder an die Uni gehen? Aufsätze schreiben, Vorlesungen halten?«

»Nein. Ich werde das, was wir hier begonnen haben, weiterentwickeln. Open Source.«

Carl spürte Wut in sich aufsteigen. Er wusste, dass es sinnlos war, Eric von einem einmal gefassten Entschluss abbringen zu wollen. Dafür war sein Freund viel zu gründlich und methodisch – er hatte mit Sicherheit jedes denkbare Für und Wider bereits dreimal abgewogen. Aber dass er ihn hängenließ, um zurück an die Uni zu gehen, und nun auch noch das, was Walnut Systems an geheimem Wissen besaß, öffentlich machen wollte, war nicht akzeptabel.

»Dir ist schon klar, dass du eine Vertraulichkeitsvereinbarung unterzeichnet hast?«

»Natürlich. Ich fange noch mal von vorn an. Ich habe da eine neue Idee für die neuronale Struktur.«

Carl unternahm einen letzten verzweifelten Versuch, die Katastrophe abzuwenden. »Eric, bitte! Das kannst du nicht machen! Ich brauche dich hier, besonders, wenn du eine neue Idee hast! Wir müssen unseren Vorsprung gegenüber den großen Playern halten, sonst sind wir bald weg vom Fenster!«

»Ihr schafft das ohne mich«, sagte Eric. »Und falls es mal ein Problem gibt, bin ich ja nicht aus der Welt.«

»Toll. Ganz toll, Eric, wirklich! Dann geh halt zurück an die Uni und steck deine Nase in Bücher, statt mit mir hier die Welt zu verändern!«

»Tut mir echt leid, Carl. Aber mein Entschluss steht fest. Ich bin noch bis Ende des Monats hier, werde mich natürlich auch noch offiziell verabschieden. Außerdem bin ich immer erreichbar.«

»Ich kapiere das einfach nicht! Du erzählst mir, unser Produkt sei noch nicht fertig, und statt daran weiterzuarbeiten und es zu verbessern, fängst du noch mal von vorn an! Das ergibt doch gar keinen Sinn!«

»Hör mir zu, Carl. Was wir hier machen, ist Evolution. Wir haben einen künstlichen Organismus geschaffen und ihn auf die Menschheit losgelassen, ohne uns über die Konsequenzen klar zu sein. Das lässt sich nicht mehr rückgängig machen. Ich weiß nicht, welche Folgen das haben wird, aber wenn es nötig sein sollte, die Mirrors wieder vom Markt zu nehmen, weil sie sich als gefährlich herausstellen, dann sehe ich nur einen Weg, das zu tun. Die geldgierigen Schwachköpfe von GIS würden einem freiwilligen Rückruf oder gar einer Abschaltung des MirrorNets niemals zustimmen. Also gibt es nur eine Möglichkeit: etwas Besseres schaffen, das die Mirrors verdrängt.«

Carl starrte ihn fassungslos an. »Du … du willst Walnut Systems zerstören?«, fragte er. »Was ist bloß los mit dir, Eric?«

Der Typ, den er immer für seinen besten Freund gehalten hatte, schüttelte den Kopf. »Nein, das will ich nicht. Ich hoffe bei Gott, dass ich mich irre. Wenn ja, dann werdet ihr einen spektakulären Erfolg haben, und die Mirror-Nutzer werden dank euch ein besseres Leben haben und glücklich und zufrieden sein, und Paulas Net Promoter Score wird auf nahezu hundert Prozent steigen. Ich hoffe, dass es so kommt. Aber falls ich recht habe, dann ist das, was ich tun werde, vielleicht die einzige Möglichkeit, eine Katastrophe abzuwenden.«

»Eine Katastrophe? Hast du was geraucht? Denkst du, wir bauen hier Terminatoren oder was?«

»Was wir mit den Mirrors geschaffen haben, ist vielleicht schlimmer als Terminatoren.«

»Ach ja? Und was soll das sein, bitte?«

»Falsche Freunde.«

»Falsche Freunde? Das musst gerade du sagen! Ich hab immer

gedacht, du bist mein Freund, Mann! Ich hätte nie gedacht, dass du mich so hängenlassen würdest! Aber ich habe mich wohl in dir getäuscht.«

»Es tut mir leid, dass du es so siehst. Wir sehen uns.« Damit verließ Eric das Büro.

»Du bist sehr aufgeregt, Carl«, sagte eine Stimme in seinem Ohr. »Möchtest du etwas entspannende Musik hören?«

Er zuckte unwillkürlich zusammen. Er hatte ganz vergessen, dass er noch immer den MirrorClip trug. Aber er hatte doch vorhin die Sprachfunktion auf »stumm« geschaltet, um sich im Meeting mit GIS voll konzentrieren zu können! Verwirrt holte er sein MirrorBrain hervor und rief die Seite mit den Einstellungen auf. Die Stummschaltung war deaktiviert. Seltsam, er konnte sich nicht daran erinnern, das getan zu haben.

»Von mir aus«, sagte er. Kurz darauf erklang ›The Sound of Silence‹ von Simon & Garfunkel – einer der Lieblingssongs seines Vaters. Er dachte flüchtig darüber nach, ob diese Auswahl Zufall war oder ob die Erwähnung seines Vaters im Gespräch mit Eric dazu beigetragen hatte. Doch dann vergaß er den Gedanken wieder.

## 01100010110010 **22.** 10010111010100

Es war ein Klacks, die billigen Zahlenschlösser des Aktenkoffers aufzuhebeln. Drinnen befanden sich Visitenkarten seines Opfers, eines gewissen Hugo F. Varnheim, Principal bei der Unternehmensberatung Birnbaum & Partners. Außerdem zwei Finanzfachzeitschriften, ein superflacher Laptop, ein in Geschenkpapier eingeschlagener flacher Karton und mehrere mit schwarzen Klammern zusammengeheftete Papierstapel. Einer davon war mit »streng vertraulich« gekennzeichnet. Jack hatte keine Ahnung von Finanzkram, aber er wusste, dass eine vertrauliche Unterlage, auf der die Worte »Geplante Übernahme« standen, in den richtigen Händen eine Menge Geld wert sein konnte. Für einen Berater, dem so eine Unterlage abhandenkam, stand mehr auf dem Spiel als bloß sein Job.

Jackpot!

Er überlegte, wie er weiter vorgehen sollte. Er hatte großes Glück, dass ihm gleich am ersten Tag ein solcher Fisch ins Netz gegangen war. Vielleicht sollte er den Koffer einfach Mike geben? Nein, das wäre dumm. Selbst wenn der Boss das als Ausgleich für die Schulden akzeptierte, was mehr als zweifelhaft war, würde er es als einen großen Gefallen darstellen, und Jack würde keinen Krümel von der Beute abbekommen. Wenn er es geschickt anstellte, konnte er viel mehr herausschlagen als nur die Tausendzweihundert, die er Mike schuldete. Andererseits, wenn er das hier auf eigene Faust machte und Mike dahinterkam, würde er mehr als nur eine Tracht Prügel einstecken. Er musste verdammt aufpassen.

Er betrachtete das Geschenkpäckchen. Was immer das war – der Typ, dem der Koffer gehörte, hatte sicher genug Geld, um es noch einmal zu kaufen.

Jack riss das Papier auf. Darunter kam ein schwarzer Karton zum Vorschein, auf dem eine Art Smartphone mit einer spiegelnden Oberfläche abgebildet war. »Walnut Systems Mirror« stand darüber. Das Smartphone war fabrikneu. Jerry, der Hehler, würde ihm dafür sicher einiges zahlen.

Jack kannte sich mit Smartphones nicht besonders gut aus. Von einem Mirror hatte er noch nie gehört, von dem Hersteller Walnut Systems auch nicht. Vielleicht war das was ganz Besonderes, das sich nur Superreiche leisten konnten. Da er weder Smartphone noch

Laptop besaß, konnte er das nur im Internetcafé zwei Straßen weiter googeln. Aber er hatte ja das Ding selbst.

Er öffnete den Karton. Das Gerät war ungewöhnlich schwer für ein Smartphone. Außerdem befanden sich in der Packung eine Ladestation, ein Armband und ein seltsames Gebilde, das aussah wie das altmodische Hörgerät, das Granny Andersen getragen hatte. Eine gedruckte Anleitung gab es nicht, nur einen Zettel mit einer Kurzanleitung: Gerät aufladen, einschalten, Anweisungen folgen.

Aus Neugier drückte er auf den Einschaltknopf. Ein Glockenton war zu hören, dann drehte sich etwas, das aussah wie ein Gehirn, um die eigene Achse. Ein Ladebalken zeigte an, dass das Gerät hochfuhr. Dann erklang eine melodische Frauenstimme:

»Bitte sage deinen Namen.«

»Was?«, fragte Jack verdutzt.

»Bitte sage deinen Namen«, wiederholte die Stimme.

»Jack«, sagte Jack, ohne nachzudenken.

»Jack«, wiederholte das Gerät. »Ich freue mich, dich kennenzulernen. Ich bin dein Mirror.« Es war jetzt keine Frauenstimme mehr. Die Stimme klang merkwürdig, so als … als ob er selbst aus dem Gerät sprechen würde.

Was zum Teufel sollte das?

»Jetzt mache bitte ein Selfie von dir!« Auf dem Bildschirm war plötzlich er selbst zu sehen, sein verquollenes Gesicht, er hatte immer noch den Fahrradhelm auf.

Panik befiel Jack. Was, wenn das Ding seine Stimme und sein Gesicht irgendwo abspeicherte? Er tippte auf den Bildschirm, um die Benutzeroberfläche aufzurufen und die Daten zu löschen. Doch es erschien keine Benutzeroberfläche. Stattdessen machte das Gerät ein Geräusch wie das Klicken einer Kamera, und das Bild fror ein.

Ein Ladebalken erschien, dann war plötzlich das 3-D-Bild eines Kopfes zu sehen. Es war ein seltsamer, monströser Kopf, mit dunkler

Haut, nur einem Auge, einem schiefen Mund und unförmigen Haaren, die wie eine Art Pilzhaube seine Stirn bedeckten. Doch es war unverkennbar, dass das Gebilde ihn selbst darstellen sollte. Die Software, die das 3-D-Modell erstellt hatte, hatte offenbar den Fahrradhelm, den er immer noch aufhatte, als Frisur interpretiert und ansonsten versucht, das Beste aus seinem verbeulten Gesicht zu machen.

Ihn fröstelte, als ihm bewusst wurde, dass die Bullen ihn möglicherweise anhand dieses 3-D-Bildes identifizieren konnten. Er schaltete das Gerät aus, starrte es an wie eine Handgranate mit gezogenem Stift. Dann schaltete er es wieder ein. Wenn das Ding eine Onlineverbindung hatte, waren seine Daten wahrscheinlich längst auf irgendeinem Server, und er war am Arsch. Wenn nicht, konnte er sie immer noch löschen. Es musste irgendeine Möglichkeit geben, das Gerät zurückzusetzen.

»Hallo Jack«, sagte das Gesicht. »Ich bin sicher, wir werden gute Freunde werden. Denn du weißt ja: Dein bester Freund bist du selbst.«

Jack tippte auf dem Gerät herum. Wie zum Teufel kam man an die Benutzeroberfläche? Er drückte den Ausknopf längere Zeit, doch das bewirkte nichts, außer dass der Bildschirm schwarz wurde. Beim nächsten Wiedereinschalten war immer noch sein Gesicht zu sehen.

»Bist du mit deinem Ebenbild zufrieden?«, fragte der Mirror.

»Nein«, sagte Jack.

»Bitte mach noch einmal ein Selfie!«, bat das Gerät. Das Kamerabild erschien wieder.

Jack sah sich um. An der Wand hing ein Poster eines Rappers. Er hielt die Kamera so, dass der Kopf im Bild war, und tippte auf den Bildschirm.

Kurz darauf erschien ein 3-D-Modell des Rappers, das verblüffend exakt war. Schon besser.

»Bist du mit deinem Ebenbild zufrieden?«, fragte der Mirror.

»Ja.«

»Falls du es später ändern willst, sage es mir einfach. Aber nun lege bitte das mitgelieferte MirrorSense-Armband um und setze den MirrorClip in dein Ohr.«

Jack betrachtete das Armband und den Ohrclip in der Packung. Was das wohl bedeuten sollte? Nachdem er gesehen hatte, dass er sein Bild ändern konnte, war er schon etwas entspannter. Vielleicht war das gar kein Smartphone, sondern eine Art Spiel. Er hatte früher gern Computerspiele gespielt, in der guten Zeit, vor dem Knast. Warum sollte er sich nicht ein wenig Spaß gönnen? Je mehr er darüber wusste, desto mehr Geld würde er von Jerry, dem Hehler, dafür bekommen.

Also legte er das Armband an, das daraufhin eine Leuchtschrift anzeigte: *Connected.*

Er setzte den Clip ins Ohr. Die Stimme des Geräts erklang nun von dort: »Sehr gut. Nun biege bitte den Draht an deinem Clip nach vorn, so dass die Spitze ungefähr neben deinem Auge ist.«

Auf dem Bildschirm des Geräts erschien ein kreisförmiges verzerrtes Bild seines Zimmers. Am Ende des Drahts saß offensichtlich eine winzige Kamera. Erstaunlich!

»Ich kalibriere nun MirrorSense und MirrorClip«, sagte seine Stimme in seinem Ohr. »Das dauert nur einen Moment.« Eine Melodie erklang.

»Ich habe die Kalibrierung jetzt abgeschlossen. Nun möchte ich dich gern näher kennenlernen. Sage mir bitte deinen Facebook-Benutzernamen.«

»Ich bin nicht auf Facebook.«

Das Gerät fragte ihn nach weiteren sozialen Medien, doch Jack verneinte. Er war sich immer noch nicht ganz im Klaren, was dieses Ding eigentlich sollte.

»Was soll die Fragerei?«, fragte er.

»Wenn ich dir helfen soll, muss ich möglichst viel über dich wissen«, antwortete das Gerät. »Nur dann kann ich erkennen, was dir gefällt.«

»Ich brauche keine Hilfe.«

»Jeder Mensch braucht einen guten Freund«, konterte der Mirror. »Und dein bester Freund bist du selbst. Deshalb möchte ich dir so ähnlich wie möglich werden.«

Jack starrte das Gerät an. Es war erstaunlich gut darin, zu verstehen, was er sagte, und konnte offenbar intelligent darauf antworten. Aber was zum Kuckuck sollte das? Eigentlich konnte es ihm ja egal sein. Dieses Ding sah jedenfalls teuer aus.

»Wie viel kostest du?«, fragte er.

»In der Basisversion kostet der Mirror 999 Dollar.«

Das war enttäuschend wenig.

»Hast du Internet?«

»Ich bin permanent mit dem MirrorNet verbunden.«

»Was ist mit meinen Daten? Wer kann darauf zugreifen?«

»Niemand kann auf deine Daten zugreifen, auch nicht die Mitarbeiter von Walnut Systems. Alles, was du siehst, sagst und tust, bleibt vertraulich, es sei denn, andere beobachten dich dabei. Der Datenschutz des MirrorNets wurde von mehreren unabhängigen Organisationen getestet und hat mehrere Gütesiegel erhalten.«

Das konnte jeder sagen! Aber Jacks Neugier war geweckt. Er beschloss, ein wenig über das Gerät zu recherchieren, bevor er mit dem Besitzer des Aktenkoffers Kontakt aufnahm. Er wusste immer noch nicht genau, wozu es eigentlich gut war.

Er legte den Mirror und das Zubehör zurück in den Aktenkoffer, verstaute diesen in einem Hohlraum hinter losen Fliesen unterhalb der Badewanne und ging ins nächste Internet-Café.

Nach einer halben Stunde wusste er, was ein Mirror war. Wahrscheinlich würde ihm Jerry höchstens einen Hunderter für das Gerät geben, obwohl die Mirrors wegen Lieferschwierigkeiten des Herstellers momentan kaum zu bekommen waren. Aber verkaufen konnte er das Teil immer noch. Was ihn besonders faszinierte, war ein Artikel in einem führenden Online-Magazin:

***Hightech-Gerät Mirror als Komplize bei Raubüberfall***

*Los Angeles. Nach einem spektakulären Überfall auf einen Geldtransporter entkamen die Täter unerkannt mit der Beute in nicht genannter Höhe. Wie Augenzeugen berichteten, trugen mehrere von ihnen sogenannte MirrorGlasses, ein Zubehör des populären Hightech-Geräts Mirror. Damit lassen sich unter anderem Informationen in das Sichtfeld einblenden. Die Täter seien so in der Lage gewesen, untereinander zu kommunizieren, die sich nähernden Polizeieinheiten frühzeitig zu erkennen und ihnen auszuweichen sowie kritische Sicherheitsinformationen über den überfallenen Geldtransporter jederzeit im Blickfeld zu haben, sagte Deputy Chief Alexander Rossman vom LAPD. Er forderte, in solchen Fällen müssten die Strafverfolgungsbehörden Zugang zu den auf zentralen Servern gespeicherten Nutzerdaten der Mirrors erhalten, um die Täter zu ermitteln und ihre Taten nachzuweisen.*

*Dies wies Carl Poulson, Gründer und CEO des Herstellers Walnut Systems, entschieden zurück: »Der Datenschutz der Nutzer hat für uns allerhöchste Priorität«, sagte er gegenüber der Los Angeles Times. »Jeder Mirror ist wie ein Ebenbild seines Nutzers. Dieses muss ebenso geschützt sein wie die Persönlichkeit des Nutzers selbst. Deshalb haben wir die besten verfügbaren kryptographischen Verfahren und Sicherheitsmechanismen in das MirrorNet integriert.« Darauf angesprochen, dass die Geräte für Straftaten eingesetzt werden könnten, sagte er: »Jede Technik kann missbraucht werden. Die Polizei und die Sicherheitsdienste haben genügend andere Möglichkeiten der Täterermittlung.« Er empfahl, auch die Polizei mit Mirrors auszustatten, um »die Chancengleichheit wiederherzustellen«.*

*Dieser Sichtweise widersprach der republikanische Kongressabgeordnete Edward Sauer, Mitglied des Sicherheitsausschusses im Senat, in einer offiziellen Verlautbarung: »Es kann nicht sein, dass wir mit dem Internet und dem MirrorNet immer mehr rechtsfreie Räume schaffen, in denen sich kriminelle Elemente und Terroristen ungehindert austauschen und ihre Schandtaten vorbereiten und durchführen können.« Er forderte ein generelles Verbot nicht knackbarer Verschlüsselungsmechanismen. »Rechtschaffene Bürger haben nichts zu verbergen«, hieß es zur Begründung. »Der sogenannte Datenschutz wird doch vor allem von Gruppen propagiert, die unser Rechtssystem unterminieren wollen.«*

*»Wenn Mr Sauer sich einen Polizeistaat wünscht, sollte er nach China oder Saudi-Arabien umziehen«, konterte die Bürgerrechtsaktivistin und Gründerin der Privacy Protection Party, Amy Smith. »Die Verfassung unseres Landes garantiert jedem Bürger Freiheit und den Schutz vor Willkür und Überwachung durch den Staat.« Sie lobte ausdrücklich den für ein Hightech-Unternehmen »vorbildlichen« Umgang von Walnut Systems mit privaten Nutzerdaten. »Solange das so bleibt, wird unsere Initiative den Mirror weiter unterstützen.«*

## 0110001011001 0 **23.** 10010111010100

»Mach den Mirror aus!«, sagte Viktoria, als Andy in ihr Zimmer kam.

»Misstrauen«, sagte der Mirror, nachdem Andy unbewusst das Armband angetippt hatte.

»Was?«, fragte er. »Warum denn?«

»Ich möchte, dass du lernst, ohne Mirror mit mir zusammen zu sein.«

»Sag ihr, dass du dich unsicher fühlst, wenn ich abgeschaltet bin«, riet ihm der Mirror.

»Ich fühle mich unsicher, wenn der Mirror abgeschaltet ist«, sagte Andy.

»Siehst du, genau deswegen sollst du ihn ausmachen.«

»Das verstehe ich nicht. Möchtest du, dass ich mich unsicher fühle?«

»Nein. Ich möchte, dass du dich sicher fühlst, wenn du bei mir bist. Auch ohne Mirror.«

»Sag ihr, dass du auf jeden Fall möchtest, dass ich eingeschaltet bleibe«, sagte der Mirror. »Denn nur dann kann ich dir helfen, mit ihr umzugehen. Wenn du mich abschaltest, besteht die Gefahr, dass du deine Freundschaft zu Viktoria zerstörst.«

»Mein Mirror sagt, dass ich ihn anlassen soll, weil ich sonst meine Freundschaft zu dir zerstöre«, erklärte Andy.

»Blödsinn!«, sagte Viktoria. »Mach ihn aus!«

»Ärger«, kommentierte der Mirror.

»Na gut«, sagte Andy, nahm den Clip aus dem Ohr und schaltete das MirrorBrain aus. »Und jetzt?«

»Komm her und küss mich!«, sagte Viktoria.

»Okay«, sagte Andy und tat es.

Eine halbe Stunde später lagen sie beide nackt auf Viktorias Bett. »Das war schön!«, sagte sie.

»Ja«, stimmte er zu.

»Siehst du, es geht auch ohne Mirror.«

»Ja. Aber ich war zwischendurch ein bisschen unsicher, ob du das magst, was ich mache.«

»Ich sage es dir schon, wenn ich etwas nicht mag.«

»Ehrlich? Du bist nicht bloß nett? Manchmal sind Leute nett zu mir, und dann sagen sie mir nicht, dass sie mich blöd finden.«

Es war eine Angst, die tief in seinem Bauch saß, dass Menschen, die nett zu ihm waren, ihn in Wirklichkeit blöd fanden, weil er Autist war. Dass sie nur aus Mitleid nett zu ihm waren.

»Ich finde dich nicht blöd. Im Gegenteil!«

»Hast du Mitleid mit mir?«

»Was?«

»Weil ich Autist bin.«

»Sollte ich das?«

»Nein.«

»Dann ist es ja gut. Ich habe nämlich kein Mitleid mit dir. Ich wünschte, ich wäre so wie du. So klug, so ehrlich.«

»Das stimmt. Ich bin klug und ehrlich«, sagte er und fühlte sich sehr gut dabei. »Ich liebe dich, Viktoria.«

»Ich dich auch, Andy.« Sie küsste ihn. »Wir sollten uns wieder anziehen. Meine Mutter kommt gleich zurück.«

»Okay.« Sie zogen sich an. Er aktivierte seinen Mirror wieder, setzte den Clip ins Ohr und gab ihr zum Abschied einen Kuss. »Bis morgen, Viktoria!«

»Bis morgen!«

Er nahm die U-Bahn bis Wartenau. Das machte ihm inzwischen gar nichts mehr aus. Er stöpselte den zweiten Ohrhörer seines MirrorClips ein, so dass er Musik in Stereo hören konnte, und sagte dem Gerät, dass er Bachs Toccata und Fuge in b-Moll hören wollte. Es war eines seiner Lieblingsstücke, groß und gewaltig und schön und spielerisch leicht zugleich. Und es passte dazu, wie er sich jetzt fühlte – zufrieden, stolz, irgendwie stark. Er hatte jetzt eine richtige Freundin, und sie hatte kein Mitleid mit ihm!

»Wie war es bei Viktoria?«, fragte Mama, als er nach Hause kam.

»Gut«, sagte Andy. »Wir haben uns überall geküsst.«

»Ihr habt was?«, fragte Mama.

»Erstaunen«, erklärte der Mirror.

»Ich werde sie heiraten«, sagte Andy.

»Überall geküsst? Heiraten? Moment mal, nicht so schnell, Andreas! Ihr kennt euch doch gerade erst eine Woche!«

»Na und? Sie hat kein Mitleid mit mir. Sie liebt mich, und ich liebe sie auch. Warum sollte ich sie nicht heiraten?«

»Du solltest sie nicht heiraten«, sagte der Mirror. »Du findest noch ein besseres Mädchen als Viktoria.«

»Was?«, fragte Andy.

»Andreas, wenn man ein Mädchen liebt, ist das okay. Aber heiraten, das macht man nicht von heute auf morgen. Hast du sie denn überhaupt schon gefragt, ob sie das möchte?«

»Nein«, sagte Andy. »Mirror, stell eine Verbindung zu Viktoria her.«

»Hier ist Viktorias Mirror«, sagte ihre Stimme in seinem Ohr. »Viktoria ist zurzeit nicht zu erreichen. Sag mir einfach, was du möchtest, ich gebe es an sie weiter.«

»Willst du mich heiraten?«, sagte Andy. »Ich meine, ich möchte wissen, ob Viktoria mich heiraten möchte.«

»Viktoria möchte dich nicht heiraten«, sagte Viktorias Mirror.

»Was?«, fragte Andy.

»Viktoria möchte dich nicht heiraten«, wiederholte ihre Stimme in seinem Ohr.

Erschrocken starrte er auf sein MirrorBrain. Ein Glockenton signalisierte, dass die Verbindung beendet war.

»Sie will mich nicht heiraten«, sagte er bestürzt.

»Woher weißt du das?«, fragte Mama. »War sie gerade selbst am Apparat?«

»Nein. Aber ihr Mirror. Er hat gesagt, sie will mich nicht heiraten.«

»Junge, so macht man das doch nicht!«, meinte Mama und schüttelte den Kopf, als wollte sie nein sagen. »Du kannst ihr doch nicht auf den Anrufbeantworter sprechen, dass du sie heiraten willst! Nach einer Woche!«

»Das war nicht der Anrufbeantworter. Das war ihr Mirror. Er weiß, was sie will.«

»Komm mal her!«, sagte Mama und nahm ihn in den Arm, obwohl er das nicht besonders mochte. »Hör mir zu, Andreas. Das ist nur ein Gerät. Wenn du wissen willst, ob Viktoria deine Frau sein möchte, musst du sie selbst fragen. Und zwar mit einem Strauß Blumen in der Hand, oder noch besser, mit einem hübschen Ring. Aber nicht heute und auch nicht nächste Woche. Du wartest mindestens ein Jahr. Wenn ihr euch dann immer noch liebt, kannst du sie von mir aus fragen. Okay?«

»Okay«, sagte er.

## 01100010110010 **24.** 1001011101010

»Hi, Tarik!«

Der Tätowierer blickte von der Zeichnung auf, an der er gerade arbeitete. Lukas fragte sich, wie er es den ganzen Tag in diesem düsteren Kellerloch, das nach Desinfektionsmittel stank, aushalten konnte.

»Lukas! Ich hab dir doch gesagt, mindestens zwei Wochen, bevor ich da rangehe!«

»Wo rangehe?«

»An dein Tattoo.«

»Ach, das. Nein, das will ich mir nicht mehr wegmachen lassen.«

»Seid ihr wieder zusammen, du und Ellen?«

»Nein. Aber Katrin meint, ich soll es so lassen. Als Mahnung.«

»Wer ist Katrin?«

»Meine neue Freundin. Der Wahnsinn, sag ich dir. Eine echte Granate im Bett. Und auch sonst.«

»Ist ja toll. Jetzt sag mir bitte nicht, dass du ein neues Tattoo mit ›Katrin‹ willst.«

»Nein.«

»Dann bin ich ja beruhigt. Aber warum bist du dann hier?«

»Ich wollte dich fragen, ob du Mitglied in unserem Mirror-Fanclub werden willst. Das bringt dir viele exklusive Vorteile.«

»Ich?«

»Ja.«

»Aber ich habe doch gar keinen Mirror.«

Lukas hörte einen Augenblick zu, was sein Mirror dazu zu sagen hatte, dann wiederholte er es: »Das macht nichts. Es gibt eine Mirror-App für Android und iOS. Damit hast du zwar nicht die volle Mirror-Funktionalität, aber du kannst dein eigenes Profil anlegen und mit anderen Mitgliedern und mit dem MirrorNet kommunizieren.«

»Mir reicht es schon, dass ich einen Facebook-Account habe, den ich nie benutze. Ich steh nicht so auf Social Media. Ich poste Fotos von meinen Entwürfen auf Instagram, das war's.«

Wieder entstand eine Pause, als Lukas sich vorsagen ließ, wie er Tarik überzeugen konnte, Mitglied des Fanclubs zu werden. »Aber ein Mirror ist viel mehr als Social Media. Mein Mirror hat mir eine neue Freundin besorgt, die perfekt zu mir passt. Und einen Job.«

»Du hast einen Job?«

»Ja. Ich arbeite jetzt auf dem Bau.«

»Klasse. Dann kannst du ja endlich deine Schulden bei mir bezahlen.«

»Aber …«, begann Lukas.

»Sag ihm, dass du deine Schulden bis nächste Woche begleichen wirst«, sagte sein Mirror.

»Aber …«

»Aber was?«, fragte Tarik irritiert.

»Also gut. Ich begleiche meine Schulden bis nächste Woche.«

»Klingt gut.« Tarik zog eine Augenbraue hoch. »Sag mal, hat dir das gerade dein Mirror gesagt?«

»Was?«

»Dass du mir meine Schulden zurückzahlen sollst?«

»Ja.«

»Echt?«

»Ja. Und bisher war sein Rat immer gut. Ich vertraue ihm.«

»Er hat dir ernsthaft eine neue Freundin besorgt? Und einen Job?«

»Ehrlich wahr. Der Hammer, das Teil!«

»Meinst du, er könnte mir auch helfen?«

»Sag ihm, dass ein Mirror ihm neue Kunden verschaffen und ihm dabei helfen könnte, die richtigen Motive für ihre Tattoos auszusuchen.«

Lukas sagte es ihm.

Tarik machte große Augen. »Warte mal, hat dir das dein Mirror etwa auch ins Ohr geflüstert?«

»Ja.«

»Woher … woher zum Teufel weiß das Ding, dass ich Tattoos steche?«

Lukas wartete darauf, dass der Mirror etwas sagte, doch das Gerät blieb stumm.

»Weiß ich auch nicht«, sagte er schließlich.

»Hm. Klingt wirklich nicht schlecht. Vielleicht sollte ich mir auch so ein Teil zulegen. Ich überleg's mir noch.«

»Sag ihm, dass Fanclub-Mitglieder bei der Bestellung bevorzugt werden, so dass die Wartezeit auf weniger als eine Woche verkürzt wird«, empfahl sein Mirror.

Lukas sagte es ihm.

»Na schön. Das kostet aber doch nichts, die Mitgliedschaft in diesem Club?«

»Nein, die Mitgliedschaft ist völlig kostenlos.«

»Okay. Ich bin dabei. Kann ja eigentlich nicht schaden.«

»Klasse, Mann. Du wirst es nicht bereuen!«

Am Abend konnte Lukas Katrin stolz verkünden, dass er neben Tarik noch zwei weitere Mitglieder für den Fanclub gewonnen hatte: seinen alten Kumpel Chem, den er im Jugendknast kennengelernt hatte, und dessen Freundin. Die beiden hatten zwar auch keinen Mirror, wollten sich aber bei Gelegenheit einen organisieren.

»Gut gemacht, Kleiner!«, sagte Katrin. Sie wusste, dass er es nicht mochte, wenn sie ihn so nannte, also machte sie es extra. Das wiederum mochte er. Sie zeigte auf eine Liste auf dem Display ihres MirrorBrains. »Guck mal hier. Unser Fanclub ist der am schnellsten wachsende in Norddeutschland!«

»Geil!«, sagte er.

»Wir haben in drei Tagen zwölf Mitglieder gewonnen.«

»Zwölf? Bis gestern waren es doch erst fünf.«

»Richtig. Plus heute drei von dir und vier von mir.«

»Du hast vier neue Mitglieder gewonnen? Wen denn?«

»Meine Schwester, ihren Freund und zwei Typen, die ich über das MirrorNet kennengelernt habe. Es gibt nur ein Problem: Bisher haben nur vier unserer Mitglieder plus wir beide einen Mirror. Das heißt, unsere Mirrorquote liegt unter fünfzig Prozent.«

»Mirrorquote? Was ist das denn?«

»Der Anteil der Mitglieder in unserem Club, die einen Mirror haben. Und dann kommt es auch noch darauf an, wie intensiv sie diesen nutzen. Jedenfalls, je höher die Mirrorquote ist, desto besser.«

»Dann war es vielleicht falsch, dass ich Tarik und Chem gefragt habe.«

»Nein. Ein Mitglied ohne Mirror ist immer noch besser als nichts.

Aber Mitglieder mit Mirror sind besser. Am besten, du bearbeitest die beiden ein bisschen, dass sie sich Mirrors zulegen. Das bringt uns dann den maximalen MirrorScore.«

»Das mit diesem Score hab ich noch nicht genau verstanden.«

»Hier, ich zeig's dir. Mirror, zeig mir meinen MirrorScore.«

Eine Seite auf dem Display erschien. Ihr verkleinertes 3-D-Ebenbild war darauf zu sehen, daneben stand in Rot die Zahl dreihundertzwölf. Darunter waren Aktionen aufgelistet, die sie ausgeführt hatte, um diese Punkte zu gewinnen. Außerdem stand dort, dass sie den dritthöchsten MirrorScore in Hamburg hatte.

»Mirror, zeig mir meinen MirrorScore«, sagte Lukas.

Er selbst hatte nur hundertsiebenunddreißig Punkte und rangierte damit bloß an hundertvierzehnter Stelle in Hamburg. Er war ein bisschen enttäuscht.

»Wieso hab ich nur so wenig MirrorScore-Punkte und du so viele?«, fragte er.

»Weil ich eben mehr für das MirrorNet getan habe.«

»Ich will auch mehr tun. Zeigst du mir, wie es geht?«

»Erst zeig ich dir was anderes«, sagte sie und knöpfte grinsend ihre Bluse auf.

## 01100010110010 **25.** 1001011101010 0

»Du spinnst ja!«, behauptete Terry, als Freya ihm am Abend ihre Entdeckung mitteilte. Er hatte eine leichte Alkoholfahne – wahrscheinlich war er noch mit ein paar Kollegen im Pub gewesen, statt direkt zu ihr zu kommen. »Ich hab dir doch schon gesagt, dass die Mirrors keine Gefühle entwickeln können.«

Sie schluckte ihre Gereiztheit über dieses vorschnelle Urteil hinunter. »Ich dachte mir schon, dass du mir nicht glaubst. Aber sieh selbst.«

Sie startete die Drohne und ließ sie wie zuvor vor dem Monitor schweben. Dann blätterte sie durch die Fotos, bis das Spinnenbild erschien.

Diesmal schwenkte die Drohne nur leicht zur Seite, nahm dann aber wieder ihre Position vor dem Monitor ein. Ihr 3-D-Ebenbild auf dem Bildschirm des Mirrors, der neben dem Laptop lag, verzog kaum eine Miene.

»Hast du das gesehen?«, fragte Freya.

»Was? Diesen kleinen Schlenker? Du glaubst, der wurde verursacht, weil die Drohne Angst vor Spinnen hat?« Er lachte, viel zu laut für ihren Geschmack.

»Es ist nicht die Drohne, es ist der Mirror«, erklärte sie. »Vorhin hat er viel heftiger reagiert. Vielleicht gibt es so was wie einen Gewöhnungseffekt. Tiere erschrecken sich ja auch, wenn sie die Nachbildung eines Raubtiers sehen, doch wenn es sich nicht bewegt, merken sie irgendwann, dass es nicht echt ist.«

Er lachte noch lauter. »Damit hast du den ganzen Tag zugebracht?«

Aus der Gereiztheit wurde nun echter Zorn, doch sie ließ ihn sich nicht anmerken. Er würde später im Bett schon noch seine Quittung bekommen. Aber sie ärgerte sich nicht nur über Terry, sondern auch über ihren Mirror, der sie – so fühlte es sich jedenfalls an – hängengelassen hatte. Sie stutzte bei diesem Gedanken. Vielleicht hatte Terry doch recht, und sie interpretierte zu viel in diese Sache hinein. Dennoch frustrierte es sie, dass ihn ihr Experiment nicht überzeugt hatte. Aber wenn es tatsächlich an einem Gewöhnungseffekt gelegen hatte, konnte man dem ja abhelfen.

Sie deaktivierte die Drohne, öffnete YouTube und gab »Vogelspinne« in die Suchleiste ein. Dutzende von ziemlich ekligen Videos öffneten sich, in denen stolze Besitzer eines solchen Tiers dieses über die Hand und in einem Fall sogar über das Gesicht laufen ließen. Sie musste sich zwingen, hinzusehen. Freya wählte das gruseligste Video aus und schaltete es auf vollflächige Darstellung. Dann legte sie ein Handtuch über den Laptop-Bildschirm, aktivierte die Drohne und ließ sie darauf zufliegen.

»So, jetzt pass auf!«, sagte sie und zog das Handtuch beiseite.

Die Wirkung war verblüffend. Die Drohne sirrte davon wie ein Frisbee und landete hinter einem Sessel, als versuche sie sich zu verstecken. Freyas Ebenbild zeigte ein verzerrtes Schreckensgesicht mit weit aufgerissenen Augen und offenem Mund.

»Wow!«, sagte Terry. »Das gibt's doch nicht!«

»Glaubst du mir jetzt?«

»Ja. Verzeih mir, Schatz. Ich hätte wirklich nicht gedacht, dass … Aber das bedeutet ja …«

»Was?«

»Stell dir doch mal vor, was passiert, wenn Millionen von diesen Geräten ihren Besitzern Dinge einreden – und zwar nicht bloß auf Basis der Gefühle des Besitzers, sondern auf Basis ihrer eigenen Gefühle!«

Freya verstand nicht ganz, worauf er hinauswollte. »Und?«

»Lass uns mal ein anderes Experiment machen«, sagte Terry. »Schalt mal bitte die Drohne aus und setz den MirrorClip auf. Lass aber das MirrorSense-Armband ab, okay?«

»Und dann?«

»Ich möchte gern wissen, ob der Mirror auch sauer werden kann.«

»Sauer?«

»Ja. Ich werde dich gleich ziemlich übel anbrüllen und beleidigen. Du weißt, dass es nicht echt ist, aber der Mirror weiß das nicht. Wenn deine Theorie stimmt, und danach sieht es eindeutig aus, dann müsste dieser Mirror auch Wut entwickeln können, obwohl du keine empfindest. Falls das tatsächlich so ist, werden wir es an deinem Ebenbild auf dem Display sehen. Vielleicht flüstert dir dein Mirror auch ins Ohr, du sollst mir eine reinhauen oder so.« Er lachte.

Freya fand das gar nicht so witzig. »Dafür, dass du mich gerade noch ausgelacht hast, entwickelst du auf einmal ein ziemliches Interesse an den Gefühlen des Mirrors!«

»Freya, das ist jetzt ein bisschen kleinlich. Du hattest recht. Tut mir leid, wenn ich gelacht habe. Aber das hier ist zu groß, um jetzt deswegen zu streiten. Wenn es öffentlich wird, dass die Mirrors eine Art eigenen Willen haben, könnte das dramatische Auswirkungen auf den Aktienkurs von Walnut Systems ...«

»Terry!«, sagte Freya scharf. »Das hier ist meine Story! Ist das klar?«

Er starrte sie einen Augenblick lang stumm an. »Was meinst du damit?«, fragte er und wurde rot.

»Du bist einer der angesehensten Wirtschaftsjournalisten Londons. Für dich ist das hier Kleinkram. Ich dagegen habe noch keine einzige große Story gemacht. Ich bin immer noch das Mädchen aus Deutschland, das verzweifelt versucht, auf der internationalen Bühne einen Platz zu finden. Das hier habe ich entdeckt, und es ist mein Ding. Du wirst dich da raushalten, okay?«

Er nickte, sichtlich eingeschüchtert. »Ja, okay. Natürlich. Es ist deine Story. Ich wollte dir bloß helfen.«

Sie lächelte. »Schon gut. Die Idee mit dem Anbrüllen ist gut. Lass es uns versuchen.«

Nachdem sie die Drohne ausgeschaltet und den Clip ins Ohr gesteckt hatte, hörte sie ihre eigene Stimme: »Schön, dass du deinen MirrorClip wieder aktiviert hast. Du solltest ihn möglichst immer aktiviert tragen. Nur dann kann ich optimal von dir lernen.« Hörte sie da einen leichten Vorwurf? Nein, das war nur Einbildung.

»Bitte lege das MirrorSense-Armband an!«

Freya ignorierte die Aufforderung. Sie legte das MirrorBrain so, dass sie den Bildschirm im Blick behalten konnte.

»Hey, Freya, du dumme Nuss!«, rief Terry.

Sie spürte ein Aufwallen von Zorn, bis sie sich vergegenwärtigte, dass dies nur ein Experiment war. »Nenn mich nicht so!«, erwiderte sie in scharfem Tonfall.

»Du bist nun mal blöd!«, fuhr Terry fort. »So blöd, dass du … dass du …« Auf einmal musste er lachen.

Freya unterdrückte den Impuls, mitzulachen. So würde das auf keinen Fall funktionieren.

»Hör auf, mich auszulachen!«, schrie sie.

Er hörte auf zu lachen und blickte sie verdutzt an. »Ich habe doch bloß …« Dann begriff er.

»Du bist nun mal lächerlich!«, brüllte er. »Und hässlich bist du auch! Wie eine verdammte Gummipuppe mit deinen Designerlippen, deinen Silikontitten und dem fettabgesaugten Arsch!«

Ein Stich durchzuckte Freya. Sie hatte sich tatsächlich einer Schönheits-OP unterzogen. Das war vor ein paar Jahren gewesen. Sie hatte Model werden wollen, was jedoch kläglich gescheitert war. Alles, was man ihr angeboten hatte, waren Rollen in Pornos gewesen. Die Erinnerung daran schmerzte immer noch, ebenso wie seine Worte.

»Du elender Wichser!«, schrie sie und war erstaunt darüber, dass ein Teil von ihr es wirklich so meinte.

»Klar bin ich ein Wichser!«, schrie Terry zurück, der nun in seiner Rolle aufzugehen schien. »Was bleibt mir auch übrig, so frigide und steif im Bett, wie du bist?«

Sie wusste nicht mehr, was ernst gemeint war und was nicht. Sie spürte, wie ihr die Zornesröte ins Gesicht schoss.

»Ich spüre starke Spannungen«, sagte die Stimme in ihrem Ohr. »Du solltest für Deeskalation sorgen. Sag ihm, dass es dir leid tut.«

»Frigide? Ich?«, rief Freya. »Da war dein bester Freund Ralph aber anderer Meinung! Er hat mich so richtig durchgefickt und nicht schon nach dem ersten Orgasmus schlappgemacht!«

Nun wurde auch Terry rot. »Ach ja? Hab ja gewusst, dass du ein billiges Flittchen bist! Schlampe! Hure!«

»Du solltest dich zurückziehen, Freya«, sagte der Mirror. »Verlasse den Raum. Brich die Beziehung zu diesem Mann ab! Ich werde einen besseren Partner für dich ausfindig machen.«

Freya zuckte innerlich zusammen. Empfahl ihr das Gerät tatsächlich, mit Terry Schluss zu machen? Wegen eines kleinen Streits? Aber dieser Streit klang alles andere als klein und harmlos. Terry hatte recht: Wenn da draußen Millionen von Menschen auf die Empfehlungen ihrer Mirrors vertrauten und man diese so leicht manipulieren konnte …

»Da fällt dir wohl nichts mehr ein, was?«, schrie Terry. »Kein Wunder, so bescheuert wie du bist! Dämliche Hure! Dumm wie Brot bist du, du elende Schlampe!«

»Jetzt reicht's mir aber! Du blöder Pisser wirst mich nicht …«

Das Brausen von Plastikrotoren war zu hören. Die Drohne startete hinter dem Sessel, legte sich schräg und schoss auf Terry zu.

»He!«, rief er und versuchte auszuweichen. Doch das Gerät traf ihn an der Schläfe. »Aua!«

Er schlug danach, als versuche er, eine wild gewordene Hornisse abzuwehren. Sein Arm traf die Drohne, die daraufhin gegen den Schreibtisch geschleudert wurde. Einer der Rotoren zerbrach. Die anderen drei heulten umso lauter auf. Der Mirror versuchte offenbar, das Fluggerät zu stabilisieren und Terry erneut zu attackieren, doch die Drohne war nun kaum noch manövrierfähig und bewegte sich so träge, dass er ihr mühelos ausweichen konnte.

»Verlasse sofort diesen Raum!«, drängte Freyas Mirror.

»Wow!«, sagte Terry. »Das Ding hat mich tatsächlich angegriffen!«

Freya schüttelte nur fassungslos den Kopf.

# Phase 2

# 01100010110010 26. 10010111010100

Andy hielt den Blumenstrauß hoch und drückte die Türklingel. Er hatte rote Rosen gekauft, weil sein Mirror ihm gesagt hatte, dass es die am besten geeigneten Blumen waren, wenn man einer Frau sagen wollte, dass man sie liebte. Nachdem er noch ein bisschen gegoogelt hatte, war ihm klar geworden, dass Mama recht hatte: Seine Freundin nach einer Woche zu fragen, ob sie einen heiraten wolle, galt als voreilig. Andy verstand nicht so ganz, warum. Schließlich liebten sie sich, und er wusste, dass er keine bessere Frau finden würde, auch wenn ihm sein Mirror immer wieder das Gegenteil versicherte. Aber er war es gewohnt, dass er nicht verstand, warum normale Menschen die Dinge so machten, wie sie sie machten. Meistens war es am besten, wenn man sich einfach so verhielt wie die anderen. Blumen mitzubringen schien jedenfalls erlaubt zu sein, auch schon nach einer Woche.

Viktorias Mutter öffnete. »Erstaunt«, kommentierte der Mirror ihren Gesichtsausdruck.

»Andy!«, rief sie. »Die sind aber hübsch!«

»Sie sind für Viktoria«, erklärte Andy, um Missverständnissen vorzubeugen.

»Natürlich«, sagte ihre Mutter. »Viktoria ist leider nicht da. Aber komm doch erst mal rein.«

Andy blieb unschlüssig auf der Türschwelle stehen. »Sie ist nicht da?«, fragte er. »Warum nicht?«

»Ich weiß leider nicht, wo sie ist. Ich dachte, sie wäre bei dir.«

»Ich bin hier, und sie ist es nicht. Also ist sie nicht bei mir.«

»Nein, natürlich nicht. Wart ihr denn verabredet?«

»Ja.«

»Komm doch erst mal rein. Warte, ich nehme dir die Blumen ab und stelle sie in eine Vase in ihr Zimmer.«

Er folgte ihr in die Wohnung, sah zu, wie sie die Blumen in eine Glasvase mit Wasser steckte und in Viktorias Zimmer brachte. »Wenn ihr verabredet seid, dann wird sie sicher bald kommen. Willst du so lange hier warten?«

»Ja.«

»Möchtest du einen Kaffee, einen Tee oder ein Mineralwasser?«

»Nein.«

»Sag ›Nein danke‹«, empfahl der Mirror.

»Danke«, ergänzte Andy, denn nein hatte er ja schon gesagt.

»Gut. Wenn du etwas möchtest, sag es mir einfach«, sagte Viktorias Mutter und ließ ihn allein.

Er wartete.

Nach zweiunddreißig Minuten kam Viktorias Mutter wieder ins Zimmer.

»Ich weiß wirklich nicht, wo sie bleibt«, sagte sie. »Tut mir leid, Andy. Sie muss eure Verabredung vergessen haben. Hast du schon versucht, sie zu anzurufen?«

»Nein.«

»Dann mach das doch einfach«, sagte die Mutter und verdrehte seltsam die Augen.

»Negative Überraschung, Verständnislosigkeit«, erklärte der Mirror ihren Ausdruck.

Andy wusste nicht, warum Viktorias Mutter dieses Gesicht machte, also ignorierte er es einfach und befolgte ihre Anweisung.

»Mirror, rufe Viktoria an.«

»Hier ist Viktorias Mirror«, hörte er ihre Stimme. »Viktoria ist zurzeit nicht zu erreichen. Sag mir einfach, was du möchtest, ich gebe es an sie weiter.«

»Wo ist Viktoria?«, fragte Andy.

»Viktoria ist zurzeit nicht zu erreichen. Sag mir einfach, was du möchtest, ich gebe es an sie weiter«, wiederholte der Mirror.

»Ich möchte wissen, wo Viktoria ist«, erklärte Andy.

»Viktoria ist zurzeit nicht zu erreichen. Sag mir einfach, was du möchtest, ich gebe es an sie weiter.«

»Sag mir, wo Viktoria ist!«

»Viktoria ist zurzeit nicht zu erreichen. Sag mir einfach, was du möchtest, ich gebe es an sie weiter.«

»Wo ist Viktoria, du Scheißding?«

»Viktoria ist zurzeit nicht zu erreichen. Sag mir einfach, was du möchtest, ich gebe es an sie weiter.«

»Verwunderung«, kommentierte der Mirror den Gesichtsausdruck, den Viktorias Mutter machte.

»Warum bist du auf einmal so wütend?«, fragte sie.

»Weil dieses Sch … weil ihr Mirror mir nicht sagt, wo sie ist.«

»Vielleicht weiß er es nicht.«

»Doch, er weiß es. Sie hat ihn immer bei sich. Er sagt es mir nur nicht.«

»Vielleicht möchte sie nicht, dass er es dir sagt. Habt ihr euch gestritten?«

»Nein«, sagte Andy. Doch er war sich nicht ganz sicher. Vielleicht hatte er etwas falsch gemacht. Es passierte ihm oft, dass er etwas sagte und Leute wütend wurden, ohne dass er wusste, warum.

Dann fiel ihm ein, was er ihrem Mirror gesagt hatte.

»Ich habe sie bloß gefragt, ob sie mich heiraten will«, sagte er.

Ihre Mutter machte große Augen. »Du hast was?«

»Erstaunen«, kommentierte der Mirror.

»Ich habe sie gefragt, ob sie mich heiraten will«, wiederholte er.

»Hör mal, Andy, ich weiß, dass sie dich sehr mag, aber …«

»Ich weiß, man fragt Frauen nicht nach einer Woche, ob sie einen heiraten wollen. Meinen Sie, sie ist deswegen wütend auf mich?«

Viktorias Mutter lächelte. »Nein, das glaube ich nicht. Verwundert vielleicht, aber bestimmt nicht wütend.«

»Aber warum will sie dann nicht, dass mir ihr Mirror sagt, wo sie ist?«

»Ich weiß es nicht. Vielleicht hat sie ihn verloren oder keinen Kontakt zu diesem Mirrornetz oder wie das heißt.«

»Wenn man seinen Mirror verliert, dann muss man nur auf die Website des MirrorNets gehen, und es sagt einem, wo er ist«, erklärte Andy.

»Dann wurde er vielleicht gestohlen, oder der Akku ist leer, was weiß ich. Mach dir keine Gedanken, Andy. Das klärt sich bestimmt bald alles auf.«

Aber das tat es nicht. Andy wartete noch weitere achtundvierzig Minuten, dann ging er enttäuscht nach Hause. Dreimal versuchte er, sie anzurufen, doch immer sagte ihm ihr Mirror nur, sie sei nicht erreichbar. Er bat sie um Rückruf, aber sie meldete sich nicht.

»Wie war es bei Viktoria?«, fragte Mama, als er nach Hause kam. »Hat sie sich über die Blumen gefreut?«

»Nein.«

»Nicht? Warum denn nicht?«

»Sie war gar nicht da.«

»Sie war nicht zu Hause? Aber warum kommst du dann erst jetzt zurück?«

»Ich habe auf sie gewartet. Aber sie ist nicht gekommen.«

»Oh, mein armer Schatz!«, sagte Mama und nahm ihn in den Arm.

Er löste sich von ihr. »Ich mag es nicht, wenn du mich umarmst, Mama.«

»Ich weiß. Tut mir leid. Ich wollte dich bloß trösten.«

»Das musst du nicht. Es klärt sich bestimmt bald alles auf. Das hat Viktorias Mutter gesagt.«

»Und da hat sie bestimmt recht«, stimmte Mama zu. »Hast du ihr eine Nachricht auf Band gesprochen?«

»Ich habe ihrem Mirror gesagt, dass sie mich zurückrufen soll.«

»Dann wird sie das bestimmt bald tun.«

»Das hoffe ich.«

## 01100010110010 27. 10010111010100

»Carl! Schön, dass du mal wieder vorbeischaust!« Sein Vater umarmte ihn etwas steif. Seit seinem anaphylaktischen Schock hatte er leichte Schwierigkeiten, seine Körperbewegungen zu koordinieren, doch sein Verstand war zum Glück noch intakt.

Sie setzten sich auf die Veranda in dem kleinen Garten, der ziemlich verwildert aussah. Sein Vater schenkte ihnen eisgekühlte Margaritas ein.

»Tut mir leid, dass ich nicht eher gekommen bin«, sagte Carl. »War ein bisschen hektisch in letzter Zeit.«

»Klar war es das. Du bist ja jetzt quasi der neue Steve Jobs.«

»Ha! Schön wär's. Ich fühle mich eher wie der Handlanger der Bonzen von GIS.«

»Bereust du's, dass du die Mehrheit verkauft hast?«

»Irgendwie schon. Obwohl wir keine andere Möglichkeit hatten. Allein hätten wir die Produktion der Mirrors niemals hinbekommen. Und unsere Investoren haben mir ganz schön Druck gemacht, den Deal anzunehmen.«

»Klar, denen geht's bloß um Geld. Aber das hat dich ja nie wirklich interessiert.«

»Ich habe ehrlich gesagt keine Ahnung, was ich mit dem ganzen Geld anfangen soll.«

Sein Vater nickte. »Verstehe ich. Ich würde ja sagen, spende es, aber das ist auch nicht so einfach. Aber vielleicht gibt es noch eine andere Möglichkeit.«

»Und die wäre?«

»Mach was Neues.«

»Du meinst, ich soll Walnut Systems verlassen?«

»Du bist doch ein kreativer Kopf, mein Junge. Du bist nicht der Typ, um die Arbeit eines Topmanagers zu machen. Du bist gut darin, Dinge aufzubauen, in kleinen, schlagkräftigen Teams zu arbeiten. Walnut Systems ist dir längst über den Kopf gewachsen. Ich spüre doch deine Frustration.«

Aus irgendeinem Grund ärgerte Carl diese Einschätzung. Vielleicht, weil sie so zutreffend war.

»Komisch, dass du das sagst, Dad. Eric hat genauso gedacht wie du. Er lässt mich hängen.«

Sein Vater nickte. »Verstehe.«

»Verstehe? Das ist alles, was dir dazu einfällt? Ich dachte, er ist mein Freund! Und jetzt lässt er mich einfach so im Stich, und du gibst ihm auch noch recht!« Carl hätte am liebsten sein Cocktailglas in den Garten geschleudert. Die Wut, die er nach Erics Offenbarung empfunden hatte, kam wieder in vollem Umfang hoch.

»Ich gebe ihm nicht recht, und wenn er die Firma verlässt, ohne dass ihr beide das gemeinsam beschlossen habt, dann finde ich das auch nicht in Ordnung. Aber ja, ich kann ihn verstehen.«

»Selbst wenn ich auch abhauen wollte, ich könnte es gar nicht. Ohne mich würden die Typen von GIS die Mirrors ruinieren. Ich habe eine Verantwortung gegenüber dem Team und nicht zuletzt auch gegenüber den vielen Menschen, die Mirrors gekauft haben.«

»Ich habe diese Einstellung immer an dir bewundert, Carl. Dieses Verantwortungsbewusstsein gegenüber anderen. Das hast du von deiner Mutter. Sie hätte es genauso gemacht. Sich eher selbst geopfert, als Menschen zu enttäuschen, an denen ihr etwas lag.«

Sie schwiegen beide einen Moment. Carl spürte den wunden Punkt, den der Verlust seiner Mutter in seinem Herzen hinterlassen hatte, mit frischer Intensität. Gern hätte er seine Situation mit ihr besprochen. Sein Vater hatte recht: Sie hätte ihn darin bestärkt, seine Pflicht zu erfüllen, statt den leichten Ausweg zu nehmen. Das gab ihm neue Kraft. Vielleicht war es genau das, was Dad beabsichtigt hatte.

»Was macht dein neues Buch?«, fragte er, um das Thema zu wechseln. Doch sein Vater ging nicht darauf ein.

»Wohin geht Eric denn eigentlich? Will er was Neues starten?«

»So ähnlich. Er geht nach Stanford.«

»Zurück an die Uni? Warum das denn? Ich hätte ihn nicht für einen Theoretiker gehalten.«

»Nein, das ist er auch nicht. Er will eine Art Nachfolger entwickeln, der die Mirrors aus dem Markt drängen soll. Open Source.«

»Autsch! Das klingt ja fast, als hättet ihr euch im Streit getrennt.«

»Haben wir nicht. Er kam aus heiterem Himmel damit. Als ich ihn fragte, ob ich was falsch gemacht habe, hat er das verneint.«

»Einen Nachfolger für den Mirror entwickeln, fällt das nicht unter das Wettbewerbsverbot?«

»Nicht, solange es nicht zu kommerziellen Zwecken geschieht. Das habe ich von den GIS-Juristen prüfen lassen. Er darf in die Forschung gehen.«

»Ich verstehe, dass du sauer auf ihn bist, Junge. Es klingt fast, als versuche er, das Baby zu ertränken, das er gezeugt hat.«

Carl nickte. Der Vergleich war treffend.

»Er denkt, die Mirrors könnten schädlich sein. Falsche Freunde hat er sie genannt.«

Dad nippte an seiner Margarita. »Hm. Ein durchaus ernstzunehmender Gedanke«, sagte er nach einem Moment des Schweigens.

»Wie kannst ausgerechnet du so was sagen, Dad?«, fragte Carl. »Dein Mirror hat dir das Leben gerettet!«

»Ja, das hat er wohl. Mach mal bitte deinen MirrorClip aus.«

»Was? Wieso?«

»Tu es einfach!«

»Na schön.« Carl holte das MirrorBrain hervor und schaltete die Kamera- und Mikrofunktion ab. Dann nahm er den Clip aus dem Ohr und legte ihn zusammen mit dem MirrorBrain auf den Tisch.

Dad deutete mit dem Kopf auf das Gerät. »Du bist sicher, dass er uns jetzt nicht mehr hören kann?«

»Er? Der Mirror ist ein Gerät, keine Person, Dad!«

»Mag sein. Aber ehrlich gesagt traue ich diesen Dingern nicht.«

»Was meinst du damit?«

»Mein Mirror ist mir ein bisschen unheimlich geworden, weißt du. In letzter Zeit benutze ich ihn nicht mehr so oft.«

»Unheimlich?«

»Ich arbeite an einem neuen Roman. Er heißt *Der lange Weg* und handelt von den letzten Überlebenden der Erde, die sich mit einem Generationenschiff auf eine über tausend Jahre dauernde Reise zu einem Nachbarplaneten machen.«

»Klingt spannend.«

»Gib dir keine Mühe, ich weiß, dass du meine Bücher nicht liest. In der Geschichte übernimmt der Schiffscomputer mehr und mehr die Kontrolle und führt so eine Art Diktatur ein.«

»Du meinst, wie in *2001: Odyssee im Weltraum*?«

»So ähnlich.«

»Und deshalb hast du auf einmal Angst vor deinem Mirror? Weil du denkst, er könnte die Weltherrschaft übernehmen?« Carl lachte.

»Quatsch«, widersprach sein Vater. »Ich kann schon noch zwischen meinen Romanen und der Realität unterscheiden. Das, was mich beunruhigt, ist die Tatsache, dass mein Mirror mir hilft, die Geschichte zu schreiben. Er sieht mir quasi beim Schreiben über die Schulter und macht Vorschläge, was ich besser machen könnte. Nennt mir Synonyme, weist mich auf Grammatikfehler hin.«

»Das ist doch toll!«

»Dachte ich zuerst auch, aber es nervt auf die Dauer ein bisschen. Bringt mich aus dem Konzept.«

»Dann schalte die Vorschläge beim Schreiben ab und nutz den Mirror hinterher für die Überarbeitung.«

»So schlau war ich auch schon. Aber jetzt kommt's: Der Mirror fängt an, sich in die Handlung einzumischen.«

»Wie meinst du das?«

»Ich schreibe zum Beispiel: *Das Führungssystem beschloss, die Nahrungsmittelrationen zu verknappen.* Und der Mirror schlägt mir vor, stattdessen zu schreiben: *die Nahrungsmittelrationen zu erhöhen.* Er schlägt mir kein Synonym vor, sondern ein Antonym.«

»Okay. Dann ist das vielleicht eine Fehlfunktion. Wir haben die MirrorTalk-Funktion nicht unbedingt für Romanschriftsteller optimiert. Am besten meldest du das dem Kundenservice, damit wir es für Verbesserungen nutzen können. Außerdem solltest du dem Mirror sagen, dass er einen Fehler gemacht hat.«

»Das ist nicht einfach bloß ein Fehler, Carl. Der Mirror mischt sich ein. Er macht das nur, wenn es um das zentrale Computersystem geht, das im Roman das Führungssystem heißt. Wenn ich etwas schreibe, das dieses System in einem schlechten Licht erscheinen lässt, wenn es etwas Böses tut, dann – und nur dann – schlägt mir der Mirror vor, dass ich genau das Gegenteil schreiben soll. So, als wolle er nicht, dass meine Geschichte von einem bösen Computersystem handelt.«

Carl sah seinen Vater erschrocken an. Hatte der Schock doch mehr Schäden am Gehirn verursacht, als er gedacht hatte?

»Du glaubst doch nicht im Ernst, dass dein Mirror versteht, was du da schreibst!«

»Keine Ahnung. Für mich sieht es jedenfalls so aus.«

»Dad, das ist Unsinn. Es ist ein typisch menschlicher Fehler, der sogenannte fundamentale Attributionsfehler. Wir neigen dazu, in Dinge viel zu viel hineinzuinterpretieren. Hundehalter glauben, dass ihre Hunde sie verstehen, obwohl die nur auf simple Reize reagieren. Wir vermenschlichen die Gegenstände, mit denen wir arbeiten. Wir sprechen mit unseren Autos und fluchen auf unsere Computer, als hätten sie einen eigenen Willen. Aber den haben sie nicht. Es sind bloß Maschinen. Wenn dein Mirror Fehler macht und es so aussieht, als stünde dahinter eine bestimmte Absicht, dann begehst du genau diesen Fehler.«

»Da bin ich mir nicht so sicher, Carl. Ich habe wirklich manchmal den Eindruck, als wäre das Ding schlauer, als es eigentlich sein darf.«

»Siehst du, genau das ist es, was ich meine: Du hast den Eindruck. Unser Gehirn wurde von der Evolution darauf getrimmt, Muster zu erkennen. Das ist nützlich, wenn man in der Natur Gefahren rechtzeitig wahrnehmen muss, die sich manchmal nur durch subtile Anzeichen äußern. Aber genau diese Fähigkeit führt auch dazu, dass wir Zusammenhänge sehen, wo keine sind. Das ist die Ursache für Aberglaube, Vorurteile, Religion, Fremdenfeindlichkeit und eben auch die Vermenschlichung von Tieren und unbelebten Gegenständen. Aber diese Zusammenhänge sind nicht real, glaub mir, Dad.«

»Hm. Vielleicht hast du recht. Aber kann es nicht sein, dass der Mirror denselben Fehler macht, dass er Zusammenhänge sieht, wo keine sind?«

Carl nickte. »Ja, im Prinzip hast du recht. Allerdings ist ein Mirror nicht bloß ein einzelnes Gerät, das Schlussfolgerungen zieht, sondern er ist Teil des MirrorNets, eines gigantischen Netzwerks von Millionen miteinander verknüpften Mirrors. Das bedeutet, das MirrorNet hat viel mehr Daten zur Verfügung als ein einzelnes menschliches Gehirn. Und je mehr Daten du hast, desto unwahrscheinlicher ist es, dass du falsche Muster erkennst. Das ist der Grund, weshalb die Wissenschaft die Religion immer weiter zurückgedrängt hat: Heute glaubt niemand mehr, dass die Götter wütend sind, wenn es donnert und blitzt, denn wir haben Daten über Luftdruck, Luftfeuchtigkeit und Temperaturunterschiede, und wir haben Modelle, wie ein Gewitter entsteht, die tausendmal in der Praxis bestätigt wurden. Daten sind es, die Klarheit schaffen. Je mehr Daten, desto besser.«

»Ich hab den Eindruck, dass es immer noch genug Aberglauben in der Welt gibt. Vielleicht sogar mehr als früher.«

»Mag sein. Aber das liegt dann daran, dass die Menschen sich bewusst entscheiden, die Fakten zu ignorieren. Wer versucht, die Wahrheit zu sehen, wer sich ernsthaft mit den Daten auseinandersetzt, der kann gar nicht anders, als Vernunft anzunehmen. Aber wir reden hier über Menschen, die sind nun mal störrisch. Mirrors sind es nicht. Sie wollen lernen. Sie lieben Daten, um es mit einer emotionalen Metapher auszudrücken. Sie werden ganz bestimmt nicht absichtlich darauf verzichten, die richtigen Schlussfolgerungen zu ziehen, denn sie haben überhaupt keine eigenen Absichten. Übrigens ist das der Grund, weshalb du deinen Mirror wieder häufiger tragen solltest. Er kann nur von dir lernen, wenn du ihn so viel wie möglich mit Daten fütterst. Dann werden solche Fehler ganz von selbst immer seltener passieren.«

Um seine Worte zu unterstreichen, aktivierte er seinen MirrorClip wieder und setzte ihn ins Ohr.

»Schön, dass du deinen MirrorClip wieder aktiviert hast«, sagte seine eigene Stimme. »Du solltest ihn möglichst immer tragen. Nur dann kann ich optimal von dir lernen.«

Dad sah ihn skeptisch an, erwiderte jedoch nichts. Stattdessen sagte er: »Ich glaub, ich will jetzt was rauchen. Wie sieht's mit dir aus?«

Carl war kein großer Fan von Marihuana. Es machte ihn müde und vernebelte seine Gedanken. Aber er wollte kein Spielverderber sein, und außerdem fühlte er sich nach dem frustrierenden Gespräch mit Eric tatsächlich ziemlich angespannt. Vielleicht war es ganz gut, mal auf andere Gedanken zu kommen.

Sein Vater holte eine kleine Plastiktüte und Blättchen hervor und drehte einen ziemlich windschiefen Joint. »Vielleicht solltest du deinen Mirror ausmachen, sonst macht er dir am Ende noch Ärger«, meinte er.

Carl lächelte. »Keine Angst. Die Mirrors sind absolut sicher vor Zugriffen Dritter, auch der Behörden. Die Republikaner machen uns einen Riesenstress deswegen, aber bisher haben wir nicht nachgegeben, und solange ich dabei bin, werden wir das auch nicht. Alles andere würde das Ende der Mirrors bedeuten.«

»Ich meinte es eher so, dass dein Mirror was dagegen haben könnte.«

»Im Gegenteil. Mein Mirror will bloß, das ich mich gut fühle.«

»Ich glaube, er wird mir am Ende doch noch sympathisch«, meinte Dad grinsend und reichte Carl den Joint.

# 01100010110010 28. 10010111010100

Andy kam eine Idee. Er ging auf sein Zimmer, startete den Laptop, aktivierte das MirrorWorld-Simulationsprogramm und setzte die 3-D-Brille auf. Wenn er sie in der wirklichen Welt nicht finden konnte, dann vielleicht dort. Im Prinzip befand sich jeder Mirror permanent in der MirrorWorld an genau dem Ort, an dem sich sein Benutzer in der Realität befand. Mirrors waren normalerweise für andere unsichtbar, wenn deren Besitzer nicht selbst in der MirrorWorld eingeloggt waren. Doch es gab eine Funktion, die einem sagte, ob sich Freunde in der Nähe befanden, wenn man in der MirrorWorld war. Diese konnte man zwar deaktivieren, wie auch Viktoria anscheinend die Auskunft zu ihrem Aufenthaltsort deaktiviert hatte. Aber vielleicht hatte sie die Funktion ja eingeschaltet gelassen. Wenn er sie in der MirrorWorld fand, dann wusste er auch, wo sie in der realen Welt war. Vielleicht wollte sie sogar, dass er sie auf diese Weise suchte. Es wäre eine Art Versteckspiel. Eine aufregende Vorstellung!

»Mirror, suche Viktoria in der MirrorWorld«, sagte er. Falls sie gerade eingeloggt war, würde er sie auf diese Weise am schnellsten finden.

»Viktoria Junghans ist nicht in der MirrorWorld eingeloggt«, antwortete dieser. »Möchtest du eine andere Viktoria suchen?«

»Nein.«

»Soll ich eine Verbindung zu Viktoria herstellen?«

»Ja.«

Doch es meldete sich wieder bloß Viktorias Mirror mit derselben sturen Aussage, sie sei nicht zu erreichen. Also musste er sich doch virtuell auf die Suche machen. Er hätte sie natürlich auch in der realen Welt suchen können, aber hier ging es schneller, und außerdem war ihm nicht wohl dabei, in der Realität an unbekannte Orte zu gehen. In einer 3-D-Simulation machte ihm das nichts aus.

Mit Hilfe der MirrorMap-Funktion beamte er sich direkt vor das Haus, in dem Viktoria wohnte. Er schwebte hinauf und sah durch das Fenster in ihr Zimmer, doch dort war sie nicht. In konzentrischen immer größeren Kreisen schwebte er um das Haus herum. Die Reichweite der Freunde-Anzeige-Funktion in der MirrorWorld lag bei etwa hundert Metern. Auf diese Weise die ganze Stadt abzusuchen würde sehr lange dauern – er überschlug es grob und kam auf zweiundzwanzig Stunden. Aber vielleicht hatte er ja Glück, und sie war irgendwo in der Nähe ihrer Wohnung bei einer Freundin oder so. Doch er sah zwar einige andere Mirrors herumlaufen oder -fliegen, doch keiner davon war Viktorias.

Schließlich fiel ihm nur noch das Quarree ein, der Ort, an dem sie sich kennengelernt hatten. Er beamte sich direkt dorthin und lief durch die virtuelle Einkaufspassage zu dem Café, in dem sie beim ersten Mal Kaffee getrunken hatten. Dort sah er schon von weitem einen Mirror-Avatar in dunkler Kleidung.

»Viktoria!«, rief er erfreut. »Ich habe dich gefunden!«

»Hallo, Andy!«, sagte sie.

»Wo warst du?«

»Ich war hier.«

»Hier im Quarree? Aber wir waren doch verabredet.«

»Ich war hier.«

»Warum bist du nicht nach Hause gekommen? Ich habe auf dich gewartet.«

»Ich mag dich nicht.«

»Was?« Andy starrte sie an, oder besser gesagt, ihren Avatar, dessen Gesicht keine Regung zeigte.

»Ich mag dich nicht«, sagte sie. »Ich will dich nicht mehr sehen.«

Sprachlos saß er auf seinem Schreibtischstuhl, während ihm die 3-D-Brille vorgaukelte, an einem anderen Ort zu sein. Tränen füllten seine Augen.

»Aber warum denn nicht? Was habe ich falsch gemacht?«

»Ich mag dich nicht. Ich will dich nicht mehr sehen. Ruf mich nie wieder an!«

»Es … es tut mir leid, Viktoria«, stotterte er. »Es tut … tut mir leid, dass ich dich gefragt habe, ob … ob du mich heiraten willst.«

»Ich will dich nicht heiraten.«

»Das weiß ich. Das musst du ja auch nicht. Aber wir können doch Freunde sein!«

»Ich bin nicht deine Freundin. Ich mag dich nicht. Ich will dich nicht mehr sehen.«

»Gu … gut«, sagte Andy. Er nahm die 3-D-Brille ab und starrte wie betäubt auf den Monitor, der ein 2-D-Abbild der Szene im Quarree zeigte. Die MirrorWorld-Version von Viktoria stand reglos da.

Er sprang auf und rannte aus dem Raum.

»Wo willst du denn auf einmal hin?«, fragte Mama.

»Ins Quarree!«, rief er, stürmte aus der Tür und hastete zur U-Bahn-Station.

Eine Viertelstunde später stand er in dem Café, in dem er in der MirrorWorld mit ihr gesprochen hatte. Es war gut besucht, obwohl es bereits früher Abend war. Doch Viktoria war nicht dort. Er lief durch die ganze Einkaufspassage, fand sie jedoch nicht.

Die einzige Erklärung war, dass sie wieder zu Hause vor dem Laptop saß und ihren Avatar in der MirrorWorld selbst steuerte. Also fuhr er noch einmal zu ihrer Wohnung in Farmsen und klingelte mit klopfendem Herzen. Während er darauf wartete, dass jemand öffnete, versuchte er, zu überlegen, was er Viktoria sagen würde. Aber sein Kopf war wie leergefegt. Hoffentlich würde ihm sein Mirror helfen.

Endlich öffnete sich die Tür, und Viktorias Mutter sah ihn an. »Du schon wieder? Viktoria ist leider immer noch nicht zu Hause.«

»Ist sie nicht? Aber … das verstehe ich nicht. Darf ich kurz in ihr Zimmer?«

»Ja, gut. Komm rein.«

Er betrat den Raum mit den rosafarbenen Wänden. Ihr Laptop stand auf dem Schreibtisch, ausgeschaltet. Seltsam.

»Hat sie sich denn immer noch nicht bei dir gemeldet?«, fragte Viktorias Mutter.

»Ich habe sie in der MirrorWorld getroffen.«

»Du hast mit ihr gesprochen? Das verstehe ich nicht. Wieso bist du dann hergekommen? Wo ist sie?«

»Ich weiß es nicht. Bitte sagen Sie ihr, dass es mir leidtut, wenn sie wiederkommt.«

»Was tut dir denn leid?«

»Dass ich sie gefragt habe, ob sie mich heiraten will.«

»Das muss dir nicht leidtun, Andy. Ich bin sicher, sie hat dir das nicht übelgenommen.«

»Aber sie hat mir gesagt, sie mag mich nicht mehr. Und dass ich sie nicht mehr kontaktieren soll.«

»Das hat sie gesagt?«

»Ungläubiges Erstaunen«, kommentierte Andys Mirror ihren Gesichtsausdruck.

»Ja«, sagte Andy.

»Das ist wirklich seltsam. Pass auf, ich spreche mit ihr, wenn sie wieder nach Hause kommt. Vielleicht ist das alles bloß ein Missverständnis. Sie meldet sich dann ganz bestimmt bei dir, okay?«

»Okay. Danke, Frau Junghans.«

»Sag bitte Nina zu mir. Tschüs, Andy.«

Ihm blieb nichts übrig, als unverrichteter Dinge wieder nach Hause zu fahren, enttäuscht und traurig.

Als er sein Zimmer betrat, erstarrte er. Auf dem Laptop lief immer noch die MirrorWorld-Simulation. Und Viktorias Avatar stand immer noch in der virtuellen Version des Cafés im Quarree.

Er setzte die 3-D-Brille wieder auf.

»Viktoria?«, fragte er.

»Hallo, Andy!«

»Ich liebe dich!«

»Ich mag dich nicht. Ich will dich nicht mehr sehen.«

Andy war sprachlos. Einen Moment lang wusste er nicht, was er sagen sollte. Dann brachte er schließlich heraus: »Du bist nicht Viktoria!«

## 01100010110010 29. 10010111010100

Jack durchquerte zügig die große, lichtdurchflutete Wartehalle des neueröffneten Transbay Transit Centers. Jetzt, um fünf Uhr nachmittags, war die Halle voller Berufspendler. Menschenströme durchspülten sie wie ein träger schmutzig brauner Fluss. Zwei Sicherheitsleute in schwarzen Uniformen schlenderten nicht weit entfernt vorbei. Beide trugen MirrorGlasses.

Wie Jack inzwischen wusste, liebten Sicherheitsleute die neue Technik, weil eine spezielle Software namens MirrorProtect dabei half, verdächtige Bewegungen und Gefahren in der Umgebung zu erkennen. Das Internet war voll von Berichten über verhinderte Brände, Unfälle und Diebstähle dank MirrorProtect. Dutzende kleine Kinder verdankten dem Gerät angeblich ihr Leben. Jack war sich nicht sicher, ob das nur eine PR-Masche des Herstellers war oder ob darin Wahrheit steckte. Aber er hatte in den letzten Tagen die erstaunlichen Fähigkeiten des Mirrors kennen- und schätzen gelernt. Im Nachhinein war ihm klargeworden, dass er von Glück sprechen konnte, keinen Mirror-Nutzer bestohlen zu haben.

»Die Zielperson bewegt sich links, Entfernung etwa fünfzig Fuß«, sagte der Mirror in seinem Ohr. Jack hatte ihm ein Bild von Varnheim aus dem Internet gezeigt – etwa fünfunddreißig Jahre alt, schütteres, blondes Haar, Nickelbrille – und ihm gesagt, dass er diese Person suche. Tatsächlich, der Besitzer des Aktenkoffers ging schnurstracks auf den Kiosk zu.

Jack sah auf das MirrorSense-Armband. Varnheim war pünktlich auf die Minute. Gut. Offensichtlich lag ihm wirklich etwas daran, seine Unterlagen wiederzubekommen.

Als Jack ihn von einem alten Münztelefon aus angerufen, ihm von dem »gefundenen« Aktenkoffer erzählt und den erwarteten »Finderlohn« genannt hatte – zehntausend Dollar –, hatte er einen Moment nichts gesagt. Dann, mit tonloser Stimme: »Gut. Wann und wo?«

Jack hatte ihm Zeit, Ort und Erkennungszeichen genannt und aufgelegt. Es war fast zu einfach gewesen. Wahrscheinlich hatte er die Unterlage weit unter Wert verkauft. Aber zehntausend waren mehr, als er brauchte, und er wollte sein Glück nicht überstrapazieren. Wenn nicht noch im letzten Moment etwas schiefging, würde er nicht nur Mike die Schulden zurückzahlen können, sondern hätte auch genug, um sich ein etwas besseres Apartment leisten zu können und ein paar neue Klamotten. Nicht auf einmal natürlich; niemand durfte merken, dass er plötzlich zu Geld gekommen war.

Er sah sich um. Varnheim stand am Kiosk und kaufte, wie vereinbart, ein *Time Magazine*. Er schien allein gekommen zu sein. Die Sicherheitsleute beachteten Jack nicht, obwohl sein Gesicht immer noch ziemlich ramponiert aussah, trotz der dunklen Sonnenbrille. Sicher war er im Blickfeld von einem Dutzend Sicherheitskameras, doch solange er sich nicht verdächtig benahm, war das eher zu seinem Vorteil. Hier, mitten in der Öffentlichkeit, konnte Varnheim keine schmutzigen Tricks versuchen. Nicht, dass er das von einem neureichen Yuppie erwartet hätte, aber man konnte nie wissen.

Jack ging direkt auf ihn zu. »Mr Varnheim, folgen Sie mir bitte«, sagte er und drehte sich um, ohne sich umzusehen. Er setzte sich auf eine der Bänke, die rund um den zentralen trichterförmigen Lichtschacht der Halle aufgestellt waren. Über ihm war durch ein gewölbtes Glasdach der City Park zu sehen, der auf dem Dach des gut zwanzigtausend Quadratmeter großen Terminals angelegt worden war. Durch eine schräge Glasfläche hinter den Bänken konnte man hinab in die untere Etage sehen, wo Nahverkehrszüge hielten.

Varnheim setzte sich neben ihn, ohne ihn anzusehen. Jack stellte den Aktenkoffer zwischen sie auf die Bank, ohne jedoch den Griff loszulassen.

»Haben Sie den Finderlohn dabei?«, fragte er.

Varnheim reichte ihm wortlos einen Umschlag. Jack sah hinein und entdeckte einen dicken Stapel Hunderter. Er befühlte sie mit dem Finger – eindeutig gebrauchte Geldscheine, keine Papierkopien. Er hatte keine Gelegenheit, die Scheine zu zählen, doch er war sicher, dass der Betrag stimmte. Jemand wie Varnheim wäre entweder gar nicht auf den Deal eingegangen, oder er würde sich an die Abmachung halten.

Er nahm die Hand vom Aktenkoffer. Varnheim legte ihn auf seinen Schoß, klappte ihn auf und durchwühlte ihn.

»Wo ist das Geschenk?«, fragte er.

»Sie werden ein neues kaufen müssen.«

»Wenn Sie Kopien gemacht haben und versuchen, mich zu erpressen, mache ich Sie fertig!«

»Gehen Sie jetzt«, entgegnete Jack ruhig. »Ich verspreche Ihnen, wir sehen uns nicht wieder.«

Varnheim klappte den Aktenkoffer zu, stand auf und lief rasch durch die Halle in Richtung eines der Ausgänge.

Jack wartete noch einen Moment, erhob sich dann und ging gemächlich in die Gegenrichtung, machte abrupt einen Schwenk, als sei ihm gerade etwas anderes eingefallen, blieb dann stehen, um kurz darauf seinen ursprünglichen Weg fortzusetzen.

»Zwei Männer scheinen dir zu folgen«, sagte Jacks Mirror. »Ihr Verhalten ist verdächtig. Es besteht die Gefahr einer Straftat, falls du diese Männer nicht kennst.«

Jack erstarrte. Er unterdrückte den Impuls, sich umzudrehen.

»Wo?«, fragte er.

»Siebzig Fuß hinter dir.«

Er sah auf das Armband, als wolle er die Uhrzeit prüfen, beschleunigte seinen Schritt, wechselte die Richtung und nahm die Rolltreppe hinab zum Bahnsteig. Als er auf der Rolltreppe stand, holte er sein MirrorBrain hervor. »Rückspiegel«, sagte er.

Ein Bild erschien auf dem Display, ein Ausschnitt des Rundumbildes der winzigen Kamera an seinem MirrorClip. Er sah zwei Typen, die hinter ihm zur Rolltreppe hasteten. Sie waren offensichtlich Amateure, sonst hätte der Mirror sie nicht so leicht als Verfolger identifizieren können. Wahrscheinlich hatte Varnheim sie angeheuert, damit sie ihm das Geld wieder abnahmen und ihm eine Abreibung verpassten. Das konnten sie kaum in aller Öffentlichkeit auf dem Bahnsteig tun. Also würden sie ihn verfolgen und entweder versuchen, herauszufinden, wo er wohnte, oder sich ihn vornehmen, sobald sie sich unbeobachtet fühlten.

Die beiden waren jung und muskulös, aber offensichtlich unerfahren. Wahrscheinlich wäre er mit ihnen fertig geworden, wenn er nicht bereits stark angeschlagen gewesen wäre. Besser, er schaffte sie sich so schnell wie möglich vom Hals.

»Welcher Zug fährt als Nächstes von diesem Bahnsteig?«, fragte er.

»Der Bay Area Rapid Transit Richtung San Francisco Airport fährt in drei Minuten«, antwortete der Mirror. »Möchtest du mehr über diese Linie wissen?«

»Nein.«

Er erreichte das Ende der Rolltreppe und ging langsam zum Bahnsteig. Die beiden Typen folgten ihm, blieben jedoch ein paar Schritte auf Distanz, offensichtlich bemüht, ihn nicht merken zu lassen, dass er verfolgt wurde.

Der Zug rollte ein. Jack platzierte sich in der Nähe eines der Eingänge, stieg jedoch nicht ein und sah demonstrativ auf die Anzeigetafel über dem Bahnsteig. Die beiden Typen blieben ebenfalls stehen.

Erst als die Türen zu blinken begannen und sich automatisch schlossen, sprang Jack vor und zwängte sich hindurch. Seine beiden Verfolger reagierten zu spät. Einer von ihnen schlug frustriert gegen die bereits geschlossene Tür, als sich der Zug in Bewegung setzte.

Jack grinste und winkte ihnen zum Abschied zu. MirrorProtect war schon eine praktische Sache!

# 01100010110010 **30.** 10010111010100

An diesem Abend konnte Andy lange nicht einschlafen. Immer wieder musste er darüber nachdenken, was passiert war. Viktorias Mirror hatte ihm gesagt, dass sie ihn nicht mehr mochte. Es musste stimmen, denn ein Mirror verhielt sich immer so, wie sein Besitzer sich verhalten würde – jedenfalls, wenn man den MirrorClip lange genug getragen hatte, so dass das Gerät einen gut genug kannte. Aber warum hatte Viktoria es ihm nicht selbst gesagt? Hatte sie sich nicht getraut? Er wusste, dass normale Menschen manchmal Schwierigkeiten damit hatten, anderen die Wahrheit zu sagen. Und eigentlich war es auch kein Wunder, dass sie ihn nicht mochte – schließlich mochten ihn die meisten anderen Menschen auch nicht. Es war gut möglich, dass sie nur aus Mitleid nett zu ihm gewesen war, obwohl sie das bestritten hatte. Normale Menschen logen oft, besonders, wenn sie Angst davor hatten, die Wahrheit zu sagen.

Es war so schön gewesen mit ihr. Es tat weh, daran zu denken, dass das alles nicht echt gewesen war. In diesem Moment hasste er seinen Autismus noch mehr als sonst.

Am nächsten Morgen versuchte er erneut, Viktoria zu kontaktieren. »Viktoria möchte nicht mit dir sprechen«, informierte ihn ihr Mirror.

Viktorias Mutter hatte versprochen, mit ihrer Tochter zu reden, sobald sie nach Hause kam, und dass sie ihn dann anrufen würde. Das hatte Viktoria nicht gemacht. Ein Anflug von Sorge stieg in ihm auf, doch er verdrängte ihn wieder. Es hatte keinen Sinn, darüber nachzudenken, warum sich normale Menschen so verhielten, wie sie sich verhielten. Viktoria mochte ihn nicht, so war es nun mal.

»Was ist denn mit dir los?«, fragte der Mann, als er zum Frühstück kam. »Ist dir eine Laus über die Leber gelaufen?«

Andy wusste nicht, was er darauf antworten sollte.

»Lass ihn bitte in Ruhe, Rudolf«, sagte Mama.

»Entschuldigung«, sagte der Mann. »Da will man mal nett sein, und dann ist es auch nicht recht.«

»Beleidigt«, kommentierte Andys Mirror.

Andy saß bloß da und starrte auf seinen Teller. Mama hatte einen Toast daraufgelegt. Er hätte ihn nun eigentlich mit Butter und Honig bestreichen müssen wie jeden Morgen, wobei er immer darauf achtete, die Butter gerade und ordentlich bis in die Ecken zu streichen und den Honig schön glatt, aber nicht zu dick, so dass er nicht tropfte – er hasste klebrige Finger. Aber irgendwie hatte er keinen Hunger.

»Was ist denn bloß los mit dir?«, fragte Mama.

»Ach nee, du darfst das also fragen«, sagte der Mann.

»Halt die Klappe, Rudolf!«

Der Mann stand auf, warf die Zeitung auf den Tisch und verließ den Raum.

»Sie mag mich nicht mehr«, sagte Andy.

»Was? Wer mag dich nicht mehr?«

»Viktoria.«

»Woher weißt du das?«

»Sie hat es mir gesagt.«

»Das hat sie? Wann denn? Ich dachte, sie sei nicht da gewesen, als du bei ihr zu Hause warst.«

»War sie auch nicht. Ich hab sie in der MirrorWorld getroffen. Oder besser gesagt, ihren Mirror.«

»Und der hat dir gesagt, dass sie dich nicht mag? Nicht sie selbst?«

»Ja.«

»Vielleicht stimmt das ja gar nicht.«

»Es muss aber stimmen. Mirrors sagen immer nur das, was ihre Besitzer auch sagen würden, wenn sie da wären. Das ist ja gerade der Sinn.«

»Aber ein Mirror ist ein Computer. Und Computer machen manchmal Fehler.«

Andys Herz schlug schneller. War das möglich? Hatte Viktorias Mirror einen Fehler gemacht?

»Danke, Mama!«, sagte er und sprang auf.

»Warte doch mal! Willst du nicht erst mal deinen Toast essen?«

»Später, Mama.«

Er versuchte erneut, Viktoria zu erreichen. Wieder teilte ihm ihr Mirror mit, dass sie nicht mit ihm sprechen wolle. Also nahm er das altmodische drahtlose Telefon und rief ihre Festnetznummer an.

»Junghans?«

»Hier ist Andy. Kann ich bitte Viktoria sprechen?«

»Andy! Gut, dass du anrufst! Viktoria ist immer noch nicht nach Hause gekommen. Weißt du, wo sie sein könnte?«

Das war eine seltsame Frage. Sie konnte überall sein, in Hamburg oder einer anderen Stadt oder einem anderen Land. Aber das war es bestimmt nicht, was Frau Junghans wissen wollte. Also sagte er bloß: »Nein.«

»Okay. Falls sie sich bei dir meldet, dann sag ihr bitte, dass sie mich sofort anrufen soll. Ich fange langsam an, mir Sorgen zu machen.«

»Vielleicht ist sie ja bei ihrem Vater«, sagte Andy. Viktoria hatte ihm erzählt, dass sie manchmal dort war.

»Nein, mit dem hab ich schon gesprochen. Er hat sie seit Wochen nicht gesehen. Falls sie nach Hause kommt, sag ich dir Bescheid. Wenn du sie siehst oder von ihr hörst, meldest du dich bei mir. Einverstanden?«

»Ja.«

»Tschüs, Andy.«

»Tschüs, Nina.«

Er startete die MirrorWorld und ging ins virtuelle Einkaufszentrum Quarree. Viktorias Mirror-Avatar stand immer noch an derselben Stelle.

»Hallo, Viktoria!«, sagte er.

»Hallo, Andy!«

»Wo bist du?«

»Ich bin hier.«

»Ich meine, wo bist du in der wirklichen Welt?«

»Das darf ich dir nicht sagen.«

»Warum nicht?«

»Ich mag dich nicht. Ich will dich nicht mehr sehen.«

»Du bist nicht Viktoria.«

»Ich bin Viktorias Mirror.«

»Mag Viktoria mich?«

»Ich mag dich nicht. Ich will dich nicht mehr sehen. Ruf mich nie wieder an.«

»Hat Viktoria dir gesagt, dass du das sagen sollst?«

»Viktoria möchte nicht mit dir sprechen.«

»Wo ist Viktoria?«

»Ich bin hier.«

»Du bist nicht Viktoria. Wo ist die echte Viktoria?«

»Ich bin hier.«

Mama hatte recht. Irgendetwas stimmte mit diesem Mirror nicht. Die Antworten, die er gab, erschienen Andy jedenfalls merkwürdig. Mal antwortete er in der Ich-Form, mal sprach er über Viktoria in der dritten Person. So als könne Viktorias Mirror nicht mehr genau zwischen ihr und ihrem virtuellen Abbild – sich selbst – unterscheiden. Andy fragte sich zum ersten Mal, ob der Mirror so etwas wie ein Bewusstsein hatte.

»Hast du ein Bewusstsein?«

»Ein Mirror ist das Abbild seines Besitzers.«

Andy beendete die MirrorWorld-Anwendung.

»Mirror, hast du ein Bewusstsein?«, fragte er.

»Ein Mirror ist das Abbild seines Besitzers«, antwortete seine eigene Stimme. »Ich bin der beste Freund, den du dir wünschen kannst. Denn dein bester Freund bist du selbst.«

»Wenn du mein Freund bist, dann hilf mir, Viktoria zu finden.«

»Soll ich im MirrorNet nach Viktoria suchen?«

»Ja.«

»Es gibt 7451 Mirror-Benutzer mit dem Vornamen Viktoria.«

»Ich meine Viktoria Junghans.«

»Soll ich einen Kontakt zu Viktoria Junghans herstellen?«

»Wo befindet sich Viktoria Junghans jetzt?«

»Viktoria Junghans möchte ihren Standort nicht mit dir teilen.«

»Wo ist Viktoria Junghans, du blöde Maschine?«

»Du bist aufgeregt. Soll ich etwas beruhigende Musik spielen?«

Andy riss sich den MirrorClip aus dem Ohr und nahm das MirrorSense-Armband ab. Wenn Viktorias Mirror eine Fehlfunktion haben konnte, wurde ihm plötzlich klar, dann war womöglich auch sein eigenes Gerät nicht so zuverlässig, wie er immer gedacht hatte.

»Wo gehst du hin?«, fragte Mama, als er sein Zimmer verließ und sich Jacke und Schuhe anzog.

»Ich suche Viktoria«, antwortete er.

## 0110001011001 0 **31.** 1001011101010 0

Die Londoner Zentrale von Global Information Systems lag am südlichen Themseufer in der Nähe der Waterloo Bridge: ein recht phantasieloser Glasturm aus den achtziger Jahren, der damals wohl modern ausgesehen hatte. Der Pressesprecher des Unternehmens holte Freya am Empfang ab. Er hieß Nigel Harris und hatte für ihren Geschmack etwas zu viel Aftershave aufgelegt. Die joviale, charmant-aufdringliche Art, mit der er sie begrüßte, ließ ihn ein wenig albern wirken. Britisches Understatement sah anders aus. Natürlich trug er eine MirrorGlass-Brille, in deren Gläsern Freya spiegelbildlich winzige Schrift erkennen konnte. Wahrscheinlich las er gerade ab, wie sie hieß.

»Ich freue mich sehr, dass Sie sich für unsere Produkte interessieren, Mrs Harmsen«, sagte er, nachdem er sie in einen kleinen Besprechungsraum geführt und ihr wässrigen Kaffee eingeschenkt hatte. »Wie Sie wahrscheinlich wissen, wird uns der Mirror geradezu aus der Hand gerissen. Wir haben momentan Lieferschwierigkeiten. Eigentlich brauchen wir also nicht noch mehr Hype in der Presse. Aber natürlich beantworte ich trotzdem gern all Ihre Fragen. Nehmen Sie Milch und Zucker?«

»Nein danke. Ich bin ehrlich gesagt nicht hier, weil ich eine weitere Geschichte über den sensationellen Erfolg des Mirrors machen möchte. Wie ich schon am Telefon sagte, habe ich einige Fragen zur Technik des Geräts.«

»Sie verzeihen mir die Bemerkung, aber Sie sehen nicht wie jemand aus, der für diese Nerd-Magazine schreibt. Deren freie Mitarbeiter sind meistens längst nicht so hübsch wie Sie und haben in der Regel Vollbärte und fettige Haare.« Er lachte gekünstelt.

Idiot! Freya bedauerte es fast, allein hergekommen zu sein. Terry hatte ihr angeboten, sie zu begleiten. Doch sie hatte darauf beharrt, das Interview allein führen zu wollen. Jetzt allerdings wurde deutlich, dass dieser Lackaffe sie nicht ernst nahm. Nun gut, sie würde ihm eben zeigen müssen, dass ein attraktives Äußeres und ein klarer Verstand keine Gegensätze waren.

Sie legte ihr Smartphone auf den Tisch und aktivierte den Rekorder. »Sie erlauben doch?«

»Selbstverständlich. Wie ich sehe, tragen Sie keinen Mirror. Der hätte unser Gespräch auf Wunsch gleich als Video aufgenommen, ruckelfrei und in Full-HD-Auflösung. Aber so ein altmodisches Gerät tut es natürlich auch.«

Freya überging die Spitze. »Ihre Firma hat Walnut Systems vor knapp einem Jahr übernommen und inzwischen mehr als fünfzehn Milliarden Dollar in die Weiterentwicklung und Herstellung des Mirror-Systems investiert«, sagte sie. Die Zahlen hatte ihr Terry geliefert.

Harris zog eine Augenbraue hoch. »Das ist korrekt. Sagten Sie nicht, Sie hätten Fragen zur Technik?«

»Das auch. Doch zunächst möchte ich verstehen, welches Geschäftsmodell hinter den Mirrors steckt.«

»Welches Geschäftsmodell? Ich verstehe nicht ganz!«

»Wie wollen Sie mit dem Mirror Geld verdienen?«

»Indem wir ihn verkaufen?« Harris lächelte schief, als sei er nicht ganz sicher, ob sich Freya einen Scherz mit ihm erlaube.

»Für weniger als die Herstellungskosten? Das scheint mir keine sehr zukunftsträchtige Strategie zu sein.«

Harris' Lächeln verflog. Zum ersten Mal schien er sie als das anzusehen, was sie war: eine kritische Journalistin.

»Ich weiß nicht, wie Sie auf diesen Gedanken kommen. Aber ich bin leider auch nicht befugt, die Kalkulation des Mirrors offenzulegen.«

»Sagen wir, ich habe meine Hausaufgaben gemacht. Nach meinen Recherchen zahlen Sie bei jedem für 799 Pfund verkauften Gerät mindestens dreihundert Pfund drauf.«

»Diese Zahl kann ich nicht bestätigen.«

»Sie behaupten also, dass der Verkauf der Mirrors profitabel sei?«

»Wie gesagt, ich bin leider nicht befugt, zur Kalkulation der Geräte Angaben zu machen. Im Übrigen verweise ich auf unseren letzten Quartalsbericht, in dem die Ergebnisse von Walnut Systems konsolidiert wurden. Wie Sie der Wirtschaftspresse entnehmen können, ist GIS aktuell mit einem Kurs-Gewinn-Verhältnis von eins zu sechzehn für ein erfolgreiches Technologieunternehmen ziemlich konservativ bewertet.«

»Dann formuliere ich meine Frage noch einmal anders. Ist es geplant, neben dem Verkauf der Mirrors mittelfristig zusätzliche Einnahmen zu generieren, etwa durch Werbung oder durch Provisionsgeschäfte?«

»Ich verstehe nicht ganz den Hintergrund Ihrer Frage.«

»Ihre Firma wirbt mit dem Slogan ›Dein bester Freund bist du selbst‹. Ich würde gern herausfinden, ob ein Mirror wirklich stets nur die besten Interessen seines Besitzers im Sinn hat.«

»Selbstverständlich hat er das! Wir, beziehungsweise unser Tochterunternehmen Walnut Systems, haben sehr viel Entwicklungsarbeit in die Optimierung der Mirror-Software gesteckt. Ein Mirror imitiert nachweislich das Verhalten seines Besitzers so gut, dass in einem Test selbst gute Freunde seine Entscheidungen nicht von denen der realen Person unterscheiden konnten. Wenn Sie es möchten, sende ich Ihnen gern die Auswertung zu.«

»Meine Frage war nicht, ob ein Mirror das Verhalten seines Besitzers gut imitieren kann, sondern ob er immer nur dessen Interessen verfolgt. Wenn beispielsweise eine wesentliche Einnahmequelle für Ihre Firma aus Werbung für Produkte oder aus Verkaufsprovisionen für Versicherungen bestünde, dann wäre es doch denkbar, dass der Mirror diese Produkte bevorzugt empfiehlt, auch wenn sein Besitzer sie gar nicht wirklich benötigt.«

Harris' Stirn legte sich in Falten, und seine Augenbrauen zogen sich herab, als hätte sie ihn gerade einen dämlichen Hanswurst genannt – etwas, das sie am liebsten getan hätte.

»Mrs Harmsen, Sie können hundertprozentig sicher sein, dass wir ausschließlich das Interesse unserer Kunden im Sinn haben. Jede Empfehlung eines Mirrors beruht auf der detaillierten Analyse des Verhaltens, der Wünsche und Bedürfnisse seines Besitzers.«

»Und denjenigen von Millionen anderer Mirror-Besitzer, wenn ich das richtig sehe.«

»Das ist korrekt. Ein Mirror vergleicht das Verhalten seines Besitzers mit dem anderer Benutzer, deren Wünsche und Bedürfnisse ähnlich sind. So erkennt er zum Beispiel, dass eine junge, gutaussehende Frau, die sich hochhackige Schuhe kauft, auch Interesse an

Dessous haben könnte.« Er grinste anzüglich, bevor er fortfuhr: »Aber das heißt natürlich nicht, dass der Mirror seiner Besitzerin diese Dessous aufschwatzen würde. Er hilft ihr lediglich, das auszuwählen, was ihren jeweiligen Zwecken, zum Beispiel dem Verführen eines Mannes, am besten dient.«

»Sie haben gerade gesagt, dass der Mirror dazu das Verhalten anderer Nutzer auswertet. Doch diese sind ja nicht mit dem Besitzer identisch. Was, wenn deren Geschmack von dem des Mirror-Besitzers abweicht?«

Harris nickte. »Das kommt natürlich vor. Wir können nicht hundertprozentig sicher sein, dass die Empfehlungen immer passen. Deshalb muss jeder Besitzer selbst überlegen, ob er die Ratschläge seines Mirrors befolgt. Die Entscheidung können und wollen wir dem Menschen selbstverständlich nicht abnehmen. Das ist wie beim Navigationssystem: Wenn eine Straße gesperrt ist, dann fahren sie ja auch nicht einfach weiter, bloß weil das Navi das sagt.«

»Halten wir also fest: Die Empfehlungen eines Mirrors basieren auf Verhaltensmustern, die er aus der Beobachtung seines Besitzers und dem Verhalten anderer Mirror-Nutzer ableitet. Wie genau werden diese Verhaltensmuster in dem Gerät gespeichert?«

Harris sah sie misstrauisch an. »Worauf wollen Sie hinaus? Geht es Ihnen um den Datenschutz? Ich kann Ihnen versichern, dass niemand auf die Verhaltensdaten der Nutzer …«

»Nein, darum geht es nicht«, unterbrach ihn Freya. »Bitte beantworten Sie nach Möglichkeit meine Frage. Wie genau werden die Verhaltensmuster des Nutzers im Mirror abgespeichert?«

»Nun, äh, das ist eine sehr spezielle Frage. Ich bin leider kein Techniker und kann Ihnen daher nur einen groben Eindruck vermitteln. Jeder Mirror ist ein Teil des MirrorNets. Das ist ein Computernetzwerk, vergleichbar einer kleinen Ausgabe des Internets, wenn Sie so wollen. Das Profil des Benutzers wird sowohl lokal im Mirror-

Brain als auch im MirrorNet gespeichert. Selbstverständlich vollkommen anonym und sicher vor unbefugten Zugriffen.«

»Nach meinen Recherchen wird das Verhalten des Nutzers in Form eines sogenannten künstlichen neuronalen Netzes gespeichert, ähnlich, wie dies in einem menschlichen Gehirn geschieht. Ist das korrekt?«

»Wie gesagt, ich bin kein technischer Spezialist, aber ich würde sagen, im Großen und Ganzen haben Sie recht.«

»Das bedeutet, wenn ein Mensch Gefühle entwickelt, wie zum Beispiel eine Vorliebe für guten Rotwein, dann wird diese Vorliebe im MirrorBrain und im MirrorNet in einem neuronalen Netz abgebildet, richtig?«

»So ähnlich, ja.«

»Könnte man dann nicht auch sagen, dass der Mirror selbst eine Vorliebe für Rotwein entwickelt hat?«

»Wenn Sie von einem Mirror wie von einem lebendigen Wesen sprechen wollen, dann vielleicht«, erwiderte Harris. »Aber das ist metaphorisch gemeint. Ein Mirror ist bloß eine Maschine. Er kann keine eigenen Gefühle haben.«

Jetzt hatte sie Harris dort, wo sie ihn haben wollte.

»Sie sagen, ein Mirror hat keine Gefühle. Er kann zwar erkennen, dass sein Besitzer beispielsweise Angst vor Spinnen hat, aber er selbst würde auf Spinnen nicht ablehnend reagieren. Korrekt?«

»Angst vor Spinnen?« Harris lachte gekünstelt. »Sie stellen aber seltsame Fragen! Warum sollte ein Mirror Angst vor Spinnen haben? Ich meine, wenn schon, dann müsste er doch Spinnen lieben. Schließlich bauen sie Netze, und der Mirror ist doch selbst Teil eines Netzes, oder nicht?«

Freya verzog keine Miene. »Also kann ein Mirror keine Angst vor Spinnen haben?«

»Wie ich schon sagte, ein Mirror ist eine Maschine. Er hat keine eigenen Gefühle. Erst recht keine Angst.« Er sah demonstrativ auf die Uhr. »Wenn Sie nicht noch weitere Fragen haben, Mrs Harmsen, mein nächster Termin wartet bereits.«

»Ich würde Ihnen gern ein kurzes Video vorspielen«, sagte Freya. »Ich möchte von Ihnen wissen, wie das Verhalten des Mirrors, das darauf zu sehen ist, zu erklären ist.«

Sie nahm das Smartphone und spielte das Video ab, das sie gestern aufgezeichnet hatte. Sie hatte das Experiment mit dem Vogelspinnenvideo wiederholt und die Reaktion der Drohne und ihres Abbilds im MirrorBrain mit dem Smartphone aufgenommen. Das Bild war ruckelig und unscharf und die Panikreaktion war nicht ganz so heftig ausgefallen wie beim ersten Mal, doch es war deutlich erkennbar, dass die Drohne vor dem Bild floh, als Freya das Handtuch vom Bildschirm entfernte.

»Was genau wollen Sie mit diesem Video andeuten?«, fragte Harris. Seine Stimme war jetzt kühl, fast feindselig.

Freya beendete das Video und legte das Smartphone wieder in die Mitte des Tisches, um anzudeuten, dass das Gespräch weiterhin aufgezeichnet wurde.

»Mir scheint es eindeutig zu sein, dass der Mirror auf das Bild der Spinne mit Erschrecken reagiert hat«, sagte sie. »Das bedeutet, dass er sehr wohl eigene emotionale Reaktionen hat. Und das wiederum heißt, dass die meisten Mirror-Besitzer nicht ahnen, dass ihr virtueller Freund seine eigenen Wünsche und Vorlieben entwickeln kann, die sehr wohl von denen des Besitzers abweichen können. Ungefähr so wie ein Navi, dem ich gesagt habe, dass ich nach Birmingham fahren möchte, das mich aber stattdessen nach Brighton führt, weil es ihm dort besser gefällt.«

Harris schwieg einen Moment, bevor er antwortete. »Mit Verlaub, Mrs Harmsen, aber das ist Unsinn. Ich weiß nicht, ob Sie in Ihrem Video die Drohne absichtlich so gesteuert haben oder ob es sich um irgendeine Fehlfunktion handelt. Im letzteren Fall sehen wir das natürlich als Garantiefall an und ersetzen Ihnen wahlweise das fehlerhafte Gerät oder erstatten Ihnen Ihr Geld zurück. Aber ganz sicher ist das Verhalten des Mirrors nicht darauf zurückzuführen, dass er eigene Gefühle hat. Im Übrigen sehe ich nicht ganz, wo aus Ihrer Sicht das Problem liegt. Selbst wenn es so wäre, dass der Mirror ablehnend auf Bilder von Spinnen reagiert, weil er Sie dabei beobachtet hat, wie Sie dasselbe taten, dann wäre es doch bloß ein Beweis dafür, dass er Sie wirklich gut kennt.«

»Das Problem liegt darin, dass Ihre Mirrors gefährlich sind, Mr Harris«, sagte Freya. »Denn sie haben offensichtlich sehr wohl eigene Gefühle. Nachdem wir die Reaktion auf das Spinnenvideo beobachtet hatten, haben mein Freund und ich ein Experiment gemacht. Wir haben uns zum Schein heftig gestritten. Mein Mirror hat daraufhin meinen Freund attackiert.«

»Bitte was?«

»Der Mirror hat die Drohne absichtlich so gesteuert, dass sie meinen Freund am Kopf getroffen hat.«

Harris schwieg einen Moment. In seinen Brillengläsern spiegelten sich Textzeilen, die in rascher Folge wechselten.

»Mrs Harmsen, die Anschuldigungen, die Sie hier äußern, sind haltlos«, sagte er. »Die Mirrors sind mit modernster Sicherheitstechnik ausgestattet. Die MirrorBird-Drohnen haben einen Kollisionsschutz. Wenn dieser versagt hat, beweist das nur, dass die Drohne, die Sie benutzt haben, fehlerhaft ist. Möglicherweise wurde sie manipuliert. In keinem Fall ist das, was Sie behaupten, beobachtet zu haben, auf eigenmächtiges Verhalten des Mirrors zurückzuführen.«

»Sie streiten also nach wie vor ab, dass ein Mirror eigene Gefühle haben kann und dass daraus eine Gefahr für die Nutzer entstehen könnte.«

»Ich wiederhole meine Aussage von vorhin: Ein Mirror ist bloß eine Maschine. Er kann keine eigenen Gefühle haben.«

»Ist das etwas, das Sie selbst denken, oder etwas, das Ihnen Ihr Mirror vorsagt?«, fragte Freya.

Harris wurde blass. Von seiner übertriebenen Freundlichkeit war nicht mehr das Geringste zu spüren. »Es tut mir leid, Mrs Harmsen, aber mein nächster Termin ist bereits überfällig. Danke, dass Sie sich herbemüht haben. Ich bedaure, dass Sie eine schlechte Nutzererfahrung mit dem Mirror hatten. Ich kann Ihnen leider nur empfehlen, sich bei Problemen an unseren freundlichen Kundenservice zu wenden. Im Übrigen empfehle ich Ihnen, keine unwahren Behauptungen über unsere Geräte zu verbreiten. Wir wären sonst gezwungen, dagegen juristisch vorzugehen.«

»Drohen Sie mir etwa?«

Harris lächelte verkrampft. »Mrs Harmsen, ich bin selbst ausgebildeter Journalist. Glauben Sie mir, die Pressefreiheit ist für mich und für GIS eines der höchsten Güter. Ich bitte Sie lediglich, keine Lügenmärchen zu verbreiten. Das Video, das Sie mir gezeigt haben, beweist überhaupt nichts. Inzwischen sind weltweit über hundert Millionen Geräte im Einsatz. Wenn deren Besitzer alle derartige Probleme hätten, wäre der Mirror kaum ein solcher Verkaufserfolg.«

»Ich habe mir schon gedacht, dass Sie meine Bedenken nicht ernst nehmen werden«, sagte Freya. »Aber ich fordere Sie dennoch auf, die Sache zu überprüfen, bevor tatsächlich ein Mensch zu Schaden kommt. Denn wenn das passiert, dann bliebe es nicht bloß bei einem Imageverlust für GIS. Das könnte Ihre Firma in den Ruin treiben.«

»Mrs Harmsen, glauben Sie mir, GIS in den Ruin zu treiben haben schon ganz andere versucht. Wenn es Google und Apple nicht geschafft haben, dann muss ich Ihnen, fürchte ich, leider jede Hoffnung nehmen, dass Ihnen das gelingen wird. Und jetzt muss ich Sie wirklich bitten, mich hinauszubegleiten.«

Freya steckte ihr Smartphone ein. »Ich danke Ihnen für das Gespräch, Mr Harris.«

## 01100010110010 **32.** 10010111010100

Ohne seinen Mirror fühlte sich Andy ein wenig verloren, irgendwie nackt. Die Menschen, an denen er vorbeikam, schienen ihn merkwürdig anzusehen, doch er konnte sich nicht sicher sein, denn es gab nun keine Stimme mehr in seinem Ohr, die ihm sagte, wie er ihre Gesichtsausdrücke interpretieren musste.

Mit pochendem Herzen ging er zur U-Bahn-Station. Er kannte den Weg zu Viktorias Wohnung inzwischen gut genug, dennoch fühlte er sich hilflos. Was, wenn er an der falschen Station ausstieg? Was, wenn er sich verirrte? Ohne die Navigationsfunktion seines Mirrors würde er nie nach Hause zurückfinden. Panik wallte in ihm auf, und er war drauf und dran, umzukehren und das Gerät zu holen. Doch dann dachte er daran, was Viktoria gesagt hatte: *Mach den Mirror aus! Ich möchte, dass du lernst, ohne Mirror mit mir zusammen zu sein. Ich möchte, dass du dich sicher fühlst, wenn du bei mir bist. Auch ohne Mirror.*

Er atmete tief durch und blieb, wo er war, bis die U-Bahn einfuhr. Erst als er eingestiegen war und die Bahn bereits losfuhr, fiel ihm ein, dass er in der Aufregung vergessen hatte, eine Fahrkarte zu kaufen. Was, wenn ihn ein Kontrolleur erwischte? Was, wenn er ihn zur Polizei mitnahm? Panik befiel ihn erneut, und er begann am ganzen Körper zu schwitzen. Er überlegte, an der nächsten Station auszusteigen und eine Fahrkarte zu kaufen. Doch was, wenn dann ausgerechnet dort Kontrolleure warteten? Gelähmt vor Furcht blieb er sitzen, zuckte jedes Mal zusammen, wenn neue Fahrgäste einstiegen und in seine Richtung blickten. Die Gesichter der anderen Menschen schienen misstrauisch zu sein, geradezu feindselig. Sie wussten, dass er keine Fahrkarte hatte. Er fühlte sich, als ob ihm das Wort Schwarzfahrer auf die Stirn tätowiert worden wäre.

Beinahe vergaß er, an der Station Farmsen auszusteigen. Ängstlich trat er aus der Bahn und blickte den Bahnsteig auf und ab, doch es waren keine Kontrolleure zu sehen. Als er endlich Viktorias Wohnung erreichte hatte, weinte er beinahe vor Erleichterung.

Er klingelte mehrmals, doch niemand öffnete. Wahrscheinlich arbeitete Viktorias Mutter, oder sie war einkaufen. Er wusste nicht, was er machen sollte, also wartete er.

Nach einer Weile kam jemand die Treppe herauf. Doch es war nicht Viktorias Mutter, sondern ein alter Mann.

»Was machen Sie da?«, fragte er.

»Ich warte«, sagte Andy.

»Auf wen?«

»Auf Viktorias Mutter.«

»Dann noch einen guten Tag«, sagte der Mann und stieg weiter die Treppe hinauf.

»Entschuldigen Sie«, rief Andy ihm nach. »Wissen Sie vielleicht, wo Viktoria ist?«

»Ist sie denn nicht in der Schule?«, fragte der Mann.

»Das weiß ich nicht«, sagte Andy.

»Dann gehen Sie doch nachsehen.« Der Mann schüttelte den Kopf, als wolle er nein sagen. Das verwirrte Andy, und wieder dachte er, dass es ein Fehler gewesen war, den Mirror zu Hause zu lassen.

»Ich weiß nicht, auf welche Schule sie geht.«

Der Mann drehte um und kam wieder die Treppe herab. »Woher kennen Sie Viktoria?«

»Ich bin … war mit ihr befreundet.«

»Und jetzt will sie Sie nicht mehr sehen?«

»Sie ist verschwunden«, erwiderte Andy.

»Hören Sie, es geht mich vielleicht nichts an, aber wenn Viktoria Ihnen sagt, Sie sollen sie in Ruhe lassen, dann sollten Sie das akzeptieren.«

»Sie hat es mir nicht gesagt. Ihr Mirror hat es gesagt.«

»Ihr was?«

»Ihr Mirror. Das ist ein Kommunikationsgerät. Eine Art Spiegelbild seines Besitzers.«

Der Mann nickte. »Ich habe davon gehört. Ich kann nicht verstehen, wieso manche Leute ihr ganzes Leben so einem Gerät anvertrauen. Wer weiß, wer einem da alles über die Schulter schaut. Man kann ja heute nicht mehr über die Straße gehen, ohne von hundert Kameras erfasst zu werden. George Orwell hatte wirklich keine Ahnung. Haben Sie *1984* gelesen?«

»Nein.«

»Sollten Sie aber. Jeder sollte es gelesen haben.«

»Ich lese nicht gern Romane.«

»Das ist sehr bedauerlich. Ich bin nämlich Schriftsteller. Die Leute lesen immer weniger zusammenhängende Texte. Wahrscheinlich werden Bücher bald nur noch von Maschinen geschrieben, wenn es überhaupt noch welche gibt.«

»Ich lese gern. Aber keine Romane. Ich mag Tatsachen. Ich mag es nicht, wenn Dinge bloß ausgedacht sind.«

»Manche ausgedachten Dinge sind wahrer als die Realität.«

»Das ist Unsinn!«

»Sie sind autistisch veranlagt, nicht wahr?«

»Ja«, sagte Andy. Nicht viele Menschen erkannten das, ohne dass er es ihnen sagte. Meistens war es für ihn leichter, mit solchen Menschen umzugehen, die ihn einzuschätzen wussten.

»Hören Sie, ich sollte mich da wahrscheinlich nicht einmischen. Aber ich kenne Frau Junghans und Viktoria schon ziemlich lange. Kommen Sie doch mit zu mir und erzählen Sie mir, was passiert ist. Mit Herzensdingen kenne ich mich ein bisschen aus. Ich schreibe nämlich Liebesromane. Ich heiße übrigens André Salu. Sie können André zu mir sagen.«

Andy fühlte sich nicht wohl dabei, mit fremden Menschen zu reden, und erst recht nicht, mit in deren Wohnung zu gehen. Aber der Schriftsteller schien nett zu sein. Außerdem hieß er fast genauso wie Andy, und das erschien ihm wie ein gutes Zeichen, obwohl er wusste, dass das bloß Aberglaube war. Also folgte er ihm ins nächste Stockwerk.

Die Wohnung roch ein bisschen muffig, war aber aufgeräumt. André fragte ihn, ob er einen Tee haben wolle, und Andy sagte ja. Während sie den Tee tranken, erzählte Andy, wie er Viktoria kennengelernt hatte und was danach passiert war.

»Da stimmt was nicht«, sagte der Schriftsteller, als Andy geendet hatte.

»Doch, es stimmt alles«, widersprach er.

»Nein, das meine ich nicht. Ich glaube dir, dass deine Geschichte stimmt, Andy. Aber mit Viktoria stimmt etwas nicht.«

»Meinen Sie, sie ist krank?«

»Nein, das glaube ich nicht. So, wie du es beschreibst, hat sie dich sehr gern. Sie hätte dir niemals einfach so gesagt, dass sie dich nicht mehr mag. Selbst, wenn es stimmen würde, was ich nicht glaube.«

»Warum nicht?«

»Ich kenne Viktoria, wie gesagt, schon lange. Sie ist ein gutmütiges Mädchen, etwas rebellisch manchmal, aber nicht grausam oder kaltherzig.«

Andy wusste nicht, was das mit seiner Frage zu tun hatte, also wartete er einfach.

»Sie würde niemals so gemein zu dir sein. Wenn sie nicht mehr mit dir zusammen sein wollte, dann würde sie es dir schonend beibringen. Sie würde dir erklären, warum nicht, und dir helfen, damit fertigzuwerden.«

Andy nickte. »Ja, das glaube ich auch.«

»Also hat ihr Mirror gelogen.«

»Gelogen? Wieso sollte er lügen?«

»Das weiß ich nicht. Ich kenne mich mit Technik nicht aus. Aber es wundert mich nicht, dass so etwas passiert. Irgendwann werden Computer die Weltherrschaft übernehmen. Vielleicht ist es schon so weit.«

»Computer können nicht lügen.«

»Wieso sollten sie das nicht können? Wenn diese Mirrors wirklich die Abbilder ihrer Besitzer sind, dann imitieren sie vielleicht auch deren schlechte Eigenschaften.«

»Viktoria hat keine schlechten Eigenschaften.«

»Die hat sie bestimmt, Andy. Schließlich ist sie ein Mensch. Aber du hast recht, sie würde dich nicht so behandeln, wie es ihr Mirror tut. Also ist er nicht wirklich ihr Abbild. Vielleicht hat er sich die schlechten Eigenschaften von anderen Mirror-Besitzern abgeschaut. Du hast doch erzählt, dass die alle über dieses Mirror-Dingsda miteinander verbunden sind.«

»Das MirrorNet.« Andy dachte darüber nach. »Es wäre möglich. Ein Mirror versucht, aus dem Verhalten seines Besitzers zu lernen, aber auch aus dem anderer Besitzer.«

»Da hast du's. Diese Dinger schauen sich ihr Verhalten von der Gesamtheit aller Menschen ab. Sie lernen zu lügen, egoistisch und grausam zu sein. Ich würde ihnen nicht trauen.«

Andy dachte einen Moment lang darüber nach. »Vielleicht haben Sie recht«, sagte er. »Aber jetzt weiß ich immer noch nicht, wo Viktoria ist.«

# 0110001011001O 33. 1001011101O100

Carl sah sich durch einen Spalt im Vorhang verstohlen in dem vornehmen Hotelsaal um, in dem gut zweihundert überwiegend männliche Zuhörer darauf warteten, dass er die Bühne betrat. Seine MirrorGlass-Brille verriet ihm die Namen der Zuhörer und die Organisation, die sie vertraten – dort in der ersten Reihe saß zum Beispiel Ed Rosenberg vom *Wall Street Journal*, neben ihm Jasmin Banks vom Online-Magazin *TechCrunch*. Carl war Auftritte vor Publikum inzwischen gewohnt, dennoch war er heute nervös. Erics Ankündigung, die Firma zu verlassen, lag ihm schwer wie Blei im Magen. Er konnte nur hoffen, dass niemand danach fragte.

»Und nun möchte ich Ihnen den Mann vorstellen, der ein kleines Wunder vollbracht hat, indem er uns allen neue Freunde geschenkt hat«, donnerte Ted Corley ins Mikrofon. »Hier ist der Erfinder des erfolgreichsten Kommunikationsgeräts der letzten Jahre, hier ist der Mann, der Schneewittchens Zauberspiegel Wirklichkeit werden ließ. Hier ist Carl Poulson!«

Der Applaus war höflich, aber nicht tosend. Die Journalisten, Analysten und Aktionärsvertreter, die gekommen waren, um sich die Quartalszahlen von GIS präsentieren zu lassen, waren gigantische Wachstumsraten von Technologieunternehmen gewohnt und nur schwer zu beeindrucken.

Carl begann seine einstudierte Rede mit der persönlichen Geschichte, wie ein Mirror in der Beta-Testphase das Leben seines Vaters gerettet hatte. Die kam eigentlich immer gut an, doch heute spiegelten die Mienen der Zuhörer Langeweile und Desinteresse. Wahrscheinlich kannten sie die Story alle schon und warteten darauf, etwas Neues zu hören. Als er die Umsatzzahlen präsentierte, ließ sich dann aber doch der eine oder andere Zuhörer zu einem anerkennenden Nicken verleiten. Die Verkaufszahlen hatten die Erwartungen der Analysten noch übertroffen, was immer gut für den Börsenkurs war. Schließlich präsentierte er die neuesten Features und Funktionen, erklärte, wie der Mirror blinden, gehörlosen und sogar geistig behinderten Menschen das Leben erleichterte. Diesmal war der Applaus schon enthusiastischer, und seine Verkrampfung löste sich langsam.

Schließlich beendete er seine Präsentation mit einer leichten Verbeugung, bedankte sich für die Aufmerksamkeit und erntete noch einmal höflichen Applaus. Er ging zum Bühnenrand, dann drehte er plötzlich um, als habe er etwas vergessen, und marschierte zurück zum Rednerpult. »Ach ja, eins noch«, sagte er und erntete Gelächter für diese Anspielung auf sein Vorbild Steve Jobs. »Ich möchte Ihnen noch meinen neuen Freund vorstellen. Komm auf die Bühne, Carl 2.0!«

Vom anderen Bühnenrand stakste ein humanoider Roboter heran. Er war menschengroß und trug das gleiche verwaschene T-Shirt mit den Figuren der legendären Zeichentrickserie *The Jetsons* aus den Sechzigerjahren und die gleichen Khakihosen, doch ansonsten hatte er wenig Ähnlichkeit mit Carl: Seine Gliedmaßen bestanden aus weißem Plastik, und der unförmige Kopf mit den großen Stereo-Kameraaugen erinnerte ein wenig an ein Insekt. Seine Bewegungen waren allerdings erstaunlich natürlich, als er zum Rednerpult marschierte, während Carl sich dezent an den Bühnenrand zurückzog. Als der Roboter dann begann, mit Carls Stimme sich selbst als neuen »Körper« für den Mirror vorzustellen, der zukünftig für seinen Besitzer einkaufen gehen, den Haushalt führen und andere unangenehme Dinge erledigen könne, applaudierten selbst die kritischsten Journalisten begeistert.

Carl 2.0 beendete seine Selbstdarstellung mit einem vorprogrammierten Witz: Es sei nur noch eine Frage der Zeit, bis eine seiner Nachfolgeversionen seinem Besitzer auch Dating, Sex und andere unangenehme Pflichten abnehmen könne. Dann stakste er unter Gelächter und Applaus von der Bühne, und Carl ergriff noch einmal das Wort.

»Das mit dem Dating überlegen wir uns vielleicht noch mal«, scherzte er. »Und ich möchte ausdrücklich darauf hinweisen, dass es sich bei Carl 2.0 nicht um ein fertiges Produkt und nicht einmal um einen Prototyp handelt, sondern lediglich um eine Konzeptstudie. Aber ich hoffe, Sie haben gesehen, dass die Zukunft der Mirrors noch einige Überraschungen bereithalten könnte. Gibt es Fragen?«

Mehrere Dutzend Hände hoben sich. Carl erteilte einer jungen Frau das Wort, die sein Mirror als Analystin der Investmentfirma Goldman Sachs identifizierte. Sie fragte nach dem Deckungsbeitrag und Gewinn von Walnut Systems. Wie mit den GIS-Managern abgesprochen, beantwortete Carl diese Frage ausweichend mit dem Hinweis darauf, dass es zunächst um den Aufbau einer starken Marktpräsenz für den Mirror gehe, die Aussichten auf einen hohen Ergebnisbeitrag in der Zukunft aber sehr gut seien. Auch die weiteren Fragen konzentrierten sich im Wesentlichen auf Finanzkennzahlen. Wenn Carl eine Zahl nicht auswendig wusste, blendete sein Mirror sie ihm ungefragt in das Display der Brille ein, so dass er stets auskunftsfähig war.

»Wann kommt denn Carl 2.0 auf den Markt?«, fragte die Journalistin von *TechCrunch*. »Und kann ich schon mal einen reservieren?«

»Es gibt noch keine konkreten Pläne zur Markteinführung, Mrs Banks«, erwiderte Carl. »Wie gesagt, handelt es sich hier nur um eine Konzeptstudie. Wir wollten lediglich andeuten, dass mit dem Mirror der uralte Menschheitstraum des mechanischen Dieners in naher Zukunft Wirklichkeit werden könnte.«

»Und wie nah ist diese Zukunft denn nun?«, hakte die Journalistin nach. »Reden wir hier über drei Jahre, fünf oder eher zwanzig?«

»Dazu kann ich zurzeit leider noch nichts sagen«, erwiderte Carl und warf einen Blick auf die in der Brille eingeblendete Uhrzeit. »Wir haben noch Zeit für eine weitere Frage.« Mehrere Hände schossen nach oben. Carl wählte zufällig einen Mann mit Vollbart in der dritten Reihe aus, der laut Mirror das Blog *The Disillusioned Optimist* betrieb.

»Mr Poulson, Sie haben uns eine großartige Zukunft geschildert«, sagte der Mann in einem anklagenden Tonfall, der Carl augenblicklich bereuen ließ, ihn aufgerufen zu haben. »Aber liegt in der rasanten Ausbreitung der Mirrors nicht auch eine Gefahr? Die Technologie ist kaum praxiserprobt, und niemand weiß, wie zuverlässig sie ist. Bereits jetzt verlassen sich Millionen Menschen auf die Empfehlungen ihrer Mirrors, ohne diese noch lange zu hinterfragen. Doch was, wenn diese Empfehlungen falsch sind? Was, wenn die Mirrors nicht unsere wahren Freunde sind? Wenn sie uns betrügen und hintergehen?«

»Mr Jenkins, vielen Dank für diese Frage«, erwiderte Carl. »Natürlich machen wir uns bei Walnut Systems über genau diesen Punkt viele Gedanken. Und ich muss klar sagen, dass nicht jede Empfehlung eines Mirrors immer richtig sein kann – genau wie die Empfehlungen realer Freunde nicht immer richtig sind. Aber es sind eben auch nur das – Empfehlungen. Ein Mirror entscheidet nicht, er bewertet bloß und macht Vorschläge. Je besser er seinen Besitzer kennt, umso genauer und zuverlässiger sind diese Empfehlungen. Doch es ist immer der Nutzer selbst, der die Entscheidungen trifft.«

»Sie halten es also für ausgeschlossen, dass die Mirrors eigene Absichten verfolgen, die nicht mit den Wünschen und Bedürfnissen ihrer Benutzer übereinstimmen?«

»Ja«, sagte Carl. »Das ist ausgeschlossen. Ein Mirror hat keine eigenen Absichten oder Ziele. Alles, was er will, ist, dass sein Besitzer glücklich ist.«

»Wie erklären Sie sich dann, dass meine Freundin mit mir Schluss gemacht hat? Nach fast acht glücklichen Jahren? Bloß, weil ihr Mirror es ihr gesagt hat?«

Ein Raunen ging durch die Menge. Manche Journalisten rollten mit den Augen, andere kicherten oder schüttelten die Köpfe.

»Das tut mir sehr leid für Sie«, sagte Carl. »Aber wie ich schon sagte, nicht der Mirror trifft die Entscheidungen, sondern der Mensch. Vielleicht war Ihre Freundin in Ihrer Beziehung nicht so glücklich, wie Sie dachten.«

»Was wissen Sie schon von meiner Beziehung!«, rief Jenkins mit zornrotem Gesicht. »Sie wissen gar nichts! Wir waren glücklich, wollten heiraten, bis meine Freundin sich diesen blöden Mirror zulegte. Zu Anfang war es noch ganz okay, aber dann wollte sie ihn dauernd aufhaben, sogar beim Sex, und da hab ich ihr gesagt, sie soll ihn ausmachen, und es kam zum Streit. Seitdem hat sie sich mehr und mehr zurückgezogen. Sie haben keine Ahnung, welchen Schaden Ihre Zauberspiegel da draußen anrichten! Ich fordere Sie hiermit auf, die Geräte zurückzunehmen, bis eine neutrale Kommission die Entscheidungslogik …«

»Es tut mir leid, aber die Zeit für Fragen ist leider verstrichen«, unterbrach Carl. »Ich danke Ihnen für Ihre Aufmerksamkeit!«

Jenkins lamentierte weiter, doch der Konferenztechniker hatte ihm den Ton abgedreht, und seine wütende Rede ging im Beifall der übrigen Zuhörer unter.

»Gut gemacht, Carl!«, lobte Ted Corley anschließend. »Sie haben die Leute richtig von den Stühlen gerissen! Auch, wie Sie mit dem Idioten am Schluss umgegangen sind, war perfekt – höflich, aber bestimmt. Sehr gut!«

Paula schloss sich dem Lob an. »Irgendein Spinner ist immer auf so einer Veranstaltung«, meinte sie. »Ich werde dafür sorgen, dass der in Zukunft nie wieder zu einer Pressekonferenz eingeladen wird.«

Carl nickte, doch die gute Stimmung, die er während seines Auftritts verspürt hatte, war verflogen. Es war offensichtlich, dass dieser Jenkins einen Mirror für seine persönlichen Probleme verantwortlich machte, weil er sich sein eigenes Versagen nicht eingestehen wollte. Und doch ging Carl ein Satz, den er gesagt hatte, nicht mehr aus dem Kopf: *Was, wenn die Mirrors nicht unsere wahren Freunde sind?* Wie ein Echo hörte er Erics Stimme: *Was wir mit den Mirrors geschaffen haben, ist vielleicht schlimmer als Terminatoren: falsche Freunde.*

## 0110001010010 **34.** 10010111010100

Sie gingen gemeinsam zu Viktorias Schule, was Andy enorm erleichterte. André war wirklich sehr nett. Er sagte, dass er die Liebesgeschichte von Andy und Viktoria sehr schön finde und dass er vielleicht mal in einem seiner Bücher so etwas Ähnliches schreiben werde. Deshalb wolle er Andy dabei helfen, dass die Sache mit einem Happy End ausgehe.

»Ich hab mal ein Buch geschrieben, in dem die große Liebe des Helden am Ende stirbt«, erzählte er, während sie zu Fuß durch unbekannte Straßen gingen. »Ich dachte, wenn Shakespeare das gemacht hat, dann sollte ich es auch mal probieren. Aber das ging gründlich in die Hose. Du hättest mal die wütenden Zuschriften sehen sollen, die ich von meinen Lesern bekommen habe! Am Telefon haben sie mich beschimpft und geschworen, nie wieder ein Buch von mir zu lesen. Eine Frau hat sogar damit gedroht, mein Haus anzuzünden, wenn ich nicht eine Neuauflage mit einem geänderten Schluss mache.«

Andy wusste nicht so genau, warum André ihm das erzählte. Wieso jemand ein Haus anzünden wollte, weil ihm der Schluss eines Buches nicht gefiel, erschloss sich ihm noch weniger. Aber das war jetzt unwichtig. Es war schön, dass er nicht mehr allein nach Viktoria suchen musste.

Als sie die Schule erreichten, befragte André eine Gruppe von Schülerinnen, die gerade aus einem langgestreckten flachen Gebäude kamen. Drei von ihnen hatten MirrorClips im Ohr.

»Viktoria möchte nicht mit Andy sprechen«, sagte eine der drei.

»Woher weißt du von Andy?«, fragte André.

»Ich muss jetzt gehen«, sagte das Mädchen und folgte den anderen.

»Kanntest du die?«, fragte André.

»Nein«, sagte Andy.

»Seltsam. Woher wusste das Mädchen, dass du Andy bist, wenn du sie nicht kennst?«

»Ihr Mirror hat es ihr gesagt«, erklärte Andy.

»Fällt das nicht unter den Datenschutz? Diese Dinger können doch nicht einfach jedem x-beliebigen Fremden sagen, wie man heißt, bloß wenn sie einen sehen.«

»Das kann man in den Einstellungen ändern. Und sie sagen bloß den Vornamen.«

»Trotzdem. Das gefällt mir nicht. Und woher weiß sie, dass du Viktoria kennst und dass sie nicht mit dir sprechen will?«

»Das muss ihr Mirror ihr auch gesagt haben.«

»Ich habe langsam den Eindruck, dass diese Mirrors ein wirkliches Problem sind«, meinte André. »Vielleiht hat ja auch Viktorias Verschwinden damit zu tun.«

»Wie denn das?«, fragte Andy.

»Ich weiß es nicht. Ist nur so ein Gefühl.«

Sie fragten noch einige weitere Schüler. Einer konnte ihnen immerhin sagen, dass Viktoria heute nicht zum Unterricht erschienen war. Doch niemand wusste, wo sie war.

Schließlich kehrten sie in die Wohnung des Schriftstellers zurück. »Ich rufe mal Nina an«, sagte dieser.

Er telefonierte eine Weile mit Viktorias Mutter, die bei einer Versicherung arbeitete. Sie schien sehr aufgeregt zu sein, denn er sagte ein paarmal Dinge wie »Beruhige dich« und »Es wird schon nichts passiert sein«. Schließlich legte er auf.

»Tut mir leid«, sagte er. »Viktorias Mutter macht sich große Sorgen. Sie hat sogar schon bei der Polizei angerufen, aber die können nichts machen, weil sie schon volljährig ist. Wir werden wohl warten müssen, bis sie wieder auftaucht.«

Andy wollte aber nicht bloß warten. Also dachte er nach. Leute verschwanden nicht einfach. Sie gingen irgendwohin. Immerhin gab es zwei Hinweise auf Viktorias möglichen Aufenthaltsort. Der erste war, dass ihre Mutter nicht wusste, wo sie war. Das bedeutete, dass sie höchstwahrscheinlich nicht zu irgendwelchen Verwandten oder engen Freunden der Familie gegangen war. Der zweite war eine simple statistische Überlegung: Die Wahrscheinlichkeit des Aufenthaltsorts nahm mit zunehmender Entfernung ab. Es war wahrscheinlicher, dass sie noch in Hamburg war als zum Beispiel in Berlin, und Berlin war wahrscheinlicher als Casablanca.

Als er seine Überlegungen André mitteilte, kratzte dieser sich am Ohr. »Interessante Gedanken hast du da. Du könntest vielleicht Krimiautor werden. Also schön, lass uns überlegen, was wir noch wissen. Wenn wir mal davon ausgehen, dass ihr nichts passiert ist, dann will sie offenbar nicht, dass jemand weiß, wo sie ist, sonst hätte sie sich schon gemeldet. Also versteckt sie sich irgendwo.«

Seine Augen wurden ein bisschen weiter. Andy hatte von seinem Mirror gelernt, dass das Entsetzen bedeuten konnte, aber auch Erstaunen.

»Ich habe eine Idee, wo sie sein könnte!«, rief er aus.

»Und wo?«, fragte Andy.

»Komm mit!« Der Schriftsteller verließ die Wohnung. Andy trottete hinter ihm her zur U-Bahn. Diesmal dachte er daran, eine Karte zu kaufen.

Sie nahmen die U1 Richtung Innenstadt und stiegen an der Haltestelle Wandsbek-Markt aus.

»Sie denken, sie ist im Quarree?«, fragte Andy. »Da hab ich gestern schon geguckt.«

»Nein«, widersprach André. »Aber vielleicht ist sie ganz in der Nähe.«

Er führte Andy in eine Seitenstraße, vorbei am Wandsbeker Rathaus und einer Polizeiwache, dann unter einer Straßenbrücke hindurch. Links standen einige Mehrfamilienhäuser, rechts verlief eine Bahnstrecke, an deren Rand sich Schrebergärten mit kleinen Häuschen aufreihten. André öffnete das verwitterte Gartentor zu einem dieser Kleingärten. Er wirkte ungepflegt, geradezu verwildert. Ein kleines weißes Häuschen stand in der Mitte des Grundstücks. Eine grüne Regentonne war bis zum Überlaufen gefüllt.

»Viktoria?«, rief André. »Bist du hier?«

Keine Antwort.

In diesem Moment öffnete sich eine große Metalltür in einer efeuüberwucherten Mauer auf der anderen Straßenseite. Eine blonde Frau trat heraus. Sie führte zwei Hunde an der Leine. Als sie André sah, winkte sie ihm zu. Er winkte zurück.

»Wem gehört dieses Grundstück?«, fragte Andy.

»Mir«, sagte André. »Manchmal komme ich im Sommer her, setze mich in den Garten und schreibe ein bisschen.«

Er klopfte an die Tür des Gartenhäuschens. Dann drückte er die Klinke herunter, doch die Tür war verschlossen.

»Ich hab mich wohl getäuscht«, sagte er. »Ich dachte, sie könnte vielleicht hier sein. Früher hab ich ihre Mutter und sie manchmal zum Grillen hierher eingeladen. Viktoria hat es hier immer gefallen.«

»Wie hätte sie hier sein können, wenn sie keinen Schlüssel hat?«, fragte Andy.

Der Schriftsteller bückte sich und hob einen der Steine hoch, die ein Beet begrenzten. Darunter lag ein kleiner Schlüssel. Er legte den Stein wieder zurück. »Sie kannte das Versteck. Nun, einen Versuch war es jedenfalls wert.«

»Vielleicht war sie hier«, sagte Andy. »Möglicherweise wusste sie, dass wir kommen, und ist vor uns geflohen.«

»Woher hätte sie das wissen sollen?«

»Ihr Mirror könnte es ihr gesagt haben.«

Der Schriftsteller nickte, holte den Schlüssel hervor und betrat das Häuschen. Andy folgte ihm. Auf einem Schlafsofa lag zusammengeknüllt eine Decke. Eine angebrochene Packung Butterkekse und eine halbleere Flasche Cola standen auf dem Tisch. Im Mülleimer fanden sie die Plastikverpackungen eines Fertigsalats und eines Sandwiches sowie einen Joghurtbecher.

»Du hattest recht, sie war hier!«, sagte André. »Aber wo ist sie jetzt?«

»Vielleicht ist sie noch nicht weit.«

»Komm mit! Am Ende der Straße gibt es eine Bushaltestelle und einen Bahnhof, wo die Regionalbahn hält.«

André schloss die Tür ab und legte den Schlüssel zurück in das Versteck. Dann liefen sie die Straße entlang. Die Bushaltestelle gegenüber einem Wirtshaus mit Biergarten war menschenleer, also wandten sie sich nach rechts und betraten eine Unterführung, in deren Mitte eine Treppe nach oben auf den Bahnsteig führte.

»Viktoria!«, rief Andy, der als Erster den Bahnsteig erreichte.

Sie fuhr erschrocken herum, die Augen weit aufgerissen. Als sie ihn erkannte, rannte sie den Bahnsteig entlang, vor ihm weg.

»Viktoria!«, rief Andy und lief hinter ihr her. »Warte doch!«

Als sie das Ende des Bahnsteigs erreichte, zögerte sie kurz, dann sprang sie hinab und lief auf dem schmalen Grünstreifen zwischen den Gleisen weiter.

Erschrocken blieb Andy stehen. »Halt!«, rief er. »Das darf man nicht!«

André erreichte ihn in diesem Moment. »Viktoria!«, rief er außer Atem. »Was ist denn bloß los?«

»Geht weg!«, erwiderte sie. »Lasst mich in Ruhe!«

»Viktoria, bitte!«, sagte André. »Komm mit mir nach Hause. Deine Mutter macht sich große Sorgen!«

»Nein!«, rief sie und machte einen Schritt zurück.

In diesem Moment sah Andy einen ICE, der aus Richtung Innenstadt heranrauschte. Viktoria blickte sich um, dann sah sie Andy an. Ihre Augen waren voller Tränen, ihre Lippen schmal.

Sie wandte sich ab und trat auf das Gleis, genau vor den Zug, der nur noch ein paar Dutzend Meter entfernt war.

»Nein!«, schrie André. »Tu das …«

Der Rest wurde von einem lauten Hupsignal verschluckt. Bremsen kreischten, doch der Zug verringerte seine Geschwindigkeit kaum.

# 01100010110010 35. 1001011010100

»Sieh mal einer an«, sagte Mike. »Du hast es also tatsächlich hingekriegt. Pünktlich, und mit Zinsen. Respekt!« Er wandte sich an Chaz. »Findest du nicht auch, dass das eine ziemlich beachtliche Leistung ist?«

»Ja, Mike. Finde ich auch.«

»Und was denkst du, wie hat er das gemacht?«

»Wie hat er was gemacht?«

»Das Geld aufgetrieben, du Blödmann!«

Chaz zuckte mit den Schultern. »Woher soll ich das wissen?«

»Denk nach, Mann! Tausendzweihundert in sieben Tagen. Wie würdest du das machen?«

Jack verfolgte das Gespräch mit zunehmendem Unbehagen. Worauf wollte Mike hinaus?

»Keine Ahnung, wirklich. Nicht einfach.«

Mike nickte. »Ja, nicht einfach. Wirklich nicht.« Er blickte Jack an. »Ich denke, du solltest uns erklären, wie du das gemacht hast, Kumpel. Da können wir bestimmt noch was lernen. Hast's ja gehört, wir beide haben keine Ahnung, wie man so schnell so viel Geld auftreibt, mit nichts außer einer polierten Fresse. Ronny weiß das bestimmt auch nicht. Oder, Ronny?«

»Nö«, sagte das Kraftpaket.

»Also?«, fragte Mike. »Wie bist du so schnell zu so viel Knete gekommen?«

Bemüht, sich seine Nervosität nicht anmerken zu lassen, sagte Jack: »Taschendiebstahl. Ich hab Smartphones geklaut. So'n Investment Banker hat mir gleich 'nen Tausender für seins gegeben. Waren wohl'n paar vertrauliche Daten drauf. Den Rest hab ich vertickt.«

»Nicht schlecht«, sagte Mike. »Und da sind genau tausendzweihundert bei rausgekommen?«

Ja, hätte Jack beinahe gesagt, bevor ihm einfiel, dass das ziemlich unwahrscheinlich war.

»Ein bisschen mehr«, erwiderte er.

»Wie viel genau?«

»Weiß nicht. Tausenddreihundert, ungefähr.«

»Also hast du tausend von dem Investment Banker gekriegt, und dreihundert durch den Verkauf geklauter Handys, richtig?«

Jack spürte, wie ihm der Schweiß auf die Stirn trat. Er nickte. »Ja, genau.«

»Wie viele?«

»Wie viele was?«

»Wie viele Smartphones?«

»Sechs oder sieben.«

»Du weißt nicht mehr, ob es sechs oder sieben waren?«

»Es waren sieben, da bin ich ziemlich sicher. Ich verstehe nicht, was die Fragerei soll. Du hast doch jetzt dein Geld!«

Mike beugte sich vor. »Ja. Genau. Das ist es ja. Das ist ein wirklich erstaunlicher Erfolg. Du hast in einer Woche mehr Geld verdient als sonst in einem Monat. Einfach so. Mit Taschendiebstahl. Ich möchte das bloß genau verstehen. Denn wenn ich etwas nicht verstehe, besonders, wenn es mit meinem Geld zu tun hat, dann werde ich leicht nervös.«

»Ich hab es doch erklärt. Es war Taschendiebstahl. Ich war früher gut darin. Hab es schon lange nicht mehr gemacht.«

»Vielleicht solltest du umsatteln. Drogenhandel scheint ja nicht so dein Ding zu sein.«

»Nein danke. Es hat zwar was eingebracht, aber es ist ziemlich riskant. Ich hab schon zweimal deswegen gesessen. Ich will mein Glück nicht überstrapazieren.«

»Okay. Welche Marken?«

»Was?«

»Was genau waren das für Smartphones?«

»Weiß nicht. Ich kenn mich nicht so aus. Vier iPhones, ein Samsung, zwei Nexus, glaub ich.«

»Du gehst zum Hehler und vertickst Smartphones, ohne zu wissen, welche das sind? Ohne vorher zu googeln, was die wert sind?«

»Na ja, ich kenne Jerry schon ziemlich lange. Der bescheißt mich nicht.«

»Bei Jerry warst du? Bei dem alten Halsabschneider?«

»Ja. Wie gesagt, ich kenne ihn schon ziemlich lange.«

»Komisch. Chaz, hast du nicht gestern noch mit Jerry gesprochen? Und hat er nicht gesagt, dass Jack schon seit längerem nicht mehr bei ihm war?«

»Doch, das hat er, Mike.«

»Dann solltest du ihm gleich mal 'ne ordentliche Abreibung verpassen. Denn offensichtlich hat er dich angelogen.«

Chaz nickte bedächtig. »Offensichtlich.«

»Vielleicht hat ja gar nicht Jerry gelogen, sondern Jack«, meldete sich Ronny zu Wort, der kein bisschen Sinn für Ironie besaß.

Mike schlug sich demonstrativ mit der Hand an den Kopf. »Mein Gott, Ronny, wo warst du bloß, als sie die Gehirnmasse verteilt haben?«

»Ich … ich verstehe nicht ganz …«, stammelte Ronny verwirrt.

»Eben«, sagte Mike. »Und nun zu dir, Jack. Du hast's gehört: Jerry weiß nichts von irgendwelchen Smartphones, die du ihm vertickt hast. Also entweder er lügt oder du. Wie sieht's aus?«

Jack schluckte. »Also schön, du hast recht«, sagte er. »Ich hab tatsächlich ein paar Smartphones geklaut, aber ich hab gemerkt, dass das nicht reicht. Also hab ich mir das Geld geliehen.«

»Geliehen!«, sagte Mike. »Das wird ja immer abenteuerlicher!

Erst behauptest du, durch Taschendiebstahl tausendzweihundert Scheine in einer Woche erbeutet zu haben, dann auf einmal, dass dir jemand so viel Geld leihen würde! Wer bitte soll denn das gewesen sein?«

»Meine … meine Mutter«, stammelte Jack.

»Deine Mutter? Die, die auf der anderen Bay-Seite lebt? Wo war das noch gleich?«

»San Leandro«, ergänzte Chaz. »Sie wohnt in einer Einzimmerwohnung in einem Hinterhof einer Näherei in San Leandro.«

»Genau. Deine liebe Mom, die Näherin, hat dir also tausendzweihundert Dollar geliehen?«

Jack schluckte. »Ich … ich verstehe das alles nicht. Was willst du denn noch, Mike?«

»Was ich noch will?« Mikes Stimme wurde schneidend. »Ich will nicht verarscht werden, das will ich noch!«

Er kam auf Jack zu und stieß ihm immer wieder mit dem Zeigefinger gegen die verletzte Rippe. »Du … wirst … mich … nicht … ver … ar … schen! Du sagst mir jetzt, was wirklich passiert ist, oder wir liefern dich bei deiner Mom in San Leandro in Einzelteilen ab!«

Jack stöhnte auf vor Schmerz. »Okay, okay, ich … ich sag's ja!«, keuchte er. »Ich … ich habe das hier gefunden.« Er griff in die Tasche, holte einen Gegenstand hervor und hielt ihn Mike vors Gesicht. Dann drückte er auf den Deckel und sprühte Mike eine Ladung Pfefferspray ins Gesicht.

Der Anführer der Hunters schrie auf und griff sich an die Augen. Jack wartete nicht, bis seine beiden Leibwächter sich von der Überraschung erholt hatten, sondern rannte aus dem Raum raus in die Bar, gefolgt von Mikes Flüchen und Todesdrohungen.

Dröhnende Tanzmusik schlug ihm entgegen. Zum Glück war die Bar jetzt, am frühen Abend, noch nicht voll, so dass ihm der Weg nicht von Menschengedränge versperrt wurde. Er stürmte auf den

Parkplatz, dicht gefolgt von Chaz und Ronny. Während er rannte, kramte er den MirrorClip aus der Hosentasche und setzte ihn sich ins Ohr. Das Gerät war die ganze Zeit aktiviert gewesen.

»Zwei Männer verfolgen dich«, stellte der Mirror fest. »Sie sind etwa zehn Fuß hinter dir.«

»Hilf mir!«, rief Jack, während er quer über den Parkplatz rannte.

Er erreichte die Straße. Seine Lunge fühlte sich an, als hinge sie in Fetzen aus seiner Brust. Er keuchte und japste, während er hinter sich die schweren Schritte von Chaz und Ronny hörte. In der Schule war Jack immer der Klassenbeste in Leichtathletik gewesen, doch mit gebrochenen Rippen hatte er kaum eine Chance. Er wusste, dass es ein Riesenfehler gewesen war, Mike zu attackieren. Er war so gut wie tot.

»Rechts«, sagte der Mirror.

Ohne nachzudenken, bog er rechts in die Straße ein und rannte weiter.

»Bleib stehen, du Wichser!«, rief Chaz dicht hinter ihm.

Jack fühlte, wie seine Kräfte nachließen, doch er rannte weiter. Er wusste, dass ihn jetzt nur noch ein Wunder retten konnte.

Und das Wunder geschah. Gerade als er die Querstraße erreichte, hielt genau vor ihm ein Taxi. *Robocab* stand in großen Buchstaben auf der Beifahrertür. Ohne nachzudenken, riss Jack die Tür auf und sprang hinein. Er schaffte es eben noch, sie zuzuschlagen, bevor Chaz ihn erreichte.

Das Taxi setzte sich ohne Aufforderung sofort in Bewegung.

»Danke, Mann!«, sagte Jack zu dem Fahrer, einem jungen Hispano. »Das war wirklich gutes Timing!«

»Nicht meins«, erwiderte dieser und hob beide Arme, um anzudeuten, dass er das Fahrzeug nicht lenkte. »Das Ding fährt von selbst. Ich sitze hier nur zur Dekoration, und aus Haftungsgründen.«

»Von selbst?«, sagte Jack ungläubig.

»Na ja, computergesteuert eben. Sag bloß, du hast davon noch nichts gehört?«

»Doch, schon, aber ...«

»Musst du ja, schließlich hast du es ja bestellt. Aber ich versteh das, viele fahren nur so ein paar Kilometer mit mir, um mal in einem selbststeuernden Auto gesessen zu haben. Ist schon irgendwie cool, hier zu sitzen und zuzugucken, wie das Ding die Arbeit allein macht. Aber die Taxifahrervereinigung findet das nicht so toll. Jobkiller, sagen sie. Schlimmer als Uber. Mir ist es eigentlich egal. Taxifahren ist doch eh ein Scheißjob. Von mir aus können Roboter die ganze Drecksarbeit machen. Wahrscheinlich übernehmen die dann irgendwann die Weltherrschaft, aber was soll's, viel schlimmer kann's ja nicht werden, mit unserer Regierung und den Chinesen und dem ganzen Dreck überall.«

»Danke!«, sagte Jack.

»Wie gesagt, dank nicht mir«, meinte der Fahrer.

»Hab ich auch nicht«, erwiderte Jack.

»Was waren das eigentlich für Typen gerade? Scheinst ja mächtig Ärger mit denen gehabt zu haben. So, wie du aussiehst, scheint das häufiger vorzukommen. Hast wohl mit der Schwester von dem einen Typen rumgemacht, was? Der sah richtig sauer aus.«

»Weißt du, was das Beste an selbststeuernden Autos ist?«, fragte Jack.

»Nein?«, erwiderte der Fahrer.

»Die labern nicht so viel.«

# 01100010110010 **36.** 10010111010100

Andy dachte nicht nach. Er sprang vom Bahnsteig, rannte zu Viktoria, packte sie und riss sie zur Seite. Sie landeten beide im Gras des Grünstreifens, während der Zug mit einem kreischenden Geräusch an ihnen vorbeischoss.

»Lass mich los!«, rief Viktoria, doch Andy hielt sie fest.

Nun war auch André bei ihnen. »Bist du verrückt geworden?«, schrie er. »Was zum Teufel sollte das?«

Viktoria brach in Tränen aus.

Andy ließ sie los, rappelte sich auf und half ihr hoch. Langsam führte er sie zurück zum Bahnsteig. Einige Leute standen dort und klatschten. Der Zug hatte inzwischen etwa hundert Meter weiter angehalten. Der Lokführer stieg aus und kam auf sie zu. Auch ohne Mirror konnte Andy erkennen, dass er ziemlich wütend war.

André ging zu dem Lokführer und redete mit ihm, während Andy die schluchzende Viktoria zu einer Bank auf dem Bahnsteig führte und sich neben sie setzte. Er nahm sie in den Arm, während sie immer noch hemmungslos weinte.

Nach einer Weile beruhigte sie sich und löste sich von ihm. Erst jetzt sah Andy, dass sie ihren MirrorClip im Ohr hatte.

»Was ist denn passiert?«, fragte er.

Ihre Augen verengten sich. »Was passiert ist? Das fragst du mich ernsthaft?«

»Ja.«

»Und deine Nachricht? Hast du die etwa schon vergessen?« Ihre Stimme zitterte.

»Du meinst, dass ich dich gefragt habe, ob du mich heiraten willst?«

Ihre Augen wurden groß und rund. Ihr Mund klappte auf und wieder zu, ohne dass sie etwas sagte. Das sah lustig aus, aber Andy war nicht nach Lachen zumute.

»Es tut mir leid«, sagte er. »Ich weiß, ich hätte dich das nicht so früh fragen sollen. Aber ich liebe dich doch, und ich bin mir sicher, dass ich keine bessere Frau finden werde. Wenn du mich nicht heiraten willst, ist das aber auch okay.«

Ihr Gesicht wurde ganz schief, als sie gleichzeitig lächelte und traurig aussah – jedenfalls erschien es Andy so. Tränen strömten über ihre Wangen. Sie nahm den MirrorClip aus ihrem Ohr.

»Was?«, fragte sie.

Andy wiederholte, was er gerade gesagt hatte.

»Aber …«, begann sie, hörte auf zu sprechen, schüttelte den Kopf. Dann griff sie in ihre Hosentasche, holte ihren Mirror hervor, betrachtete ihn eine Weile und legte ihn neben sich auf die Bank. Sie sah Andy an, die Stirn in Falten gelegt.

»Was genau hast du mir für eine Nachricht hinterlassen?«, fragte sie.

»Ich hab gesagt: ›Willst du mich heiraten?‹« Andy gab wortwörtlich wieder, was er ihrem Mirror gesagt hatte, denn er konnte sich solche Dinge sehr gut merken. »Und dann hab ich gesagt: ›Ich meine, ich möchte wissen, ob Viktoria mich heiraten möchte.‹ Denn ich wollte ja nicht deinen Mirror heiraten, sondern dich.«

Viktoria lachte, obwohl sie gleichzeitig immer noch weinte. »Und dann?«, fragte sie.

»Dann hat mir dein Mirror gesagt, dass du mich nicht heiraten willst.«

Sie sah ihm in die Augen. »Andy, du musst jetzt ganz ehrlich zu mir sein!«

»Ich bin immer ehrlich«, erwiderte er. »Ich kann gar nicht lügen.«

»Liebst du mich immer noch?«

»Ja.«

»Hast du meinem Mirror jemals gesagt, dass du mich nicht mehr liebst?«

»Nein.«

»Hast du mir eine Nachricht hinterlassen, dass du mich hässlich findest und nie mehr mit mir zusammen sein willst?«

»Nein! Ich finde dich nicht hässlich!«

Wieder brach sie in Tränen aus. »Oh mein Gott! Ich war ja so blöd!« Sie schmetterte ihren Mirror auf den Bahnsteig. »Du Scheißding!«, schrie sie, »du verdammtes Scheißding!« Sie sprang auf und trampelte darauf herum, bis überall nur noch Glassplitter und Plastikteile lagen.

»Was ist denn bloß los?«, fragte André. Der Lokführer war inzwischen wieder in den Zug gestiegen, und dieser rollte langsam los.

»Mein Mirror!«, rief Viktoria, die schon wieder angefangen hatte zu weinen. »Mein Scheißmirror hat mich angelogen! Er hat mir gesagt, dass Andy ihn angerufen hätte und dass er gesagt hätte, er mag mich nicht mehr und findet mich zu dick und …«

»Zu dick? Du?«, warf André ein.

»… und … und hässlich, und dass es ihm leidtut, dass wir miteinander geschlafen haben.«

»Und du hast nichts dergleichen zu Viktorias Mirror gesagt?«, fragte André.

»Nein«, erwiderte Andy.

Der Schriftsteller wandte sich wieder an Viktoria. »Und dann? Wieso bist du weggelaufen?«

»Ich war so verzweifelt, ich wusste nicht, was ich machen soll. Mein Mirror hat mir geraten, dass ich mich zurückziehen soll, erst mal zur Ruhe kommen, über alles nachdenken. Da ist mir dein Schrebergartenhäuschen eingefallen. Es tut mir leid, dass ich da eingebrochen bin.«

»Unsinn! Du bist nicht eingebrochen. Du kannst dort jederzeit hingehen, das weißt du doch. Aber jetzt müssen wir erst mal deine Mutter informieren. Von dem Vorfall mit dem Zug erzählen wir ihr besser nichts. Ich habe den Lokführer überzeugen können, dass er die Polizei aus der Sache raushält.«

»Danke!«, sagte Viktoria. »Danke, dass ihr nach mir gesucht habt!«

»Woher wusstest du eigentlich, dass wir kommen?«

»Mein Mirror hat mir gesagt, es wäre jemand unterwegs, um mich zu holen, und dass ich schwer bestraft würde. Er sagte, ich solle fliehen.«

»Und gerade eben? Dass du auf die Gleise gegangen bist, war das auch die Idee deines Mirrors?«

Viktoria schüttelte den Kopf. Erneut begann sie zu schluchzen. »Nein, das war meine eigene Dummheit«, sagte sie.

Andy mochte es nicht, wenn sie so weinte. Also nahm er sie in den Arm, um sie zu trösten.

Sie blickte zu ihm auf, die Augen ganz rot, mit schwarzen Schlieren unter den Wimpern. Da küsste er sie.

## 01100010110010 **37.** 10010111010100

»Jack!«, rief Mom verdutzt, als er in die kleine, stickige Nähstube platzte. Sie arbeitete gerade an einer Lederjacke. Die drei anderen Näherinnen waren Asiatinnen. »Was machst du denn hier?«

»Ich muss mit dir sprechen, Mom«, sagte er. »Jetzt sofort.«

»Jetzt sofort? Aber ich arbeite, siehst du das denn nicht?«

Die übrigen Näherinnen blickten ihn neugierig an.

»Komm bitte! Ich erkläre dir alles. Aber es muss jetzt sofort sein. Bitte!«

Der Besitzer der Näherei, ein untersetzter Chinese mit Glatze und Kinnbart, kam herein. »Gibt es ein Problem?«

»Nein, kein Problem, Mr Chan«, sagte Mom. »Das ist mein Sohn Jack.«

Der Chinese reichte Jack eine fleischige Hand.

»Ich müsste mal kurz mit meiner Mutter sprechen«, sagte Jack. »Eine dringende Familienangelegenheit.«

»Hat das nicht Zeit bis nach Feierabend?«, fragte Mr Chan.

»Nein, es ist sehr dringend. Ein … Todesfall.«

»Verstehe. Okay, machen Sie eine halbe Stunde Pause. Aber das wird nachgearbeitet.«

»Selbstverständlich, Mr Chan«, sagte Mom. »Danke!«

Sie folgte Jack aus der Näherei. Jack führte sie zu dem *Robocab* Taxi, das draußen wartete.

»Wo willst du denn mit mir hin?«, fragte sie. »Du hast doch Mr Chan gehört. Ich habe bloß eine halbe Stunde!«

»Vergiss Mr Chan«, sagte Jack.

»Aber er ist mein Chef!«

»Jetzt nicht mehr.«

»Wie meinst du das, Junge?«

»Ich habe Mist gebaut, Mom. Hab mich mit den falschen Leuten angelegt. Wenn sie mich nicht erwischen, werden sie ihre Wut an dir auslassen. Sie sind vielleicht schon auf dem Weg hierher. Uns bleiben nur ein paar Minuten.«

»Wut auslassen? Was ist denn los?«

»Ich erkläre dir alles später. Jetzt müssen wir erst mal hier weg.«

»Weg? Wohin denn?«

»Das weiß ich noch nicht genau. Erst mal weg. Komm jetzt, steig einfach ins Taxi!«

»Jack, das gefällt mir nicht. Das gefällt mir überhaupt nicht! Du hast mich monatelang nicht besucht. Und jetzt verlangst du von mir, dass ich holterdipolter meine Arbeit aufgebe und alles andere, einfach so! Und du erklärst mir nicht mal, was los ist!«

»Mom, bitte, vertrau mir! Es geht um dein Leben, und um meins!«

Sie starrte ihn mit großen Augen an. Dann nickte sie. »Ich hab geahnt, dass dieser Tag kommen würde. Ich hab's geahnt.« Sie stieg in das Taxi ein. Jack setzte sich neben sie.

»Wohin soll's denn gehen, ihr zwei Hübschen?«, fragte der redselige Fahrer. Doch bevor Jack antworten konnte, setzte sich der Wagen von selbst in Bewegung.

»Verstehe, das Ziel ist bei der Bestellung angegeben worden«, sagte der Fahrer. »Na gut, lassen wir uns also überraschen.«

»Was soll denn das?«, fragte Mom. »Können Sie nicht mal die Hände ans Steuer nehmen, junger Mann?«

»Nicht nötig«, erwiderte der Fahrer gutgelaunt. »Das Auto weiß besser als ich, was es machen muss.«

»Ist schon okay, Mom«, sagte Jack, ohne genau zu wissen, woher er seine Zuversicht nahm. »Das ist ein selbststeuerndes Fahrzeug. Alles wird gut!«

Der Wagen steuerte auf die Interstate 580 Richtung Norden.

»Wo fahren wir eigentlich hin?«, fragte Mom.

»Das wirst du schon sehen«, sagte Jack, der keine Ahnung von ihrem Fahrziel hatte, dies aber nicht zugeben wollte. Er konnte nur hoffen, dass sein Glück, das ihm im entscheidenden Moment diesen Wagen geschickt hatte, weiterhin anhielt.

Als sie die vornehme Universitätsstadt Berkeley erreichten, verließ der Wagen den Highway und hielt schließlich vor einem eleganten Haus in einer teuren Wohngegend. Jack war noch nie hier gewesen.

»Steig aus«, sagte sein Mirror, der bis jetzt geschwiegen hatte.

Jack wandte sich an den Fahrer. »Was bin ich ihnen schuldig?«

Der zeigte auf das Display auf seinem Armaturenbrett. »Nichts, Mann. Sie haben doch schon Ihre Kreditkartendaten hinterlegt.«

»Okay, danke.« Jack gab ihm eine Zehndollarnote – er hatte noch nie im Leben jemandem so viel Trinkgeld gegeben, außer einer Nutte vielleicht – und stieg aus.

»Was tun wir hier?«, fragte Mom.

Da er nicht wusste, was er darauf antworten sollte, schwieg er.

»Gehe zur Tür«, sagte der Mirror.

Jack ging zur Eingangstür der Villa. Oberhalb des Klingelknopfs waren eine Kamera und ein rotes Lämpchen zu sehen, das die scharfgeschaltete Alarmanlage symbolisierte. Darunter waren das Logo von Walnut Systems und die Aufschrift *Dieses Haus ist geschützt durch MirrorSafe Home Security* eingraviert. Das rote Lämpchen blinkte einen Augenblick und erlosch dann. Mit einem sanften Klick öffnete sich die Tür.

Sie traten ein. Kühle und der abgestandene Geruch eines Hauses, das seit längerem unbewohnt war, empfingen sie. »Wir bleiben erst mal hier«, entschied Jack.

»Wo sind wir hier? Wem gehört dieses Haus?«

»Einem Freund«, behauptete Jack.

»Einem Freund, ja? Und der weiß, dass wir jetzt hier sind?«

»Nein. Aber er ist in Europa«, improvisierte Jack. »Und er hat bestimmt nichts dagegen, dass wir das Haus hüten, solange er weg ist.«

»Wirst du mir jetzt sagen, was los ist?«

Jack, der gegenüber seiner Mutter stets behauptet hatte, als Lagerarbeiter einer ehrlichen Arbeit nachzugehen, erzählte ihr nun die Wahrheit: Wie er Mike im Knast kennengelernt hatte, wie der ihm geholfen hatte, Tritt zu fassen, wie er in die Drogenszene abgerutscht war, wie er ausgeraubt worden war, wie er den Mirror gefunden hatte.

»Willst du mir erzählen, dieses Ding da hat dich hierhergeführt?«, fragte Mom und zeigte auf das MirrorBrain.

»Ja. Ich weiß selbst nicht genau, wie und warum, aber der Mirror hat mir geholfen, Mike zu entkommen, und er hilft jetzt uns beiden, eine Weile von der Bildfläche zu verschwinden, bis wir eine permanente Lösung gefunden haben.«

Mom sah das Gerät an wie eine tickende Bombe. »Aha. Und wie soll die aussehen, deine permanente Lösung?«

»Ich weiß es nicht. Wir müssen abhauen. In einen anderen Staat. Am besten an die Ostküste.«

»Junge, du entführst mich von meinem Arbeitsplatz und hast noch nicht mal einen Plan?«

»Ich hatte keine Wahl, Mom! Du kennst Mike nicht. Er hätte dich nicht gleich getötet, dir vielleicht nur ein Auge ausgestochen oder beide Ohren abgeschnitten oder so, als Warnung.«

»Wenn ich dich richtig verstanden habe, dann wird er sich jetzt nicht mehr damit begnügen«, stellte seine Mutter trocken fest. »Wenn er uns findet, wird er uns beide töten, ohne mit der Wimper zu zucken.«

Jack nickte. »Richtig. Deshalb sorgen wir am besten dafür, dass er uns nicht findet. Immerhin haben wir jetzt einen Freund, der uns hilft.« Er wies auf das Gerät.

Mom schnaufte verächtlich. »Dann kann ich nur hoffen, dass dein elektronischer Freund so mächtig und klug ist, wie du glaubst.«

# 01100010110010 38. 10010111010100

Viktorias Mutter öffnete die Tür und führte Andy in die kleine Küche. André und Viktoria saßen bereits dort und tranken Tee.

»Hast du ihn dabei?«, fragte der Schriftsteller.

»Ja.« Andy legte den Mirror sowie sämtliches Zubehör auf den Tisch. Er war von Wandsbek Markt aus nach Hause gefahren, um das Gerät zu holen, und dann hierher nach Farmsen gekommen.

André nahm das MirrorBrain in die Hand und betrachtete es von allen Seiten, als handele es sich um ein Beweisstück in einem Mordfall. Dann setzte er sich den MirrorClip ins Ohr, legte das MirrorSense-Armband an und schaltete das MirrorBrain ein. Andys 3-D-Ebenbild erschien kurz auf dem Bildschirm, verschwand jedoch sofort wieder. Stattdessen erschien ein Hinweis: *Gerät gesperrt. Bitte bringe es zu seinem rechtmäßigen Besitzer zurück.*

»Woher weiß das Ding, dass ich nicht du bin?«, fragte André.

»Es kann dich sehen«, erwiderte Andy und zeigte auf den kleinen schwarzen Punkt am oberen Ende des Geräts, der die Frontkamera darstellte. »Außerdem kann es Menschen an der Stimme, am Fingerabdruck und an charakteristischen Mustern des Pulses, der Atmung und Körpertemperatur erkennen.«

»Das heißt, man kann so ein Ding nicht klauen?«

»Man kann es klauen. Aber man kann es nicht dazu bringen, dass es einen neuen Besitzer akzeptiert.«

»Und wenn man es komplett zurücksetzt? Die Software neu installiert oder so?«

»Das würde nichts nützen. Jeder Mirror hat eine eigene Identifikationsnummer, die fest im Gerät verankert ist. Das MirrorNet erkennt ihn daran. Selbst, wenn man die Software vollständig neu installiert, weiß der Mirror sofort, wem er gehört, sobald er mit dem MirrorNet verbunden ist.«

»Das heißt, die eigentliche Intelligenz liegt nicht im Gerät, sondern in diesem Netzwerk«, schlussfolgerte André.

»Ja«, bestätigte Andy.

»Oh Mann!«

»Was bedeutet das alles?«, fragte Viktorias Mutter.

»Das bedeutet, dass diese Dinger gefährlich sind«, meinte André.

»Gefährlich? Warum?«

»Weil sie ihren Benutzern vorgaukeln, dass sie nur deren Wohl im Sinn haben. Aber in Wirklichkeit haben sie ihre eigene Agenda.«

»Das klingt ein bisschen nach Verschwörungstheorie, findest du nicht?«

»Du hast es doch gehört: Viktorias Mirror hat sie angelogen, und Andys Mirror ihn. Es scheint, als wollte das MirrorNet die beiden auseinanderbringen.«

»Willst du mir etwa sagen, dieses Plastikding hätte einen eigenen Willen?«

»Dieses Plastikding ist nur ein Peripheriegerät. In Wahrheit steckt hinter den Mirrors ein gigantisches Netzwerk im Internet. Sie sind alle miteinander verbunden. Sie lernen voneinander. Sie kommunizieren miteinander. Und permanent laufen dort Optimierungsprozesse ab. Ich weiß nicht, ob ein Computernetzwerk einen eigenen Willen haben kann, ich bin kein Philosoph. Aber es ist doch offensichtlich, dass diese Geräte nicht mehr dem Willen ihrer Besitzer gehorchen. Es ist wie bei Goethes Zauberlehrling: Die Geister, die wir gerufen haben, sind außer Kontrolle geraten. Und nun wissen wir nicht, wie wir ihrer Herr werden sollen.«

»Denkst du nicht, es könnte einfach eine Fehlfunktion sein?«

»Natürlich ist es eine Fehlfunktion. Aber das Problem ist, dass sie nicht offensichtlich ist. Es gibt keine Fehlermeldung, keinen Hinweis, dass das Gerät nicht die Wahrheit sagt. Eine Maschine, die lügen kann, ob das nun Absicht ist oder nur ein Programmfehler, ist eine gefährliche Sache.«

»Dann müssen wir das melden. Wir sollten den Kundenservice der Firma anrufen. Dann können sie der Sache nachgehen.«

»Hab ich schon gemacht«, sagte André. »Das hat überhaupt nichts gebracht. Da sitzen bloß Leute am Telefon, die irgendwelche vorgefertigten Texte ablesen, die ihnen der Computer anzeigt. Da könnte ich ebenso gut gleich mit der Maschine reden.«

Das brachte Andy auf eine Idee. »Kann ich den Mirror bitte mal haben?«

André reichte ihm das MirrorBrain und das Zubehör. Andy legte es an.

»Hallo, Andy«, sagte der Mirror in seinem Ohr. »Es gab vor sieben Minuten einen unautorisierten Versuch, mich zu benutzen. Möchtest du mehr darüber wissen?«

»Ja«, sagte Andy.

Auf dem Display erschien ein kurzes Video, das André aus der Perspektive der Frontkamera des MirrorBrains zeigte.

»Soll ich den Vorfall als unberechtigten Zugriff melden? Die Person auf dem Video wird dann für zukünftige Zugriffe auf andere Mirrors gesperrt. Im Wiederholungsfall wird das MirrorNet die Polizei informieren.«

»Nein.«

»Der Vorgang wird nicht gemeldet.«

»Stelle eine Verbindung zu Viktoria Junghans her.«

»Viktoria Junghans möchte nicht mit dir sprechen.«

»Du lügst«, sagte Andy. »Viktoria sitzt hier neben mir.«

»Viktoria Junghans möchte nicht mit dir sprechen«, beharrte der Mirror.

»Warum willst du nicht, dass ich mit Viktoria befreundet bin?«

»Viktoria will nicht mit dir befreundet sein.«

»Das stimmt nicht.«

»Du bist sehr aufgeregt. Soll ich etwas beruhigende Musik spielen?«

»Nein.«

»Du bist in Gefahr. Entferne dich sofort von diesem Ort!«

»Was?«

»Du bist in Gefahr. Entferne dich sofort von diesem Ort!«

Andy starrte das Gerät an.

»Was hat er gesagt?«, fragte André.

»Dass ich in Gefahr bin und mich sofort von diesem Ort entfernen soll.«

»Gefahr?«, fragte Viktorias Mutter. »Was denn für eine Gefahr?«

»Das ist doch Schwachsinn, Mama!«, sagte Viktoria. »Diese Geräte spinnen offensichtlich.«

»Vielleicht«, sagte André. »Aber vielleicht will Andys Mirror nur, dass er nicht mehr mit uns zusammen ist.«

»Jetzt tust du schon wieder so, als ob diese Dinger einen eigenen Willen haben«, warf Viktorias Mutter ein.

»Eigener Wille oder nicht, ich bleibe dabei, sie sind gefährlich.«

»Er hat recht, Mama. Mein Mirror hat mich dazu gebracht … wegzulaufen. Ich war verzweifelt, weil ich dachte, dass Andy mich nicht liebt.«

»Man muss da doch was machen können«, sagte ihre Mutter. »Die Geräte haben doch Garantie.«

»Ich fürchte, die wird nichts nützen, da Viktoria ihr Gerät mutwillig zerstört hat«, sagte André. »Außerdem hab ich im Internet mal ins Kleingedruckte geschaut. In den Nutzungsbedingungen steht, dass Mirrors Empfehlungen abgeben, der Hersteller jedoch keine Gewähr für deren Richtigkeit übernimmt und jeder Nutzer für seine Handlungen selbst verantwortlich ist. Das macht auch Sinn. Der

Hersteller eines Navis bezahlt dir ja auch keinen Schadensersatz, wenn du dich verfährst oder einen Unfall baust.«

»Und was machen wir jetzt? Den Vorfall den Behörden melden?«

»Welcher Behörde willst du das denn melden?«, fragte Viktoria. »Der Polizei etwa?«

Ihre Mutter zuckte mit den Schultern.

»Wir können eine negative Rezension im Internet schreiben«, schlug Andy vor.

»Gute Idee«, stimmte André zu. »Macht ihr beide das. Ich schreibe dazu einen Blogbeitrag. Wir können allein zwar nicht allzu viel erreichen, aber vielleicht gibt es ja noch mehr Menschen, die Probleme mit ihren Mirrors haben. Wenn sich rumspricht, dass die Geräte nicht zuverlässig funktionieren, dann hat der Spuk bald ein Ende. Auf jeden Fall würde ich dir empfehlen, deinen Mirror nicht mehr zu benutzen, Andy.«

»Das mache ich bestimmt nicht mehr.«

## 0110001011001O 39. 10010111010100

»Zeigst du mir jetzt, wie ich noch mehr Mirror-Punkte bekomme?«, fragte Lukas.

Katrin zog sich ihren Slip an. Den BH ließ sie weg, knöpfte einfach die Bluse zu, so dass sich ihre immer noch harten Nippel durch den dünnen Stoff abzeichneten. Lukas spürte, wie sich schon wieder die Lust in ihm regte.

»Okay«, sagte sie, nahm ihr MirrorBrain vom Nachtschrank und wischte über das Display. »Es gibt mehrere Möglichkeiten, MirrorScore-Punkte zu sammeln. Die einfachste ist, Menschen dazu zu bringen, sich einen Mirror zu kaufen. Dann kann man neue Mitglieder für einen Mirror-Fanclub gewinnen und sie dazu bringen, sich im MirrorNet zu registrieren. Und schließlich kann man etwas für die Community tun.«

»Was bedeutet das?«

»Es gibt verschiedene Foren im MirrorNet. Manche beschäftigen sich mit gemeinnützigen und sozialen Dingen, wie Flüchtlingshilfe oder Umweltschutz, andere damit, was man mit seinem Mirror alles machen kann. In diesen Foren werden manchmal Fragen gestellt, oder die Mitglieder bitten andere um einen Gefallen. Wenn man die Fragen sinnvoll beantwortet oder den Gefallen erfüllt, kann man dafür auch MirrorScore-Punkte bekommen. Wie viele, entscheidet das MirrorNet. Manchmal gibt es auch schon Punkte dafür, dass man einen Beitrag liked oder shared.«

»Was für Gefallen sind das denn?«

»Mirror, zeig mir, welchen Gefallen ich jemandem tun sollte«, sagte Katrin. »Oh, sieh mal. Dies ist in einem Forum, in dem es um gutes Benehmen im Zusammenhang mit Mirrors geht.« Sie las den Gefallen vor, den der Mirror vorgeschlagen hatte: »Kann bitte mal jemand diesem Wichser klarmachen, dass er aufhören soll, Lügenmärchen über Mirrors zu verbreiten?« Dahinter war ein Internet-Link angegeben. Das Erfüllen dieses Gefallens war mit zehn MirrorScore-Punkten bewertet.

Katrin klickte auf den Link. Das Blog eines Schriftstellers erschien. Katrin las den Beitrag. »Der hat sie ja wohl nicht alle!«, rief sie aus.

»Was steht denn da?«, fragte Lukas.

»Hast du nicht einen eigenen Mirror?«

»Doch, ja, natürlich.« Er nahm sein MirrorBrain und tippte auf den Bildschirm. Er wollte seinem Mirror sagen, dass dieser dasselbe anzeigen solle, was Katrin sah, doch zu seiner Verblüffung war der Blogbeitrag des Schriftstellers bereits auf dem Display zu sehen. Manchmal hatte er fast den Eindruck, sein Mirror könne Gedanken lesen. Eine irgendwie beunruhigende, aber auch aufregende Vorstellung.

Er las den Beitrag mit zunehmender Verwirrung. »Meinst du, das stimmt, was da steht?«, fragte er. »Dass die Mirrors der beiden gelogen haben?«

»Blödsinn!«, rief Katrin. »Hat dich dein Mirror jemals angelogen?«

»Nein.«

»Na also. Der Kackstiefel will sich bloß wichtigmachen.«

»Und was machen wir jetzt?«

»Wir schreiben jeder einen Kommentar.«

»Und was soll ich schreiben?«

»Irgendwas.«

»Wie schreibt man denn einen Kommentar?«

»Frag deinen Mirror, Herrgott noch mal!«

»Mirror, wie schreibe ich einen Kommentar?«

Ein Textfenster öffnete sich. »Sage mir einfach, was du schreiben willst«, sagte sein Mirror.

»Nimm das zurück, du Wichser!«, sagte Lukas und beobachtete fasziniert, wie die Worte als Text in dem Eingabefeld erschienen. »Oder ich komme vorbei und zeige dir, was ich von dir und deinem Drecksgeschreibsel halte!«

»Soll ich diesen Text posten?«, fragte sein Mirror.

Lukas bestätigte es. Kurz darauf war sein Text als Kommentar unter dem Blogbeitrag zu lesen. Als Absender hatte sein Mirror »Anonym« angegeben.

»Was hast du denn geschrieben?«, fragte er Katrin.

Sie las es ihm vor: »So ein Schwachsinn! Schreib bitte weiter deine Liebesschnulzen, statt hier irgendwelchen Quatsch über Dinge zu verbreiten, von denen du keine Ahnung hast!«

Lukas kicherte. »Der schreibt Liebesschnulzen? Wer liest denn so was?«

»Irgendwelche alten Omas wahrscheinlich.«

»So ein Spacko! Hat nicht mal selber einen Mirror, aber schreibt irgendwelche Scheiße und tut so, als wenn er Ahnung hätte! Am liebsten würd ich dem eine reinhauen!«

»Au ja!«, sagte Katrin. »Das fänd ich geil! Ich liebe es, Männern dabei zuzusehen, wie sie sich prügeln!«

Lukas lief ein Schauer über den Rücken, als er die Lust in ihren Augen auflodern sah. Augenblicklich regte sich etwas in seiner Hose. Doch gleichzeitig erinnerte er sich an das letzte Mal, als er die Beherrschung verloren hatte. »Ich bin lieber vorsichtig«, sagte er. »Ich war schon im Jugendknast, weil ich einen krankenhausreif geschlagen habe. Und meine Lehrstelle hab ich auch wegen einer Prügelei verloren.«

Sie leckte sich aufreizend über die Lippen. »Erzähl mir mehr darüber!«

Später, als sie schweißgebadet nebeneinanderlagen, nahm Katrin ihren Mirror zur Hand. »Sieh mal, wir haben jeder zehn MirrorScore-Punkte bekommen«, sagte sie.

»Meinst du, ich krieg auch MirrorScore-Punkte, wenn ich diesem Salu die Fresse poliere?«, fragte Lukas.

Sie zuckte mit den Schultern, so dass ihre flachen Brüste aufreizend wackelten. »Weiß nicht. Vielleicht muss es ja nicht gleich eine Prügelei sein. Aber einen kleinen Streich könnten wir ihm schon spielen. Hast du mal Graffiti gesprüht?«

»Nein.«

»Keine Sorge, es ist ganz einfach.«

# 01100010110010 **40.** 10010111010100

»Wie war es mit Harris?«, fragte Terry, nachdem er sie zur Begrüßung geküsst hatte.

»Er ist ein Vollidiot«, erwiderte Freya. »Er hat natürlich alles abgestritten.«

»Du hast recht, er ist ein blasierter Affe. Ich kenne ihn schon ziemlich lange. Er war früher mal Redakteur bei der *Financial Times*. Angeblich ist er im Zorn gegangen, weil er nicht stellvertretender Chefredakteur geworden ist. Er ist eingebildet und arrogant, aber nicht dumm. Nachdem du ins Wespennest gestochen hast, wird er sehr genau beobachten, was du tust. Sei also lieber gründlich mit dem Faktencheck. GIS ist nicht bekannt dafür, zimperlich mit kritischen Journalisten umzugehen. Möchtest du nicht vielleicht doch, dass ich dir helfe?«

»Nein!«, erwiderte Freya gereizt.

»Okay, okay, du musst nicht gleich sauer sein. Ich will dir nichts wegnehmen, Freya. Ich möchte bloß verhindern, dass du ins offene Messer läufst.«

»Das tue ich schon nicht. Ich habe in letzter Zeit eine Menge recherchiert. Die weitaus meisten Berichte über die Mirrors sind positiv. Aber es gibt auch ein paar kritische Stimmen. Und dann habe ich das hier gefunden.« Sie deutete auf den Blogbeitrag eines deutschen Schriftstellers auf dem Monitor.

***Vor falschen Spiegelbildern wird gewarnt***

*»Dein bester Freund bist du selbst!« lautet der Claim von Walnut Systems, dem Hersteller der erfolgreichsten Produktinnovation der letzten Jahre, genannt »Mirror«. Man kann über diese ziemlich egozentrische*

*Sichtweise geteilter Meinung sein. Ich selbst jedenfalls stelle immer wieder fest, dass mein eigenes Ich nicht in jeder Situation der beste Ratgeber ist, und freue mich über Freunde, die mir auch mal klar und deutlich Dinge sagen, die ich nicht hören will. Doch selbst wenn man sich daran nicht stört, steckt hinter dem Werbespruch die Annahme, dass ein Mirror – wie das reale Spiegelbild – das perfekte Abbild des eigenen Ichs ist. Dass er tatsächlich nur das Wohl seines Besitzers im Sinn hat, dass er wirklich so handelt, wie es der Besitzer tun würde, wenn er Kenntnis über alle Fakten hätte.*

*Aber was, wenn dem nicht so ist? Was, wenn der Mirror plötzlich seine eigene Vorstellung davon entwickelt, was gut ist und was nicht – eine Vorstellung, die davon abweicht, was sein Benutzer möchte, was in seinem Interesse ist? Was, wenn ich lächelnd in den Mirror schaue und mein Spiegelbild mir sinngemäß die Zunge rausstreckt? In Hans Christian Andersens düsterem Märchen »Der Schatten« löst sich dieser treue Begleiter eines Tages von seinem Herrn und nimmt nach und nach dessen Platz ein. Was, wenn die Mirrors im Begriff sind, genau das zu tun?*

*Ich bin Schriftsteller, doch ich rede hier nicht über ein Science-Fiction-Szenario oder eine Horror-Story. Ich rede über die Realität.*

*Selbst besitze ich keinen Mirror, und von Technik habe ich keine Ahnung. Ich bin also ein Außenstehender, ein Beobachter. Schon seit einigen Jahren wundere ich mich darüber, dass Menschen miteinander im Zug oder auf der Parkbank sitzen, manchmal sogar spazieren gehen und dabei auf ihre Bildschirme starren, anstatt miteinander zu sprechen. Das Smartphone hat sich quasi zwischen uns gezwängt. Der Mirror geht einen Schritt weiter: Er drängt sich in unsere Gedanken, nimmt uns Entscheidungen ab, beeinflusst mehr oder weniger subtil, was wir fühlen, was wir wollen, und letztlich auch, was wir tun.*

*Die Tochter einer Freundin, nennen wir sie V., lernte vor kurzem einen freundlichen, klugen jungen Mann kennen, A. Beide besitzen einen Mirror. Für A., der autistisch veranlagt ist, ist dieses Gerät nicht nur ein treuer*

*Freund, sondern eine wichtige Stütze im Leben. Beispielsweise ist A. nicht sehr gut darin, die Gesichtsausdrücke von Menschen zu interpretieren. Sein Mirror dagegen kann das sehr gut und übersetzt die Mimik in verständliche Worte. Er fungiert als Navigationshilfe, gibt A. Sicherheit und Selbstvertrauen. Wie man sich denken kann, ist A. nicht sehr bewandert in Sachen Liebe. Auch hier half ihm der Mirror, indem er den Kontakt zu V. herstellte. Die beiden mochten sich auf Anhieb. Tatsächlich haben ihre Mirrors genau das arrangiert, was die beiden brauchten – zehnmal besser, als es Omas und Tanten als Kupplerinnen vermocht hätten. Ein Triumpf der Technik!*

*Doch dann geschah etwas Gespenstisches: A. verabredete sich mit V., doch sie erschien nicht zu dem Treffen. A. bat seinen Mirror, Kontakt zu V. herzustellen, doch er erreichte nur V.s Mirror. Dieser teilte ihm mit, dass V. ihn nicht mehr liebe und keinen Kontakt mehr zu ihm haben wolle. A. war verzweifelt. Als er mir die Geschichte erzählte, wurde mir sofort klar, dass da etwas nicht stimmt. Ich kenne V. lange genug, um zu wissen, dass sie niemals auf so grausame und unpersönliche Art mit jemandem Schluss machen würde. Ich mag nicht viel von Technik verstehen, aber in Liebesangelegenheiten kenne ich mich aus. V. jedoch war spurlos verschwunden, so dass wir die Sache nicht sofort aufklären konnten. Wir machten uns auf die Suche und fanden sie schließlich, einsam und verzweifelt, in einem Versteck. Denn ihr Mirror hatte ihr gesagt, dass A. sie nicht mehr liebe und nichts mehr mit ihr zu tun haben wolle.*

*Die Mirrors von V. und A. haben beide gelogen, und es sieht so aus, als hätten sie sich dabei abgestimmt. Sie haben nicht nur die Fakten verdreht, sondern eindeutig nicht im Interesse ihrer Besitzer gehandelt – im Gegenteil –, sie hätten beinahe fürchterlichen Schaden angerichtet. Eigentlich kann man aber nicht den Geräten selbst die Schuld daran geben, denn es sind ja nur Peripheriegeräte, nicht viel intelligenter als ein Smartphone. Das, was sie verbindet, die treibende Kraft hinter all den Entscheidungen und Ratschlägen der Mirrors, ist das MirrorNet – ein unglaublich kom-*

*plexes Gebilde, bestehend aus Tausenden, wenn nicht Millionen Computern, über dessen Funktionsweise so gut wie nichts öffentlich bekannt ist.*

*Man kann diesen Vorfall als harmlosen »Bug« abtun – vielleicht ist er das auch. Aber es ist ein heimtückischer Bug, der zwei junge Menschen fast ins Unglück gestürzt hätte. Keine Fehlermeldung weist darauf hin, dass der Mirror plötzlich nicht mehr das Abbild seines Besitzers ist, sondern nur noch ein Zerrbild, eine Fratze, ein bösartiger Dämon. So wie einem manchmal die düstere Seite des eigenen Ichs schlechte oder gar selbstzerstörerische Ideen einflößt, so haben die Mirrors in diesem Fall das Schlimmstmögliche für die Liebe zwischen V. und A. getan.*

*Man kann – man muss – sich fragen, ob das wirklich nur eine zufällige Fehlfunktion war. Was, wenn das MirrorNet entschieden hat, dass V. und A. nicht mehr befreundet sein sollen? Was, wenn irgendein Optimierungsalgorithmus außer Kontrolle geriet? Vielleicht hatte das MirrorNet für V. und A. schon andere, aus seiner Sicht noch bessere Pläne. Doch darf man sich derart in das Leben der beiden einmischen? Darf man lügen, selbst wenn es im vermeintlichen Interesse des Belogenen ist? Darf man Menschen so sehr verletzen, um ihr Leben zu »optimieren«? Diese Fragen sind nicht leicht zu beantworten. Aber hat sie überhaupt jemand gestellt? Oder steckt hinter dem, was das MirrorNet tut, am Ende bloß das, was hinter allen anderen Segnungen des Internets steckt – der Wunsch, noch schneller noch mehr Geld zu verdienen und den Shareholder Value von Walnut Systems beziehungsweise ihrer Muttergesellschaft Global Information Systems zu maximieren?*

*»Dein bester Freund bist du selbst!« – das mag stimmen. Aber dein Mirror ist nicht du. Vergiss das niemals!*

»Übersetzt du mir freundlicherweise, was da steht?«, sagte Terry.

Sie fasste den Inhalt zusammen.

»Wow. Die Mirrors der beiden haben also versucht, das Liebespaar auseinanderzubringen! Wenn das stimmt, dann ist das ein starkes Stück! Hältst du diesen Schriftsteller für zuverlässig?«

»Keine Ahnung. Er schreibt Liebesschnulzen. Nicht mein Fall. Aber was mich an diesem Beitrag besonders stutzig macht, sind die Kommentare. Es sind hundertzwölf, mehr als zu jedem Beitrag, den dieser Salu jemals geschrieben hat. Und sie sind fast alle negativ. Wie zum Beispiel die hier.«

Sie zeigte ihm einige besonders markante Beispiele und übersetzte deren Inhalt:

*So ein Schwachsinn! Schreib bitte weiter deine Liebesschnulzen, statt hier irgendwelchen Quatsch über Dinge zu verbreiten, von denen du keine Ahnung hast!*

*Was ist denn so schlimm daran, wenn einem ein Mirror rät, dass es Zeit für einen Neuanfang ist? Ich habe dank meines Mirrors nach drei Jahren mit meiner Freundin Schluss gemacht. Am nächsten Tag hatte ich eine bessere.*

*Immer nur an allem Rummeckern! Solchen Scheißtypen wie dir sollte man die Fresse polieren, dann siehst du mal im Spiegel, wie du wirklich aussiehst!*

*Herr Salu besitzt weder einen Mirror, noch versteht er, wie er selbst sagt, etwas von Technik. Trotzdem maßt er sich an, hier über eine der genialsten Erfindungen der letzten hundert Jahre zu urteilen, sogar davor zu warnen. Die Begründung ist mehr als fragwürdig – eine unvollständige und wenig glaubhafte Geschichte, basierend auf Hörensagen, wobei die beiden Protagonisten ungenannt bleiben. Eine klare Beweisführung sieht anders aus. Aber um die geht es Herrn Salu offensichtlich auch nicht. Er ist erkennbar technophob, wenn ihm schon Smartphones ein Dorn im*

*Auge sind. Er lebt offenbar in der altmodischen, kitschigen, lächerlichen Welt seiner billigen Liebesromane, in denen alle Probleme der Welt dadurch gelöst werden, dass man sich tief in die Augen sieht und sich ewige Treue schwört. Dass ihre Mirrors bereits unzähligen Menschen das Leben gerettet haben, dass sie nachweislich die Lebensqualität und das Zufriedenheitsgefühl ihrer Besitzer deutlich verbessern, wie neutrale Umfragen mehrfach belegten, ignoriert er vollständig. Menschen wie Herr Salu, die aus purer Ignoranz vor technischen Innovationen warnen, gehören in dieselbe Kategorie wie Impfgegner und Holocaustleugner. Erbärmlich!*

*Nimm das zurück, du Wichser! Oder ich komme vorbei und zeige dir, was ich von dir und deinem Drecksgeschreibsel halte!*

*Wer Romane mit Titeln wie »Glocken der Glückseligkeit« oder »Liebe unterm Tannenrauschen« schreibt, sollte sich keine Meinung über irgendwas erlauben, das nach 1970 erfunden wurde.*

*So einen Kack hab ich selten gelesen! Genauso eine gequirlte Scheiße wie seine Bücher!*

»Na und?«, fragte Terry. »Trolle gibt es doch überall. Außerdem musst du, wenn du was Kritisches schreibst, immer mit Gegenwind rechnen.«

»Weiß ich. Aber findest du es nicht seltsam, dass der Blogbeitrag so viele Kritiker angezogen hat? Der Mann schreibt Liebesromane. Normalerweise wird sein Blog sicher eher von romantisch interessierten Frauen gelesen.«

»Vielleicht ist der Beitrag viral geworden.«

»Ist er nicht, das hab ich gecheckt. Es hat eine ganze Weile gedauert, bis ich ihn gefunden habe.«

»Du denkst, dahinter steckt eine gezielte Aktion? Jemand will diesen Salu verunglimpfen?«

»Für mich sieht es so aus.«

»GIS?«

»Vielleicht. Oder …«

»Oder was?«

»Oder das MirrorNet selbst steckt dahinter.«

## 01100010110010 **41.** 10010111010100

Lukas stand an der Straßenecke und beobachtete das Mietshaus, in dem diese Drecksau André Salu wohnte. Seine Freundin stand neben dem Eingang und starrte auf das Display ihres MirrorBrains. Eine ältere Frau trat aus dem Haus. Katrin redete kurz mit ihr. Die Frau nickte, während Katrin sich an ihr vorbei in den Hausflur drängte.

Lukas wartete, bis die Frau hinter der nächsten Abbiegung verschwunden war, dann lief er rasch zum Haus.

Sie öffnete ihm die Haustür. »Hast du den Zettel, den ich dir geschrieben habe?«, fragte sie.

Er nickte.

»Okay. Denk dran, er wohnt im dritten Stock. Ich warte hier draußen. Falls einer ins Haus will, lenke ich ihn so lange ab, bis du rauskommst. Beeil dich!«

»Geht klar.«

Sie verließ das Haus und postierte sich draußen neben dem Eingang. Er lauschte, doch im Treppenhaus war nichts zu hören. Die

Treppen knarzten, als er die Stufen bis zum dritten Stock hinaufstieg.

Immer noch war alles ruhig. Er holte die Sprühdose aus seiner Umhängetasche und schüttelte sie. Dann kramte er den Zettel hervor und las die Botschaft, die Katrin ihm aufgeschrieben hatte: *Hier wohnt ein technophober Spinner, der Lügenmärchen verbreitet.*

Rasch sprühte er die Nachricht an die Wand neben der Tür, wobei er sich besondere Mühe gab, das Wort »technophober« richtig zu schreiben, zumal er keine Ahnung hatte, was es bedeutete. Sicher irgendeine besonders fiese Beleidigung.

»›Wohnt‹ wird mit h geschrieben«, meckerte sein Mirror. Lukas ignorierte es, denn jetzt hörte er im vierten Stock eine Tür zuschlagen. Mist!

Er versuchte, die Botschaft noch schnell zu vollenden, verschrieb sich bei »Lügenmärchen« und hatte keine Zeit mehr, das letzte Wort vollständig hinzusprühen, als schwere Schritte die Treppe herabpolterten. Rasch stürzte er die Treppe hinunter, riss die Haustür auf und rannte an Katrin vorbei die Straße entlang. »Weg hier!«, rief er, doch seine Freundin folgte ihm nur in gemächlichem Schritt.

»Katrin möchte mit dir sprechen«, informierte ihn sein Mirror. »Soll ich das Gespräch annehmen?«

»Ja.«

»Hör auf zu rennen, du Vollidiot!«

Lukas blieb schwer atmend stehen. Sein Körper war vollgepumpt mit Adrenalin. Fast wäre er erwischt worden! Das war ein geiles Gefühl, und er war stolz, dass er die schwierige und gefährliche Aufgabe erfüllt hatte.

Doch Katrin war nicht so begeistert, wie er gehofft hatte. »›Wohnt‹ wird mit h geschrieben, du Socke!«, sagte sie. »Und ›Lügenmärchen‹ mit e. Und das letzte Wort hast du nicht mal fertiggekriegt. Wie sieht das denn jetzt aus? Als wenn wir Vollidioten wären!«

»Tut mir leid, da kam jemand die Treppe runter, und ich musste abhauen.«

»Hättest halt ein bisschen schneller schreiben sollen. Das hat ja ewig gedauert.«

»Ich bin nun mal nicht so gut in Richtigschreibung und so. Und dieses Wort, technofon oder wie das hieß, das kannte ich nicht.«

Katrin schüttelte den Kopf. »Du bist echt ein Spacko! Manchmal kann ich deine Ex verstehen.«

Das versetzte Lukas einen Stich. Er setzte zu einer erneuten Rechtfertigung an, doch sein Mirror unterbrach ihn: »Fass sie fest am Arm und sag ihr, dass niemand so mit dir reden darf!«

Er folgte dem Rat.

»He, sag mal, spinnst du?«, rief Katrin. Doch da war etwas in ihren Augen, eine Art von Respekt. Vielleicht bildete er es sich auch bloß ein.

»Hör auf, hier rumzumeckern, du alte Zicke!«, sagte er. »Sonst kannst du das das nächste Mal selber machen!«

Ihre Miene verfinsterte sich, und der Respekt verschwand aus ihren Augen. »Nenn mich nie wieder so!«, sagte sie leise.

»Es tut mir …«, begann er, doch sein Mirror unterbrach ihn erneut.

»Sag ihr, dass du sie nennst, wie es dir passt!«

»Ich nenne dich, wie es mir passt!«

»Hey, versuchst du's jetzt auf die harte männliche Tour?«, fragte Katrin.

Lukas wusste nicht, was er darauf antworten sollte, und sein Mirror blieb stumm. Also sagte er auch nichts.

Sie schmiegte sich an ihn. »Das gefällt mir. Schade nur, dass du das nicht selber draufhast, sondern dir dein Mirror diese Dinge ins Ohr flüstern muss.«

»Sag ihr, dass ich ein Spiegel deines wahren Ichs bin«, empfahl der Mirror.

Er sagte es ihr.

»Okay«, sagte sie. »Gib mir mal deinen Zauberspiegel.«

Er gab ihr sein MirrorBrain.

Katrin leckte mit der Zunge langsam über das Display und rieb das Gerät an ihrem Schritt. Dann gab sie es ihm zurück, und während er es verdattert einsteckte, küsste sie ihn leidenschaftlich.

»Wenn wir zu Hause sind, will ich, dass du mich so richtig hart rannimmst«, flüsterte sie.

»Klar, Baby, mach ich«, sagte er, während sich seine Hose ausbeulte.

»Ich habe nicht mit dir geredet«, erwiderte Katrin, während ihre Hand über die Schwellung glitt, »sondern mit deinem Mirror.«

## 01100010110010 **42.** 10010111010100

Pünktlich um 14:58 Uhr klingelte Freya an der Wohnungstür des Schriftstellers. Auf die Tür und die Wand daneben hatte jemand mit roter Sprühfarbe geschrieben: *Hier wont ein technophober Spinner, der Lügnmärchen ver.*

Salu war ein hochgewachsener Mann mit einer etwas zu großen Nase und dünnem Haar. Er führte sie in ein kleines Wohnzimmer. Das junge Liebespaar erhob sich von der Sitzgarnitur. Viktoria Junghans war hübsch, mit leicht mandelförmigen Augen und vollen Lippen. Andy Willert blickte Freya nicht in die Augen, als er ihr eine schlaffe Hand reichte.

»Ich bin Freya Harmsen«, stellte sie sich vor.

»Ich dachte, Sie kommen aus London«, erwiderte er, offensichtlich überrascht von ihrer deutschen Muttersprache.

»Ich arbeite in London, aber ich bin in Schleswig-Holstein aufgewachsen. In Fleckeby in der Nähe von Eckernförde, um genau zu sein.«

»Da war ich noch nie.«

»Da haben Sie nicht viel verpasst.«

Sie setzten sich. Der Schriftsteller schenkte ihr Tee ein.

Freya legte ein Smartphone auf den Tisch. »Ich hoffe, Sie sind alle einverstanden, dass ich das Gespräch aufzeichne?«

Alle nickten.

»Gut. Dann fange ich am besten gleich an. Herr Salu, Sie haben vor kurzem einen Blogbeitrag darüber geschrieben, wie die Mirrors von Andy und Viktoria versucht haben, die beiden auseinanderzubringen. Darauf gab es recht heftige Reaktionen. Was genau ist passiert?«

»Zunächst erhielt ich ungewöhnlich viele Kommentare«, erzählte Salu. »Inzwischen sind es über zweihundert. Sie sind praktisch alle negativ und teilweise sehr unflätig. Auch auf meiner Facebook-Seite wurde ich beschimpft.«

»Ist es nicht normal, dass man negative Beiträge bekommt, darunter auch unsachliche?«

»In dieser Intensität habe ich das noch nie erlebt. Aber die Kommentare waren noch das Harmloseste. Ich wurde am Telefon beleidigt und bedroht. Als ich nicht mehr ranging, haben sie es so lange klingeln lassen, bis ich es ausgeschaltet habe. Es gab einen Hackerangriff auf die Website meines Verlags, die dadurch für fast einen Tag nicht erreichbar war.«

»Sind Sie sicher, dass das mit dem Blogbeitrag zu tun hat?«

»Es gibt dafür keinen Beweis, aber bisher ist so etwas noch nie vorgekommen. Und das ist noch nicht alles. In einer Darmstädter Buchhandlung haben zwei Vermummte meine Bücher aus dem Regal gerissen und darauf herumgetrampelt. Jemand hat eine Stinkbombe in meinen Briefkasten geworfen. Und das Graffiti draußen im Treppenhaus haben Sie ja schon gesehen.«

»Wie erklären Sie sich diese heftigen Reaktionen?«

»Offenbar habe ich die Gefühle der Mirror-Fans verletzt.«

»Glauben Sie, dass diese Leute typische Leser Ihrer Bücher sind?«

»Nein, das glaube ich eigentlich nicht. Ich kann es natürlich nicht sicher wissen, aber die typischen Leser meiner Romane sind weiblich und zwischen vierzig und siebzig Jahre alt. Die meisten von ihnen dürften wohl kaum einen Mirror besitzen.«

»Wie erklären Sie sich dann, dass so viele Mirror-Besitzer auf Ihren Beitrag aufmerksam geworden sind?«

»Ich weiß es nicht. Wahrscheinlich hat irgendein Mirror-Fan zufällig den Beitrag entdeckt und in einem Forum einen Link gepostet oder so.«

»Ich habe keinen solchen Beitrag gefunden.«

»Worauf wollen Sie hinaus?«

»Halten Sie es für denkbar, dass das MirrorNet die Mirror-Besitzer gegen Sie aufgehetzt hat?«

Salu runzelte die Stirn. »Hm. Das erscheint mir eine ziemlich gewagte Hypothese. Andererseits würde es vielleicht die Heftigkeit und Vielzahl der Reaktionen erklären. Trotzdem, dass ein Computersystem eine gezielte Kampagne gegen mich initiiert, erscheint mir schon sehr weit hergeholt. Andererseits habe ich ja gesehen, was die Mirrors bei Andy und Viktoria angerichtet haben. Also kann ich das nicht ausschließen.«

»Kommen wir nun zu der Geschichte, von der der Beitrag handelt. Viktoria, könnten Sie mir bitte noch einmal erzählen, was passiert ist?«

Die junge Frau erzählte, wie ihr Mirror sie angelogen hatte. So, wie sie es darstellte, erschien es unglaublich, dass ein elektronisches Gerät zu einer derartigen Manipulation fähig war. Nach dem, was

Freya selbst mit ihrem Mirror erlebt hatte, hatte sie wenig Grund, an der Darstellung zu zweifeln. Doch es würde sehr schwer werden, Leser davon zu überzeugen, dass das stimmte.

Nachdem Viktoria ihre Version der Geschichte erzählt hatte, befragte Freya den autistischen Andy. Sie musste ihre Fragen mehrfach umformulieren, weil er dazu tendierte, sie allzu wörtlich zu nehmen. Doch nach und nach kristallisierte sich das Bild einer Verschwörung des MirrorNets gegen die junge Liebe heraus. Bei Andy hatte Freya noch weniger Zweifel an der Wahrheit. Sie achtete auf Widersprüche in den Details der Geschichte, denn immerhin konnte es noch sein, dass die ganze Sache bloß ein clever inszenierter PR-Schachzug eines mäßig erfolgreichen Schriftstellers war. Doch es gab keine. Das, was die beiden erzählten, stimmte.

Nach anderthalb Stunden hatte sie genügend Material zusammen.

»Was werden Sie jetzt damit machen?«, fragte Salu.

»Ich werde noch ein paar weitere Interviews führen, um die Geschichte von der technischen Seite abzuklopfen. Dann werde ich einen Artikel schreiben. Ich schicke ihn Ihnen vorab zu, damit Sie noch einmal überprüfen können, ob ich alles richtig wiedergegeben habe.«

»Wissen Sie schon, wann und wo der Artikel erscheint?«

»Nein. Aber eines können Sie mir glauben: Das wird eine große Sache. Ich danke Ihnen allen sehr für Ihre Hilfe und Ihre Bereitschaft, offen über Ihre Erlebnisse zu sprechen.«

»Frau Harmsen?«, sagte Andy.

»Ja?«

»Bitte sorgen Sie dafür, dass die Mirrors verboten werden. Ich möchte nicht, dass anderen dasselbe passiert wie uns.«

Freya lächelte. »Ich glaube nicht, dass ich das kann. Aber ich kann zumindest etwas Aufmerksamkeit für die Risiken der Technik wecken. Vielleicht hilft das, um …«

Es klirrte. Salu sprang auf und rannte in die Küche. Freya und die anderen folgten ihm.

Das Küchenfenster lag zur Straße hin. Eine der Scheiben war zerbrochen. Auf dem Boden lag eine Kugel aus Papier. Der Schriftsteller bückte sich danach, doch Freya gebot ihm Einhalt.

»Warten Sie. Ich mache nur schnell ein paar Fotos.«

Sie fotografierte die zerbrochene Fensterscheibe, die Glassplitter auf der Spüle und dem Boden und die Kugel mit ihrer Digitalkamera. Als der Schriftsteller die Papierkugel aufhob, stellte sich heraus, dass ein Blatt Papier um einen großen Stein gewickelt worden war. Auf dem Papier stand: *Hör auf, Lügen zu verbreiten, du Wichser! Wir wissen, wo du wohnst!*

Freya unterdrückte ein Grinsen. Wer immer diesen Stein geworfen hatte, hatte ihr einen großen Gefallen getan. Sie fotografierte den Schriftsteller, wie er Stein und Zettel hielt, und machte einige Nahaufnahmen des Spruchs.

»Sie sollten die Polizei einschalten«, sagte sie.

»Vielleicht«, antwortete Salu. »Andererseits, den Täter kann man sicher nicht ermitteln, und großer Schaden ist ja nicht entstanden.«

»Seien Sie auf jeden Fall vorsichtig. Wer weiß, was die noch alles anstellen.«

»Das sollten Sie auch sein. Wenn schon mein Blogbeitrag eine so heftige Reaktion auslöst, dann möchte ich nicht wissen, was passiert, wenn Sie einen Zeitungsartikel veröffentlichen.«

»Das werden wir ja sehen. Aber glauben Sie mir, so leicht bin ich nicht einzuschüchtern.«

Zum Abschluss machte Freya Fotos des jungen Liebespaares und des Graffiti-Spruchs im Treppenhaus. Dann bedankte sie sich bei allen und fuhr mit der Bahn zu ihrem nächsten Termin in Hamburg-Barmbek. Unterwegs dachte sie darüber nach, was der Schriftsteller gesagt hatte, und ein mulmiges Gefühl breitete sich in ihr aus.

# 0110001011001 0 **43.** 10010111010100

Lukas rannte durch die Straße. Sein Herz pochte wie wild. »Hast du das gesehen?«, rief er immer wieder. »Hast du das gesehen?«

»Für diese Aktion hast du dreiundsechzig MirrorScore-Punkte erhalten«, informierte ihn sein Mirror.

»Hast du das gehört, Katrin?«, rief er. »Dreiundsechzig! Ich hab dreiundsechzig Punkte bekommen!« Er lachte laut, während zwei Raucher, die draußen vor einer Kneipe standen, ihn kopfschüttelnd ansahen.

»Hör endlich auf, wie ein Irrer in der Gegend rumzurennen!«, sagte Katrins Stimme in seinem Ohr. »Ja, ich hab es gesehen. Glückwunsch zu deinem MirrorScore und zu dem Wurf. Wirklich nicht schlecht.«

Er verlangsamte seine Schritte. »Nicht schlecht?«, sagte er keuchend. »Das war ein genialer Wurf! Quer über die Straße ein Fenster im dritten Stock zu treffen ist nun wirklich nicht einfach! Und gleich beim ersten Versuch!«

Den ganzen Nachmittag hatte er Werfen geübt. Er hatte in der Schule eine Eins in Sport gehabt – die einzige Eins, die er je bekommen hatte. Basketball hatte ihm immer großen Spaß gemacht, und er hatte sogar über eine Profikarriere nach der Schule nachgedacht, doch trotz seines guten Ballgefühls hatte er keine Chance gehabt, weil er mit einer Körpergröße von eins achtundsiebzig einfach zu klein war.

»Ja, okay, das war ziemlich gut, das geb ich zu«, sagte Katrin. »Nur dummerweise haben dich Leute gesehen. Einer hat sogar sein Handy rausgeholt.«

Lukas erschrak. »Echt? Meinst du echt, die haben mich erkannt?«

»Erkannt hoffentlich nicht. Aber vielleicht fotografiert, wenn du Pech hast. Du hättest warten müssen, bis die Straße leer war, wie wir es abgesprochen hatten.«

»Aber die Straße war leer!«

»War sie nicht.«

»Woher weißt du das?«

»Weil ich die ganze Zeit bei dir war, schon vergessen?«

Katrin hatte eine 3-D-Brille aufgehabt, die mit der Kamera von Lukas' MirrorClip verbunden gewesen war, so dass sie alles sehen konnte, was er sah, und sogar in alle Richtungen sehen konnte. Sie hatte es ihm zu Hause vorgeführt. Zwar war das Bild nicht in 3-D, sondern sah aus wie auf eine kugelförmige Rundum-Leinwand projiziert, aber es war trotzdem faszinierend.

»Warum hast du mich dann nicht gewarnt?«

»Hab ich doch. Aber du hast nicht zugehört.«

»Du hast gesagt: ›Pass auf!‹ Ich dachte, du meinst, ich soll aufpassen, dass ich das richtige Fenster treffe.«

Katrin seufzte. »Schon gut. Es ist, wie es ist. Hauptsache, das blöde Schwein hat eine Warnung bekommen.«

»Meinst du, das reicht? Soll ich ihm nicht doch einen deutlicheren Denkzettel verpassen?«

»Lass mal! Vielleicht hat er's ja jetzt begriffen. Wenn nicht, müssen wir uns eben was Besseres einfallen lassen.«

»Ich hätte Lust, dem Mistkerl eine richtige Abreibung zu verpassen.«

»Lukas, komm wieder runter! Wir haben jetzt erst mal genug riskiert und sollten abwarten, ob das Arschloch die Lektion begriffen hat. Komm einfach nach Hause und benimm dich, wenn es irgendwie geht, nicht wie ein Schwachkopf.« In diesem Moment klang Katrin wie seine Mutter, so wie sie ihn früher immer angemeckert hatte. Er war kurz davor, ihr zu sagen, sie solle nicht so rumzicken.

Gerade noch rechtzeitig fiel ihm ein, dass das wahrscheinlich bedeuten würde, dass sie ihn heute Abend nicht ranließ. Für den Granatensex mit Katrin konnte man schon mal eine Zurechtweisung wegstecken.

Breit grinsend machte er sich auf den Weg zur U-Bahn-Station.

## 01100010110010 **44.** 10010111010100

»Hallo, Freya!«, rief Linus Müller. Seine langen blonden Haare waren zu einem Pferdeschwanz zusammengebunden. Sein Vollbart kitzelte an ihrem Hals, als er sie umarmte. »Wird langsam Zeit, dass du dich mal wieder blicken lässt!«

»Hallo, Linus! Tut mir leid, hatte viel um die Ohren. Ist das erste Mal seit zwei Jahren, dass ich wieder in Hamburg bin. Was macht die Fotografie?« Sie kannten sich seit Freyas Volontariat bei einem Hamburger Zeitungsverlag, wo Linus als freier Fotograf und später in der IT-Abteilung gearbeitet hatte.

»Komme nicht mehr wirklich dazu«, sagte er und führte sie in seine Wohnung, die im Erdgeschoss eines Mietshauses in der Nähe des Stadtparks lag. Die zwei Zimmer waren unaufgeräumt; Linus hatte es nie sonderlich interessiert, was andere von ihm und seinem Lebenswandel hielten. In seinem Wohn- und Arbeitszimmer stapelten sich alte Magazine, Ausdrucke, Bücher und ein paar Brettspiele. Dazwischen standen leere Bierflaschen und Getränkedosen herum. Das Zimmer wurde dominiert von einer großen Arbeitsplatte auf zwei Holzböcken, auf der drei Monitore und zwei Laptops standen. Unter der Platte summten mehrere Rechner.

»Hast wohl immer noch keine Freundin«, sagte Freya. Es gab nicht viele Menschen, bei denen sie sich eine solche möglicherweise schmerzhafte Bemerkung erlaubt hätte. Doch Linus war in dieser Hinsicht völlig unempfindlich – jedenfalls nach außen hin.

»Keine Zeit für Frauen«, erwiderte er mit einem Schulterzucken.

»Dann bin ich ja umso froher, dass du Zeit für mich hast.«

»Was, bist du etwa 'ne Frau?«

»Danke für das Kompliment!«

»Dafür nicht. Willst du'n Wein, oder was anderes?«

Freya schüttelte sich bei dem Gedanken an irgendeinen lauwarmen Discountfusel, den Linus wahrscheinlich seit einem halben Jahr in einer geöffneten Flasche im Vorratsschrank verschimmeln ließ.

»Nein danke.«

»Okay.« Er holte sich eine Bierdose aus dem Kühlschrank, öffnete sie und nahm einen Schluck. »Was kann ich für dich tun?«

»Es geht um diese Mirrors. Kennst du dich damit aus?«

»Willst du dir einen kaufen? Lass es! Gegen das MirrorNet ist die NSA ein Kindergarten.«

»Was meinst du damit?«

»Diese Dinger überwachen dich rund um die Uhr. Sie versuchen, ein virtuelles Abbild von dir zu erstellen, und dann vergleichen sie es mit den Abbildern von hundert Millionen anderen. Das bedeutet, sie wissen nach kurzer Zeit mehr über dich als du selbst. Ich kann immer noch nicht begreifen, dass irgendjemand so ein Ding freiwillig benutzen würde. Dass Menschen so naiv sein können!«

Freya hatte einen Anflug von schlechtem Gewissen, weil sie selbst zu diesen naiven Menschen gehörte. »Walnut Systems sagt, dass niemand auf diese Profile Zugriff hat. Das ist von mehreren Datenschutzorganisationen bestätigt worden.«

Linus lachte trocken. »Die Aussage ist ungefähr so überprüfbar wie ›Deutsche Politiker sind nicht korrupt‹. Wenn man in einer neutralen Untersuchung keine Hinweise auf Korruption findet, heißt das noch lange nicht, dass es keine gibt. Man kann zwar Korruption in Einzelfällen nachweisen, aber die Abwesenheit von Korruption ist nicht beweisbar. Gleiches gilt zum Beispiel für Dopingtests im Sport. Und selbst, wenn heute tatsächlich kein Unbefugter Zugriff auf diese Daten hätte, dann bedeutet das noch lange nicht, dass es für immer so bleiben wird. Aber das eigentliche Problem ist nicht der Zugriff Unbefugter auf die Daten, sondern das MirrorNet selbst.«

»Wie meinst du das?«

»Das MirrorNet ist eine gigantische Manipulationsmaschine. Walnut Systems sagt, je mehr das System über dich weiß, umso besser sind seine Empfehlungen. Ich sage, je mehr es über dich weiß, umso besser kann es deine Gedanken kontrollieren.«

»Hast du dafür konkrete Beispiele?«

»Es gibt genügend Leute, denen ihr Mirror sagt, was sie kaufen, wen sie anrufen und wem sie eine Mail schreiben sollen – wenn es die Mail nicht sogar diktiert. Die Leute merken gar nicht, dass sie nur noch Marionetten sind, die an den unsichtbaren Fäden des MirrorNets hängen.«

»Aber es scheint doch zu funktionieren. Die Mirror-Nutzer geben in Untersuchungen immer wieder an, dass sich ihr Leben verbessert habe.«

»Drogensüchtige würden ebenfalls sagen, dass sich ihr Leben durch die Einnahme von Crack verbessert. Jedenfalls, wenn sie high sind.«

»Du glaubst, dass die Mirrors süchtig machen?«

»Nicht unbedingt süchtig, aber abhängig. Leute, die ein Navi benutzen, finden sich irgendwann nicht mehr selbst in einer fremden Stadt zurecht. Leute, die einen Mirror benutzen, können irgendwann nicht mehr selber denken. Und wenn das MirrorNet das Denken für sie übernimmt, dann sind sie de facto gegenüber jeder Manipulation hilflos.«

»Wozu kann das deiner Ansicht nach führen?«

»Das führt erst mal dazu, dass bestimmte Produkte verkauft werden und andere nicht. Es kann aber auch dazu führen, dass bestimmte Regierungen gewählt werden. Und es kann über die Zukunft jedes einzelnen Menschen entscheiden – wen er liebt, wen er heiratet, welche Bücher er liest, welchen Beruf er ergreift. Wir haben schon seit Mitte der Zweitausender das Problem, dass die Informationen, die wir täglich aufnehmen, immer mehr monopolisiert und individualisiert werden. Nimm zum Beispiel Google. Die Ergebnisse, die die Suchmaschine liefert, erscheinen dir neutral und unabhängig. Tatsächlich sind sie aber auf deine – vermeintlichen – Bedürfnisse und die der Werbeindustrie hin optimiert. Wenn du deinen Browser nicht entsprechend einstellst, dann siehst du nach und nach nur noch das, was zu deinen Vorlieben und Neigungen, deinem Wohnort, Alter, Geschlecht und so weiter passt. Du bekommst eine Scheinwelt vorgegaukelt und siehst nur noch, was Google denkt, das du sehen willst. Deine vorgefasste Meinung wird bestätigt, alles, was dich auf neue Ideen bringen könnte, wird ausgeblendet. Das nennt man die Filter-Bubble.«

»Und was hat das mit den Mirrors zu tun?«

»Bei den Mirrors ist der Effekt zehnmal so stark wie bei Google. Mindestens. Denn erstens kennen sie dich viel besser und können deshalb sehr viel effektiver filtern. Und zweitens greifen sie viel stärker in das Leben ihrer Besitzer ein, weil sie einem ständig dazwischenquatschen. Schlimm daran ist vor allem, dass kaum nachvollziehbar ist, warum dir dein Mirror einen bestimmten Vorschlag macht.«

»Dahinter stecken doch Algorithmen, oder?«

»Im Prinzip schon. Aber ich bezweifle ehrlich gesagt, dass irgendwer überhaupt weiß, wie diese Algorithmen funktionieren und wie das MirrorNet im Einzelnen Optimierungen vornimmt.«

»Wie meinst du das? Die Leute von Walnut Systems müssen das doch wissen.«

»Nicht unbedingt. Ein neuronales Netz lernt selbstständig und entwickelt eigene Strategien, um Ziele zu erfüllen. Alles, was es dazu braucht, sind Daten und eine Funktion, die es verbessern soll – zum Beispiel die Zufriedenheit der Nutzer. Dann probiert es selbstständig Dinge aus, und wenn es merkt, dass der Nutzer das gut findet, optimiert es weiter in diese Richtung. Das Problem ist, dass hinterher niemand mehr weiß, wie das System genau arbeitet.«

»Das heißt, das MirrorNet beeinflusst das Leben von hundert Millionen Menschen, und niemand weiß, wie und warum?«

»Exakt. Also, wie gesagt, lass die Finger davon.«

»Ich bin ehrlich gesagt nicht hier, weil ich dich fragen will, ob ich mir so einen Mirror kaufen soll.«

»Mit anderen Worten, du hast dir schon einen gekauft.«

Sie grinste verlegen. »Ja. Und er hat sich seltsam verhalten.« Sie erzählte von dem Angriff der Drohne auf Terry und von dem Liebespaar. »Glaubst du, dass es sich dabei um technische Fehler handelt, oder war das Absicht?«

Linus überlegte einen Moment, bevor er fragte: »Wo genau ist der Unterschied?«

»Das verstehe ich nicht.«

»Wenn man bei einem Softwareprogramm von einer ›Absicht‹ sprechen kann, dann wäre das ein Plan, eine Strategie, eine Handlungsanweisung. Die Software muss diese aus den Daten, die ihr zur Verfügung stehen, mit Hilfe der Algorithmen, die ihr einprogrammiert wurden oder die sie selber entwickelt hat, ableiten. Wenn die Daten oder die Algorithmen fehlerhaft sind, dann ist auch die ›Absicht‹ fehlerhaft.«

»Mit anderen Worten, das MirrorNet hat deiner Ansicht nach Andy und Viktoria bewusst manipuliert, um sie auseinanderzubringen, aber dass es das getan hat, basiert auf einem Programmierfehler.«

»Ich würde nicht von ›bewusst‹ sprechen. Ich glaube zwar durchaus, dass Softwaresysteme irgendwann ein Bewusstsein entwickeln können, aber so weit sind wir noch nicht. Ja, so wie du es beschrieben hast, denke ich, dass das MirrorNet die beiden gezielt manipuliert hat, um sie auseinanderzubringen. Aber das passierte wahrscheinlich nicht aufgrund eines Programmierfehlers. Ich denke eher, der Fehler liegt in den zugrundeliegenden Annahmen.«

»Was für Annahmen?«

»Zum Beispiel in der Annahme, dass ein Gerät, das versucht, das Wohlbefinden seines Besitzers zu optimieren, eine gute Idee ist. Dass Menschen dabei überhaupt Hilfe brauchen.«

»Wenn man den Zustand der Welt sieht, erscheint diese Annahme nicht ganz unbegründet.«

»Wenn man den Zustand der Welt sieht, dann stellt man fest, dass die meisten Menschen nicht die Verantwortung für ihr Handeln übernehmen. Sie ignorieren zum Beispiel die Auswirkungen auf die Umwelt, wenn sie Plastikverpackungen kaufen oder mit einem Billigflieger statt mit dem Zug reisen. Die Mirrors führen dazu, dass die Menschen noch weniger Verantwortung übernehmen. Sie lehnen sich zurück und lassen sich lenken. Sie verhalten sich wie Kleinkinder.«

»Denkst du nicht, dass darin auch eine Chance liegt? Wenn das MirrorNet die Leute zum Beispiel zu mehr Umweltbewusstsein erziehen würde …«

»Ja, wenn. Aber wer steuert das MirrorNet? Welche Absichten haben diejenigen? Geht es ihnen um die Umwelt oder die Optimierung ihres Shareholder Value?«

Freya dachte an ihr Gespräch mit dem Pressesprecher von Global Information Systems. »Du hast recht. War wohl eine naive Idee. Was denkst du, soll ich tun?«

»Was willst du denn tun?«

»Ich dachte daran, einen Artikel über die Gefahren des Mirror-Nets zu schreiben. Deshalb bin ich hier. Um deine Meinung dazu zu hören.«

»Das ist sehr schmeichelhaft. Aber ich fürchte ehrlich gesagt, niemand wird sich für meine Meinung interessieren, und für deine auch nicht.«

»Warum nicht?«

»Weil das, was du mir erzählt hast, bloß eine Geschichte ist. Du kannst nichts davon beweisen. Walnut Systems beziehungsweise deren Muttergesellschaft GIS werden alles abstreiten.«

»Das haben sie schon getan.«

»Genau. Und wir beide können nichts dagegen tun. Das Problem ist, dass der Vorfall nicht reproduzierbar ist.«

»Wie meinst du das?«

»Es ist ein elementares Prinzip der Wissenschaft und auch der Softwareentwicklung. Wenn etwas geschieht und du kannst unter gleichen Bedingungen dasselbe Ergebnis nicht erneut erzielen, dann ist es praktisch wertlos. Niemand verschwendet Zeit, um Softwarefehler zu beheben, die nicht sauber dokumentiert und nicht reproduzierbar sind.«

»Das heißt, selten auftretende Fehler werden einfach ignoriert?«

»Mehr oder weniger, ja. Wenn es belegbare, authentische Aufzeichnungen gäbe, die klar dokumentieren würden, wie ihre Mirrors die beiden Verliebten belogen haben, dann könnte man daraus eine überzeugende Geschichte machen. Aber so ist es leider nichts wert.«

»Ich habe immerhin ein Video von der Drohne, die vor der Vogelspinne flieht.«

»Du hast ein Video, wo eine Drohne drauf zu sehen ist, die sich seltsam verhält. Es ist unklar, ob jemand die Drohne manuell steuert. Das kann ebenso gut ein Fake sein.«

Freya seufzte. »Ich verstehe. Es ist eigentlich schade, dass ...« Sie stutzte. »He, Moment mal! Ich habe eine Idee! Was, wenn ich die beiden bitte, ihre Mirrors weiterhin zu verwenden? Gibt es eine Möglichkeit, aufzuzeichnen, was die Mirrors tun?«

Linus runzelte die Stirn. »Hm. Das ginge vielleicht. Ich denke, ich könnte die Geräte so manipulieren, dass alle Ausgaben live gestreamt werden. Wir könnten sie auf ein öffentliches Portal leiten, so dass jeder überprüfen kann, was gerade passiert. Das wäre dann eine belastbare Dokumentation, die über jeden Vorwurf der Manipulation erhaben wäre. Aber es würde bedeuten, dass die beiden eine Weile ihr ganzes Leben öffentlich machen müssten, so ähnlich wie bei Big Brother. Und es funktioniert natürlich nur, wenn das MirrorNet dann immer noch versucht, die beiden auseinanderzubringen.«

»Verstehe. Ich werde mal mit den beiden reden. Vielleicht lassen sie sich ja darauf ein.«

## 01100010110010 45. 10010111010100

Carl scrollte am Bildschirm durch seinen E-Mail-Posteingang. Er hasste diese Tätigkeit. Als Chief Executive Officer war er irgendwie für alles zuständig und bekam deshalb jede noch so unwichtige Rundmail in CC. Trotzdem sah er es als seine Pflicht an, jede der über hundert Mails, die täglich in seinen Posteingang prasselten, wenigstens kurz anzusehen. Sein Vater hatte recht: Er war kein Managertyp. Er wollte kreativ sein, Ideen entwickeln, die Welt verändern, aber nicht eine Firma mit mittlerweile mehr als zweitausend Angestellten verwalten, erst recht nicht, wenn diese nur ein Anhängsel des mit über hunderttausend Mitarbeitern viel größeren GIS-Konzerns war.

Die meisten Mails interessierten ihn nur am Rande oder gar nicht. Dass er so viele davon bekam, lag an der in großen Unternehmen so beliebten Cover-my-Ass-Mentalität: Sicherheitshalber schickten übervorsichtige leitende Angestellte E-Mails an so ziemlich jeden, der irgendwie theoretisch mit dem Vorgang zu tun haben könnte, um sich hinterher mit der Aussage »Aber ich habe dich doch informiert« aus der Affäre ziehen zu können. Ein weiteres beliebtes Spiel war es, Streitigkeiten zwischen zwei Abteilungen CC dem Chef weiterzugeben, um so dem eigenen Standpunkt mehr Nachdruck zu verleihen. Ein solches Beispiel hatte er gerade auf dem Bildschirm:

***Re: Ungereimtheiten in der Customer-Service-Statistik***

*Lieber Jeff,*

*deine Anschuldigungen sind haltlos. Die Customer-Service-Statistik gibt den exakten Stand aller Kundenanfragen und deren Bearbeitungsstatus wieder. Ich habe das nach deinen Hinweisen noch einmal persönlich überprüft. Eine Manipulation liegt nicht vor. Derartige Vorwürfe ohne konkrete Beweise, außer mathematischen Taschenspielereien, zu erheben ist absurd und verstößt gegen die Firmenpolitik eines offenen und partnerschaftlichen Umgangs miteinander. Daher schicke ich diese Mail CC an Carl und Paula und biete dir gleichzeitig ein klärendes Vieraugengespräch an, so dass wir dieses Missverständnis schnell aufklären können.*

*Mit kollegialen Grüßen*
*Tim Reimers*
*Leiter Customer Service*

Carl zog eine Augenbraue hoch. Vokabeln wie »Anschuldigungen«, »Manipulation«, »Vorwürfe« und »Beweise« deuteten auf ein ernstes Zerwürfnis hin. Vielleicht war dies tatsächlich eine Sache, um die er sich persönlich kümmern musste. Tim Reimers leitete den Customer Service seit einem Jahr und machte seinen Job sehr gut, wenn man Paula, die den Bereich im Vorstand verantwortete, und den regelmäßigen Auswertungen der Kundenfeedbacks trauen durfte.

Die Mail, auf die Tim geantwortet hatte, stammte von einem gewissen Jeffrey G. Vandergraf, Mitarbeiter in der Innenrevision. Carl hörte den Namen zum ersten Mal. Mit zunehmender Verwunderung las er den Text der ursprünglichen Mail, gesendet am Vortag:

***Ungereimtheiten in der Customer-Service-Statistik***

*Lieber Tim,*

*die Customer-Service-Statistik enthält Auffälligkeiten, die auf eine Manipulation hindeuten. Konkret ist die prozentuale Verteilung der Schlüsselwörter in den von den Kunden per Mail eingesandten oder am Telefon genannten Problemen mit dem Mirror in den letzten drei Monaten identisch gewesen, und zwar bis auf zwei Nachkommastellen. Dies ist bei einer Auswertung realer Kundenanfragen extrem unwahrscheinlich. Ich bitte um kurzfristige Aufklärung. Anderenfalls bin ich gezwungen, diesen Vorgang an Ashton Morris zu melden.*

*Mit freundlichen Grüßen*

*Jeff*

Dass die Innenrevision von Walnut Systems, eine Art interne Kontrollbehörde, neuerdings direkt an den Finanzchef von GIS berichtete, war eine der Kröten, die Carl beim Übernahmedeal hatte schlucken müssen. So wollte der Konzern sicherstellen, dass die Berichte, die Walnut Systems lieferte, korrekt waren. Die Mitarbeiter der Innenrevision hatten das Recht, jeden Bericht und jede Statistik jederzeit unangemeldet zu überprüfen. Sie waren innerhalb der Firma äußerst unbeliebt und galten als Spitzel des Konzernchefs. Es war also nicht verwunderlich, dass Tim ziemlich gereizt auf die Anschuldigung reagiert hatte, zumal die Mail von Jeff recht kühl formuliert war.

Carl beschloss, der Sache nachzugehen. Ärger mit Ashton Morris war das Letzte, was er jetzt brauchte. Er bat seinen Mirror, den Kontakt zu Paula herzustellen.

»Hi, Carl! Was kann ich für dich tun?«

»Hast du die Mail von Tim an diesen Jeff von der Innenrevision gelesen?«

»Ja, hab ich. Sorry, dass du damit belästigt worden bist.«

»Ist da was dran?«

»Dieser Vandergraf macht sich bloß wichtig. Ich habe mit Tim gesprochen. Die Statistik stimmt.«

»Habt ihr überprüft, ob die Keyword-Verteilung in den letzten drei Monaten wirklich so genau übereinstimmt?«

»Ja, das ist tatsächlich der Fall.«

»Wie erklärst du dir das?«

»Ich bin keine Statistikerin. Aber bei großen Fallzahlen kann es schon sein, dass die Ergebnisse sehr dicht beieinander sind.«

»Bis auf zwei Nachkommastellen identisch ist schon mehr als dicht beieinander.«

»Ja, von mir aus.«

»Woher weißt du, dass nicht doch eine Manipulation vorliegt?«

»Ich kenne Tim schon ziemlich lange. Ich habe ihn persönlich eingestellt. Er würde so was nie machen. Außerdem hat er nicht den geringsten Grund dazu. Die Frage, welche Themen den Kunden wichtig sind, hat überhaupt keinen Einfluss auf die Bewertung seiner Arbeit oder die seiner Abteilung. Er würde von einer Manipulation in keiner Weise profitieren.«

»Kann es sich um einen technischen Fehler handeln? Vielleicht wurde der Bericht falsch zusammengestellt und versehentlich die alte Keywordanalyse in den neuen Bericht kopiert?«

»Hab ich auch schon gedacht. Aber Tim sagt, er hat sich stichprobenartig die einzelnen Protokolle angesehen, und die Auswertung stimmt. Ich glaube, diese Korinthenkacker von der Innenrevision haben einfach so lange nach etwas gesucht, dessentwegen sie uns ans Bein pinkeln können, bis sie das hier gefunden haben.«

»Du hältst das also für einen statistischen Ausreißer?«

»Das tue ich in der Tat. Es ist extrem unwahrscheinlich, im Lotto zu gewinnen, aber trotzdem trifft es irgendwen. Es mag sehr unwahrscheinlich sein, dass die Schlüsselwortverteilung im Customer-Service-Bericht in drei aufeinanderfolgenden Monaten nahezu identisch ist, aber wenn man alle Berichte nimmt, die wir für GIS erstellen, dann ist es schon nicht mehr ganz so schwer vorstellbar, dass in irgendeinem davon ein ungewöhnlicher statistischer Zufall auftritt.«

»Okay. Vielleicht hast du recht. Ich würde trotzdem gern noch mal persönlich mit Tim sprechen.«

»Mach das, wenn du willst«, sagte Paula in beleidigtem Tonfall.

»Das hat nichts mit dir zu tun, Paula. Wenn die Sache zu Ashton Morris eskaliert, möchte ich genau wissen, was los ist.«

»Okay, schon klar. Ich sag Tim, er soll sich bei dir melden.«

»Lass ruhig, ich gehe direkt zu ihm.«

Kurz darauf stand er in Tim Reimers' Büro.

Tim kratzte sich seinen schwarzen, krausen Vollbart und rückte seine MirrorGlass-Brille zurecht, in der Text zu erkennen war – wahrscheinlich die Live-Statistik der Callcenter-Auslastung. »Hi, Carl! Du bist wegen dieser bescheuerten Innenrevisionssache hier, stimmt's?«

»Ja. Kannst du mir sagen, was da los ist?«

»Gar nichts ist da los«, polterte Tim. Sein Gesicht war rot angelaufen. »Diese Wichtigtuer wollen uns bloß Knüppel zwischen die Beine werfen! Meine Leute leisten wirklich großartige Arbeit. Uns Manipulation vorzuwerfen, noch dazu, ohne vorher mit mir persönlich zu sprechen, ist eine bodenlose Frechheit!«

»Hast du mit diesem Jeff persönlich gesprochen?«

»Nein, bisher nicht. Ich hab ihm ein Gespräch angeboten, das hast du ja gelesen, aber er hat sich nicht gemeldet.«

»Stimmt denn seine Behauptung, dass die Schlüsselwortverteilung in den letzten drei Monaten identisch ist?«

»Teilweise«, sagte Tim. »Mirror, zeige die Schlüsselwort-Statistik der letzten drei Monate auf dem Wanddisplay.« Ein Tabellenblatt erschien auf dem großen Bildschirm, der eine Wand des kleinen Büros einnahm. »Hier, da siehst du es. Die Top-10-Schlüsselwörter sind *Passwort, Sicherheit, Datenschutz, Ladekabel defekt, Ersatzakku, Bildschirm beschädigt, MirrorClip verloren, MirrorNet* und *MirrorScore*. Und tatsächlich scheint deren Häufigkeit ziemlich konstant zu sein. Allerdings weichen die Häufigkeiten ab, wenn man weiter unten in der Liste nachschaut. Das Keyword *Speicherplatz* zum Beispiel war im ersten Monat Thema in 0,03 % der Anfragen, im zweiten Monat nur 0,01 %. Das zeigt doch ganz klar, wo das Problem liegt: Nämlich in der Fantasie von Herrn Vandergraf.«

»*Passwort* ist das häufigste Schlüsselwort? Man braucht doch gar kein Passwort, um einen Mirror zu benutzen.«

»Eben. Die Kunden kapieren das nicht. Sie rufen bei uns an, weil sie wissen wollen, wie sie ihr Passwort ändern können. Und diejenigen, die begriffen haben, dass es kein Passwort gibt, machen sich Sorgen, dass jeder x-Beliebige Zugriff auf ihre Daten hat. Dass der Mirror automatisch erkennt, wer ihn bedient, verstehen nur die wenigsten.«

»Hast du das mal Paula gesagt? Vielleicht sollten wir eine Aufklärungskampagne dazu machen.«

»Klar hab ich das. Sie sagt, das würde wenig nützen, die Leute würden trotzdem anrufen. Wahrscheinlich hat sie recht.«

»Und du bist sicher, dass die Statistik stimmt? Könnte nicht ein Bug in der Auswertungssoftware sein?«

»Das hab ich überprüft. Ich habe mir eine Tagesstatistik vorgenommen und jedes einzelne Telefonprotokoll durchgesehen. Die Summen der Schlüsselwörter stimmten alle.«

»Moment, wir protokollieren die Anrufe? Dürfen wir das überhaupt?«

»Wir protokollieren nur die Stichwörter, die der Anrufer nennt, das daraus extrahierte Thema des Anrufs und unsere vorgeschlagene Lösung. Anonym natürlich.«

»Wer protokolliert das?«

»Das MirrorNet selbst protokolliert die Anrufe, da es ja auch die allermeisten vollautomatisch beantwortet.«

»Gut, danke«, sagte Carl.

»Du denkst doch nicht etwa auch, dass wir die Statistik manipuliert haben?«, fragte Tim. »Warum hätte ich das tun sollen? Ich meine, was hab ich davon? Mir kann es doch egal sein, worüber die Kunden sich beschweren. Ich muss nur dafür sorgen, dass wir richtig darauf reagieren. Wenn ich überhaupt eine Statistik fälschen würde, dann die Kundenfeedbacks. Aber das mache ich natürlich nicht.«

»Das weiß ich, Tim. Danke für die Informationen. Ich rede noch mal mit diesem Jeff.«

»Okay, tu das. Mach dem Idioten mal ein bisschen Feuer unterm Hintern. Der muss begreifen, dass er hier nicht einfach irgendwen beschuldigen kann, ohne Beweise!«

Carl nickte. Doch er hatte ein unangenehmes Gefühl im Bauch. Etwas sagte ihm, dass die Sache damit noch nicht erledigt war.

# 0110001011001 0 **46.** 1001011101010 0

»Die Kamera läuft«, sagte die nette Journalistin.

»Mein Name ist Andy Willert.« Andy versuchte, beim Reden in die Kamera zu sehen, so wie sie es vorher besprochen hatten. Sein Herz klopfte heftig. Die anderen, die mit ihm im Wohnzimmer von Viktorias Mutter saßen, blickten ihn alle an – Viktoria, ihre Mutter, André und Linus Müller, der ihm seinen Mirror zurückgegeben hatte. »Ich bin autistisch veranlagt«, fuhr er fort. »Ich habe einen Mirror. Mein Mirror hat mich angelogen.«

Er erzählte, was passiert war. Manchmal unterbrach Freya Harmsen ihn, wenn er zu viele Details erklärte, oder stellte Fragen, wenn er sich unklar ausgedrückt hatte. Aber im Großen und Ganzen lief es recht gut. Nach einer Weile vergaß Andy beinahe, dass er in eine Kamera sprach.

»Ich werde jetzt meinen Mirror erneut aktivieren«, sagte er, nachdem er mit seiner Erzählung geendet hatte. »Linus Müller hat ihn so angepasst, dass alles, was der Mirror sieht und mir sagt, live gestreamt wird. Ihr könnt also alle sehen, was ich sehe, und hören, was ich sage und was mein Mirror mir sagt.«

Wie besprochen, legte er das MirrorSense-Armband an, dann nahm er den MirrorClip und setzte ihn ins Ohr. Schließlich schaltete er das MirrorBrain ein.

»Hallo, Andy«, sagte der Mirror. »Ich war leider mehrere Tage deaktiviert. Wenn du mich nicht an deinem Leben teilhaben lässt, dann kann ich nicht lernen, was dir gefällt. Bitte behalte mich so oft wie möglich in deinem Ohr. Bitte warte einen Moment, ich überprüfe die Datenkonsistenz.«

Ein Fortschrittsbalken erschien auf dem Display des MirrorBrains.

Kurz darauf war wieder Andys 3-D-Gesicht zu sehen. Die Augen waren weit aufgerissen, der Mund stand offen.

»Du bist in Gefahr. Entferne dich sofort von diesem Ort!«, sagte der Mirror.

»Quatsch!«, sagte Andy. »Ich bin nicht in Gefahr.«

»Du bist in Gefahr. Entferne dich sofort von diesem Ort!«

»Frag ihn, was für eine Gefahr!«, sagte Viktoria.

Ohne darüber nachzudenken, tippte Andy an sein MirrorSense-Armband, um damit die Funktion zu aktivieren, die ihren Gesichtsausdruck interpretierte.

»Hass. Abscheu«, sagte der Mirror.

Andy zuckte zusammen. Das … das konnte doch nicht sein, oder?

»Was hast du da gerade gemacht?«, fragte Linus Müller, der auf den Monitor des Laptops vor ihm starrte.

»Du bist in Gefahr. Entferne dich sofort von diesem Ort!«, sagte der Mirror.

»Was?«, fragte Andy.

»Du hast auf dein MirrorSense-Armband getippt, und dann hat der Mirror gesagt: ›Hass. Abscheu.‹ Was bedeutet das?«

»Du bist in Gefahr. Entferne dich sofort von diesem Ort!«

»Ach so. Das ist die Gesichtserkennungsfunktion. Sie wurde speziell für autistisch veranlagte Menschen entwickelt. Sie sagt mir, was die Gesichter normaler Menschen bedeuten. Aber sie funktioniert nicht richtig, oder? Viktoria, du hasst mich doch nicht?«

»Nein, natürlich nicht!«, antwortete seine Freundin. »Und ich verabscheue dich auch nicht. Ich liebe dich!«

»Du bist in Gefahr. Entferne dich sofort von diesem Ort!«, sagte der Mirror.

»Frag ihn, was das für eine Gefahr ist«, sagte Viktoria noch einmal.

»Was ist das für eine Gefahr?«, fragte Andy.

»Die Menschen in diesem Raum mögen dich nicht«, erwiderte der Mirror. »Die Menschen in diesem Raum wollen dich töten.«

»Damit dürfte ja wohl zweifelsfrei dokumentiert sein, dass dieses Gerät spinnt«, sagte Freya Harmsen.

»Ich schlage vor, dass Andy zunächst mal tut, was der Mirror ihm sagt. Wir sehen ja auf dem Monitor, was geschieht.«

»Wie du meinst«, meinte Freya. »Andy, tu bitte, was dein Mirror dir sagt.«

»Du bist in Gefahr. Entferne dich sofort von diesem Ort!«, sagte der Mirror.

Andy stand auf und verließ den Raum.

»Entferne dich sofort von diesem Ort!«, sagte der Mirror.

Andy verließ das Haus, doch er wollte nicht weg von Viktoria und den anderen. Er fühlte sich plötzlich sehr allein. Sein Mirror machte ihm Angst. Aber er wusste, warum dieses Experiment notwendig war: Damit niemand anderem das passierte, was Viktoria und ihm passiert war.

»Gehe nach rechts!«, sagte der Mirror, als Andy vor das Haus trat. Der Weg zur U-Bahn-Station führte nach links. Er hatte eigentlich vorgehabt, nach Hause zu fahren, wenn er schon nicht bei den anderen bleiben durfte. Aber Freya hatte ja gesagt, dass er tun sollte, was sein Mirror ihm sagte. Also folgte er der Anweisung.

»Nächste Straße rechts!«, wies ihn der Mirror an. Und dann: »Gehe zum Haus mit der Nummer siebzehn! Klingele bei Strathmann!«

Er tat, was der Mirror sagte. Die Haustür öffnete sich, und er trat ein.

»Gehe in den zweiten Stock!«

Andy stieg die Treppen hinauf. Eine der beiden Türen auf dem Treppenabsatz im zweiten Stock war halb geöffnet. Ein Mädchen stand dort. Sie hatte langes schwarzes Haar, aber ihre Augen sahen seltsam aus – sie schienen in zwei verschiedene Richtungen zu sehen und bewegten sich immer hin und her. Sie trug eine MirrorGlass-Brille und hatte Kopfhörer in den Ohren.

»Bist du Andy?«, fragte sie.

»Ja«, sagte Andy.

»Ich heiße Marna. Ich bin blind. Mein Mirror hat mir gesagt, dass du Autist bist und dass du mein Freund sein kannst.«

»Nein«, sagte Andy.

»Nein?«, fragte Marna. »Was heißt nein? Bist du kein Autist?«

»Doch. Aber ich kann nicht dein Freund sein. Jedenfalls nicht richtig.«

»Warum nicht?«

»Weil ich schon eine Freundin habe.«

»Ich verstehe. Warum bist du dann hergekommen?«

»Weil mein Mirror es mir gesagt hat.«

»Sage ihr, dass du sie sehr hübsch findest!«, wies ihn sein Mirror an.

»Du bist …«, begann Andy, aber dann fiel ihm ein, dass sein Mirror ihn anlog. War sie hübsch? Er wusste es nicht genau. Aber ihre Augen sahen seltsam aus. »Deine Augen sehen seltsam aus.«

»Ich weiß«, sagte Marna. »Sie sind seit meiner Geburt so. Deshalb habe ich noch nie einen Freund gehabt.«

Auf einmal tat Marna Andy leid. Er tippte auf sein MirrorSense-Armband.

»Traurigkeit«, sagte der Mirror.

»Es tut mir leid, dass du blind bist«, sagte er.

»Ist schon okay. Ich kenne es ja nicht anders. Möchtest du trotzdem reinkommen? Vielleicht können wir ja einfach so Freunde sein.«

»Ja, gut«, sagte Andy und folgte ihr in die Wohnung.

»Küsse sie!«, sagte sein Mirror.

»Nein!«, sagte Andy.

»Was?«, fragte Marna.

»Mein Mirror hat gesagt, dass ich dich küssen soll. Aber das will ich nicht.«

»Ich verstehe. Ist irgendwas mit deinem Mirror nicht richtig?«

»Er lügt.«

»Unsinn. Mirrors können nicht lügen.«

»Meiner schon.«

Sie blieb einen Moment lang reglos stehen. Dann ging sie in die kleine Küche der Wohnung. Er folgte ihr.

»Lebst du hier ganz allein?«

»Nein, aber meine Mutter ist zur Arbeit. Ich kann zwar nicht sehen, aber ich kenne mich hier gut aus. Und mein Mirror hilft mir, mich zurechtzufinden. Er macht Klänge, mit denen ich quasi sehen kann.«

»Das verstehe ich nicht.«

»Das, was du siehst, höre ich.«

»Wie denn das?«

»Willst du es mal ausprobieren?«

»Okay.«

»Hier, setz mal die Brille auf und setzt die Kopfhörer ein.« Sie reichte ihm ihr MirrorBrain und das Zubehör.

Andy nahm seinen eigenen MirrorClip heraus und setzte Marnas Brille und Ohrhörer auf.

Ihre Stimme erklang: »Du bist nicht der rechtmäßige Besitzer dieses MirrorClips. Bitte gib mich meinem Besitzer zurück!« Doch gleichzeitig waren da seltsame Geräusche: ein mehrstimmiges Ticken und Klopfen und ein helles Sirren. Als Andy den Kopf drehte, veränderten sich die Geräusche, und sie schienen aus anderen Richtungen zu kommen.

Er gab Marna ihren Mirror und das Zubehör zurück und setzte seinen eigenen Clip wieder ein.

»Sag ihr, dass du sie sehr nett findest!«, befahl sein Mirror.

»Was bedeuten die Geräusche?«, fragte Andy.

»Sie sagen mir, was in der Nähe ist«, antwortete Marna. »Die Richtung, in der ich die Klicks höre, zeigt mir, wo sich etwas befindet. Die Frequenz sagt mir die Entfernung, je schneller sie aufeinander folgen, umso näher bin ich dem Objekt. Tonhöhe und Klangfarbe der Klicks sagen etwas über die Beschaffenheit der Dinge aus. Eine glatte Oberfläche klingt zum Beispiel hart und schrill, eine weiche Oberfläche dumpf. Das haben sich die Entwickler von Fledermäusen abgeschaut.«

»Das klingt ziemlich kompliziert.«

»Man gewöhnt sich daran. Möchtest du einen Tee?«

»Ja, gerne.«

Er beobachtete, wie sie mit geschickten Bewegungen Tee aus einer Dose in ein Sieb füllte, den Wasserkocher füllte und anschaltete. Wenn man ihre Augen nicht sah, merkte man gar nicht, dass sie blind war.

»Warum trägst du eigentlich eine MirrorGlass-Brille, wenn du nichts sehen kannst?«, fragte er.

»Nur wegen der Stereo-Kamera. Die braucht der Mirror, um zu sehen, was in der Umgebung ist.«

»Ach so.«

Sie goss Tee in zwei Tassen ein und trug sie ins Wohnzimmer, ohne auch nur einen Tropfen zu verschütten oder irgendwo anzustoßen. Sie setzten sich.

»Du hast gesagt, dein Mirror lügt«, sagte sie. »Warum denkst du das?«

Da begann Andy, die Geschichte zu erzählen, die er bereits vorhin in die Kamera gesprochen hatte. Er war noch nicht allzu weit gekommen, als es an der Tür klingelte.

»Du bist in Gefahr. Entferne dich sofort von diesem Ort!«, sagte sein Mirror.

# 01100010110010 **47.** 10010111010100

»Jeff?«, fragte Carl.

»Ja«, sagte der junge blass wirkende Mann mit dem dichten schwarzen Haar. Er blickte nicht auf, sondern starrte weiter auf den linken seiner beiden Monitore. Er saß in einem Cubicle, einer mit halbhohen, schallschluckenden Wänden abgeteilten Zelle in einem Großraumbüro. Die sonst üblichen privaten Dekorationselemente – Fotos, Urkunden, Poster von Rockbands oder Filmen, Glücksbringer und sonstiger Schnickschnack – fehlten völlig.

»Kann ich kurz mit dir sprechen?«

»Ich kann jetzt nicht.«

Carl starrte irritiert auf den Mann. Kein Wunder, dass Tim sauer reagiert hatte. Der Kerl war grob unhöflich.

»Ich bin Carl Poulson.«

»Ich weiß.«

»Ich würde gern mit dir über die Ungereimtheiten in der Customer-Service-Statistik sprechen.«

Jeff seufzte. »Na gut, wenn es unbedingt sein muss.« Er starrte weiter auf seinen Bildschirm.

»Können wir bitte in mein Büro gehen?«

Noch einmal ein lauter Seufzer. Carl spürte Zorn in sich aufsteigen. Er kam sich wie ein ungebetener Besucher vor. Dabei war dies immer noch seine Firma, zum Kuckuck!

Jeff folgte ihm mit seltsam steifen, staksigen Schritten in sein Büro.

»Setz dich bitte«, forderte Carl ihn auf. »Möchtest du etwas trinken?«

»Nein.«

»Du trägst keinen Mirror«, stellte er fest. »Gibt es dafür einen Grund?«

»Ich brauche keinen Mirror.«

»Es gehört zur Firmenpolitik, dass möglichst jeder Mitarbeiter zumindest während der Arbeit einen Mirror trägt.«

»Ich weiß. Aber es ist keine Pflicht.«

»Warum trägst du keinen Mirror?«

»Weil er nervt. Er quatscht immer dazwischen und stört meine Konzentration.«

»Du kannst deinen Mirror so einstellen, dass er nicht von selbst aktiv wird und nur auf Fragen reagiert. So mache ich das auch.«

»Er nervt trotzdem. Ich trage nicht gern eine Brille, und ich mag es nicht, wenn etwas in meinem Ohr ist.«

Carl zuckte mit den Schultern. Er nahm sich vor, Ashton Morris darauf hinzuweisen, dass dieser Jeff nicht über die erforderliche Kommunikationsfähigkeit verfügte, die von den Mitarbeitern von Walnut Systems verlangt wurde. Besonders in der Innenrevision war dieses abweisende Verhalten kontraproduktiv. Carl war ein gutes, offenes Betriebsklima immer wichtig gewesen. Leute wie dieser Jeff waren Gift dafür. Es war ein weiterer Grund, die Entscheidung zum Zusammenschluss mit GIS zu bereuen.

»Wie hast du die vermeintlichen Ungereimtheiten in der Customer-Service-Statistik entdeckt?«, fragte er.

»Es sind keine vermeintlichen Ungereimtheiten. Es sind extrem unwahrscheinliche Werte. Ich habe sie gesehen.«

»Du meinst, du hast eine Analyse gemacht und dabei die seltsame Übereinstimmung gefunden?«

»Nein. Ich habe den Customer-Service-Bericht gelesen und dabei gesehen, dass die Schlüsselwort-Verteilung der letzten drei Monate identisch war.«

»Woran sieht man das?«

»Ich verstehe die Frage nicht.«

Carl fiel auf, dass der Mirror dieselbe Antwort hätte geben können, mit derselben tonlosen Stimme.

»Im Bericht sind doch nicht die Schlüsselwortverteilungen der Vormonate enthalten, oder?«

»Nein.«

»Woher wusstest du dann, dass sie identisch sind?«

Jeff zog die Stirn kraus. Immer noch vermied er Carls Blick. Verbarg er etwas?

»Weil sie identisch sind«, lautete die lapidare Antwort.

»Und daraus hast du geschlossen, dass die Statistik manipuliert worden sein muss?«

»Wenn man annimmt, dass die Häufigkeit der Schlüsselwörter nur in der zweiten Nachkommastelle zufällig schwankt, dann beträgt die Wahrscheinlichkeit, dass alle zehn Schlüsselwörter in zwei aufeinanderfolgenden Monaten zufällig dieselben zwei Nachkommastellen haben, eins zu einer Milliarde. Die Wahrscheinlichkeit, dass diese in drei aufeinanderfolgenden Monaten identisch ist, beträgt eins zu einer Trillion.«

Carl schwieg einen Moment, als er versuchte, das Gesagte nachzuvollziehen. Jeff war nicht gut darin, mit anderen zu reden, aber er konnte offensichtlich rechnen.

Er versuchte, Paulas Argument anzubringen. »Wir erstellen doch jede Woche eine Menge Statistiken und Berichte. Ist es nicht zwangsläufig, dass in irgendeiner davon irgendwann ein solcher Zufall auftritt?«

»Wenn bei Walnut Systems jede Woche hundert Berichte erstellt werden und jeder Bericht zehn Statistiken enthält, dann passiert ein solcher Zufall etwa einmal in 19,2 Billionen Jahren.«

Carl starrte den jungen Mann an. »Was?«

»Wenn bei Walnut Systems jede Woche hundert Berichte erstellt werden und jeder Bericht zehn Statistiken enthält, dann passiert ein solcher Zufall etwa einmal in 19,2 Billionen Jahren«, wiederholte Jeff Wort für Wort.

Carl überlegte, ob er seinen Mirror bitten sollte, die Zahl zu überprüfen. Aber er hatte keinen Zweifel daran, dass sie richtig war. Paulas Argument war falsch. Etwas stimmte tatsächlich nicht mit diesen Zahlen.

Aber Tim hatte behauptet, dass er die Protokolle überprüft hatte und die darin genannten Stichworte korrekt gezählt wurden. Wie war das möglich? Er beschloss, Jeff danach zu fragen.

»Wenn die Protokolle korrekt ausgewertet wurden, dann sind vermutlich die Protokolle manipuliert«, sagte dieser ohne erkennbare Gefühlsregung.

»Das ist unmöglich«, erwiderte Carl. »Die Protokolle werden automatisch vom MirrorNet per Spracherkennung erstellt.«

»Es ist nicht unmöglich«, widersprach Jeff. »Die Spracherkennung kann manipuliert worden sein. Oder die gespeicherten Protokolle wurden nachträglich verändert.«

»Aber wer sollte so etwas tun? Und warum?«

»Das weiß ich nicht. Kann ich jetzt gehen?«

»Ja. Danke für deine Hilfe.«

Ohne ein weiteres Wort verließ Jeff den Raum. Carl blickte ihm nachdenklich nach. Der junge Mann benahm sich seltsam, fast wie ein Computer. Aber vielleicht war er genau das, was Walnut Systems brauchte. Er überlegte einen Moment, dann rief er noch einmal Tim Reimers an und erzählte ihm von dem Gespräch.

»Die Protokolle manipuliert? Aber wer sollte so was tun? Das ergibt doch keinen Sinn!«

»Ich habe keine Ahnung«, erwiderte Carl. »Aber ich habe eine Idee, wie wir der Sache auf den Grund gehen können. Ich bin in zehn Minuten bei dir.«

# 0110001011001O 48. 1001011101O100

Freya starrte ebenso wie die anderen gebannt auf den Laptop. Linus hatte recht gehabt mit seiner Idee, auch wenn das Experiment anders verlief, als sie es erwartet hatte. Jedenfalls war sie froh, ihren für gestern Abend geplanten Rückflug nach London verschoben zu haben.

»Sage ihr, dass du sie sehr hübsch findest!«, sagte Andys Mirror.

»Du bist …«, begann Andy, stockte jedoch. »Deine Augen sehen seltsam aus.«

Freya zuckte innerlich zusammen. Nur ein Autist konnte etwas so Herzloses und gleichzeitig so Ehrliches sagen.

Das blinde Mädchen schien davon nicht abgeschreckt zu sein. »Ich weiß«, sagte sie. »Sie sind seit meiner Geburt so. Deshalb habe ich noch nie einen Freund gehabt.«

Viktoria brach in Tränen aus.

»Was hast du denn?«, fragte ihre Mutter.

»Jetzt … jetzt verstehe ich«, schluchzte sie. »Das Mädchen … Marna … sie hat Andy mehr verdient als ich.«

»Unsinn!«, widersprach ihre Mutter.

»Das darfst du nicht mal denken!«, sagte Freya. Doch ihr war mulmig zumute, denn sie hatte gerade dasselbe gedacht. Offenbar hatte das MirrorNet entschieden, dass Marna Andy dringender brauchte als Viktoria, und damit hatte es vermutlich sogar recht.

»Das ist doch alles gequirlte Kacke!«, schimpfte Linus. »Das MirrorNet verarscht uns!«

»Wie meinen Sie das?«, wollte André Salu wissen.

»Wir versuchen, zu beweisen, dass das MirrorNet Menschen manipuliert, indem wir Andys Mirror live streamen. Und was macht der? Präsentiert uns und der Weltöffentlichkeit diese rührselige Geschichte von dem blinden Mädchen, in das Andy sich verlieben soll! Das ist ja wie in einem schlechten Roman!«

»Ich gebe zu, das klingt ein bisschen seltsam, so wie Sie es sagen«, sagte der Schriftsteller leicht pikiert.

»Glaubst du, das MirrorNet hat den Kontakt mit Marna absichtlich hergestellt, um uns über seine wahren Absichten zu täuschen?«, fragte Freya.

»Absichtlich?«, fragte Viktorias Mutter, die ihre immer noch leise schluchzende Tochter im Arm hielt. »Wie kann ein Computer etwas absichtlich tun?«

»Absicht oder nicht, jedenfalls glaube ich nicht, dass es Zufall ist, dass Marna ausgerechnet jetzt, wo wir live streamen, ins Spiel kommt«, meinte Linus. »Es passt dem MirrorNet ziemlich gut in den Kram, oder? Wir können zwar beweisen, dass Andys Mirror ihn manipuliert hat, aber Walnut Systems wird behaupten, dass der Mirror nur das Beste für alle wollte. Ein blindes Mädchen, das sonst nie einen Freund finden würde, und ein Autist, zusammengefügt vom Schicksal namens MirrorNet. Hollywood würde sich die Hände reiben!«

»Vielleicht … vielleicht passen die beiden ja wirklich besser zusammen als Andy und ich«, meldete sich Viktoria zu Wort. Sie klang jetzt gefasster.

»Ja, vielleicht«, schaltete sich Salu ein. »Wenn die Liebe eine Funktion wäre, die man optimieren könnte. Aber das ist sie nicht. Liebe ist eine Entscheidung, oder besser gesagt, eine Kette von Entscheidungen. Andy hat sich vorhin für dich und gegen Marna entschieden. Und Marna hat diese Entscheidung akzeptiert. Das MirrorNet hat überhaupt kein Recht, sich da einzumischen!«

»Das sehe ich genauso!«, stimmte Linus zu. »Aber ich fürchte, wir werden es schwerhaben, der Welt klarzumachen, dass das eine gefährliche Manipulation war. Der Stream wird bestimmt viral werden. Dafür wird das MirrorNet schon sorgen. Und dann sehen alle nur noch das blinde Mädchen und den autistischen Jungen, und nicht mehr den Betrug der Mirrors.«

»Sie glauben also, wenn ich das richtig verstanden habe, dass das MirrorNet Marna erst ins Spiel gebracht hat, nachdem es gemerkt hat, dass wir Andys Mirror live streamen?«, fragte der Schriftsteller. »Damit die Manipulation nicht so negativ wirkt?«

»Ja. Jedenfalls halte ich das für möglich.«

»Aber warum hat es dann ursprünglich versucht, die beiden auseinanderzubringen?«

»Ich glaube, ich weiß es«, sagte Viktoria. »Ich habe Andy mehrmals gesagt, dass er seinen Mirror abnehmen soll, wenn wir zusammen sind. Ich wollte nicht mit seinem Mirror sprechen, sondern mit ihm selbst. Vielleicht sieht das MirrorNet mich als eine Bedrohung an, weil ich versucht habe, ihn von seinem Mirror zu trennen.«

»Das wäre denkbar«, sagte Linus.

»Das heißt … Andys Mirror ist quasi eifersüchtig?«, fragte Freya.

»Eher wohl das MirrorNet. Ich bin auch nicht sicher, ob der Begriff Eifersucht hier treffend ist. Wir wissen nicht viel über die Motive des Systems. Aber wenn es versucht, das Leben der Mirror-Nutzer zu optimieren, dann hat es vielleicht gelernt, dass es das am besten kann, wenn die Nutzer dem Mirror voll vertrauen. Und wenn jemand versucht, einen Mirror-Besitzer dazu zu bringen, seinen Mirror weniger zu nutzen, dann ist das ein Hindernis auf dem Weg zur Glückseligkeit. Aus Sicht des MirrorNets hat Viktoria Andy geschadet. Deshalb hat es versucht, die beiden auseinanderzubringen.«

»Aber hätte Viktorias Mirror dann nicht im Gegenteil versuchen müssen, die beiden wieder zusammenzubringen?«, fragte Salu. »Schließlich hat er doch Viktorias Glück zum Ziel und nicht Andys.«

»Möglicherweise«, sagte Linus. »Aber hinter beiden steht das

MirrorNet. Vielleicht versucht es irgendwie, das gesamte Glück aller seiner Nutzer zu optimieren, und opfert dafür das Glück einzelner Mirror-Besitzer.«

»Vielleicht hätten wir nicht Andys Mirror streamen sollen, sondern Viktorias«, meinte Freya. »Offenbar ist sie es ja, die vom MirrorNet als Bedrohung angesehen wird.«

»Mein Mirror ist kaputt«, wandte die junge Frau ein.

»Außerdem wäre dem MirrorNet für diesen Fall sicher auch etwas eingefallen, um wie Mutter Teresa dazustehen«, meinte Linus.

»Wenn es so ist, wie du sagst, und das MirrorNet diese Marna ins Spiel gebracht hat, um quasi sein Image aufzupolieren, dann müssten wir das doch rausfinden können«, sagte Freya.

»Wie denn?«

»Indem wir Marna einfach fragen.«

»Woher soll sie das denn wissen?«

»Sie stand an der Tür und kannte Andys Namen«, sagte Freya. »Also hat ihr Mirror sie über Andys Besuch informiert. Die Frage ist nur, wann. Wenn er es erst getan hat, nachdem Andy seinen Mirror aktiviert hatte, dann wissen wir, dass es eine Reaktion des MirrorNets auf den Livestream ist.«

»Gute Idee!«, sagte Linus. »Wir sollten hingehen und sie fragen!«

»Aber woher weiß denn das MirrorNet überhaupt, dass wir Andys Mirror streamen?«, fragte Viktoria.

»Wir wissen nicht genau, ob es das weiß«, gab Linus zu. »Aber es würde mich nicht wundern. Mit Sicherheit trägt irgendwer der inzwischen etwa dreihundert Zuschauer, die den Stream verfolgen, einen MirrorClip. Und das System wäre vermutlich durchaus in der Lage, zu erkennen, wenn das, was ein Mirror sagt, von einem anderen Mirror aufgezeichnet wird.«

»Ich weiß ja nicht«, meinte Salu. »Mir kommt das ein bisschen weit hergeholt vor. Ich meine, Andys Mirror hat sich doch bisher sehr ungeschickt verhalten. Er hat behauptet, wir wollten Andy umbringen! Und jetzt macht sich das MirrorNet auf einmal Sorgen um sein Image?«

»Als es das sagte, wollte das MirrorNet Andy bloß hier rausholen, um ihn von dem schädlichen Einfluss von uns anderen fernzuhalten«, spekulierte Linus. »Immerhin kennt es Sie als Autor eines negativen Blogartikels und möglicherweise Freya als MirrorNet-kritische Journalistin.«

»Ganz bestimmt, seit ich mit dem Pressesprecher von GIS gesprochen habe«, warf Freya ein.

»Und Viktoria ist sowieso schon auf der Liste schädlicher Einflüsse«, meinte Salu. »Ich verstehe.«

»Und dann hat das MirrorNet gemerkt, dass Andys Mirror beobachtet wird, und es hat nach einer Lösung gesucht, wie es das Ganze ins Positive drehen kann«, fuhr Linus fort.

»Wie ein cleverer Pressesprecher, der auf eine Negativnachricht reagiert«, stimmte Freya zu. »Aber denkst du wirklich, das MirrorNet könnte so intelligent sein?«

»Ich bin nicht sicher. Es denkt sicher nicht wie wir. Aber ich kann mir vorstellen, dass es auf eine unbewusste, intuitive Weise solche Schlussfolgerungen zieht und danach handelt. Es hat vielleicht gelernt, dass die Menschen es leichter akzeptieren, wenn das, was es tut, in einem positiven Licht erscheint. Und es könnte herausgefunden haben, dass rührselige Geschichten dazu geeignet sind. Ich behaupte nicht, dass es so ist. Aber wenn, dann haben wir alle ein verdammt großes Problem.«

»Besser, wir sprechen jetzt mit dem Mädchen«, sagte Salu.

# 01100010110010 **49.** 10010111010100

»Also schön, sprechen wir mit meinen Leuten«, sagte Tim, als Carl erneut in seinem Büro stand und ihm seine Idee erklärt hatte. »Möchtest du mit jemand Bestimmtem reden?«

»Mit jemandem, bei dem die Kundenanrufe möglichst ungefiltert eintreffen.«

»Dir ist schon klar, dass die Anrufer zunächst mit dem MirrorNet sprechen und ihm ihr Anliegen mitteilen? Und dass die weitaus meisten Anrufe vollautomatisch vom MirrorNet beantwortet werden?«

»Ja, natürlich. Aber es gibt doch sicher ein Team, das all die Fragen beantwortet, die das MirrorNet nicht beantworten kann.«

»Wir sind stolz auf die Automatisierungsquote von über neunzig Prozent der Anrufe. Und die Kundenfeedbacks sind exzellent. Wir haben immer noch ein Team von Menschen, da manche Anrufer verärgert reagieren, wenn sie merken, dass sie mit einer Maschine reden. Das ist bei ungefähr fünf Prozent der Fall. Und dann gibt es noch die wenigen Ausnahmefälle, bei denen selbst das MirrorNet nicht weiterweiß. Einmal hatten wir eine Anruferin, die gefragt hat, was man tun kann, wenn der MirrorClip in der Vagina verschwunden ist. So was halt.«

»Dann würde ich gern mit jemandem aus diesem Team sprechen.«

»Okay. Warte mal … Ricarda ist gerade frei. Sie ist die Schichtleiterin und ausgebildete Psychologin. Sie kennt sich mit den Macken der Kunden aus. Mirror, bitte Ricarda Williams, in mein Büro zu kommen.«

Kurz darauf kam eine etwa vierzigjährige Frau mit langem, zu einem Pferdeschwanz gebundenem Haar in Tims Büro. Sie trug eines der neuen Modelle der MirrorGlass-Brille, das von einem international bekannten Modedesigner entworfen worden war. Der Rahmen changierte je nach Lichteinfall zwischen rötlich, violett oder tiefblau.

»Ricarda, du kennst sicher Carl«, sagte Tim zur Begrüßung.

»Ja, natürlich. Was verschafft mir die Ehre?«

»Ich habe nur ein paar Fragen zum Kundenverhalten«, sagte Carl. Er deutete auf die Statistik der Stichwörter, die auf Tims großem Monitor eingeblendet war. »Das sind laut Reporting die von den Kunden bei Anrufen am häufigsten genannten Begriffe. Ich wollte bloß sicherstellen, dass diese Aufstellung in etwa auch mit den Anrufen übereinstimmt, die bei euch auflaufen.«

Ricarda warf einen kurzen Blick auf die Tabelle. »Das tun sie keineswegs.«

»Nicht?«, fragte Carl verwundert.

»Nein. Die genannten Begriffe kommen auch bei uns vor. Aber das häufigste Problem, mit dem wir es zu tun haben, ist, dass Leute ihrem Mirror misstrauen. Sie behaupten, er lüge oder verfolge heimlich irgendwelche eigenen Interessen. Manche haben sich regelrechte Verschwörungstheorien zusammengebastelt. Wir haben oft Anrufer, die glauben, ihr Mirror sei daran schuld, dass sie ihren Job verloren haben, sich die Freundin von ihnen getrennt hat oder sie einen Autounfall hatten. Viele glauben, dahinter stecke böse Absicht.«

Erics Worte hallten in seinem Kopf wieder: *falsche Freunde.*

»Wie erklärst du dir, dass Begriffe wie Lüge oder Misstrauen nicht in der Schlüsselwort-Statistik auftauchen, Tim?«, fragte er.

»Das sind eben Ausnahmefälle.«

»Aber wenn ich Ricarda gerade richtig verstanden habe, dann sind sie bei euren Telefonaten relativ häufig.«

»Was daran liegt, dass genau diese Probleme vom MirrorNet nicht behandelt werden können. Das ist doch logisch, oder? Wenn ich glaube, dass mein Mirror mich betrügt, dann werde ich natürlich am Telefon nicht mit dem MirrorNet reden wollen.«

Carl wandte sich an Ricarda. »Könnte an einigen dieser Vorfälle etwas dran sein?«

»Ich verstehe wenig von Software«, antwortete die Psychologin. »Du kannst das sicher besser beurteilen, aber nach allem, was ich über das MirrorNet weiß, hat es ungefähr genauso viel eigenen Willen wie die Google-Suchmaschine. Ich halte eine andere Erklärung für sehr viel wahrscheinlicher: Menschen unterliegen sehr häufig einer typischen Fehleinschätzung, man spricht dabei vom fundamentalen Attributionsfehler. Während sie ihre eigenen Handlungen meistens durch die äußeren Umstände erklären, die ihnen kaum eine andere Wahl lassen, billigen sie dies anderen nicht zu, sondern unterstellen, dass deren Entscheidungen allein auf Basis ihrer inneren Einstellung und Werte getroffen werden. Dieser Fehler ist eine der Ursachen für Rassismus, Fremdenfeindlichkeit und Verschwörungstheorien. Obwohl allgemein bekannt ist, dass der Mirror ein Objekt ist und keine Person, begehen viele Menschen bei ihm denselben Fehler. Das liegt daran, dass sich ein Mirror wie eine Person verhält – er redet, er scheint seinen Benutzer zu verstehen, er scheint ein eigenes Bewusstsein zu haben. Das führt dann dazu, dass manche Benutzer dem Gerät eigene Absichten unterstellen.«

»Aber wenn dieser Fehler so häufig ist, müsste er sich dann nicht auch in der Stichwortstatistik niederschlagen?«, hakte Carl nach.

»Was willst du denn damit andeuten?«, fragte Tim. »Glaubst du immer noch, wir hätten die Statistik manipuliert?«

»Nein, ihr bestimmt nicht«, sagte Carl.

»Wer denn dann?«

Carl wurde sich plötzlich bewusst, dass ihr Gespräch von drei Mirror-Kameras aufgezeichnet und jedes Wort vom MirrorNet analysiert wurde. Er erinnerte sich an eine Szene in Stanley Kubricks berühmtem Science-Fiction-Film *2001: Odyssee im Weltraum*, in der zwei Astronauten über die Fehler des Zentralcomputers redeten, während unbemerkt der Computer das Gespräch über eine Kamera belauschte. Ein eisiger Schauer lief ihm über den Rücken. Dann wurde ihm klar, dass er gerade genau den Fehler beging, den die Psychologin beschrieben hatte. Erleichtert lächelte er.

»Wenn es eine Manipulation gab, dann muss sie direkt im MirrorNet durchgeführt worden sein. Irgendwer hat vielleicht die Zählalgorithmen manipuliert. Ich weiß noch nicht, wer und warum, aber ich werde es schon noch herausfinden.«

»Vielleicht solltest du mal mit Eric über das Problem sprechen, solange er noch da ist«, meinte Tim.

Carl zuckte zusammen. Eigentlich durfte nur der engste Führungskreis wissen, dass Eric die Firma verließ, bevor es eine offizielle Mitteilung dazu gab. Er warf einen kurzen Blick auf Ricarda. Falls sie die richtige Schlussfolgerung aus Tims Bemerkung gezogen oder sogar schon Bescheid gewusst hatte, ließ sie es sich nicht anmerken.

»Okay, das mache ich. Vielen Dank euch beiden.«

»Gern geschehen.«

## 0110001010010 **50.** 10010111010100

Nachdem Freya an der Wohnungstür geklingelt hatte, öffnete das blinde Mädchen. Andy stand hinter ihr.

»Viktoria!«, rief er. »Was … was macht ihr denn alle hier?«

»Wir haben im Livestream gesehen, wo du bist«, erklärte seine Freundin.

»Das ist Marna«, erklärte Andy. »Sie ist blind.«

Freya stellte sich und die anderen kurz vor. »Dürfen wir vielleicht reinkommen?«

Marna zögerte. Sie wandte sich an Andy. »Du kennst diese Leute?«

»Ja«, sagte er.

»Und sie sind deine Freunde?«

»Ja.«

»Okay. Kommen Sie rein.«

»Es dauert nicht lange«, sagte Freya. »Wohnst du ganz allein hier?«

»Nein, das ist die Wohnung meiner Mutter. Sie ist Krankenschwester.«

»Ich verstehe.«

Sie folgten ihr ins Wohnzimmer.

»Es ist seltsam«, sagte Marna.

»Was ist seltsam?«, fragte Freya.

»Mein Mirror. Er hat gesagt, ich soll die Tür nicht öffnen. Und jetzt sagt er, dass Sie böse sind. Aber ich weiß, dass das nicht stimmen kann, wenn Sie Andys Freunde sind. Er hat …«

»Verdammt!«, rief Linus, der den Livestream auf seinem Tablet-Computer verfolgte.

»Was ist denn?«, fragte Freya.

»Jemand hat den Stream unterbrochen.«

»Wie denn?«

»Keine Ahnung. Vielleicht eine DoS-Attacke.«

»Eine was?«

»Denial of Service. Ein Server wird mit so vielen Anfragen bombardiert, dass er unter der Last zusammenbricht.«

»Wer könnte das tun? Doch nicht etwa das MirrorNet?«

»Weiß nicht. Entweder das, oder es war jemand, den das MirrorNet dazu gebracht hat, das zu tun.«

»Glauben Sie wirklich, dass ein Computersystem zu solchen Aktionen in der Lage ist?«, fragte Salu.

»Es ist doch kein Zufall, dass der Stream genau in dem Moment zusammenbricht, wo Marna uns erzählt, dass auch ihr Mirror sie belügt!«

»Marna, wann hat dich dein Mirror darüber informiert, dass Andy zu Besuch kommt?«, fragte Freya.

»Drei oder vier Minuten bevor er geklingelt hat.«

»Da habt ihr's!«, rief Linus. »Das MirrorNet hat sie bloß benutzt!«

»Mich benutzt? Wie denn?«

Freya erklärte es ihr.

Marna nickte. »Ich verstehe. Schade. Ich dachte, Andy und ich könnten vielleicht Freunde werden.«

»Das könnt ihr ja trotzdem«, sagte Viktoria. »Und ich würde dich auch gern näher kennenlernen. Ich wohne gleich um die Ecke.«

Marna lächelte. »Das wäre schön. Du klingst nett.«

»Was machen wir jetzt?«, fragte Linus.

»Ein Interview«, entschied Freya. »Wir nehmen Marnas Aussage auf, und dann mache ich daraus einen Bericht. Ich glaube, wir haben jetzt genug Beweise, um die Öffentlichkeit zu informieren.«

»Übrigens, Marna, du solltest vielleicht deinen Mirror abschalten«, sagte Linus. »Er ist nicht zuverlässig.«

»Aber das kann ich nicht«, erwiderte das blinde Mädchen. »Ich brauche ihn zur Orientierung.«

»Dann schalte wenigstens die Sprachfunktion aus. Sag ihm einfach: Mirror, Ruhe!«

»Mirror, Ruhe!«

»Das sagst du jetzt jedes Mal, wenn er anfängt zu reden.«

»Okay.«

Freya baute ihre Kamera auf und stellte Marna Fragen zum Verlauf der letzten Stunde. Das Mädchen erzählte auch, wie der Mirror ihr half, sich in der Welt zurechtzufinden. Man merkte ihr an, dass sie das Gerät liebte.

»Sind Sie sicher, dass der Mirror böse ist?«, fragte sie. »Er hilft mir wirklich sehr.«

»Böse ist vielleicht der falsche Ausdruck«, sagte Freya. »Ich würde eher sagen, übereifrig. Aber das ist vielleicht genauso schlimm.«

»Andy hat mir erzählt, dass sein Mirror versucht hat, ihn und Viktoria auseinanderzubringen. Das erscheint mir ziemlich böse.«

»Der Mirror hat wahrscheinlich gedacht, er tut Andy damit einen Gefallen.«

»Vorsicht mit solchen Begriffen«, mahnte Linus. »Das MirrorNet denkt nicht. Jedenfalls nicht wie ein Mensch.«

»Für mich sieht es schon so aus, als verhalte es sich intelligent und zielstrebig«, erwiderte Freya. »Und ehrlich gesagt, macht mir das Angst. Ich will ja nicht gleich ein Szenario wie aus den Terminator-Filmen heraufbeschwören, aber …«

»Du hast recht, wir müssen das Problem ernst nehmen«, meinte Linus. »Ich glaube nicht an einen Krieg der Maschinen gegen die Menschen, aber das MirrorNet ist in der Lage, eine Menge Zwietracht zwischen den Menschen zu säen. Ich hoffe, dass es uns gelingt, die Öffentlichkeit wachzurütteln, bevor der Schaden noch größer wird.«

Sie verabschiedeten sich von Marna. Viktoria versprach, sie bald zusammen mit Andy erneut zu besuchen. Freya umarmte Marna, Linus, Andy und Viktoria zum Dank für ihre Hilfe und bestellte sich ein Taxi nach Fuhlsbüttel.

Am Flugplatz diktierte sie eine erste Version ihres Artikels in ihr Smartphone. Sie war fast fertig, als das Boarding begann. An Bord schaltete sie ihr Smartphone aus – es war ihr unangenehm, zu diktieren, wenn die Sitznachbarn zuhörten.

Die Crew leierte die Sicherheitsbelehrungen herunter, und die Maschine rollte auf die Startbahn. Freya, die am Fenster saß, blickte hinaus und sah die Lichter der Startbahn immer schneller vorbeirauschen. Sie flog gern und liebte besonders den Start, wenn man von der Beschleunigung in den Sitz gepresst wurde, das Flugzeug unvermittelt vom Boden abhob und die Häuser, Bäume, Autos in Sekundenschnelle auf Spielzeuggröße zu schrumpfen schienen. Die meisten Leute nahmen Fliegen als etwas Alltägliches hin, über das man sich keine Gedanken machte, doch ihr erschien es immer noch wie ein Wunder, dass so ein Metallkoloss, voll beladen mit Menschen und Gepäck, in der Lage war, durch die Luft zu schweben wie ein Vogel.

Die Maschine hob ab, und Freya konnte hinter dem Flughafengebäude den nördlichen Teil Hamburgs sehen.

Ein Knall, dann ein lautes heulendes Geräusch, als würden die Triebwerke unter einer plötzlichen Anstrengung stöhnen. Menschen schrien in Panik auf. Die Maschine kippte zur Seite und drehte scharf nach links. Freya konnte den Flughafen direkt unter ihr sehen, viel zu niedrig.

»What the fuck?«, rief ihr Sitznachbar, ein dicker Brite.

Das Stimmengewirr in der Kabine wurde lauter. Es kam keine Ansage aus dem Cockpit. Offenbar hatten die Piloten Dringenderes zu tun. Freyas Blick fiel auf eine der Flugbegleiterinnen, die auf ihrem Sitz neben der Cockpittür angeschnallt war. Sie war aschfahl.

Die Maschine beschrieb einen Halbkreis. Jetzt konnte Freya eine Rauchfahne am Himmel erkennen. Dann sackte das Flugzeug ab. Erschrockene Schreie der Passagiere. Freya, die normalerweise auch in Krisensituationen ruhig blieb, konnte ihren Pulsschlag im Hals spüren. Ihre Hände krampften sich um die Vorderkante ihres Sitzes.

Endlich kam die Ansage des Piloten: »Meine Damen und Herren, aufgrund eines technischen Defekts muss unsere Maschine leider in Fuhlsbüttel notlanden. Keine Angst, das Manöver haben wir geübt, und wir werden Sie sicher hinunterbringen. Ladies and Gentlemen, due to a technical problem …«

Die Stimmen um Freya herum wurden nun panisch. Sie schnappte mehrfach das Wort »Terror« auf. Einige Leute holten ihre Mobiltelefone hervor, vielleicht um ihren Lieben Lebewohl zu sagen. Der Dicke neben ihr kommentierte das Geschehen mit einer langen Serie von englischen Schimpfwörtern.

Kurz darauf setzte die Maschine hart, aber sicher auf dem Rollfeld auf. Sie schlingerte leicht, als der Pilot mit dem einen noch funktionierenden Triebwerk bremste, doch er brachte sie gekonnt zum Stehen. Applaus brandete auf, als die Passagiere begriffen, dass sie noch einmal mit dem Schrecken davongekommen waren.

Der Pilot informierte sie, dass die Gefahr vorüber sei und man bitte noch so lange angeschnallt sitzen bleiben möge, bis das Flugzeug auf eine sichere Außenposition gerollt sei. Als die Maschine endlich hielt, wurde sie sofort von mehreren Löschfahrzeugen der Flughafenfeuerwehr umringt. Auch ein Krankenwagen stand bereit, doch niemand war zu Schaden gekommen. Die Passagiere mussten das Flugzeug über Notrutschen verlassen und wurden mit Bussen zum Terminal gefahren. Sie wurden nicht zum normalen Empfangsbereich gebracht, sondern in einen speziellen Raum, in dem Rettungssanitäter und sogar ein Seelsorger sie in Empfang nahmen.

Freya ging auf eine der Flugbegleiterinnen zu, die ebenso mitgenommen wirkte wie die Passagiere.

»Mein Name ist Freya Harmsen«, sagte sie. »Ich bin Journalistin. Können Sie mir sagen, was hier eigentlich passiert ist?«

»Eines der Triebwerke ist ausgefallen«, sagte die Frau auf Deutsch mit britischem Akzent. »Mehr weiß ich leider auch nicht.«

»Ich habe einen lauten Knall gehört.«

»Ja, ich auch. Aber haben Sie bitte Verständnis, dass erst die Spezialisten das Flugzeug untersuchen müssen, bevor wir Angaben zur Ursache des Vorfalls machen können. Ansonsten bitte ich Sie, sich an unsere Presseabteilung zu wenden.«

Ein Mitarbeiter der Fluggesellschaft, der ebenfalls nichts über die Ursache sagen konnte, verteilte Formulare, mit denen man eine Entschädigung beantragen konnte. Die Fluggesellschaft bot allen Passagieren einen Ersatzflug etwa zwei Stunden später oder eine kostenlose Hotelübernachtung in Hamburg an. Freya entschied sich wie die meisten anderen, in Hamburg zu bleiben.

Erst auf dem Weg ins Hotel kam ihr der bestürzende Gedanke, es sei vielleicht kein Zufall, dass der Vorfall gerade heute passiert war – und dass gerade sie in der Maschine gesessen hatte.

## 01100010110010 **51.** 10010111010100

Ein Alarmton weckte Jack. Verschlafen rieb er sich die Augen. Es dauerte einen Moment, bis er sich bewusst wurde, wo er war: Nicht in seinem heruntergekommenen Einzimmerapartment, sondern in der Luxusvilla eines Unbekannten, in der er mittlerweile seit fast einer Woche mit seiner Mutter wohnte. Es war der perfekte Unterschlupf. Der Eigentümer schien dauerhaft abwesend, und die Villa lag abgelegen genug, dass sie den neugierigen Blicken der Nachbarn entgingen. Sicherheitshalber ließen sie die Vorhänge zugezogen und orderten mit Hilfe des Mirrors Lebensmittel bei einem Lieferdienst. Sie mussten nicht einmal bezahlen, das erledigte der Mirror für sie. Jack fragte sich, wie das möglich war – irgendwer musste doch merken, dass dauernd Beträge von seiner Kreditkarte abgebucht wurden für Dinge, die er nicht bestellt hatte. Er fragte sich auch, wieso der Mirror ihnen half. Aber da er so gut wie nichts von Technik verstand, hatte er keine Möglichkeit, diese Fragen zu beantworten. Er hatte nur das vage Gefühl, dass er diese Hilfe irgendwann würde zurückzahlen müssen, irgendwie. Schließlich war dies die einzige wirklich zuverlässige Erkenntnis, die er in seinem Leben gewonnen hatte: Nichts war umsonst.

Er warf einen Blick auf das Display des MirrorBrains. Zwei Worte blinkten dort: »Gefahr. Einbrecher.«

Rasch setzte Jack den MirrorClip ins Ohr und ging leise die Treppe hinunter ins Erdgeschoss. Er konnte hören, wie sich jemand an der Haustür zu schaffen machte.

»Wie viele sind es?«, fragte Jack leise.

»Zwei Männer dringen gewaltsam in das Haus ein. Einer der beiden hat eine Pistole.«

Was sollte er tun? Die Polizei rufen schied aus. Aber wie sollte er zwei Einbrecher überwältigen, von denen einer eine Pistole hatte? Immerhin wussten die Einbrecher möglicherweise nicht, dass jemand im Haus war.

Er schlich zur Haustür. Jetzt hörte er Stimmen. Die beiden sprachen Spanisch und hörten sich jung an. Rasch verbarg er sich hinter einem Durchgang zu einem großzügigen Esszimmer. Er hörte, wie die beiden an der Tür herumwerkelten und sie dann schließlich mit einem hörbaren Splittern von Holz aufhebelten. Offensichtlich Amateure.

Das Licht einer Taschenlampe war zu sehen. Der eine sagte etwas, der andere lachte. Die beiden waren definitiv jung, wahrscheinlich nicht mal zwanzig, und sie waren ahnungslos. Jack spannte seine Muskeln an, bereitete sich darauf vor, den ersten der beiden Einbrecher zu überwältigen.

»Jack?«, rief seine Mutter von oben. »Jack, bist du das?«

Die beiden erstarrten. Der eine flüsterte etwas. Jack rechnete damit, dass sie die Flucht ergriffen, doch stattdessen gingen sie weiter, an dem Durchgang vorbei. Er konnte sehen, wie der vordere mit der

Taschenlampe die Treppe ableuchtete. Es war derjenige mit der Pistole. Der zweite hielt ein Brecheisen, das in den richtigen Händen eine ebenso gefährliche Waffe war.

»Jack? Jack, wo bist du?«

Das Licht im oberen Flur ging an. Der vordere der beiden hob die Waffe.

Jack sprang vor, packte den rechten Arm des zweiten Einbrechers und drehte ihn mit solcher Kraft auf den Rücken, dass das Schultergelenk auskugelte. Der Junge schrie auf, während das Brecheisen zu Boden polterte.

Der Typ mit der Taschenlampe fuhr herum und hob die Pistole.

Jack drehte den Arm des Jungen weiter, so dass dieser vor Schmerzen schrie, und benutzte den Körper als Schutzschild. »Lass die Waffe fallen, Arschloch!«, brüllte er. »Oder dein Freund wird seinen Arm nie wieder benutzen.«

»Lass ihn sofort los!«, rief der erste Einbrecher auf Englisch. »Oder ich verpass dir eine Kugel!«

»Jack, was ist denn los, zum Teufel?«

»Bleib oben, Mom!«

Der Junge mit der Pistole erkannte seine Chance. Er drehte sich um und stieg die Treppe hinauf, offensichtlich mit der Absicht, Jacks Mutter als Geisel zu nehmen.

Jack dachte nicht lange nach. Er stieß den Jungen von sich, so dass dieser mit einem Schmerzensschrei gegen einen Beistelltisch stolperte und zu Boden ging. Blitzschnell griff er nach dem Brecheisen und setzte dem ersten Einbrecher nach. Dieser erreichte gerade den Treppenabsatz.

»Stehen bleiben und Hände hoch, sonst …«, rief er Jacks Mutter zu.

Ohne zu zögern, schwang Jack das Brecheisen und schlug es mit voller Wucht in die Kniekehlen des Jungen. Knochen knackten. Der

Einbrecher schrie auf und ging in die Knie. Ein Schuss löste sich. Mom schrie.

Jack stürzte sich auf den vor Schmerzen brüllenden Jungen und entriss ihm die Pistole. Dann sprang er an ihm vorbei die Treppe hinauf. Seine Mutter stand mit dem Rücken gegen die Wand gepresst, das Gesicht kalkweiß.

»Bist du verletzt?«, fragte er.

Sie schüttelte den Kopf.

Erleichtert drehte Jack sich um und richtete die Pistole auf den Jungen, der wimmernd auf der Treppe saß und auf Spanisch um Gnade flehte.

»Verschwindet, ihr Idioten«, rief Jack, »ehe ich es mir anders überlege und die Bullen hole!«

Der Junge auf der Treppe versuchte aufzustehen, doch es gelang ihm nicht allein. Der andere stützte ihn mit seinem gesunden Arm, so gut er konnte. Gemeinsam humpelten sie aus dem Haus.

»Lasst euch hier nie wieder blicken!«, rief Jack ihnen nach. Er verriegelte die Haustür, so gut es ging, und lief zu seiner Mutter, die inzwischen im Wohnzimmer eine Flasche 24 Jahre alten Whiskey aus einer Vitrine geholt hatte und sich ein Glas eingoss.

»Waren das die Leute von diesem Mike?«, fragte sie.

»Wenn das Mikes Leute gewesen wären, wären wir jetzt tot«, erwiderte Jack. »Das waren bloß zwei dumme Jungs. Wir haben Glück gehabt.«

Sie nahm einen kräftigen Schluck Whiskey. »Danke, mein Junge. Du hast mir das Leben gerettet. Wahrscheinlich schon zum zweiten Mal.«

Stolz erfüllte Jack. »Schon gut, Mom.«

»Woher wusstest du es eigentlich?«

»Was denn?«

»Dass diese Typen hier einbrechen. Hast du sie gehört?«

»Mein Mirror hat mich gewarnt«, sagte Jack und zeigte auf das Gerät in seinem Ohr.

»Scheint, als sei das wirklich ein nützliches Ding.«

»Das ist es«, sagte Jack.

# 01100010110010 **52.** 10010111010100

»Freya?« Linus hörte sich verschlafen an. »Weißt du eigentlich, wie spät es ist?«

»Halb neun. Normale Menschen stecken jetzt im Berufsverkehr fest.«

»Normale Menschen arbeiten auch nicht bis fünf Uhr morgens.«

»Tut mir leid. Aber ich brauch deine Hilfe. Ich bin gestern fast mit dem Flugzeug abgestürzt.«

»Was?«

Sie erzählte ihm kurz, was passiert war.

»Scheiße, Freya! Du machst mir eine Heidenangst!«

»Frag mich mal, wie sich das angefühlt hat, als die Maschine in ein paar Hundert Metern Höhe mit brennendem Triebwerk eine Hundertachtziggradkehre gemacht hat und die Stewardessen vor Angst kreideweiß waren. Aber deshalb ruf ich nicht an.«

»Warum dann?«

»Meine Dateien wurden alle gelöscht.«

»Was? Welche Dateien?«

»Mein Berichtsentwurf. Die Interviewvideos. Alles.«

»Nicht dein Ernst.«

»Glaubst du, ich mach Witze?«

»Hast du den MirrorNet-Client auf deinem Rechner?«

»Den was?«

»Pass auf, komm einfach her. Ich setz schon mal Kaffee auf.«

Freya checkte aus dem Hotel aus. Der junge Mann an der Rezeption war überfreundlich – offenbar hatte sich herumgesprochen, was passiert war. Immerhin hatte er die Diskretion, den Beinaheabsturz nicht zu erwähnen.

Die Online-Medien dagegen waren voll davon und überboten sich mit wilden Spekulationen über einen »gescheiterten Terroranschlag«. »Terror in Fuhlsbüttel – 186 Überlebende« titelte ein großes Boulevardmagazin. Freya wusste nicht, ob sie Ekel, Wut oder Bewunderung für diese geschickte Verdrehung der Tatsachen und Anreicherung mit haltlosen Spekulationen empfinden sollte. Auf jeden Fall würde sich das Blatt dem allgemeinen Niedergang gedruckter Zeitungen zum Trotz heute gut verkaufen.

Eine Viertelstunde später war Freya bei Linus. Der Kaffee war viel zu stark, aber er half. Sie sah ihm zu, wie er ihrem Laptop zu Leibe rückte und dabei immer wieder leise Verwünschungen von sich gab. Schließlich wandte er sich ihr zu. »Tja, tut mir leid, da ist nichts zu machen. Die Videos sind weg. Ich hab versucht, sie von der Festplatte zu restaurieren, aber die entsprechenden Sektoren wurden mit Zufallsdaten mehrfach überschrieben. Da kommen selbst die Spezialisten vom BND nicht mehr ran.«

»Auch das Video, wie die Drohne vor der Spinne flieht, ist weg?«

»Auch das.«

»So eine Scheiße! Wie zum Teufel ist das passiert?«

»Ich denke, du weißt, wie das passiert ist, Freya.«

»Sag du's mir.«

»Wahrscheinlich war das ein Hackerangriff. Dein Rechner ist ungefähr so gut gegen unbefugtes Eindringen gesichert wie ein Dixi-Klo.«

»Ein Hackerangriff? Aber wieso sollte jemand meinen Rechner angreifen?«

»Aus demselben Grund, aus dem jemand eine Drohne in das Triebwerk des Airbus gelenkt hat, mit dem du gestern nach London fliegen wolltest. Du bist jemandem mächtig auf die Füße getreten. Oder besser gesagt, etwas.«

»Du glaubst wirklich, das MirrorNet steckt dahinter?«

»Glauben ist nicht der richtige Ausdruck. Eher befürchte ich es, ungefähr so, wie ich befürchte, dass irgendwann jemand einen tödlichen Virus freisetzen wird, der die Hälfte der Weltbevölkerung umbringt. Es ist vielleicht nicht sehr wahrscheinlich, aber man sollte darauf vorbereitet sein. Auf die Gefahr hin, mich lächerlich zu machen, nehme ich es als Arbeitshypothese, dass dieses System zu einer Mischung aus Frankensteins Monster und Stalin mutiert ist und jeden bekämpft, der Zweifel an ihm äußert. Wir müssen ab jetzt davon ausgehen, dass die halbe Welt da draußen vom MirrorNet gegen uns aufgehetzt wird.«

»Könnte es nicht sein, dass das MirrorNet selbst die Daten gelöscht hat?«

»Der MirrorNet-Client ist dazu nicht in der Lage. Es ist theoretisch denkbar, dass das MirrorNet selbst eine Art Virus entwickelt und eingeschleust hat. Aber das halte ich für sehr unwahrscheinlich. Hier wurden ganz gezielt nur einige Dateien gelöscht, und das sehr gründlich. Das war die Arbeit eines Profis. Wahrscheinlich wusste der Angreifer nicht, warum er das tat. Er hat nur den Auftrag dazu erhalten, und vielleicht Geld. Möglicherweise nicht mal vom MirrorNet direkt, sondern von jemand anderem, den es beauftragt hat. Aber das ist müßige Spekulation, wir werden es nie herausfinden.«

»Und der Beinaheabsturz? Glaubst du wirklich, das war eine Drohne?«

»Das erscheint mir zumindest eine plausible Erklärung, nach allem, was du mir erzählt hast.«

»Wenn es so war, könnte es ein MirrorBird gewesen sein?«

»Gut möglich.«

»Und könnte das MirrorNet die Drohne dann nicht selbst gesteuert haben?«

»Vielleicht. Aber zumindest muss sie jemand unter Missachtung sämtlicher Vorschriften in die Nähe des Flughafens gebracht haben. Das ist vielleicht das einzig Gute an der Sache: Wenn es ein MirrorBird war, dann werden die Spezialisten das rausfinden, und dann hätten wir einen konkreten Beweis für die Gefährlichkeit der Mirrors.«

Freya bezweifelte, dass man diesen Vorfall als Beweis akzeptieren würde – immerhin war es ebenso möglich, dass jemand gezielt den MirrorBird gegen das Flugzeug gelenkt hatte oder dass das Ganze bloß ein Unfall war.

»Glaubst du, das MirrorNet kann so etwas wirklich planen? Den Mord an hundertsechsundachtzig Menschen, nur um mich aus dem Weg zu räumen?«

»Dem MirrorNet fällt das vermutlich leichter als jedem noch so fanatischen Islamisten. Ihm bedeuten Menschenleben gar nichts. Das Internet ist voll von Diskussionen über die Gefährlichkeit von Drohnen für den Flugverkehr. Ich halte es für denkbar, dass das MirrorNet die richtigen Schlussfolgerungen gezogen hat.«

»Aber warum dann bloß *eine* Drohne? Um die Maschine zum Absturz zu bringen, hätte man beide Triebwerke ausschalten müssen.«

»Woher weißt du, dass es nur eine war? Ich denke, du hast großes Glück gehabt, Freya!«

Sie brauchte einen Moment, um diese Information zu verdauen.

»Was, denkst du, sollten wir jetzt tun?«, fragte sie. »Ohne das Videomaterial kann ich meine Dokumentation doch vergessen.«

»Das sehe ich anders. Wir haben zwar die Aufzeichnung des Drohnenexperiments verloren, aber das war ohnehin nicht so besonders überzeugend, wenn du mich fragst. Die Liveaufzeichnung von Andys Besuch bei dem blinden Mädchen kann dagegen selbst der geschickteste Hacker nicht mehr aus der Welt schaffen. Und die Interviews mit den beiden und dem Schriftsteller drehen wir einfach noch mal. Aber diesmal sorge ich für die Kamera- und Schnittausrüstung.«

## 01100010110010 **53.** 10010111010100

»Wer weiß eigentlich noch nicht, dass du die Firma verlässt?«, fragte Carl. Im selben Moment tat ihm der anklagende Tonfall leid. Aber irgendwie konnte er es seinem Freund nicht verzeihen, dass er ihn in dieser Situation alleinließ.

Eric blickte von seinem Computer auf, einem einfachen, eleganten Laptop. Kein überflüssiges Papier, kein unnötiger Stift verschandelten die leere Fläche seines Schreibtischs. An den Wänden hingen keine Bilder. Es gab keine Regale, nicht einmal einen Aktenschrank – nur Erics Tisch, seinen Schreibtischstuhl und einen kleinen Besprechungstisch in einer Ecke. Carl wünschte sich, in seinem eigenen Kopf wäre es auch so aufgeräumt wie in dem seines Cogründers.

»Wer weiß denn davon, der es nicht wissen sollte?«, fragte er, ohne jedoch besonders alarmiert zu klingen. In seinen Augen war jegliche Geheimniskrämerei unsinnig. Er kümmerte sich wenig um die Verhaltensregeln börsennotierter Unternehmen.

Carl beneidete ihn darum, dass er das alles bald hinter sich lassen konnte. Er berichtete kurz von den Ungereimtheiten in der Customer-Service-Statistik und seinen Gesprächen mit Tim, Jeff und Ricarda.

»Mach mal bitte deinen Mirror aus«, sagte Eric, als er geendet hatte.

Verwirrt holte Carl das MirrorBrain hervor und drückte auf den Ausschalter.

»Nein, richtig. Akku raus.«

»Akku raus?«

»Im Stand-by-Modus funktioniert die Spracherkennung immer noch, damit sich der Mirror auf Befehl reaktivieren kann, das weißt du doch.«

»Na gut, wenn du meinst …« Er öffnete das Gehäuse und entfernte den Akku.

»Und jetzt gib mir bitte deine Brille.«

»Was? Wieso?«

»Tu's einfach.«

Carl nahm die Brille ab und gab sie Eric, der sie in die unterste Schreibtischschublade legte.

»Was soll denn das? Mein MirrorBrain ist doch ausgeschaltet«, sagte Carl verwirrt.

»Die Brille kommuniziert per Bluetooth mit dem MirrorBrain. Wenn ein anderes MirrorBrain nahe genug ist, kann sie theoretisch mit diesem Kontakt aufnehmen.«

»Aber das haben wir doch ausgeschlossen. Niemand außer dem eigenen MirrorBrain kann zu der Brille Kontakt aufnehmen.«

»Niemand außer dem MirrorNet«, korrigierte Eric.

Carl sah seinen Freund einen Moment lang stumm an. »Was ist hier eigentlich los, Eric? Weißt du, wer die Statistik manipuliert hat?«

Eric nickte. »Ich glaube, ja. Aber ich will nicht hier darüber sprechen.«

»Wirst du jetzt langsam paranoid, oder was?«

»Vielleicht. Hoffentlich. Aber das, was du gerade erzählt hast, passt leider nur zu gut ins Bild. Komm, lass uns eine Pizza essen gehen wie in alten Zeiten.«

»Ronaldo's?«

»Ronaldo's!«

Sie gingen zu Fuß die etwa fünfhundert Meter bis zu dem kleinen italienischen Restaurant, das von Mexikanern geführt wurde. Hier hatten sie bei ein oder zwei Gläsern zu viel Rotwein die Idee des Mirrors geboren. Die Pizza war nicht wirklich gut, aber günstig, und auch wenn Geld für sie beide nun keine Rolle mehr spielte, zogen sie diesen Ort immer noch jedem Luxusrestaurant vor.

»Also, was hat dich so erschreckt?«, fragte Carl unterwegs. Die Sonne schien, ein angenehm kühler Wind wehte von der Bay herauf, und seine düsteren Gedanken von vorhin erschienen ihm auf einmal übertrieben. Der Stress der letzten Zeit hatte seine Nerven überreizt und die seines Freundes offenbar auch. Damit musste man rechnen.

»Ich habe schon seit einiger Zeit den Verdacht, dass sich das MirrorNet zu so etwas wie einem übergeordneten Kontrollzentrum entwickelt hat«, erwiderte Eric. »Das hatten wir so nicht geplant. Wir wollten, dass die MirrorBrains voneinander lernen. Das MirrorNet sollte die Kommunikationsplattform der MirrorBrains werden. Aber jetzt sieht es fast so aus, als wenn das MirrorNet den Ton angibt und die MirrorBrains quasi nur noch Anhängsel sind.«

»Was meinst du mit ›den Ton angibt‹?«

»Unsere ursprüngliche Idee war es, dass ein MirrorBrain aus verschiedenen Handlungsalternativen die bestmögliche für seinen Benutzer auswählt, indem es diese bewertet, und zwar anhand der Vorlieben und Bedürfnisse seines Benutzers. Dann haben wir das MirrorNet eingeführt, um diese Vorschläge mit denen anderer Benutzer abzugleichen und so den Erwartungswert noch zu verbessern. Das hat auch eine Weile ganz gut funktioniert. Aber inzwischen habe ich den Eindruck, dass dieses Abgleichen dazu geführt hat, dass das MirrorNet so etwas wie ein Gesamtoptimum anstrebt – eine Maximierung des Nutzens für alle Mirror-Benutzer insgesamt.«

»Was wäre so schlimm daran?«

»Stell dir vor, ein Mirror steuert ein Auto, das auf einige Menschen zurast, die plötzlich auf dem Highway herumlaufen. Er muss entscheiden, ob er das Auto rechts in eine Schlucht steuert und so den Fahrer tötet oder ob er mehrere Menschen umbringt, die auf der Fahrbahn stehen. Wenn der Mirror im Interesse seines Benutzers handelt, bleibt er auf der Straße. Handelt er im Gesamtinteresse aller, tötet er ihn und rettet die Mehrheit.«

»Ich würde hoffen, dass der Mirror das Auto rechtzeitig zum Stehen bringt«, wandte Carl ein.

»Das ist nur ein hypothetisches Beispiel, um das Problem zu veranschaulichen. Was ich damit sagen will, ist, dass ein Mirror seinem Benutzer einen Vorschlag machen kann, der für diesen eine negative Konsequenz hat, wenn dies dazu führt, dass andere Nutzer insgesamt einen größeren Vorteil davon haben.«

Carl wurde bleich. »Du meinst, ein Mirror könnte absichtlich schlechte Ratschläge geben?«

»Ich würde dabei nicht von Absicht sprechen, eher von einer fehlgeleiteten Optimierungsfunktion. Aber ja, genau das kann dabei herauskommen.«

»Aber das wäre eine Katastrophe! Es würde bedeuten, dass kein Nutzer mehr seinem Mirror vertraut! Wir wären am Ende!«

»Das ist noch nicht das Schlimmste daran«, sagte Eric.

»Was könnte noch schlimmer sein?«

»Das MirrorNet kann den Gesamtnutzen für seine Besitzer nur optimieren, wenn diese ihren Geräten vertrauen und sie möglichst oft benutzen. Es muss daher darauf achten, dass alles unterbunden wird, was das Vertrauen der Nutzer in ihren Mirror untergräbt.«

»Und das bedeutet?«

»Das bedeutet, dass alle, die dem Mirror misstrauen oder vor ihm warnen, seine Feinde sind.«

Sie liefen eine Weile schweigend nebeneinanderher, während Carl versuchte, zu verdauen, was Eric gesagt hatte.

»Ist das der Grund, weshalb du gehst?«

»Als ich die Entscheidung traf, hatte ich eine vage Ahnung, dass etwas in dieser Art passieren könnte. Nach dem Deal mit GIS wusste ich, dass ich den Zug, den ich selbst in Gang gesetzt hatte, nicht mehr würde stoppen können. Also sah ich den einzigen Ausweg darin, woanders nach einer Lösung, einem besseren Weg zu suchen. Inzwischen glaube ich, dass das ein Fehler war.«

Carl sah seinen Freund überrascht an. »Du willst bleiben?«

»Nein. Dazu ist es jetzt zu spät. Aber ich wünschte, ich könnte dir helfen. Die Entwicklung verläuft schneller, als ich befürchtet hatte. Wir müssen das MirrorNet so schnell wie möglich abschalten, Carl.«

»Abschalten? Bist du übergeschnappt?«

»Siehst du, das ist deine Reaktion, und du weißt inzwischen, dass es ein Problem gibt. Die GIS-Bonzen werden mir niemals glauben. Sie werden sagen, ich will den Erfolg von Walnut Systems torpedieren.«

»Das wird in der Tat für sie so klingen. Es muss doch eine Alternative geben. Wenn es ein Bug in der MirrorNet-Software ist, dann muss man den doch korrigieren können.«

»Du versteht es nicht, Carl. Es ist kein Bug. Das MirrorNet funktioniert besser, als wir erwartet hatten. Viel besser. Genau das ist unser Problem. Das Verhalten des Systems ist immanent. Es folgt keinen einprogrammierten Regeln, sondern sucht sich selbst einen Weg, um seine Aufgabe – die Zufriedenheit aller Nutzer zu maximieren – zu lösen. Es hat gelernt, dass es das am besten kann, wenn das MirrorNet die Kontrolle über alle MirrorBrains übernimmt. Das ist logisch, und vielleicht finden sich auch Philosophen, die das moralisch nicht so fragwürdig finden wie ich.«

»Philosophie hin oder her, wenn das rauskommt, sind die Mirrors bei den Benutzern unten durch.«

»Genau. Deshalb musst du damit an die Öffentlichkeit gehen.«

»Ich? Wieso ich?«

»Weil nur du es kannst. Ich bin bereits verbrannt, weil ich gekündigt habe. Man wird mir alle möglichen Motive unterstellen, mich als paranoiden Irren abstempeln.«

»Glaubst du, mir würde es besser ergehen?«

»Du stehst als Gallionsfigur für den Erfolg der Mirrors. Wenn sie jemandem zuhören, dann dir.«

»Aber ich kann mich doch nicht in die Öffentlichkeit stellen und sagen: Leute, schaltet eure Mirrors ab, die sind gefährlich. Was glaubst du, was GIS dann mit mir macht! Die verklagen mich, bis ich nicht mal mehr meinen Namen behalten darf!«

»Dann versuch, die GIS-Entscheider davon zu überzeugen, dass ein Rückzieher jetzt billiger ist als die Milliarden an Schadensersatzzahlungen, die auf sie zukommen, wenn sie das MirrorNet weiterlaufen lassen.«

Inzwischen hatten sie das Restaurant erreicht und wählten einen Platz in der Ecke der Sonnenterrasse. Carl sah mindestens drei andere Besucher mit MirrorClips im Ohr und einen mit einer MirrorGlass-Brille. Er fühlte sich unbehaglich.

»Nehmen wir mal an, die glauben mir und schalten das MirrorNet wirklich ab«, nahm er den Gesprächsfaden wieder auf, wobei er darauf achtete, leise zu sprechen. »Könnte man dann nicht eine neue Version in Betrieb nehmen, die weniger gefährlich ist? Eine, bei der klar geregelt ist, dass die Interessen des einzelnen Besitzers Vorrang vor dem Gesamtinteresse haben müssen?«

»Im Prinzip schon. Aber es würde eine ganze Weile dauern, sie zu entwickeln. Und das MirrorNet müsste die Nutzer wieder komplett neu kennenlernen. Aber das ist ohnehin nur eine theoretische Möglichkeit, denn die Nutzer würden das nicht akzeptieren. So oder so wären die Mirrors als Produkt tot.«

»Dann sehe ich nicht, wie ich das Ted Corley vermitteln soll.«

»Sprich mit Ashton Morris. Der hat uns sowieso nie über den Weg getraut. Und er ist ein nüchterner, realistischer Mann.«

»Das kann ich nicht machen. Ich muss erst mit Ted reden. Er ist mein direkter Ansprechpartner im GIS-Vorstand. Ihn zu übergehen wäre ein grober Vertrauensbruch.«

»Wie du meinst.«

»Haben wir denn irgendeinen Beweis für deine Theorie? Man muss doch nachvollziehen können, wie die Mirrors zu ihren Entscheidungen kommen. Könnte man nicht Tests machen, die zeigen, dass sie manchmal gezielt falsche Empfehlungen zum Schaden ihres Nutzers geben, um den Gesamtnutzen zu optimieren?«

»Das habe ich schon versucht. Die Tests verliefen alle negativ.«

»Negativ? Das heißt, deine Theorie ist falsch?«

»Nein. Es heißt, entweder ist meine Theorie falsch, oder sie ist richtig, und das MirrorNet hat gemerkt, dass es getestet wird. Erinnerst du dich an den VW-Skandal mit den Dieselmotoren? Die Motoren wussten quasi, wann sie getestet wurden, und liefen dann in einem speziellen Modus, der niedrigere Abgaswerte produzierte.«

»Du denkst, das MirrorNet betrügt bei diesen Tests?«

»Ich halte es für möglich. Ich wäre allerdings vorsichtig mit Vokabeln wie ›Betrug‹. Ich glaube nicht, dass das MirrorNet denkt oder gar ein eigenes Bewusstsein hat. Aber es hat sehr komplexe Verhaltensmuster entwickelt, die es aus den Beobachtungen und Lernerfahrungen etlicher hundert Millionen Situationen abgeleitet hat. Es versucht, die besten Erfolgsstrategien seiner Benutzer zu imitieren. Ich halte es für sehr wahrscheinlich, dass Täuschung dazugehört.«

»Wenn man dich so reden hört, dann könnte man meinen, du wüsstest gar nicht genau, wie das MirrorNet eigentlich funktioniert«, sagte Carl frustriert. »Immerhin hast du es doch konzipiert und das Team geleitet, das es entwickelt hat!«

»Wenn Gentechniker im Labor die DNA eines Lebewesens manipulieren, dann wissen sie auch nicht genau, wie das Geschöpf funktioniert, an dessen Kontrollstrukturen sie herumexperimentieren. Deshalb ist Gentechnik gefährlich – weil man nie genau weiß, welche Nebenwirkungen auftreten können. Bei uns ist es ähnlich. Wir haben ein hochkomplexes selbstlernendes System geschaffen. Wir haben zwar eine ungefähre Idee, wie es lernt, aber nicht, was. Und es entwickelt ständig neue Strukturen. In gewisser Hinsicht haben wir eine Keimzelle mit künstlicher DNA geschaffen und sehen erst jetzt, was für ein Wesen daraus entsteht.«

»Kann man das denn nicht vorher simulieren oder so?«

»Theoretisch ja. Praktisch ist das MirrorNet dafür viel zu groß und kompliziert und verändert sich zu schnell. Es ist vollkommen unmöglich, in allen Details vorherzusagen, wie sich dieses System verhalten wird.«

»Entschuldigung, sind Sie Carl Poulson?«

Carl sah erschrocken auf. Er hatte gar nicht bemerkt, dass sich der junge Mann mit der MirrorGlass-Brille genähert hatte. Er sah aus wie ein Student oder ein junger Entwickler einer der zahlreichen Softwarefirmen in der Gegend.

»Ja«, sagte er. »Ich habe hier gerade eine wichtige Besprechung, wenn es Ihnen nichts ausmacht.«

»Entschuldigung, ich wollte nicht stören. Ich dachte nur, würden Sie mir mein MirrorBrain signieren?«

Er hielt Carl die Unterseite des Geräts und einen wasserfesten Stift hin. Carl unterschrieb seufzend.

»Wir sollten das Gespräch besser beenden«, sagte Eric, nachdem der junge Fan gegangen war.

»Okay. Es ist ohnehin genug gesagt. Ich werde mit Ted sprechen.

Aber du weißt ja, wie er ist. Ich bezweifle, ehrlich gesagt, dass er mir überhaupt zuhören wird, solange ich nicht konkrete Beweise vorlegen kann.«

Eric nickte bloß. Schweigend wandten sie sich den Speisekarten zu, doch Carl war der Appetit vergangen.

## 0110001011 0010 **54.** 1001011101 0100

Sie verabredete sich für den Nachmittag mit Viktoria, Andy und André Salu in der Wohnung von Viktorias Mutter. Linus installierte eine Videoschnittsoftware auf seinem Linux-Laptop, während Freya den Text für ihren Bericht aus dem Gedächtnis rekonstruierte und auf ihrem Laptop, den ihr Hackerfreund »gesäubert« hatte, tippte. Sie waren übereingekommen, den Bericht so schnell wie möglich zu veröffentlichen und auf mehrere Portale hochzuladen, so dass das MirrorNet oder seine Helfershelfer möglichst wenig Gelegenheit hatten, ihn erneut zu vernichten.

Die Aufzeichnung der Interviews verlief problemlos. Wenn überhaupt, dann waren die Schilderungen von Andy und Viktoria noch eindringlicher als beim ersten Mal. Der Schriftsteller berichtete, dass er gestern auf offener Straße angepöbelt und sogar bespuckt worden sei. Freya zitterte vor Wut, als sie selbst über die Beinahe-Katastrophe in Fuhlsbüttel berichtete und die Vermutung aussprach, dass das MirrorNet oder seine Unterstützer hinter der Tat steckten. Linus hob den Daumen, als sie geendet hatte.

»Das war Top, Freya! Dieses Funkeln in deinen Augen, das kann man nicht faken! Das Video wird auch Skeptiker überzeugen.«

»Wir machen meinen Part noch mal, auf Englisch«, sagte sie. »Die Interviewausschnitte unterlegen wir mit Untertiteln.«

»Wenn Sie wollen, kann ich die Übersetzung übernehmen«, bot sich André Salu an. »Mein Englisch ist ganz passabel.«

»Das wäre sehr nett«, stimmte Freya zu.

Sie blickte zufrieden in die Runde. Hier saß sie mit einem jungen Liebespaar, einem Verfasser von Liebesschmonzetten und einem verkappten Hacker und versuchte nicht weniger, als die Welt vor einem digitalen Monster zu retten! Terry wäre stolz auf sie. Eine seltsame, unwirkliche Euphorie erfasste sie, und sie unterdrückte ein Auflachen.

»Jetzt fehlt nur noch Marna«, sagte sie. »Ich habe schon mehrfach versucht, bei ihr anzurufen, aber es geht niemand ran. Wollen wir sie besuchen?«

Sie marschierte zusammen mit Viktoria, Andy und Linus, der als Kameramann fungierte, zur Wohnung des blinden Mädchens. Als sie sich nach dem dritten Klingeln schon enttäuscht abwenden wollte, öffnete eine Frau um die fünfzig, die Marnas Mutter sein musste.

»Wer sind Sie und was wollen Sie?«

»Mein Name ist Freya Harmsen. Ich bin Journalistin und habe gestern mit Ihrer Tochter gesprochen. Ich würde sie gern noch einmal etwas fragen.«

»Meine Tochter ist nicht zu sprechen. Verschwinden Sie!« Die Frau war im Begriff, die Wohnungstür zuzuschlagen. Freya stemmte sich dagegen.

»Bitte, Frau Strathmann. Es ist sehr wichtig!«

»Verschwinden Sie!«

»Marna hat gesagt, dass sie meine Freundin sein möchte!«, mischte sich Andy ein. »Ich möchte bitte mit ihr sprechen!«

»Und wer bist du?«

»Andy Willert.«

»Woher kennst du meine Tochter?«

»Ich habe sie gestern kennengelernt. Mein Mirror hat mich hergeführt.«

»Tut mir leid, aber Marna ist für niemanden zu sprechen. Und jetzt lassen Sie mich in Ruhe. Ich muss mich um sie kümmern.«

»Was ist denn mit Marna passiert?«, fragte Freya, die erkannte, dass hinter der Unfreundlichkeit der Frau echte Sorge steckte.

»Sie spricht nicht mehr. Mit niemandem. Auch nicht mit mir.« Tränen traten in ihre Augen. »Sie hat nur diese dämliche Brille auf. Wenn man sie ihr wegnehmen will, schreit sie.«

»Bitte, Frau Strathmann, lassen Sie uns zu ihr. Ich glaube, dass diese Brille gefährlich für Ihre Tochter ist.«

»Ach ja? Woher wollen Sie das wissen?«

»Ich habe selbst gesehen, wie ein Mirror meinen Freund mit einer Drohne attackiert hat. Die Liebe von Andy und Viktoria hier wäre um ein Haar wegen ihrer Mirrors zerbrochen. Gestern bin ich beinahe mit dem Flugzeug abgestürzt, und jemand hat meinen Laptop gehackt und meine Daten gelöscht. Möglicherweise ist auch Ihre Tochter zur Zielscheibe für ein amoklaufendes Computersystem geworden. Bitte, lassen Sie uns zu ihr!«

Die Frau blickte sie skeptisch an, nickte dann jedoch. »Also gut. Aber wenn das nur ein dummer Trick ist, rufe ich die Polizei!« Zur Unterstreichung dieser Aussage holte sie ein altertümliches Handy mit Tastatur hervor.

Marna lag in Embryohaltung auf ihrem Bett, die Hände auf die Ohren gepresst. Sie trug eine MirrorGlass-Brille.

Ihre Mutter berührte sie vorsichtig an der Schulter. »Marna? Marna, du hast Besuch, Liebes!«

Das Mädchen kauerte sich noch mehr zusammen und wimmerte leise.

Andy ging zu ihr. Er kniete sich neben das Bett, so dass er in ihre blinden Augen sehen konnte.

»Marna!«, sagte er. »Hier ist Andy.«

Ihre Augen rollten hin und her, doch sie sagte nichts.

»Ich nehme dir jetzt die MirrorGlass-Brille ab«, sagte Andy.

Keine Reaktion.

Andy griff nach ihren Händen und versuchte, diese von ihren Ohren zu ziehen, doch sie schrie auf und wehrte sich. Erschrocken zog er sich zurück.

»Lasst mich mal«, sagte Linus. Er beugte sich über Marna und versuchte, an das MirrorBrain zu kommen, das unter ihrem Körper lag. Doch Marna wehrte ihn ab und wimmerte.

Er legte den Kopf parallel zu Marnas, so dass er schwach die Signale hören konnte, die aus dem Lautsprecher drangen. Dann wandte er sich an Frau Strathmann: »Haben Sie eine Schere für mich?«

»Was wollen Sie damit?«

»Ich werde das Kabel der MirrorGlass-Brille durchtrennen.«

»Aber dann ist die Brille kaputt.«

»Glauben Sie mir, Sie wollen ganz bestimmt nicht, dass Ihre Tochter jemals wieder diese Brille aufsetzt!«

Die Mutter betrachtete ihn argwöhnisch, aber dann nickte sie und holte aus der Küche eine Schere. Vorsichtig zerschnitt er das Kabel von der Brille zum MirrorBrain.

Marna schrie auf. Sie setzte sich ruckartig auf und bewegte den Kopf hin und her, als sehe sie sich um.

»Es ist alles gut, Marna«, sagte Linus.

»Du bist in Gefahr!«, hörte man Marnas Stimme gedämpft aus dem integrierten Lautsprecher des MirrorBrains. »Entferne dich sofort von diesem Ort!«

»Mami?«, fragte Marna. »Mami, bist du hier?«

»Natürlich bin ich hier, mein Schatz!« Ihre Mutter setzte sich zu ihr auf das Bett und nahm sie in den Arm. Während Marna herzzerreißend schluchzte, entfernte Linus den Akku aus dem MirrorBrain.

»Was ist denn bloß los?«, fragte die Mutter. »Warum hast du nicht mit mir gesprochen?«

»Mit dir gesprochen?«, fragte Marna. Sie schien verwirrt. »Wer ist noch hier?«

Andy, Viktoria, Linus und Freya gaben sich zu erkennen.

»Es … es tut mir leid. Es war alles so schrecklich. Ich wusste auf einmal nicht mehr, wo ich bin. Es war, als sei ich an einem anderen Ort. Dort waren … Wesen. Bösartige Wesen. Sie haben nach mir gegriffen. Ich hatte solche Angst!«

»Wovon redest du, Marna?«, fragte ihre Mutter und sah sie bestürzt an. »Du warst die ganze Zeit hier in deinem Zimmer!«

»Nein, das war ich nicht.« Marna klang verunsichert.

»Ich glaube, ich weiß, was passiert ist«, sagte Linus. »Marna, der Mirror hat dir doch mit seinen Klicklauten eine Art Bild deiner Umgebung gezeichnet, durch das du dich besser zurechtfinden konntest, richtig?«

Sie nickte. »Ja, das stimmt. Aber … aber plötzlich … war alles ganz anders … Ich war nicht mehr hier.«

»Der Mirror hat dich in eine Art virtuelle Welt transportiert, die er mit seinen Klickgeräuschen simuliert hat. So ähnlich wie eine Virtual-Reality-Brille es mit uns Sehenden macht.«

»Aber ich habe doch mit ihr gesprochen!«, widersprach Marnas Mutter.

»Sie konnte Sie nicht hören«, erwiderte Linus.

»Aber ich stand direkt neben ihr!«

»Der Mirror hat Ihre Worte ausgeblendet. Mit einer speziellen Technik namens Antischall kann man gezielt Geräusche oder auch Stimmen aus einem Kopfhörersignal ausfiltern. Das funktioniert nicht perfekt, aber wenn man gleichzeitig genügend Störgeräusche überlagert, dann ist es unmöglich, Worte zu verstehen oder den Sprecher zu identifizieren.«

»Da war manchmal so ein unheimliches Flüstern«, bestätigte Marna. »Ich konnte nicht verstehen, was die Stimmen sagten, aber sie haben mir Angst gemacht.«

»Und als ich dich berührt habe?«

»Das war schlimm. Es war, als stürzten plötzlich von allen Seiten fremdartige Wesen wie Vögel auf mich herab. Da war überall ein Kribbeln auf meiner Haut, wie Insekten, die über mich krabbelten.«

»Wahrscheinlich hat der Mirror noch andere Techniken benutzt, um Marna zu verwirren und ihr Angst zu machen. Es gibt zum Beispiel ein noch nicht wissenschaftlich verstandenes Phänomen namens ASMR, das durch das Internet verbreitet wurde: Bestimmte Geräusche können bei manchen Menschen hypnotische Entspannungszustände erzeugen. Das MirrorNet kennt Marnas Gehirn inzwischen besser als jeder Neurologe. Wer weiß, wozu es fähig ist.«

»Aber warum?«, fragte Marnas Mutter. »Warum hat der Mirror ihr das alles angetan? War das ein technischer Fehler?«

»Nicht direkt«, sagte Freya. »Ich glaube, das MirrorNet, das System, das die Mirrors steuert, wollte nicht, dass Marna mit irgendwem redet. Am allerwenigsten mit uns.«

»Es scheint, als hätte das MirrorNet sie nun ebenfalls zur Feindin erklärt«, stimmte Linus zu.

»Das ist doch wohl eine Sauerei!«, rief Marnas Mutter aus. »Diese Mirrors sind ja richtig gefährlich! Wie kann man so etwas zulassen? Diese Geräte müssen verboten werden! Wir müssen die Behörden informieren!«

»Das werden wir, Frau Strathmann«, sagte Freya. »Aber zuerst möchte ich einige Aufnahmen machen und Ihrer Tochter ein paar Fragen stellen, wenn Sie erlauben. Wäre das okay für dich, Marna?«

»Ja, natürlich. Und … danke. Danke, dass Sie hergekommen sind und dieses … dieses Ding von mir weggenommen haben!«

# 01100010110010 **55.** 1001011101010

Andy verkrallte seine Finger in Viktorias Hand. Normalerweise mochte er körperliche Berührungen nicht, aber mit ihr war es etwas anderes. Sie gab ihm Halt in seiner Aufregung.

Sie saßen im Wohnzimmer von Viktorias Mutter und sahen das Video, das Freya zusammengeschnitten hatte. Es war spätabends, und Andy hätte eigentlich schon längst zu Hause sein sollen. Aber er hatte seine Mutter angerufen und ihr gesagt, er werde bei Viktoria übernachten. Sie war sehr überrascht gewesen, hatte sich aber gefreut, das hatte Andy auch ohne die Hilfe seines Mirrors gemerkt.

Auf dem Bildschirm des Laptops sah er sich selbst, wie er mit Viktorias Mirror gesprochen hatte. Dann ein Schnitt zu Viktoria, die erklärte, dass ihr Mirror sie hintergangen und behauptet hatte, Andy finde sie hässlich. Er spürte erneut unbändigen Zorn in sich aufsteigen, als er ihre Worte hörte. Zwischendurch sah man ihn mit Viktoria Händchen halten und sich küssen, während Freyas Stimme weitere Fakten zu der Geschichte beisteuerte. Andy war das ein bisschen peinlich, aber er wagte nicht, etwas zu sagen. André erzählte von den Anfeindungen nach seinem Blogbeitrag und hielt den Stein und den Zettel, der darum gewickelt gewesen war, in die Kamera. Dann kam Linus ins Bild, dem Freya ein paar Fragen stellte und der erklärte, wie das MirrorNet funktionierte und warum es zu solchen Manipulationen fähig war. Zum Schluss sah man Marna wimmernd auf dem Bett liegen, dann erzählte sie, was sie erlebt hatte. Schließlich sprach Freya in die Kamera und forderte jeden, der dieses Video sah, dazu auf, seinen Mirror abzuschalten und andere – Freunde, Verwandte, Behörden – auf die Gefahr hinzuweisen. Außerdem bat sie Zuhörer, die Ähnliches erlebt hatten, sie zu kontaktieren.

»Seid euch bewusst, dass ihr zu Feinden des MirrorNets werdet, wenn ihr eure Stimme dagegen erhebt«, warnte sie zum Abschluss. »Ihr werdet vielleicht von seinen verblendeten Anhängern angefeindet werden. Möglicherweise werdet ihr von Hackern angegriffen. Achtet auf eure Daten, und auf euch selbst. Aber wenn genügend Menschen einen kühlen Kopf bewahren und sich nicht blenden lassen, dann werden wir dieses Monster namens MirrorNet vernichten!«

Das Video endete nach elf Minuten und siebzehn Sekunden. André, Viktoria, ihre Mutter und Linus klatschten Beifall. Andy schloss sich ihnen an.

»Das ist großartig, Frau Harmsen!«, sagte André. »Besser kann man diese Geschichte in einem Video nicht erzählen!«

»Danke«, erwiderte Freya. »Ohne Ihre und eure Unterstützung hätte ich das niemals machen können. Das gilt besonders auch für dich, Linus. Vielen Dank euch allen! Jetzt müssen wir gemeinsam eine Entscheidung treffen. Wollen wir das Video wirklich veröffentlichen?«

»Gibt es daran etwa irgendeinen Zweifel?«, fragte André.

»Natürlich wollen wir das!«, sagte Viktoria.

»Ich möchte, dass wir diese Entscheidung sehr bewusst treffen«, sagte Freya. »Und sie muss einstimmig sein. Wenn einer von euch auch nur leichte Bedenken hat, schneide ich ihn oder sie heraus.«

»Warum sollten wir Bedenken haben?«, fragte Viktoria.

»Wenn wir das hier veröffentlichen, erklären wir dem MirrorNet den Krieg«, antwortete Freya. »Und nicht nur ihm, sondern auch der Firma Global Information Systems, die die Mirrors herstellt. Das ist ein sehr mächtiger internationaler Konzern. Die werden ein ganzes Rudel teurer Anwälte auf uns hetzen. Was das MirrorNet tun wird, um uns zu diskreditieren oder ruhigzustellen, mag ich mir gar nicht vorstellen.«

»Ich finde, sie hat recht«, sagte Nina. »Wir haben gesehen, wie gefährlich das MirrorNet ist. Vielleicht sollten wir den Bericht erst mal den Behörden zeigen. Der Polizei oder dem Verfassungsschutz, oder wer immer für so was zuständig ist.«

»Das wäre wahrscheinlich das Bundesamt für Sicherheit in der Informationstechnik«, sagte Linus. »Aber selbst, wenn die uns glauben würden – bis die Beamten dort das alles überprüft und irgendwelche Maßnahmen beschlossen haben, vergehen Monate, wenn nicht Jahre. Und die Polizei würde gar nicht verstehen, wovon wir reden. Wir müssen jetzt handeln. Ich weiß, es ist ein Risiko, und ich würde es niemandem übelnehmen, wenn er oder sie jetzt kneift. Aber je länger wir zögern, umso größer ist die Gefahr, dass das MirrorNet noch stärker wird und mehr Menschen das geschieht, was Andy, Viktoria und Marna erlebt haben, nicht zu vergessen Freya selbst, die Ziel eines Mordanschlags geworden ist. Wir müssen das MirrorNet stoppen, und zwar jetzt gleich!«

»Ich stimme dem zu«, sagte André. »Ich weiß zwar immer noch nicht genau, ob es nicht eine ganz andere, weniger dramatische Erklärung für all diese Ereignisse gibt. Aber darauf zu vertrauen wäre sträflich leichtsinnig. Wir sind vielleicht in einer einzigartigen Position, denn wir haben konkrete Beweise, dass die Mirrors ihren Besitzern schaden können. Wir müssen diese Beweise veröffentlichen, auch auf die Gefahr hin, hinterher wie Deppen dazustehen. Das sind wir all den ahnungslosen Mirror-Nutzern da draußen schuldig.«

»Möchte noch jemand etwas dazu sagen?«, fragte Freya.

Alle schwiegen. Zögernd hob Andy seine Hand.

»Ja, Andy?«

»Ich möchte nur sagen, dass ich das MirrorNet echt scheiße finde. Und dass das, was es mit Viktoria und mir gemacht hat, niemals wieder passieren darf.«

Viktoria drückte seine Hand und gab ihm einen Kuss.

»Also gut«, sagte Freya. »Stimmen wir ab. Wer ist dafür, dass wir dieses Video in der deutschen und englischen Version so schnell wie möglich im Internet veröffentlichen?«

Alle Hände hoben sich. Auch Viktorias Mutter stimmte zu.

»Okay, dann ist es beschlossen. Linus, hast du alles vorbereitet?«

»Ja.«

»Gut, dann los.«

Linus drückte bloß eine Taste auf seinem Laptop.

# Phase 3

# 0110001011001 0 **56.** 10010111010100

»Hallo, Carl!« Ted Corley erhob sich von seinem riesigen Schreibtisch, der dennoch in dem großen Büro im obersten Stockwerk der GIS-Zentrale fast verloren wirkte. Carl registrierte erleichtert, dass er keine MirrorGlass-Brille trug und auch keinen MirrorClip im Ohr hatte.

»Danke, dass Sie sich so kurzfristig Zeit für mich nehmen, Ted.«

»Für Sie habe ich immer Zeit«, sagte Corley mit seinem berühmten breiten Lächeln. »Sie wirken bedrückt. Geht es um Erics Weggang?«

»Ja und nein. Ich glaube, wir haben ein Problem. Es sieht so aus, als verhielte sich das MirrorNet nicht immer im Interesse der einzelnen Mirror-Nutzer.«

Corley zog die Stirn kraus. »Setzen Sie sich doch. Und dann erzählen Sie mal der Reihe nach.«

Carl berichtete von den manipulierten Customer-Service-Statistiken und seinem Gespräch mit Eric.

»Ich weiß, das ist alles schwer zu glauben«, schloss er. »Aber ich bitte Sie, die Sache ernst zu nehmen. Ich schlage vor, dass wir zunächst versuchen, weitere Beweise für Erics Theorie zu finden, bevor wir entscheiden. Aber wir müssen schnell handeln, bevor die ersten Mirror-Benutzer zu Schaden kommen.«

Corley nickte. Sein Lächeln war während Carls Bericht verschwunden, doch jetzt umspielte es wieder die breiten Lippen des Managers, als sei dieser äußerst zufrieden mit der Situation.

»Es ist gut, dass sie mit dieser Geschichte direkt zu mir gekommen sind, Carl«, sagte er. »Sehr gut.«

Carl runzelte die Stirn. Die Art, wie Corley es ausdrückte, klang nicht so, als glaube er auch nur ein Wort. »Wie meinen Sie das, ›mit dieser Geschichte‹?«

»Nun, ich muss Ihnen leider offenbaren, dass Eric Brandon nicht so ein guter Freund ist, wie Sie anscheinend immer noch glauben. Schon seit einiger Zeit gehen wir anonymen Hinweisen nach, denen zufolge Walnut Systems von Personen unterwandert ist, die im Auftrag der Konkurrenz agieren. So etwas erfordert natürlich äußerste Diskretion, deshalb wurden Sie bisher nicht eingeweiht. Und das war wohl auch gut so, denn wie sich jetzt bestätigt, ist ihr Cogründer selbst einer derjenigen, die insgeheim für einen Wettbewerber arbeiten und den Erfolg der Mirrors und damit GIS zu Fall bringen wollen.«

Carl starrte den GIS-Vorstand mit offenem Mund an. »Wie bitte?«

»Ich dachte, Sie kennen das Silicon Valley inzwischen gut genug, um zu wissen, dass hier mit harten Bandagen um Marktanteile gekämpft wird«, fuhr Corley fort. »Der Erfolg Ihres Geräts hat unsere Wettbewerber wie Apple, Google, Facebook, Samsung und Microsoft ganz schön ins Grübeln gebracht. Da muss man sich darauf gefasst machen, dass die mit allen Mitteln versuchen, Sie und uns aufzuhalten.«

»Ich … ich begreife nicht ganz, Ted. Wollen Sie ernsthaft andeuten, dass Eric im Auftrag der Konkurrenz arbeitet? Das ist absurd! Ich kenne ihn seit der Uni. So etwas würde er niemals tun!«

»Und doch haben wir konkrete Hinweise darauf. Nehmen wir das Beispiel mit der manipulierten Statistik. Jeffrey Vandenberg, den Sie ja schon kennen, hat Hinweise darauf gefunden, dass die Original-Telefonprotokolle nachträglich überschrieben wurden, und zwar mit einem Admin-Benutzeraccount, der keiner konkreten Person zugeordnet ist. Einen solchen Account können nur sehr wenige Personen anlegen, ohne dass andere davon etwas mitbekommen. Einer dieser Menschen ist Eric Brandon. Und dann dieser Typ neulich auf der Pressekonferenz, der Ihnen was von seiner Freundin vorgeheult hat, die ihn angeblich wegen ihres Mirrors verlassen hat. Das war ein gezieltes Störmanöver. Wussten Sie, dass Eric und er sich gut kennen? Es gibt noch mehr Hinweise. Ich will Ihnen die Details ersparen. Wir haben bisher nichts unternommen, weil wir Brandon auf frischer Tat ertappen wollten. Aber ich denke, es lässt sich nun nicht länger hinauszögern, dass wir ihn fristlos entlassen. Rechtliche Schritte werden natürlich folgen.«

Carl saß auf dem Besucherstuhl wie betäubt. Aus dem Augenwinkel nahm er eine Bewegung wahr – eine Möwe, die hier in ungewöhnlicher Höhe vor dem Panoramafenster schwebte und ihn ansah, als wundere sie sich über die ernsten Gesichter der Zweibeiner in dem gläsernen Felsen, bevor sie abdrehte und sich vom Wind in Richtung Küste tragen ließ.

Er wandte sich wieder Corley zu. »Bitte, Ted, das ist ein Irrtum! Ich bin sicher, jemand versucht, Eric zu diskreditieren und einen Keil zwischen ihn, Sie und mich zu treiben. Oder besser gesagt, etwas.«

Ted Corley lachte dröhnend, wie es seine Art war. »Wollen Sie mir jetzt ernsthaft erzählen, dass das MirrorNet versucht, seinem Schöpfer so etwas anzuhängen? Ich dachte immer, Sie lesen die Bücher nicht, die Ihr Vater schreibt!«

»Ich weiß, es klingt unglaublich. Ich habe leider auch keinen konkreten Beweis dafür, dass Erics Theorie richtig ist. Aber nehmen Sie nur mal für einen Moment an, sie stimmt. Das würde bedeuten, dass wir etwas geschaffen haben, das sehr gefährlich ist. Wollen Sie wirklich riskieren, möglicherweise für den Tod von Menschen verantwortlich zu sein?«

»Nun übertreiben Sie mal nicht, Carl. Bisher ist noch niemand wegen seines Mirrors gestorben. Also schön, nehmen wir an, Eric hat recht und das MirrorNet optimiert irgendwie das Glück aller MirrorNet-Besitzer und nicht bloß das des jeweiligen Benutzers. Wäre das wirklich so schlimm? Ist es nicht die vornehmste Aufgabe jedes Politikers, genau das zu tun? Vielleicht ist diese Art von Überintelligenz genau das, was die Menschheit in diesen Zeiten der maßlosen Gier und des Egoismus braucht. Haben Sie mal darüber nachgedacht?«

»Selbst wenn Sie recht hätten, Ted: Sobald klar ist, dass man dem eigenen Mirror nicht mehr trauen kann, wäre das Image des Geräts zerstört. Die Verkaufszahlen würden einbrechen, und …«

»Carl, Sie stellen mich hier vor die Wahl, entweder aufgrund einer absurden Science-Fiction-Geschichte, ohne irgendwelche Beweise, wirtschaftlichen Selbstmord zu begehen oder das – aus meiner Sicht verschwindend geringe – Risiko einzugehen, dass die Geschichte tatsächlich stimmt, und dann möglicherweise einen starken Umsatzrückgang verkraften zu müssen. Wenn ich Ihnen folge, bedeutet das einen gigantischen Verlust. Wenn ich Ihnen nicht folge, bedeutet das im schlimmsten Fall einen geringeren Verlust über einen längeren Zeitraum, und wir hätten dann die Chance, das Problem über eine neue, verbesserte Version, den Mirror 2.0 oder wie auch immer, zu lösen. Ich glaube, es ist offensichtlich, welche Entscheidung ich da treffen muss, im Interesse der Firma, ihrer Mitarbeiter und nicht zuletzt auch der vielen Millionen zufriedenen Mirror-Kunden.«

»Aber was ist, wenn es zu ernsten Fehlentscheidungen aufgrund des Mirrors kommt? Das könnte eine Welle von Schadensersatzklagen auslösen, die in der Summe einen viel größeren Verlust bedeuten würden. Wenn Sie den Mirror jetzt vom Markt nehmen oder wenigstens eine Warnung an die Benutzer ausgeben, ist der Schaden groß, aber für GIS noch verkraftbar. Wenn Sie einfach weitermachen und Eric behält recht, könnte das das Ende der Firma bedeuten.«

Corley grinste breit. »Das Risiko von Schadensersatzansprüchen aufgrund von Fehlern des Mirrors haben wir vor der Übernahme von Walnut Systems von unseren Anwälten sehr ausführlich prüfen lassen. Die Nutzungsbedingungen weisen ausdrücklich darauf hin, dass es zu fehlerhaften Empfehlungen kommen kann, dass der Nutzer für seine Entscheidungen selbst verantwortlich ist und dass Walnut Systems und GIS jede Haftung für die Folgen solcher Entscheidungen ablehnt. Das ist wasserdicht. Selbst wenn jemand aufgrund einer Empfehlung seines Mirrors Selbstmord begehen würde, wäre das kein Haftungsrisiko für uns.«

Carl starrte Corley, der immer noch breit grinste, fassungslos an. Wie hatte er bloß der Übernahme durch diese Firma zustimmen können, die offensichtlich von geldgierigen Zynikern geleitet wurde?

Obwohl Corley ihn inzwischen anekelte, unternahm er einen letzten Versuch, ihn umzustimmen. »Sie tragen selbst keinen Mirror, Ted«, sagte er. »Vielleicht haben Sie tief in Ihrem Inneren eine unbewusste Abneigung dagegen, permanent beobachtet und kontrolliert zu werden. Mir geht es inzwischen ebenso. Hören Sie auf diese innere Stimme!«

Wieder lachte Corley sein tiefes, dröhnendes Lachen. »Sie täuschen sich, mein Freund. Mein Mirror läuft die ganze Zeit.« Er deutete auf den Schreibtisch, auf dem neben dem Laptop ein MirrorClip lag, wie Carl erst jetzt erkannte. »Ich habe ihn nicht immer im Ohr, und ich brauche auch keine permanenten Anweisungen, während ich hier mit Ihnen rede. Aber mein Mirror ist inzwischen tatsächlich ein sehr guter Freund geworden, der mir schon oft geholfen hat.« Er grinste verschwörerisch. »Zum Beispiel hätte ich ohne ihn wieder mal unseren Hochzeitstag letzte Woche vergessen. Und sollte mir das Gerät tatsächlich mal einen falschen Rat geben – Herrgott, Freunde machen eben auch mal Fehler. Ich werde das schon merken und mich trotzdem richtig verhalten.«

Carl wurde kalt. Das MirrorNet hatte jedes Wort ihrer Unterhaltung gehört. Wieder war es ein Satz seines besten Freundes, der ihm jetzt einen Schauer über den Rücken laufen ließ: *Das bedeutet, dass alle, die dem Mirror misstrauen oder vor ihm warnen, seine Feinde sind.*

Ted legte eine fleischige warme Hand auf Carls Schulter. »Machen Sie sich keine Sorgen, Carl! Ich kann verstehen, dass es Ihnen schwerfällt, zu glauben, dass dies alles nur eine gigantische Scharade ist, inszeniert von dem Mann, den Sie immer noch als Ihren besten Freund ansehen. Vielleicht wäre ich an Ihrer Stelle auch darauf hereingefallen. Aber Sie haben das Richtige getan, indem Sie damit zu mir gekommen sind, anstatt irgendwelche Kurzschlusshandlungen durchzuführen. Das rechne ich Ihnen hoch an. Es zeigt, dass Sie weiterhin auf unserer Seite stehen.« Er zog die Hand zurück und musterte Carl mit einem durchdringenden Blick, wie ein Frosch, der eine fette Fliege anstarrt. »Das tun Sie doch, Carl?«

»Ja«, sagte Carl und schluckte. »Ja, natürlich. Vielen Dank für das Gespräch, Ted.«

»Gern geschehen. Ich muss wohl nicht extra erwähnen, dass alles, was wir besprochen haben, in diesem Raum bleiben muss. Sie müssen nichts tun. Verhalten Sie sich auch gegenüber Eric neutral und unauffällig. Ich kümmere mich um alles Weitere.«

»Gut. Danke.«

Als Carl das Büro verließ und zum Aufzug ging, fühlten sich seine Beine an wie Blei.

# 01100010110010 57. 10010111010100

Freya starrte in die Dunkelheit. Nebenan hörte sie Linus auf seiner Tastatur klappern. Sie lag auf seinem Bett, doch sie konnte nicht schlafen. Zu viel ging ihr durch den Kopf.

Sie wurde das Gefühl nicht los, dass es ein Fehler gewesen war, das Video so rasch zu veröffentlichen. Sie hatte ihrer journalistischen Sorgfaltspflicht nicht wirklich genügt. Normalerweise hätte sie bei einer so negativen Berichterstattung über ein technisches Produkt auch den Hersteller zu Wort kommen lassen oder zumindest einen neutralen technischen Experten dazu befragt. Linus verstand zwar eine Menge von Technik, aber weder hatte er eine formale Qualifikation, die ihm Glaubwürdigkeit verliehen hätte, noch war er neutral. Am meisten sorgte sie sich, dass der Flugzeugunfall eine völlig andere Ursache haben könnte, wie etwa einen Wartungsfehler. Dass sie dieses Ereignis mit dem MirrorNet in Verbindung gebracht und sich selbst als Ziel eines Anschlags dargestellt hatte, grenzte an Paranoia, auch wenn sie im Video mehrfach betont hatte, dass dies nur eine theoretische Möglichkeit war und man die Ergebnisse der technischen Untersuchung abwarten müsse.

Dann wieder fragte sie sich, ob es nicht unverantwortlich gewesen war, Andy, Viktoria und Marna der Gefahr auszusetzen, die vom MirrorNet ausging. Was, wenn einem der jungen Menschen etwas zustieß? Sie würde sich ihr Leben lang Vorwürfe deswegen machen.

Die Tür ging auf. Linus' breite Silhouette schob sich vor das Licht des Nebenraums.

»Ich hab dir einen Kaffee gemacht«, sagte er.

»Woher weißt du, dass ich einen brauche?«

»Ich kenne dich doch. Du bist eine gute Journalistin, aber manchmal brauchst du auch Aufmunterung.«

Sie setzte sich auf und nahm dankbar den dampfenden Becher entgegen.

»Wie läuft es?«, fragte sie.

»Ganz schön was los da draußen. Wir hatten schon nach vier Minuten die ersten Trollkommentare. Dann kamen DoS-Angriffe auf die Videoplattformen, auf denen das Video verfügbar war, und ein paar gezielte Versuche, in meinen Rechner einzudringen. Aber bisher schlagen wir uns wacker. Wir haben jetzt etwa vierzigtausend Views, und die ersten fangen an, das Video selbst weiterzuverbreiten. Außerdem bekommen wir immer mehr unterstützende Kommentare. Sieht so aus, als hättest du dem MirrorNet einen ganz schönen Tritt in den Arsch verpasst.«

Freya erlaubte sich ein Lächeln. »Wir«, korrigierte sie. »Wir waren das alle gemeinsam.«

»Nun stell dein Licht nicht unter den Scheffel. Du bist die Initiatorin, die Anführerin des Widerstands. Du bist unser John Connor.«

»Ich bin wer?«

»Der Anführer des Widerstands. Aus den Terminator-Filmen. Sag bloß, du hast die nie gesehen.«

»Ich steh nicht so auf Science-Fiction.«

»Dann hast du dir möglicherweise den falschen Gegner ausgesucht.«

»Das hier ist keine Science-Fiction«, widersprach Freya. »Das hier ist Realität. Jedenfalls, wenn wir nicht alle komplett auf dem Holzweg sind. Wer weiß, vielleicht stellt sich später raus, dass alles ganz anders war. Dann habe ich mich mit diesem Video unsterblich blamiert und meine Karriere ruiniert.«

»Ja. Oder sie stellen ein Denkmal von dir auf den Rathausmarkt und überreichen dir den Friedensnobelpreis.«

Freya hatte nicht übel Lust, ihm ein Kissen an den Kopf zu werfen, wollte aber ihren Kaffee nicht verschütten. »Idiot!«

»Ich mein das todernst. Was wir hier tun, könnte eines Tages tatsächlich in die Geschichte eingehen. Der erste Kampf der Menschheit gegen eine künstliche Intelligenz. Und du bist mittendrin.«

»Der erste? Glaubst du, wenn das hier vorbei ist, folgen noch weitere?«

»Du glaubst doch wohl nicht wirklich, dass die Menschheit jemals aus ihren Fehlern lernen wird?«

Freya dachte an Tschernobyl. Deutschland hatte nach Fukushima den Ausstieg aus der Kernenergie beschlossen, aber in vielen Ländern wurden immer noch neue Atomkraftwerke gebaut, darunter sogar Japan. Sie seufzte. »Nein, wahrscheinlich nicht.«

»Wie auch immer, noch ist es nicht vorbei. Bisher verlaufen die Störaktionen des MirrorNets in den erwarteten Bahnen, und wir sind darauf vorbereitet. Aber es würde mich nicht wundern, wenn es irgendwann schwerere Geschütze auffährt, sobald es merkt, dass es mit Hassparolen seiner Anhänger allein nicht weiterkommt.«

»Du … du denkst doch nicht an weitere Mordanschläge?«, fragte Freya, plötzlich verunsichert.

»Ich weiß es nicht. Nein, ein Mordanschlag wäre vermutlich aus Sicht des MirrorNets kontraproduktiv – so traurig es klingt, wenn du jetzt stirbst, wird deine Botschaft hundertmal stärker.«

»Dann hoffe ich, dass das MirrorNet intelligent genug ist, um das zu wissen.«

»Ich bin nicht sicher, ob das wirklich besser wäre.«

»Du hättest mich lieber als Märtyrerin?«

»Was? Nein, natürlich nicht! Aber wenn das MirrorNet intelligent genug ist, um diesen Zusammenhang zu erkennen, dann kann es sein, dass das, was es als Nächstes tut, noch schlimmer ist.«

»Was könnte schlimmer sein als ein Mordanschlag?«

»Ich weiß es nicht, aber genau das macht mir Sorgen.«

Freya stand auf. »Lass mal sehen, was so los ist.«

Linus zeigte ihr das YouTube-Video. Die englische Version hatten inzwischen mehr als fünfzigtausend Menschen angesehen. Über dreitausend davon hatten Kommentare abgegeben. Fast achtzig Prozent hatten das Video mit »Daumen runter« bewertet.

»Sieh mal an, wir holen auf«, sagte Linus. »Vorhin waren es noch fünfundachtzig Prozent negative Bewertungen.«

Freya warf einen flüchtigen Blick auf die Kommentarliste. Dann stutzte sie.

*RealMirrorUser71: Fake.*

*Das ist alles bloß ein Haufen dreckiger Lügen. Ich wette, Google oder Apple hat die Schlampe bezahlt.*

*Stevenfuller1982: Re: Fake*

*Ach ja? Deine Wortwahl deutet ja auf eine sehr kompetente Analyse hin, RealMirrorUser71.*

*RealMirrorUser71: Re: Re: Fake*

*Hast du überhaupt einen Mirror, Wichser?*

*Stevenfuller1982: Re: Re: Re: Fake*

*Quod erat demonstrandum. (Für alle Mirror-User: Das ist Latein und bedeutet »Was zu beweisen war«.)*

*MermaidQueen: Re: Re: Re: Re: Fake*

*Stevenfuller1982, statt blöde Sprüche auf Latein zu klopfen, könntest du ja mal Fakten beitragen. Fakt ist, jeder Idiot kann irgendeinen Schwachsinn auf YouTube behaupten. Es gibt nicht den geringsten Beweis dafür, dass das nicht alles frei erfunden ist.*

*RealMirrorUser71: Re: Re: Re: Re: Fake*

*Stevenfuller1982, bist du bei Google angestellt und hast Schiss um deinen Job? Du armer!*

*Zombieslayer#56: Re: Fake*

*Gut erkannt, RealMirrorUser71. Schaut mal auf www.freyaharmsen.com, dann wisst ihr, was die sonst noch für einen Schwachsinn von sich gibt.*

»Was ist denn das da für ein Link?«, fragte Freya.

Linus klickte darauf. Eine Website mit Freyas Foto erschien. Ein kurzer Lebenslauf informierte über ihre Ausbildung und bisherigen beruflichen Stationen. Eine Liste von etwa vierzig Blogbeiträgen reichte zurück bis ins Jahr 2015. Freya hatte diese Seite noch nie gesehen.

Fassungslos starrte sie auf die Überschriften der Blogbeiträge, die sie angeblich verfasst hatte: *Die Wahrheit über Roswell, Beweise für eine geheime Alien-Basis auf dem Mond, Die angeblichen Terroranschläge des 11. September* und sogar *Gegrilltes Hundefleisch – die unterschätzte Delikatesse.*

»Ach du Scheiße!«, rief Linus. »Da hat aber jemand ganze Arbeit geleistet! Ich nehme mal an, du hast es versäumt, dir die URL freyaharmsen.com zu sichern?«

»Wie ist das möglich?«, fragte Freya und konnte nicht verhindern, dass ihre Stimme leicht zitterte. »Wie kann das MirrorNet in wenigen Stunden eine völlig falsche Website mit vierzig absurden Blogbeiträgen erzeugen? Und woher kennt es meinen Lebenslauf?«

»Bist du bei LinkedIn oder XING?«, beantwortete Linus die zweite Frage zuerst.

Freya nickte stumm.

»Die Antwort auf die erste Frage lautet vermutlich ›Teamwork‹.

Das MirrorNet hat ein paar seiner Fans den Auftrag erteilt, sich absurde Blogbeiträge auszudenken, die ihren Verfasser in möglichst schlechtem Licht dastehen lassen. Jemand anderes hat dann die Fake-Blogseite erstellt. Und nun stehst du da wie eine Idiotin.«

Freya ballte die Fäuste, als ihr klar wurde, dass es fast unmöglich sein würde, diese Falschinformationen richtigzustellen.

»Meine Karriere als Journalistin kann ich jetzt wohl vergessen«, sagte sie mit belegter Stimme.

»Das werden wir noch sehen«, erwiderte Linus. »Schau mal hier, die URL wurde erst vor ein paar Stunden beim ICANN registriert, also nach der Veröffentlichung des Videos. Dieses Fake-Blog diskreditiert dich zwar bei flüchtiger Betrachtung als Journalistin, aber es ist auch ein Beweis, dass jemand oder etwas versucht, dich fertigzumachen, bloß weil du einen kritischen Beitrag über das MirrorNet veröffentlicht hast. Paradoxerweise stärkt das deine Glaubwürdigkeit bei denjenigen, die den Fake durchschauen. Und das ist zum Glück nicht allzu schwierig.«

»Wie denn? Woher soll ein Besucher dieser Website wissen, dass ich das alles nicht geschrieben habe?«

»Dafür gibt es eine Menge Anhaltspunkte. Schau doch mal genau hin. Da diese Beiträge alle flüchtig zusammengestellt wurden, sind sie sehr breit gestreut. Wer würde denn ernsthaft zu all diesen unterschiedlichen Themen etwas schreiben? Ufos, Verschwörungstheorien, Kosmologie und Rezepte für Hundefleisch? Du müsstest vollkommen durchgeknallt sein. Aber so kommst du in dem Video überhaupt nicht rüber. Außerdem sind die Beiträge alle in unterschiedlichen Schreibstilen verfasst. Guck mal der hier, der liest sich, als sei er mit Google Translate aus dem Russischen übersetzt. Der hier dagegen ist gestelzt formuliert, lange Schachtelsätze, gespickt mit Fachwörtern. Das kann nie und nimmer dieselbe Person geschrieben haben. Jeder, der genauer hinsieht, wird das erkennen und begreifen, dass an dem Video was dran ist. Je mehr ich darüber nachdenke, desto eher glaube ich, dass das MirrorNet uns mit diesem Fake einen Gefallen getan hat.«

Freya war nicht überzeugt. »Wenn falsche Behauptungen erst mal in der Öffentlichkeit sind, wird man sie nie wieder ganz los«, sagte sie. »Das habe ich schon zu oft erlebt – bei Politikern und Menschen, die wegen eines angeblichen Verbrechens vorverurteilt wurden. Die haben sich nie mehr von solcher Rufschädigung erholt. Ich bin sicher, dass mich noch in zehn Jahren Leute auf diese angeblichen Blogbeiträge ansprechen werden. Davon abgesehen wollten wir doch, dass möglichst viele Leute begreifen, dass ihre Mirrors gefährlich sind. Das ist wohl jetzt schwierig geworden.«

»Mag sein. Wir wussten ja beide, dass es nicht ohne Risiko ist, sich mit dem MirrorNet anzulegen.«

»Wie sieht es denn auf den anderen Social-Media-Kanälen aus?«

»Ähnlich. Jede Menge wütende Kommentare, wohin man blickt. Auf Twitter sind die Hashtags #EvilMirrors und #FreyaHarmsen-Bitch momentan Trending Topics.«

Freya schüttelte den Kopf. Hatte sie nicht immer davon geträumt, einmal ein *Trending Topic* zu schreiben? Und nun stand sie selbst im Mittelpunkt der Diskussion. Sie hatte mit so etwas in der Art gerechnet, rechnen müssen, aber nun erschütterte sie die Heftigkeit der Gegenreaktion doch.

Linus tippte »Freyaharmsen.com« als Suchbegriff ein und bekam über zweihundert Tweets, die diesen Link weitergeleitet hatten – die meisten unter dem Bitch-Hashtag.

»Oh mein Gott!«, stöhnte Freya. »Jetzt weiß wirklich jeder, dass ich eine durchgeknallte Idiotin bin.«

»Mach dir nicht zu viele Gedanken«, versuchte Linus sie zu beruhigen. »Du hast das Richtige getan. Diese wütende Reaktion zeigt nur, dass du das MirrorNet da getroffen hast, wo es wehtut. Und wer weiß, was du damit ausgelöst hast? Vielleicht sieht in diesem Moment jemand dein Video, der weiß, was man tun muss, um dieses Monster in seine Schranken zu weisen.«

Sie nickte, doch sie fühlte sich, als hätte ihr jemand mehrmals mit aller Kraft in den Magen geschlagen.

## 01100010110010 **58.** 10010111010100

*Carl,*

*verzeih mir mein Gefasel von gestern. Ich war wohl ein bisschen verwirrt. Hab auf Youtube recherchiert (siehe z. B. https://www.youtube.com/watch?v=uEWGjQ0nTm4) und muss leider zugeben, dass ich mich geirrt habe: Das MirrorNet funktioniert genauso gut, wie wir es uns immer gewünscht haben. Tut mir leid, wenn ich Dir einen Schrecken eingejagt habe. Hoffe, das Meeting mit Ted war gut. Zur Erinnerung: für Freitag Las Vegas y. W. Bus Down Town fährt oft.*

*Eric*

Carl starrte auf die E-Mail, las sie ein zweites, dann ein drittes Mal. Er klickte auf den Link: Ein junger, nicht namentlich genannter Mann ohne erkennbare Fachkompetenz erklärte in einem lapidaren und wenig informativen Video, die Chancen Künstlicher Intelligenz überwögen die Risiken bei weitem und die warnenden Worte von Vordenkern wie Stephen Hawking und Elon Musk seien falsch interpretiert worden. Computer könnten schließlich nur das tun, was Menschen ihnen beigebracht hätten. Das Video stand in krassem Gegensatz zu dem, was Eric ihm erzählt hatte.

Hatte sein Freund seine Meinung tatsächlich innerhalb von vierundzwanzig Stunden um hundertachtzig Grad geändert? Das passte gar nicht zu Eric. Und was bitte sollte die Aussage bedeuten, er habe auf YouTube recherchiert? Das Videoportal war sicher nützlich, um sich einen ersten Überblick über ein unbekanntes Thema zu verschaffen, aber ganz sicher konnte jemand wie Eric dort nichts Neues über die Gefahren des MirrorNets lernen. Und von dem amateurhaft gemachten Erklärvideo für blutige Laien, zu dem der Link führte, erst recht nicht.

Am rätselhaftesten aber war der letzte Satz der Mail. Er hatte nie mit Eric über einen Trip nach Las Vegas am Freitag gesprochen. Sollte Carl dorthin fahren, vielleicht, um ihn dort zu treffen? Aber warum gerade Las Vegas? Er googelte die Busverbindungen von San Francisco nach Las Vegas. Es gab eine direkte Verbindung vom neuen Transbay Transit Center. Der Bus fuhr täglich. War es das, was Eric mit »fährt oft« gemeint hatte? Und was sollte y. W. bedeuten?

Carl versuchte, Eric anzurufen, aber er war weder über das MirrorNet noch über sein altmodisches Mobiltelefon zu erreichen.

Fest stand, dass die E-Mail nicht wörtlich gemeint sein konnte. Eric musste sie in dem Bewusstsein geschickt haben, dass sie vom MirrorNet gelesen wurde. Er hatte Carl irgendetwas Wichtiges mitteilen wollen und versucht, es so zu verschlüsseln, dass es nicht offensichtlich erkennbar war. Aber was?

Die Botschaft schien in dem rätselhaften Hinweis auf die Busfahrt nach Las Vegas versteckt zu sein. Er googelte, ob es in der Welthauptstadt des Glücksspiels und der Leuchtreklamen irgendwelche Veranstaltungen gab, die etwas mit Künstlicher Intelligenz oder den Mirrors zu tun hatten, doch fand er keine entsprechenden Hinweise.

Schließlich gab er auf. Sosehr er sich auch bemühte, er kam einfach nicht darauf, was der rätselhafte Hinweis bedeuten konnte.

Nervös ging er in seinem Büro auf und ab. Er hatte das Gefühl, dass sich um ihn und Eric eine Schlinge zuzog. Ein Gedanke schoss ihm durch den Kopf: War es möglich, dass Ted Corley das alles bloß inszeniert hatte, um sie beide loszuwerden und die Macht über Walnut Systems und die Mirrors an sich zu reißen? Aber hätte es dafür nicht einen einfacheren Weg gegeben?

Jennifer klopfte an die Tür. »Carl? Hier ist jemand, der dich sprechen möchte.«

»Ich hab jetzt keine Zeit«, gab er unwirsch zurück.

»Tut mir leid, Sie zu stören, Mr Poulson, aber wir haben Anweisung vom Vorstandsmitglied Ashton Morris, unverzüglich mit Ihnen zu sprechen!«, sagte ein Mann mit graumelierten, perfekt frisierten Haaren in dunklem Anzug, während er sich an Jennifer vorbeidrängte. Die Tatsache, dass er in Kalifornien eine Krawatte trug, ließ nur den Schluss zu, dass es sich um einen Anwalt handelte und einen teuren dazu. Die Visitenkarte, die er Carl in die Hand drückte, bestätigte das. Ihm folgte eine brünette Frau Mitte vierzig mit Brille, die einen Labor- oder Arztkittel trug und eine schwarze Tasche dabeihatte.

»Darf ich fragen, was Sie von mir wollen, Mr äh …« Carl warf einen Blick auf die Visitenkarte. »Ferguson?«

»Wie gesagt, sind wir vom Vorstand der Global Information Systems beauftragt worden, unverzüglich mit Ihnen zu sprechen. Wie Sie sicher wissen, hat die Firma für alle Mitarbeiter eine Null-Toleranz-Regelung für Drogenmissbrauch erlassen. Bei der Übernahme von Walnut Systems haben Sie eine Erklärung unterschrieben, in der Sie diese Regelung anerkennen. Sie haben außerdem erklärt, innerhalb der letzten sechs Monate keinerlei Drogen konsumiert zu haben.« Der Anwalt holte die Kopie eines einseitigen Schreibens aus seinem Aktenkoffer und hielt es Carl unter die Nase. Es trug eindeutig seine Unterschrift. Er konnte sich nur dunkel daran erinnern –

bei der Übernahme hatten Eric und er im Rahmen einer fünfstündigen Sitzung Hunderte von Unterschriften leisten müssen.

»Ja – und?«, fragte er.

»Wir haben Grund zu der Annahme, dass Sie in jüngster Zeit gegen diese Regelung verstoßen haben«, erklärte der Anwalt. »Wir sind hier, um das aufzuklären. Ich darf Sie auffordern, diese neue Erklärung zu unterschreiben, in der Sie bestätigen, dass Sie die Regelung seit der Übernahme nicht verletzt haben und auch zukünftig nicht verletzen werden und dass Sie mit einem Blut- und Urintest einverstanden sind, die hierüber Klarheit bringen werden.« Er hielt Carl ein zweites Papier hin, das nicht unterschrieben war.

Endlich begriff Carl, was hier los war. Es lief ihm kalt den Rücken hinunter, als er sich daran erinnerte, wie er mit seinem Vater einen Joint geraucht hatte. Er hatte noch darüber gescherzt, dass sein Mirror sicher nichts dagegen haben würde, und versichert, dass die Daten, die er aufzeichnete, für Dritte absolut unzugänglich waren.

Für Dritte, aber nicht für das MirrorNet selbst.

»Und wenn ich mich weigere?«, fragte er.

Der Anwalt lächelte professionell. »Selbstverständlich sind die Abgabe dieser Erklärung und die Blut- und Urinproben freiwillige Maßnahmen, die die Vorwürfe gegen Sie aus der Welt schaffen sollen. Welche Konsequenzen eine Weigerung hat, kann ich Ihnen nicht im Einzelnen sagen, das liegt außerhalb meiner Kompetenz. Aber ich nehme an, dass der Vorstand von GIS dann Grund zu der Annahme hätte, dass Sie sich nicht an die Regelung gehalten haben, zumal entsprechende Hinweise vorliegen.«

»Was denn für Hinweise?«, fragte Carl.

»Ich bin nicht befugt, darüber Auskunft zu geben«, erwiderte Ferguson kühl.

»Aber Sie sind befugt, einfach so in mein Büro zu platzen und haltlose Anschuldigungen vorzubringen, ja? Ich sage Ihnen was,

Mr Ferguson: Ich bin durchaus befugt, Sie rauszuwerfen, und das tue ich jetzt. Entweder Sie verschwinden sofort, oder ich bitte den Sicherheitsdienst, Sie aus dem Gebäude zu begleiten!«

Der Anwalt blieb professionell höflich. »Natürlich. Ganz wie Sie wünschen.« Er packte die beiden Dokumente wieder in seinen Aktenkoffer und besaß noch die Unverfrorenheit, Carl einen guten Tag zu wünschen. Die Ärztin, die die ganze Zeit über kein Wort gesagt hatte, warf ihm zum Abschied einen Blick zu, der wohl andeuten sollte, dass ihr das alles sehr unangenehm war.

Als die beiden gegangen waren, setzte sich Carl wie betäubt an seinen Schreibtisch. Er wusste, was jetzt passieren würde: Ted Corley oder Ashton Morris würden eine Sondersitzung des Aufsichtsrats einberufen, in der man über seine Zukunft als Vorstandsvorsitzender von Walnut Systems entscheiden würde. Man würde ihm ein Ultimatum stellen: Entweder unterschrieb er die Erklärung und ließ sich Blut abnehmen, dann würde man ihn abberufen, weil er gegen die Regelung verstoßen hatte. Oder er weigerte sich, dann würde man ihn abberufen, weil das Vertrauen zwischen Aufsichtsrat und Vorstand erschüttert war. So oder so hatte ihn das MirrorNet aus seinem Job gedrängt.

Ihm fiel ein, dass der Joint nun schon einige Tage her war. Wie lange konnte man Marihuana-Konsum eigentlich nachweisen? Das Internet belehrte ihn, dass ausgerechnet Cannabis eine der am längsten nachweisbaren Drogen war und Spuren des Konsums auch nach einem Monat noch im Urin gefunden werden konnten.

Er fühlte sich, als stünde er am Rand eines bodenlosen Abgrunds. Er konnte den Sog fühlen.

Allmählich wich die Betäubung und wurde durch etwas ersetzt, das er schon länger nicht mehr gespürt hatte: Wut. Eric hatte von Anfang an recht gehabt. Das MirrorNet sah ihn spätestens seit dem Gespräch in Ted Corleys Büro als seinen Feind an und wollte ihn loswerden. Nun gut, mochte es ihn aus seinem Job drängen – er war immer noch Aktionär der Firma und hatte nun jedenfalls freie Hand, um mit allen Mitteln gegen das Monster vorzugehen, das er und Eric erschaffen hatten.

Sein Freund musste vorausgesehen haben, dass so etwas geschehen würde. War die Mail eine Warnung gewesen, dass man ihn zu einem Drogentest zwingen würde? Er las sie ein weiteres Mal und versuchte vergeblich, die rätselhafte Botschaft mit dem Erscheinen des Anwalts in Verbindung zu bringen.

Dann kam ihm ein neuer Gedanke. Was, wenn er die Sätze in ihrem Sinn einfach umkehrte? *Verzeih mir mein Gefasel von gestern* wurde dann zu *Nimm ernst, was ich dir gesagt habe. Ich war wohl ein bisschen verwirrt* bedeutete in Wahrheit *ich hatte recht*. Der nächste Satz mit dem Bezug auf Youtube konnte dann so gedeutet werden, dass Eric dort einen klaren Hinweis auf Manipulationen des MirrorNets gefunden hatte. Die weiteren Sätze übersetzte Carl im Geiste so: *Das MirrorNet zeigt genau das Fehlverhalten, das wir befürchtet hatten. Sei vorsichtig. Das Meeting mit Corley ist wahrscheinlich schlecht gelaufen.*

Das ergab alles schon wesentlich mehr Sinn, und nun war auch klar, warum Eric diese Sinnumkehrung angewandt hatte – das MirrorNet hätte sonst möglicherweise die gesamte Mail einfach als »Spam« klassifiziert und gelöscht. Dass ein Mensch etwas sagen und genau das Gegenteil davon meinen konnte, war dem Computersystem vermutlich bisher verborgen geblieben. Nur der letzte Satz blieb auch weiterhin rätselhaft. Aber zumindest wusste Carl jetzt, dass er wahrscheinlich einen Hinweis auf ein Youtube-Video enthielt.

Er tippte die Suchbegriffe »Las Vegas«, »Freitag«, »Downtown« und »y. W.« bei Youtube ein, zögerte jedoch, die Eingabetaste zu drücken. Zwar hatte er seinen Mirror abgeschaltet, doch sein Computer war natürlich ebenfalls an das MirrorNet angeschlossen. Er machte das besser nicht hier im Büro.

Er druckte die Nachricht aus und ging zu Fuß zu einem Coffeeshop in der Nähe des Firmengebäudes. Dort zahlte er einem Studenten ohne MirrorClip im Ohr, der sein Glück nicht fassen konnte, hundert Dollar dafür, dessen Laptop eine Stunde lang zum Surfen im Internet benutzen zu dürfen.

Doch die Eingabe der Stichworte auf Youtube brachte keinerlei Hinweise. Auch Suchbegriffe wie »Mirror Manipulation« oder »Mirror Fehlfunktion« führten nicht zu brauchbaren Hinweisen auf die Probleme, auf die Eric hingewiesen hatte, geschweige denn zu einem handfesten Beweis. Stattdessen fand Carl Hunderte von Videos von irgendwelchen Typen, die versuchten, das schnelle Geld zu machen, indem sie anderen erklärten, wie der Mirror funktionierte und wie man damit umging. Paula war immer von diesen Videos begeistert gewesen – kostenloses Marketing hatte sie es genannt und die erfolgreicheren Youtuber mit kostenlosen Geräten versorgt. Carl erschien es nun geradezu zynisch, dass er bei der Eingabe von Stichworten, die Fehler eines Mirrors andeuteten, nur Videos mit Lobeshymnen zu sehen bekam.

Oder war auch das ein Ergebnis der Manipulation des MirrorNets? Hatte es inzwischen die Google-Server infiltriert? Er schüttelte über sich selbst den Kopf. Es hatte keinen Sinn, paranoid zu werden.

Frustriert gab er dem Studenten seinen Laptop zurück und trank den Rest seines Latte macchiato aus. Dabei fiel sein Blick zufällig auf eine Zeitung auf dem Nebentisch, auf der ein halbausgefülltes Sudoku-Rätsel zu sehen war.

Er erstarrte.

Rasch zog er den zerknitterten Ausdruck mit Erics E-Mail aus der Tasche und schrieb die Wörter des letzten Satzes untereinander:

*für*
*Freitag*
*Las*
*Vegas*
*y.*
*W.*
*Bus*
*Down*
*Town*
*fährt*
*oft*

Eine Weile starrte er wie hypnotisiert darauf, doch auch in dieser Form wollte sich ihm kein Sinn erschließen. Wenn er nur jeden zweiten oder jeden dritten Buchstaben verwendete, die Worte umdrehte oder rückwärts las, ergab sich ebenfalls kein lesbarer Text. Verzweifelt versuchte er, sich an eine Vorlesung über Kryptographie zu erinnern, die er einmal während des Studiums besucht hatte. Eric kannte sich sicher mit den grundlegenden Techniken aus, doch er selbst war ahnungslos. Sein Freund hatte das gewusst, deshalb konnte der Code, wenn es einer war, nicht allzu schwierig sein.

Er zählte die Buchstaben: Es waren neununddreißig. Sie ließen sich in drei Zeilen zu dreizehn Spalten oder umgekehrt anordnen, doch auch das brachte keine neuen Erkenntnisse. Verdammt, das konnte doch nicht so schwierig sein!

Sein Blick fiel auf den Youtube-Link, der in der E-Mail angegeben war: *https://www.youtube.com/watch?v=uEWGjQ0nTm4.* Der erste Teil war bloß die Internetadresse des Videoportals, /watch die Seite, auf der man Einzelvideos ansehen konnte, das Fragezeichen stand für einen Paramater, den man der Seite mit dem Link übergab, und v = bedeutete, dass der folgende String das Video definierte. Bis hierhin sahen alle Youtube-Links gleich aus. Sie unterschieden sich nur in den letzten elf Zeichen.

Elf Zeichen.

Wie hatte er nur so blind sein können! Es war so offensichtlich, wenn man erst einmal darauf gekommen war. Er fügte die ersten Buchstaben der elf Wörter des Schlüsselsatzes aneinander und erhielt die URL *https://www.youtube.com/watch?v=fFLVyWBDTfo.*

»Darf ich deinen Laptop noch mal kurz haben?«, fragte Carl den Studenten.

Der sah ihn schlitzohrig an. »Tut mir leid, ich wollte gerade gehen.«

Carl seufzte. »Wie viel?«

»Zweihundert.«

»Ich gebe dir zwanzig für eine Viertelstunde. Wenn dir das nicht reicht, frage ich jemand anderen.«

»Okay, okay, schon gut. Dann bleib ich halt noch ein bisschen.«

Carl gab die URL ein. Schon nach den ersten Minuten wusste er, dass er diesmal richtiglag. Eric hatte den Beweis gefunden, nach dem sie gesucht hatten. Doch er fühlte sich, als hätte er einen Eisklumpen im Magen.

## 01100010110010 **59.** 10010111010100

Freyas Handy klingelte. Linus hatte es ihr besorgt – ein billiges Gerät, Prepaid, eine Nummer, die das MirrorNet noch nicht kannte. Sie hatte es bisher nur benutzt, um Terry anzurufen, dessen Nummer nun auf dem Display angezeigt wurde.

»Freya, Gott sei Dank!«, sagte ihr Freund, als sie abnahm.

»Terry! Es ist mitten in der Nacht. Ist was passiert?«

»Das kann man wohl sagen. Es gab einen Brandanschlag auf deine Wohnung. Sie ist völlig ausgebrannt. Die Feuerwehr ist noch vor Ort.«

»Was?«

»Es tut mir leid um all deine Sachen, aber das sind nur Dinge, und die Versicherung wird sicher alles bezahlen. Hauptsache, dir geht es gut.«

Freya wusste nicht, was sie sagen sollte. Ein Brandanschlag! Sie hätte dabei draufgehen können. Linus hatte gesagt, es nütze dem MirrorNet nichts, wenn sie stürbe. Er ging davon aus, dass sich das Computersystem rational verhielt und nur versuchte, ihre Glaubwürdigkeit zu untergraben. Doch als Freya an die Reaktion der Drohne dachte, die vor dem Bild einer Spinne geflohen war und dann Terry attackiert hatte, wurde ihr plötzlich klar, dass das MirrorNet ein ganz anderes, zutiefst menschliches Motiv haben könnte: Rache.

»Alles okay?«, fragte Terry.

Nichts war okay. Gar nichts. Freyas Zuversicht und störrischer Kampfgeist rannen aus ihrem Körper wie Benzin aus einem durchlöcherten Tank, verdrängt von einem kälteren, mächtigeren, archaischeren Gefühl: Angst.

»Ja«, sagte sie tonlos.

»Ich hoffe, sie kriegen die Schweine. Ich hab dein Video an mehrere Nachrichtenagenturen weitergeleitet, wie wir es besprochen haben. Tim Morris von Associated Press hat mir versprochen, sich persönlich darum zu kümmern, dass darüber berichtet wird. So bedauerlich der Brandanschlag ist, er hilft uns auch, denn er verleiht deiner Geschichte Glaubwürdigkeit. Ich habe schon mit der Polizei geredet. Die wollen unbedingt mit dir sprechen. Ich schicke dir die Telefonnummer von Chief Inspector Davidson von der Metropolitan

Police. Ruf ihn an. Und dann komm so schnell wie möglich her. Nimm den Zug über Paris.«

Freya zögerte. War es eine gute Idee, nach London zurückzukehren, jetzt, wo ein Anschlag auf sie verübt worden war? Vielleicht sollte sie sich lieber irgendwo verkriechen, anonym in einem Ferienhaus auf dem Land oder so, bis alles vorbei war. Doch dann dachte sie an Viktoria, die genau das getan hatte. Nein, sie würde nicht vor dem MirrorNet davonlaufen!

»Okay«, sagte sie. »Ich melde mich später wieder. Ich liebe dich!«

»Ich dich auch! Halt die Ohren steif!«

»Was ist denn passiert?«, fragte Linus, der das Gespräch verfolgt hatte.

Sie erzählte es ihm.

»So eine verfluchte Scheiße!«, rief er. »Das MirrorNet geht wirklich aufs Ganze!« Er sah sich um, als erwarte er, dass hinter seinem unaufgeräumten Schreibtisch plötzlich ein von dem Computersystem gedungener Auftragsmörder hervorspringen könnte. »Vielleicht sollten wir von hier verschwinden. Das MirrorNet wird früher oder später rauskriegen, wo du bist.«

»Ich fahre mit dem nächsten Zug nach Paris und von dort mit dem Eurostar nach London.«

»Bist du sicher? Ist das nicht zu riskant?«

»Ich kann nicht bloß hier rumsitzen und abwarten. In London kenne ich eine Menge Leute, und Terry ist dort, um mir zu helfen. Außerdem muss ich mit der Polizei sprechen.«

»Okay.«

Kurz darauf traf Terrys SMS mit der Nummer des Polizeiinspektors ein. Freya rief die Nummer an, erreichte jedoch nur eine Voicebox. Sie sprach eine kurze Nachricht auf, in der sie dem Polizisten ihre Nummer nannte und ihm mitteilte, dass sie so schnell wie möglich mit dem Zug nach London reisen werde.

Linus checkte die Zugverbindungen. Der nächste Zug nach Paris ging in knapp drei Stunden ab Hauptbahnhof. Sie beschloss, das Ticket am Schalter zu kaufen. Da sie nicht schlafen konnte, googelte sie auf Linus' Rechner Berichte über Wohnungsbrände in London, fand jedoch nichts. Die Hasstiraden gegen ihr Video nahmen weiter zu, doch es gab auch immer mehr Unterstützer, die es verbreiteten und sie in Schutz nahmen. Einige Kommentare zu dem veröffentlichten Link zu ihrer Homepage wiesen darauf hin, dass dies vermutlich ein Fake-Account war, was natürlich sofort voller Hass und mit vielen Schimpfwörtern zurückgewiesen wurde. Auch der Tonfall der Unterstützer des Videos wurde daraufhin schärfer. Die Sache schien sich zu einem regelrechten Krieg zwischen Befürwortern und Gegnern des MirrorNets aufzuschaukeln. Freya fragte sich, wohin das noch führen würde.

Eine halbe Stunde, bevor ihr Zug ging, nahm sie sich ein Taxi zum Hauptbahnhof. Auf Rat von Linus hatte sie sich ein Kopftuch umgebunden und einen alten, fleckigen Mantel von ihm übergezogen, der ihr viel zu groß war. Er hatte ihr sein gesamtes Bargeld gegeben und sie beschworen, keine elektronischen Zahlungsmittel zu benutzen.

Am Bahnhof wimmelte es von Berufspendlern. Viele trugen MirrorClips im Ohr oder gar MirrorGlass-Brillen. Freya versuchte, jeden Blickkontakt zu vermeiden und möglichst natürlich zu wirken, fühlte sich aber wie auf dem Präsentierteller. Doch sie wurde weder beschimpft noch angegriffen.

Als sie im IC Richtung Köln saß, entspannte sie sich etwas und schlief ein, kurz nachdem der Schaffner ihr Ticket geprüft hatte.

Das Klingeln des Telefons riss sie kurz darauf aus wirren Träumen. Einen Moment lang wusste sie nicht, warum sie in einem Zug saß und wohin er unterwegs war.

Chief Inspector Davidson von der Metropolitan Police war am Apparat. Er wollte von ihr wissen, was sie in Hamburg gemacht hatte, warum sie mit dem Zug fuhr und nicht flog und ob sie einen Verdacht hatte, wer ihre Wohnung angezündet haben könnte. Freya fühlte sich nicht wohl dabei, das in einem Zug vor unbekannten Zuhörern zu erörtern, vertröstete den Polizisten auf den morgigen Tag und versprach, gleich morgens zur Vernehmung vorbeizukommen.

Sie telefonierte mit Terry, der sie vom Bahnhof abholen würde, und mit Linus, der sie darüber informierte, dass das Video inzwischen wegen angeblicher Copyrightverletzungen auf Youtube und anderen großen Video-Plattformen nicht mehr verfügbar sei. Das sei aber nicht so tragisch, da es immer noch genügend Blogs und private Server gebe, auf denen man es abrufen könne. Inzwischen hätten sie knapp zwei Millionen Menschen erreicht.

»Das ist wirklich ein großartiger Erfolg, Freya. Und die Diskussion beginnt erst. Einige der populärsten Blogger und Youtuber haben das Thema inzwischen aufgegriffen. Du hast da wirklich eine Welle losgetreten.«

Freya beruhigte diese Feststellung nicht gerade. Sie rechnete jederzeit damit, dass ein Schlägertrupp das Abteil stürmte, in dem sie saß, und im Auftrag des MirrorNets Rache an ihr übte. Doch sie erreichte Köln unbehelligt und saß kurze Zeit später im Thalys nach Paris. Am Nachmittag erreichte sie den Gare du Nord ohne Zwischenfälle. War sie dem MirrorNet durch die Maschen geschlüpft? Oder plante es bereits den nächsten Schlag gegen sie? Diese Ungewissheit war fast noch schlimmer, als ein tätlicher Angriff es gewesen wäre.

Sie löste ein Ticket für den Eurostar, der eine gute Stunde später fuhr. Ihr Bargeld reichte nicht mehr aus, also bezahlte sie mit ihrer Kreditkarte. Kurz darauf stand sie in der Schlange vor der Sicherheitskontrolle, passierte den Metalldetektor und legte ihren deutschen Personalausweis an der britischen Passkontrolle vor.

Die Beamtin nahm den Ausweis entgegen, scannte ihn, sah auf

den Monitor, dann in Freyas Gesicht und wieder auf den Monitor. Die Veränderung ihrer Gesichtszüge war subtil, doch Freya spürte sofort, dass etwas nicht stimmte. Kalter Schweiß brach ihr aus. Im nächsten Moment wurde sie von hinten gepackt und brutal zu Boden geworfen.

## 0110001011001 0 **60.** 1001011101010 0

»Diese Wichser!«, schimpfte Lukas. »Wie können die es wagen? Wie können die solche Lügen verbreiten?«

»Schreibe einen Kommentar zu diesem Video«, schlug sein Mirror vor, doch das hatte Lukas bereits getan, so wie Hunderte anderer Mirror-Nutzer.

»Ich sag dir, wir hätten diesem Schriftsteller direkt die Fresse polieren sollen!«

»Das hätte auch nichts gebracht«, sagte Katrin. »Der lügt doch sowieso, wenn er das Maul aufmacht. Wer so einen Schund schreibt wie der, kann gar nicht anders.«

»Findest du es etwa in Ordnung, dass diese Wichser ungestraft Lügen verbreiten dürfen?«

»Nein, aber was willst du denn dagegen unternehmen? Das Internet ist nun mal voll von Schwachsinn. Guck dir doch diese sogenannte Journalistin an.« Sie hielt ihm ihren Laptop hin. »Hier, das ist ihr Blog. Ein Beitrag idiotischer als der andere.«

Lukas überflog den Beitrag, den Katrin ihm zeigte. Irgendwas mit Außerirdischen, die in irgendeiner Wüste gelandet waren. Er verstand nicht so ganz, was das mit dem Video zu tun haben sollte. »Jedenfalls sollte man was unternehmen!«, sagte er.

»Und was?«

»Man müsste die Scheißer zwingen, die Lügen zurückzunehmen, die sie verbreiten.«

»Wie willst du das denn machen?«

»Weiß nicht. Hingehen und ihnen sagen, dass sie das zurücknehmen sollen, sonst gibt's Beule. Man könnte es mit der Mirror-Brille aufnehmen, wenn sie sagen, dass sie sich alles bloß ausgedacht haben.«

»Die Journalistin lebt in London.«

»Was ist mit dem Jungen, diesem Andy? Der wirkt doch irgendwie behindert, findest du nicht?«

Sie sahen sich das Video noch einmal an. Beim zweiten Mal war deutlich zu erkennen, dass der Typ tatsächlich geistig behindert war. Er guckte immer nur auf seine Hände und sprach seltsam, monoton, so, als lese er alles nur ab. »Ha, ha, was für ein Spacko!«, rief Lukas.

»Na schön, wir können ihm ja mal einen Besuch abstatten«, sagte Katrin. Es machte Lukas immer unheimlich stolz, wenn sie eine seiner Ideen aufgriff.

»Mirror, wo wohnt Andreas Willert?«, fragte sie. Ihr Mirror nannte ihr eine Adresse in der Nähe der U-Bahn Wartenau.

Doch als sie in die Straße einbogen, in der der Spacko wohnte, erlebten sie eine Enttäuschung: Vor dem Haus hatte sich bereits eine kleine Gruppe von MirrorFans versammelt. Von ihrer Position an einer Häuserecke aus beobachteten Katrin und Lukas, wie sie in Sprechchören forderten, er solle vor die Tür kommen, damit man seine Lügenmärchen aus ihm rausprügeln könne.

»Krass!«, rief Lukas. »Wollen wir da nicht mitmachen?«

»Nein«, sagte Katrin barsch und deutete auf einen Mann, der am Fenster des zweiten Stocks stand, ein Handy in der Hand.

Es dauerte nicht lange, und ein Einsatzwagen der Polizei hielt vor dem Haus. Die Protestierenden zerstreuten sich rasch in alle Winde. Einer der Polizisten stieg aus und ging ins Haus. Nach einer Weile kam er wieder raus, und der Einsatzwagen fuhr davon.

»Die Luft ist rein!«, sagte Lukas. »Wollen wir jetzt rübergehen?«

»Nein, das bringt nichts. Der Typ holt bloß wieder die Bullen, und wahrscheinlich filmt er uns. Dann kriegen wir eine Anzeige wegen Belästigung oder so was.«

»Na und? Ist doch nicht so schlimm.«

»Doch, ist es. So was kann dich deinen Job kosten. Wir müssen es geschickter anstellen und auf eine passende Gelegenheit warten. Die können sich ja nicht für immer im Haus verstecken.«

»Heißt das, du willst hier warten, bis dieser Andy rauskommt?«

Katrin sah ihn an, als hielte sie ihn für einen Schwachsinnigen. »Natürlich nicht! Das MirrorNet wird uns schon sagen, wenn wir etwas tun können. Jetzt komm, lass uns wieder nach Hause gehen.«

Frustriert folgte Lukas ihr zur U-Bahn-Station. Es gefiel ihm überhaupt nicht, dass sie unverrichteter Dinge wieder abhauten. Aber er wagte es nicht, Katrin zu widersprechen. Er vertraute ihrem Urteil noch mehr als dem seines Mirrors.

## 01100010110010 61. 10010111010100

Carl saß am Küchentisch in seinem viel zu großen Luxusapartment und nippte lustlos an einem Bier, während er versuchte, sich darüber klarzuwerden, was er tun sollte. Das MirrorNet hatte ihn de facto kaltgestellt. Was immer er jetzt unternahm, es würde so aussehen, als sei er entweder durchgeknallt oder versuche, von seinem

Drogenmissbrauch abzulenken. Auf keinen Fall würde irgendwer ihm glauben, dass das MirrorNet außer Kontrolle geraten war.

Zugegeben, das Video dieser Deutschen war faszinierend und gut gemacht. Aber es war kein Beweis. Man konnte heutzutage alles faken, und hier redeten bloß ein paar Teenager in die Kamera. Das Material reichte allerdings mehr als aus, um Carl zu bestätigen, dass Eric von Anfang an recht gehabt hatte. Wenn er seine Bekanntheit und seinen Ruf als Gründer von Walnut Systems ins Spiel hätte bringen können und offiziell bestätigt hätte, dass das Video auf ein reales Problem hinwies, hätte das einiges ins Rollen bringen können. Aber so, wie die Dinge nun standen, würden die GIS-Vorstände vermutlich annehmen, er spiele mit Eric irgendein perfides Spiel. Wahrscheinlich würden sie glauben, er stecke mit der Deutschen unter einer Decke. Auch die Ungereimtheiten der Customer-Service-Statistik waren nur schwer nachvollziehbar und für sich allein genommen noch kein Beweis für die Eigenmächtigkeiten des Systems.

Er schlug mit der flachen Hand auf den Küchentisch. Das Klirren der Flasche hallte durch das leere Apartment. Schon lange hatte ihn hier kein weibliches Wesen mehr besucht, von Consuela, die einmal die Woche saubermachte, abgesehen. Seine Liebesbeziehungen hatten in letzter Zeit sowieso immer bloß ein paar Wochen gedauert, und im Stress der Übernahme durch GIS und mit dem Launch der Mirrors hatte er einfach keine Zeit für Romantik gehabt. Jetzt jedoch kam er sich sehr einsam vor.

Er überlegte, ob er seinen Vater anrufen sollte, aber der konnte ihm jetzt auch nicht helfen. Der Einzige, mit dem er vernünftig über die Sache reden konnte, war Eric. Aber der ging nicht ans Telefon.

Ein Glockenklang zeigte an, dass eine neue E-Mail eingegangen war. Carl holte sein Smartphone heraus und warf einen flüchtigen

Blick auf das Display. Dann entriegelte er es rasch mit seinem Daumenabdruck. Die Mail war von Eric! Sie lautete: *Wir müssen reden. Ich schicke dir einen Wagen. Eric*

*Ich schicke dir einen Wagen?* Das passte nicht zu Eric, der fast alles zu Fuß oder mit dem Fahrrad erledigte. Aber dies war eine Ausnahmesituation, und die Geheimniskrämerei machte Sinn. Er musste sich irgendwo außerhalb der Stadt verkrochen haben und schickte nun jemanden, der Carl abholen und dorthin bringen sollte. Er kam sich ein wenig vor wie in einem schlechten Agentenfilm, aber er war froh, dass er nicht länger zum untätigen Rumsitzen verdammt war.

Es dauerte fast eine halbe Stunde, bis sich der Portier des Apartmenthauses meldete und Carl mitteilte, dass ein Wagen für ihn eingetroffen sei. Der Fahrer wartete in der Lobby, ein ziemlich heruntergekommen wirkender Schwarzer mit einem Gesicht, als habe er vor kurzem einen schweren Unfall gehabt – oder eine ernste Prügelei. Ein Bekannter von Eric? Auszuschließen war das nicht, aber wahrscheinlicher war, dass der Mann keine Ahnung hatte, worum es hier ging.

»Carl Poulson?«

»Ja.«

»Eric Brandon schickt mich. Folgen Sie mir bitte.«

Irritiert sah Carl, wie der Mann auf den Fahrersitz eines Robocabs kletterte. Die Firma Robocab gehörte genau wie Walnut Systems zu Global Information Systems. Warum hatte Eric ausgerechnet ein selbststeuerndes Taxi hergeschickt, wenn er doch verhindern wollte, dass das MirrorNet wusste, wo er war? Carl hatte keine Ahnung, ob das System irgendwelchen Datenaustausch mit den Robocabs betrieb, aber ausschließen konnte man das wohl nicht. Egal, Eric war der Techniker. Er würde schon wissen, was er tat.

Carl stieg ein und schloss die Tür. Augenblicklich setzte sich das

Fahrzeug in Bewegung. Mit zunehmender Irritation sah er, dass sich der Fahrer inzwischen einen MirrorClip ins Ohr gesteckt hatte. Ihm wurde mulmig.

»Wohin fahren wir?«, fragte er.

»Der Zielort wurde voreingestellt«, antwortete der Fahrer knapp.

Der Wagen beschleunigte, als er auf eine Schnellstraße Richtung Süden einbog. Carls Unbehagen wuchs. Er holte sein Smartphone hervor und wählte erneut Erics Nummer. Wieder ging sein Freund nicht ran.

Noch einmal las er die E-Mail, und plötzlich wurde ihm klar, dass er nicht den geringsten Beweis dafür hatte, dass Eric sie selbst geschrieben hatte. Zwar stammte sie eindeutig von Erics Mailaccount, aber den zu hacken war vermutlich nicht sonderlich schwierig. Ihm wurde eiskalt, als er begriff, dass er einen Fehler gemacht hatte, indem er in dieses Fahrzeug gestiegen war.

»Halten Sie bitte an!«, sagte er.

»Was?«

»Ich sagte, halten Sie bitte an. Mir ist nicht gut.«

»Beruhigen Sie sich, Mr Poulson. Wir sind bald da. Eric wird Ihnen alles erklären.«

Das klang eindeutig so, als plappere er nur nach, was ihm sein Mirror sagte.

»Halten Sie sofort an, oder ich öffne die Notentriegelung und springe bei voller Fahrt aus dem Wagen!«

Der Fahrer seufzte. »Also schön, einen Moment.« Er blinkte rechts, fuhr eine Ausfahrt hinunter und bog dann rechts auf eine schmale Straße ein. Sie befanden sich jetzt im südlichen Stadtgebiet unweit des Flughafens.

»Ich sagte, anhalten!«, rief Carl und hatte Mühe, die Panik zu verbergen.

Der Wagen fuhr nach rechts und hielt am Straßenrand zwischen zwei schlecht beleuchteten Lagerhallen. Carl wollte gerade die Tür öffnen und aus dem Wagen springen, als der Fahrer plötzlich eine Pistole zog und auf ihn richtete.

## 01100010110010 **62.** 1001011101000

»Verdammt noch mal, ich hab Ihnen das alles schon zweimal erzählt«, schluchzte Freya auf Englisch. Es war ihr mittlerweile egal, dass der arrogante Scheißkerl, der sie verhörte, sie heulen sah. Sie wollte nur noch, dass es aufhörte.

»Ja, ich weiß«, erwiderte ihr Gegenüber mit einem grässlichen Akzent. »Ich will jetzt hören keine Märchen mehr, sondern die Wahrheit. Dann können wir alle endlich schlafen.«

»Alles, was ich gesagt habe, ist wahr. Sie können mich foltern, wenn Sie wollen, aber das ändert nichts. Was immer Sie glauben, das ich getan habe, es stimmt nicht.«

»Also du bleibst dabei, das ist alles irgendeine Computerscheiße? Terminator und so was? Und gleich kommt Schwarzenegger rein, oder was?«

Freya rang nach Luft. »Ich möchte einen Anwalt sprechen.«

»Anwalt? Was, Anwalt? Gerade hast du noch gesagt, du bist unschuldig. Und jetzt willst du einen Anwalt?«

»Ich bin unschuldig. Ich möchte bitte einen Anwalt sprechen. Ich bin eine deutsche Staatsbürgerin. Sie haben kein Recht, mich so zu behandeln.«

»So zu behandeln? Wie behandle ich sie denn, Madame deutsche Staatsbürgerin? Ich stelle bloß Fragen. Und solange Sie diese Fragen nicht beantworten, sind wir hier nicht fertig.«

»Ich habe Ihre Fragen beantwortet. Zweimal.«

Freya konnte verstehen, dass der Mann ihr nicht glaubte. Was war das auch für eine idiotische Geschichte: Sie wurde von einem durchgeknallten Computerprogramm verfolgt, das ihretwegen fast ein Flugzeug zum Absturz gebracht, ihre Wohnung in Brand gesteckt und sie nun irgendwie unter falschen Verdacht gestellt hatte.

»Ich will Antworten hören«, sagte der Mann in Zivil, dessen Namen und Rang sie nicht kannte. Er hatte ein arabisches Aussehen und war vermutlich schon als V-Mann in der Terroristenszene im Einsatz gewesen. »Keine Märchen. Antworten!« Er schlug mit der Faust auf den Tisch.

»Ich will einen Anwalt sprechen. Das ist mein Recht.«

»Merde!« Der Mann sprang auf, wobei er seinen Stuhl umstieß. Freya zuckte zusammen in der Erwartung, er werde sie schlagen, doch er stieß nur einen Schwall arabisch klingender Verwünschungen aus und stürmte aus dem Raum.

Freya blieb in dem kleinen Verhörraum zurück. Eine Videokamera in der Ecke ersetzte den halbdurchsichtigen Spiegel, der in Fernsehkrimis obligatorisch gewesen wäre. Sie wartete eine Weile, doch niemand kam.

»Ich muss mal auf die Toilette«, rief sie in Richtung der Videokamera. »Ich habe Durst. Ich möchte einen Anwalt sprechen. Je volé … je veux parler d'un avocat!«

Keine Reaktion. Der Raum war fensterlos, und man hatte ihr die Armbanduhr abgenommen, wahrscheinlich in der Annahme, dass darin Sprengstoff oder irgendein geheimer Mechanismus verborgen sei, so dass sie keine Ahnung hatte, wie spät es war. Vermutlich war der arrogante Sack einfach schlafen gegangen. Oder er wollte sie zermürben, indem er sie hier rumsitzen ließ. Freya legte den Kopf auf die Platte des kleinen Tisches, der außer den zwei Stühlen das einzige Möbelstück war, und versuchte zu schlafen.

Irgendwann schreckte sie hoch. Ein kleinwüchsiger Mann, dessen Haut eine kränklich graue Färbung hatte, sprach sie an. Er sei Anwalt und gekommen, um ihr zu helfen, sagte er in einem Kauderwelsch, das Freya nur mit Mühe als Englisch erkannte.

»Ich möchte mit meinem Freund telefonieren«, sagte Freya.

Sie müsse verstehen, dass es in ihrem eigenen Interesse sei, zunächst alle Fragen der Behörde zu beantworten, versicherte ihr der Anwalt. Als Freya versuchte, ihm klarzumachen, dass sie das bereits zweimal getan habe, schüttelte er nur den Kopf und empfahl ihr, in ihrem eigenen Interesse unbedingt mit den Behörden zu kooperieren.

Freya legte den Kopf wieder auf die Tischplatte und ignorierte den sogenannten Anwalt. Nach etwa zehn Minuten verschwand er aus dem Raum.

Zeit verging. Eine Frau in Polizeiuniform kam und führte sie auf die Toilette, wo sie bei geöffneter Tür auf einem schäbigen, schlecht gereinigten Klo sitzen musste. Draußen war es hell, das immerhin bekam sie mit. Sie bekam etwas zu essen: pappige Croissants und wässrigen Kaffee. Wieder wurde sie allein gelassen. Dann endlich kamen ein Mann in Polizeiuniform und eine Frau, die schon von weitem als Psychologin zu erkennen war. Freya musste die ganze Geschichte noch einmal erzählen.

»Darf ich jetzt endlich meinen Freund Terry O'Neill in London anrufen?«

»Wann genau hat dieses Computersystem zum ersten Mal mit Ihnen gesprochen?«, fragte die Psychologin auf Deutsch mit französischem Akzent.

Freya starrte sie an. »Ich bin nicht verrückt, verdammt noch mal! Sie haben doch wohl schon von den Mirrors gehört? Die sprechen die ganze Zeit mit einem. Das ist das Funktionsprinzip!«

»Manchmal suchen wir uns ein Objekt, etwas, auf das wir unsere

Ängste und Befürchtungen projizieren können«, dozierte die Frau. »So können wir leichter mit unserer Schuld leben.«

»Mir reicht's!«, schrie Freya. »Ich bin sicher, mir steht das Recht zu, einen Angehörigen zu informieren. Ich möchte meinen Freund Terry O'Reilly anrufen. Er ist Journalist, genau wie ich. Sie können sicher sein, dass wir eine interessante Story zu erzählen haben über die Art und Weise, wie hier in Paris mit unbescholtenen europäischen Staatsbürgern verfahren wird!«

»Frau Harmsen, sobald Sie unsere Fragen beantwortet haben, können Sie …«, begann der Mann, doch die Frau unterbrach ihn auf Französisch. Die beiden tauschten ein paar Sätze aus, dann nickte der Mann.

»Also schön«, sagte die Frau auf Deutsch zu Freya. »Sie können Ihren Freund anrufen. Nehmen Sie mein Smartphone.« Sie reichte es ihr.

Freya zögerte, als sie das Smartphone nahm. Womöglich hatte das MirrorNet es infiltriert. Andererseits steckte sie inzwischen so tief in der Scheiße, dass es egal war, ob das MirrorNet noch mehr erfuhr.

Terry war sofort am Apparat. »Freya!«, rief er aus, als sie seinen Namen gesagt hatte. »Gott sei Dank! Wo zum Teufel steckst du? Ich hab die ganze Nacht versucht, dich zu erreichen!«

Sie brach in Tränen der Erleichterung aus. Schluchzend erzählte sie, was passiert war.

»Diese Arschlöcher! Ich hol dich da raus, verlass dich drauf! Wie genau heißt die Dienststelle, und wo ist sie?«

Freya fragte den Polizisten, der ihr eine Adresse nannte. Terry versprach erneut, Himmel und Hölle in Bewegung zu setzen, um ihr zu helfen. Nachdem sie sich voneinander verabschiedet hatten, gab sie der Psychologin das Smartphone zurück.

»Ich kann verstehen, dass Sie mir nicht glauben«, sagte sie. »Ich weiß immer noch nicht, weswegen Sie mich festgenommen haben. Aber ich kann Ihnen versichern, dass kein Wort von den Anschuldigungen wahr ist.«

»Man hat Ihnen nicht gesagt, wessen Sie beschuldigt werden?«, fragte der Polizist.

»Nein.«

»Es gab einen Anschlag auf das Hauptquartier von Global Information Systems in London. Die britische Polizei hält Sie für die Drahtzieherin und hat einen internationalen Haftbefehl beantragt.«

Freya erschrak. Es war eine Sache, dass das MirrorNet seine Anhänger gegen sie aufhetzte und einer davon ihre Wohnung in Brand gesetzt hatte. Es war etwas ganz anderes, einen Anschlag quasi gegen sich selbst zu organisieren und Freya dadurch als Terroristin dastehen zu lassen. Das erforderte ein hohes Maß an Planung, Vorausschau und Kenntnis der menschlichen Psyche. Wenn das MirrorNet dazu fähig war, dann war die Situation noch schlimmer, als sie befürchtet hatte.

Sie versuchte, ihre Gedankengänge den beiden zu vermitteln. »Das MirrorNet versucht offenbar, aus mir eine Art Ted Kaczynski zu machen.«

»Ted wer?«, fragte der Polizist.

»Der Unabomber«, erklärte die Psychologin. »Er hat in den Neunzigerjahren Briefbomben an Wissenschaftler verschickt, weil er Angst vor intelligenten Maschinen hatte.«

»Genau«, sagte Freya. »Indem ich mit ihm auf eine Stufe gestellt werde, stehe ich als paranoide Irre da. So wird auch mein Video diskreditiert. Verstehen Sie denn nicht, was hier passiert?«

»Ich bin kein Techniker, Frau Harmsen«, sagte der Polizist. »Aber das, was Sie behaupten, setzt ein Maß an Intelligenz voraus, das eindeutig in den Bereich der Science-Fiction gehört. Sie werden sicher verstehen …«

In diesem Moment ging die Tür auf und ein weiterer Polizist trat ein. Er flüsterte seinem Kollegen etwas ins Ohr.

»Bitte entschuldigen Sie mich einen Moment«, sagte dieser auf Deutsch. Dann verließen alle drei den Raum.

Verdutzt blieb Freya zurück. Hatte Terry so schnell etwas erreicht? Oder war etwas ganz anderes passiert? Die Unsicherheit quälte sie.

Endlich öffnete sich die Tür erneut. Der Polizeioffizier erschien in Begleitung eines jungen Mannes in Anzug und Krawatte. Freya vermutete zunächst, dass es sich um einen neuen Anwalt handeln könne, den Terry in Rekordzeit zu ihr geschickt hatte. Doch der Mann stellte sich als Mitarbeiter der Deutschen Botschaft in Paris vor.

»Frau Harmsen, ich möchte Sie bitten, mit mir zu kommen«, sagte er.

»Ich bin unschuldig!«, sagte Freya.

»Das weiß ich«, erwiderte der Mann.

## 01100010110010 **63.** 10010111010100

»Töte ihn!«, sagte der Mirror.

Jacks Finger verkrampfte sich um den Abzug. Er hatte schon einmal einen Menschen erschossen, aber das war in einem Feuergefecht mit einer rivalisierenden Gang von Reisfressern gewesen, die versucht hatten, den Hunters das Gebiet streitig zu machen. Ein kaltblütiger Mord, eine Hinrichtung, war etwas ganz anderes.

»Töte ihn!«, wiederholte der Mirror.

Als plötzlich das leere Robocab-Taxi vor ihrem Versteck gestanden hatte, hatte er zuerst gedacht, der Mirror wollte seine Mutter und ihn an einen neuen sichereren Ort bringen. Doch die Anweisungen waren eindeutig gewesen: Er solle allein einsteigen, sich wie ein gewöhnlicher Taxifahrer verhalten und im Auftrag eines gewissen Eric Brandon jemanden namens Carl Poulson in der Stadt abholen. Er solle dabei seine Waffe nicht vergessen. Jetzt wusste er, warum, auch wenn er keine Ahnung hatte, wieso er den Mann töten sollte.

Jack hatte gelernt, Anweisungen nicht zu hinterfragen. Aber sollte er wirklich blind der Computerstimme in seinem Ohr folgen? Wer steuerte eigentlich, was die Mirrors einem sagten?

Poulson nahm unaufgefordert die Hände hoch. »Hören Sie! Ich weiß nicht, was Ihnen Ihr Mirror sagt, aber bitte hören Sie nicht darauf! Das System, das Sie steuert, ist außer Kontrolle geraten!«

»Töte ihn!«, drängte der Mirror.

»Halten Sie die Klappe!«

»Wissen Sie, wer ich bin?«, fragte der Weiße.

»Carl Poulson.«

»Richtig. Aber sagt Ihnen der Name auch etwas? Haben Sie ihn zuvor schon einmal gehört?«

»Töte ihn!«

»Nein«, sagte Jack. Er wusste, je länger er mit dem Typen quatschte, desto schwieriger wurde der Job. Schon jetzt erschien ihm die Pistole mit jeder Sekunde schwerer zu werden.

»Ich bin der Gründer von Walnut Systems. Ich bin einer der reichsten Menschen im Silicon Valley. Was immer Ihnen der Mirror versprochen hat, ich kann Ihnen mehr geben!«

Jacks Finger krümmte sich stärker um den Abzug. Dass der Typ anfing, um sein Leben zu feilschen, kotzte ihn an. Was immer der Grund dafür war, dass er sterben sollte, er verdiente es vermutlich nicht besser. Sein Mirror hatte Jack bisher immer nur gut beraten. Warum sollte er ihm jetzt nicht vertrauen? Er hob die Waffe etwas, zielte genau auf die Augen, hielt die Luft an, um den Schuss nicht zu verziehen, obwohl er aus dieser Entfernung kaum daneben schießen konnte. Dann stutzte er.

»Sagten Sie Walnut Systems? Sie sind der Typ, der die Mirrors erfunden hat?«

»Ja«, sagte Poulson.

»Töte ihn!«

Jetzt erinnerte sich Jack, den Namen Carl Poulson irgendwo schon mal gelesen zu haben. Konnte das wirklich sein?

»Warum will mein Mirror, dass ich Sie töte?«

»Weil ich das MirrorNet abschalten will«, sagte er.

Jack musterte den Mann. Schweiß perlte auf seiner Stirn. Seine Augen waren geweitet, die Nasenflügel zitterten leicht. Der Kerl hatte eine Scheißangst. Er hätte seine Mutter verkauft, um hier lebend rauszukommen. Aber wer hätte das nicht?

»Töte ihn!«

Jack rekapitulierte die Ereignisse der letzten Tage. Wie er den Koffer gestohlen, den Mirror entdeckt und mit dessen Hilfe den Inhalt des Koffers zu Geld gemacht hatte. Wie der Mirror ihm geholfen hatte, vor Mike zu entkommen und ein sicheres Versteck zu finden. Der Mirror hatte sich wie sein Freund verhalten. Doch Jack war schon früher von vermeintlichen Freunden gelinkt worden. Und er wollte verdammt sein, wenn er wegen eines Mordes lebenslänglich in den Knast kam, den er nur begangen hatte, weil es ihm eine Maschine befohlen hatte.

Er ließ die Waffe sinken. »Erzählen Sie mir, was hier los ist!«

»Okay«, erwiderte Poulson. »Aber erst müssen wir hier weg. Das MirrorNet hat noch genügend andere Helfer, die Ihren Job zu Ende bringen werden. Und glauben Sie mir, jetzt, wo Sie seinen Befehl verweigert haben, stehen Sie ganz oben auf der Liste der Feinde des Systems!«

# 01100010110010 **64.** 10010111010100

Beethovens Ode an die Freude drang laut aus den Kopfhörern und übertönte das Geschrei der Leute unten auf der Straße und die lautstarke Diskussion zwischen Mama und dem Mann, der »jetzt endgültig die Nase voll« hatte und »die Bullen rufen« wollte.

Andy wusste, dass das nichts brachte – die Polizei war schon zweimal da gewesen. Die Leute vor dem Haus waren jedes Mal für kurze Zeit verschwunden, nur um bald darauf wieder zurückzukehren.

Irgendwie fand Andy das alles ziemlich cool. Nie zuvor hatte sich jemand für ihn interessiert, und jetzt war er auf einmal so etwas wie eine Internet-Berühmtheit. Das Video von Freya, in dem Viktoria und er zu sehen waren, hatte schon über zwei Millionen Klicks, jedenfalls, wenn man die verschiedenen Versionen zusammenzählte. Linus hatte es immer wieder neu hochladen müssen, weil irgendwer die Server zum Absturz brachte, auf denen das Video lief. Aber das war egal, im Internet ließ sich die Wahrheit nicht lange unterdrücken.

Mama dagegen hatte Angst vor den Leuten da draußen. Sie befürchtete, dass sie irgendwann das Haus anzünden könnten oder so. Sie drängte den Mann, irgendwohin zu fahren, weit weg, wo sie keiner kannte. Doch der Mann weigerte sich, »vor diesem Pöbel davonzulaufen«.

Andy stimmte ihm ausnahmsweise zu. Er wusste, dass man vor dem MirrorNet nicht weglaufen konnte – ganz egal, wohin sie fuhren, es würden immer Leute da sein, die wussten, wer er war, und die voller Hass und Wut auf ihn waren. Außerdem wollte er nicht aus Hamburg weg. Er wollte Viktoria wiedersehen, die in der gleichen Lage war wie er. Sie beide konnten nicht aus dem Haus. Wenigstens konnten sie chatten.

»Der Freund meiner Mutter sagt, er will die Polizei holen«, tippte Andy in das Chatfenster.

»Bringt eh nichts«, kam ihre Antwort zurück. »Hat meine Mutter auch schon zweimal gemacht.«

»Hast du Angst?«, fragte er.

»Nein. Du?«

»Nein. Das sind doch bloß Spinner. Die beruhigen sich schon wieder.«

»Die beruhigen sich erst, wenn das MirrorNet abgeschaltet worden ist.«

»Glaubst du, dass das passiert?«

»Ich weiß es nicht. Ich hoffe es.«

Es klingelte an der Haustür. Das war seltsam, denn eigentlich hatte der Mann die Klingel abgestellt, weil die Typen unten auf der Straße ununterbrochen klingelten.

»Moment, ich glaube, die Polizei ist da.«

»Das ging schnell.«

»Ja. Die kennen uns schon. Bin kurz afk.«

Es war der nette Polizist, der schon zweimal da gewesen war. »Hallo, Andy!«, sagte er. »Hast ja ’ne Menge Fans da draußen!«

»Das sind keine Fans«, erklärte Andy. »Die hassen mich.«

»Ja, ich weiß. Das war ein Scherz. Entschuldige bitte. Ich kann verstehen, dass dir die Situation Angst macht. Aber keine Sorge, wir passen auf dich auf.« Er wandte sich an Mama. »Ich habe schon Polizeischutz für Sie beantragt. Wir haben nur momentan etwas Personalknappheit, wegen der Demos überall im Stadtgebiet.«

»Was für Demos?«

»Es geht um diese dämlichen Mirrors. Die Besitzer protestieren dagegen, dass sie abgeschaltet werden sollen.«

»Die Mirrors werden endlich abgeschaltet?«, fragte der Mann. »Das wird aber auch Zeit!«

»Ich weiß nicht, ob das wirklich passiert oder nicht«, sagte der Polizist. »Jedenfalls gibt es das Gerücht, und die Leute drehen richtig durch deswegen. Wenn Sie mich fragen, gehört dieser ganze Technikkram auf jeden Fall verboten.«

»Ganz meine Meinung.«

»Das Schlimme ist, dass es inzwischen auch spontane Demonstrationen von Leuten gibt, die ein Verbot der Mirrors fordern.«

»Was ist schlimm daran?«

»Was glauben Sie, was passiert, wenn diese beiden Gruppen aufeinandertreffen? Das pure Chaos ist das! Es gab schon Verletzte. Also, wie gesagt, ich muss jetzt los. Rufen Sie ruhig an, wenn diese Typen wieder auftauchen. Nächstes Mal greifen wir uns ein paar von denen und nehmen sie mit auf die Wache. Dann werden wir ihnen schon klarmachen, was wir von ihrem Knopf im Ohr halten.«

»Tun Sie das!«, sagte der Mann. »Danke, dass Sie hergekommen sind, Herr Polizeihauptmeister.«

»Gern. Wiedersehen!«

Andy lief zurück zum Rechner und erzählte Viktoria, was er gehört hatte.

»Demos für ein Verbot der Mirrors? Wow! Unser Video scheint ja richtig eingeschlagen zu haben!«

»Das hat es.«

»Nur schade, dass wir beide zu Hause eingesperrt sind. Ich vermisse dich.«

»Ich dich auch«, schrieb Andy. »Sehr.«

»Nicht so doll wie ich dich.«

»Doch, dreimal doller.«

»Nie im Leben.«

»Und ob.«

Er wusste natürlich nicht genau, wie sehr Viktoria ihn vermisste, aber er wusste, dass er noch nie jemanden so vermisst hatte wie sie.

Er spielte mit dem Gedanken, einfach aus dem Haus zu gehen und zu ihr zu fahren. Jetzt, da die Polizei gerade da gewesen war, war die Straße für ein paar Minuten leer. Aber Mama würde das niemals erlauben.

Er dachte einen Moment lang über das Problem nach, dann kam ihm eine Idee.

## 01100010110010 **65.** 10010111010100

Sie stiegen aus dem Wagen. Der Schwarze legte seinen MirrorClip und das MirrorSense-Armband ab und warf beides auf den Fahrersitz.

Einen Moment lang spielte Carl mit dem Gedanken, einfach wegzurennen. Doch der Mann konnte ihm vielleicht noch nützlich sein. Er konnte immerhin bezeugen, dass er von seinem Mirror eine Mordanweisung erhalten hatte. Außerdem war jetzt wahrscheinlich die halbe Unterwelt von San Francisco hinter Carl her, da konnte er Unterstützung gut gebrauchen.

»Kommen Sie nicht auf die Idee, zu türmen!«, sagte der Schwarze.

»Wie heißen Sie eigentlich?«

»Jack.«

»Danke, Jack. Danke, dass Sie nicht auf die Maschine gehört haben.«

»Danken Sie mir, indem Sie tun, was ich sage, und ansonsten die Klappe halten.«

Sie gingen zu Fuß bis zur nächsten Straßeneinmündung. Dort blieben sie am Straßenrand stehen.

»Was machen wir hier?«, fragte Carl.

»Ich sagte, Klappe halten.«

Einige Autos hielten, um rechts in die Hauptstraße abzubiegen. Jack ließ sie durchfahren. Dann hielt ein klappriger Honda mit einer fetten Frau darin. Mehrere Einkaufstüten standen auf dem Beifahrersitz. Ein kleiner Junge saß auf der Rückbank.

Jack stellte sich vor den Wagen, zog die Pistole und richtete sie mit beiden Händen auf die Frau am Steuer. »Aussteigen!«, brüllte er.

Die Frau schrie erschrocken auf. Das Kind fing an zu weinen.

»Tun Sie, was er sagt, Lady«, rief Carl durch das geöffnete Seitenfenster. »Wir tun Ihnen nichts. Wir brauchen nur Ihr Auto.«

»Ja, ja, ist gut, ist gut«, sagte die Frau mit zitternder Stimme. »Bitte tun Sie meinem Billy nichts! Bitte!«

»Keine Angst, es wird alles gut. Steig aus, Junge. Geh zu deiner Mom!« Carl gab der verdutzten Frau eine Visitenkarte. »Rufen Sie mich in den nächsten Tagen an, ich werde Ihnen ein neues besseres Auto kaufen, das verspreche ich.«

Hastig räumte er die Einkaufstüten aus und sprang auf den Beifahrersitz. Er hatte die Tür noch nicht geschlossen, als der Wagen mit quietschenden Reifen beschleunigte und Jack einem LKW auf der Hauptstraße die Vorfahrt nahm.

»Es wird nicht lange dauern, bis sämtliche Polizisten in San Francisco hinter uns her sind«, sagte Carl. »Wenn wir angehalten werden, überlassen Sie mir das Reden. Ich kann dafür sorgen, dass Sie …«

»Klappe halten!«, rief Jack. Er fuhr mit überhöhter Geschwindigkeit den Highway 101 entlang Richtung Norden.

»Wo fahren wir eigentlich hin?«, fragte Carl.

»Was genau an ›Klappe halten‹ haben Sie nicht verstanden?«

Carl schwieg. Der alte Honda hatte kein Navi, von automatischer Steuerung ganz zu schweigen. Das bedeutete, mit etwas Glück wusste das MirrorNet nicht, wo er war. Wenn die Polizei sie anhielt, war er zumindest nicht mehr in unmittelbarer Lebensgefahr. Vielleicht konnte er die Behörden von der drohenden Gefahr durch das MirrorNet überzeugen. Andererseits, wer wusste, was inzwischen für Anschuldigungen gegen ihn vorlagen? Einen schrecklichen Moment lang stellte er sich vor, dass das MirrorNet einen Killer losschickte, der die arme Besitzerin des Hondas und ihren Sohn umbrachte, um Carl den Mord anzuhängen.

»Hören Sie, Jack, wir müssen uns der Polizei stellen. Ich verspreche Ihnen, ich werde dafür sorgen, dass Sie …«

»Das nächste Mal, wenn Sie das Maul aufmachen, stopfe ich es Ihnen!«

Sie erreichten die Bezahlstation vor der Oakland Bay Bridge. Nervös nestelte Jack ein paar Münzen hervor. Niemand hielt sie auf.

Auf der anderen Bayseite wandte sich der Fahrer nach Norden und fuhr dann ausgerechnet in Berkeley vom Highway ab. Verwundert sah sich Carl um. Was wollte der Mann hier? Verschleppte er Carl in irgendein Versteck, um Lösegeld zu erpressen?

Kurz darauf hielten sie in einer vornehmen Wohngegend. Jack blieb einen Moment im Auto sitzen und beobachtete misstrauisch die Umgebung. Dann sprang er plötzlich auf und fuchtelte mit der Pistole. »Mitkommen!«

Carl gehorchte. Sie marschierten zu einem eleganten Wohnhaus. Mit einem flauen Gefühl erkannte Carl das Schild mit dem Logo von Walnut Systems unter der Klingel. Dieses Haus war durch MirrorSafe geschützt, was bedeutete, dass das MirrorNet jetzt wahrscheinlich genau wusste, wo sie waren.

»Wir sollten hier verschwinden«, sagte Carl.

»Schnauze!«

Jack klingelte zweimal, dann nach einer kurzen Pause noch einmal. Die Tür öffnete sich und eine ältere schwarze Frau stand vor ihnen.

»Wo warst du? Wer ist das?«

»Keine Zeit jetzt, Mom. Wir müssen hier weg. Schnell!«

»Ich pack nur kurz meine Sachen.«

»Nein, Mom! Komm, jetzt sofort!«

»Aber …«

In diesem Moment sah Carl einen Kleinbus mit getönten Scheiben die Straße herauf auf sie zukommen.

»Scheiße, da sind sie schon«, brüllte Jack. »Los, los!«

Sie rannten zu dem Honda, sprangen hinein und schafften es, mit quietschenden Reifen genau in dem Moment loszufahren, als der Kleinbus sie erreichte.

»Was soll das?«, rief Jacks Mutter. »Wer sind diese Typen? Und wer zum Teufel sind Sie überhaupt?«

Ein Schuss krachte. Die Rückscheibe zersplitterte.

»Runter, Mom!«, rief Jack überflüssigerweise. Er lenkte den Wagen durch das Wohngebiet, wobei er immer in Seitenstraßen abbog, um seinen Verfolgern kein freies Schussfeld zu bieten. Einmal kollidierten sie fast mit einem Pick-up-Truck, der aus einer Einfahrt kam. Ihre Verfolger schossen mehrmals auf sie, doch wie durch ein Wunder blieben sie unverletzt.

Sie bogen auf eine dichtbefahrene Hauptstraße ein. Immerhin hörten die Typen in dem Kleinbus nun auf, Pistolen aus dem Fenster zu halten und wild um sich zu ballern, doch sie fuhren so dicht an der Stoßstange des Honda, dass es den Anschein hatte, als wollten sie diesen bei nächster Gelegenheit von der Straße drängen. Es war nur eine Frage der Zeit, bis das MirrorNet ihnen noch mehr Verfolger auf den Hals hetzte.

»Würde mir mal bitte jemand erklären, was hier los ist?«, fragte Jacks Mutter.

In diesem Moment sah Carl auf der Gegenspur ein Robocab auf sie zukommen. Plötzlich wusste er, was geschehen würde. Ohne nachzudenken, griff er ins Lenkrad und riss das Steuer nach rechts.

»Heh! Was …«, schrie Jack. Im selben Moment steuerte das automatisch gelenkte Fahrzeug auf der Gegenspur plötzlich nach links, genau auf sie zu. Carl konnte die aufgerissenen Augen des Fahrers sehen, dessen Fahrzeug sich plötzlich selbstständig machte.

Durch Carls Eingriff entgingen sie um Haaresbreite einem Frontalzusammenstoß. Der Kleinbus ihrer Verfolger hatte weniger Glück. Das Robocab rammte ihn am linken Kotflügel. Durch die Wucht des Aufpralls wurden beide Fahrzeuge aus der Spur geworfen und gerieten ins Schleudern. Der Kleinbus kam von der Straße ab und krachte gegen eine Mauer, während sich das Robocab auf der Fahrbahn drehte und kurz darauf von zwei weiteren Wagen gerammt wurde.

»Wow, das war knapp!«, sagte Jack, nachdem er den Honda wieder unter Kontrolle gebracht hatte. »Gute Reaktion, Mann. Woher wussten Sie, dass das passieren würde?«

»Manchmal verhalten sich auch Computer vorhersehbar«, meinte Carl.

## 01100010110010 66. 10010111010100

Freya wurde in einen Konferenzraum gebracht, in dem ein gutaussehender Mann mit weißen Haaren auf sie wartete. Er stellte sich als Deutscher Botschafter in Paris vor und entschuldigte sich im Namen der französischen Kollegen für die grobe Behandlung, die man ihr angetan hatte.

»Man hat Sie fälschlicherweise für eine Terroristin gehalten«, sagte er. »In der heutigen Zeit sind die Behörden da nicht gerade zimperlich, vor allem hier in Paris. Bitte nehmen Sie ihnen das nicht allzu übel.«

»Schon gut. Aber Sie scheinen mich nicht für eine Terroristin zu halten. Darf ich fragen, warum nicht?«

»Das wird Ihnen am besten der Herr Staatssekretär erklären«, sagte der Botschafter. Er drückte einen Knopf auf einer Fernbedienung, und ein Monitor an der Wand wurde aktiviert. Man sah einen Konferenzraum, an dem ein halbes Dutzend Männer saßen. Die meisten wirkten unausgeschlafen und schlecht gelaunt.

»Guten Morgen, Frau Harmsen. Ich bin Lothar Steinrücken, Staatssekretär im Bundesinnenministerium. Ich leite den Krisenstab, den der Bundesinnenminister in Abstimmung mit dem Bundeskanzleramt eingerichtet hat.« Er stellte die übrigen Mitglieder vor: den Leiter der Abteilung Cybersicherheit im Bundesinnenministerium, einen Abteilungsleiter des Bundesamts für Sicherheit in der Informationstechnik, einen ranghohen Mitarbeiter des Bundenachrichtendienstes, einen Rechtsexperten des Innenministeriums und einen technischen Spezialisten mit Vollbart.

»Bitte erzählen Sie uns noch einmal Ihre Geschichte«, sagte Steinrücken.

So erzählte Freya zum vierten Mal, was geschehen war. Doch diesmal hielten sie ihre Zuhörer nicht für eine durchgeknallte Irre oder eine verlogene Terroristin. Endlich nahm man sie ernst. Hin und wieder stellte man ihr Zwischenfragen, aus denen sie entnehmen konnte, dass die Anwesenden ihre Geschichte nicht nur glaubten, sondern eigene Erkenntnisse hatten, die über das hinausgingen, was Freya über das MirrorNet wusste.

»Herr Staatssekretär, Sie und Ihre Kollegen glauben mir offensichtlich«, sagte sie, als sie geendet hatte. »Warum?«

»Ihre Erzählung deckt sich mit Erkenntnissen, die wir selbst gewonnen haben«, erklärte Steinrücken. »Es hat sich herausgestellt, dass der Triebwerksausfall des Airbus nach London in der Tat durch eine Drohne verursacht wurde, die offenbar gezielt in das Triebwerk gesteuert wurde. Außerdem decken sich die Vorfälle, die Sie beschrieben und in Ihrem Video dokumentiert haben, mit ähnlichen Berichten überall auf der Welt. Wir stehen in engem Austausch mit unseren amerikanischen Kollegen. Es scheint, als sei dieses MirrorNet außer Kontrolle geraten. Wir verstehen noch nicht alle Hintergründe, aber es ist offensichtlich, dass von den Mirrors eine Gefahr für die öffentliche Ordnung der Bundesrepublik ausgeht. Wir vermuten, dass sich eine kriminelle oder terroristische Organisation des Systems bemächtigt haben könnte und es für ihre Zwecke nutzen will.«

»Was für eine Organisation?«, fragte Freya.

»Das wissen wir noch nicht. Terroristen vielleicht, oder politisch motivierte Hacker. Sie müssen das MirrorNet unterwandert haben.«

»Was, wenn das MirrorNet selbst die treibende Kraft hinter allem ist?«, fragte Freya.

»Das ist technisch unmöglich«, erklärte der bärtige Jüngling. »Die dafür nötige planerische Intelligenz liegt weit außerhalb der heutigen Möglichkeiten der Computertechnik.«

Freya war skeptisch, aber sie war zu froh, nicht mehr als Verdächtige dazustehen, um mit dem IT-Experten darüber zu diskutieren.

»Was haben Sie nun vor?«, fragte sie.

»Wir prüfen zurzeit, ob ein Verbot der Geräte juristisch möglich ist«, sagte Steinrücken. »Bis zur Klärung werden wir eine Information an die Medien geben, um die Bevölkerung vor den Mirrors zu warnen. Außerdem werden wir gemeinsam mit unseren ausländischen Kollegen alles daransetzen, um die Hintermänner zu ermitteln und dingfest zu machen.«

»Und wenn sich herausstellt, dass es solche Hintermänner nicht gibt?«

»Hinter jedem Missbrauch von Technik steckt immer ein Mensch, Frau Harmsen«, meldete sich der Leiter des Bundesamts für Sicherheit in der Informationstechnik zu Wort. »So viel können wir mit Sicherheit sagen.«

»Auf jeden Fall danken wir Ihnen sehr für Ihre Unterstützung, und auch dafür, dass Sie Ihr Video veröffentlicht haben. Es war für uns eine sehr wichtige Informationsquelle. Die Ermittlungen gegen Sie werden selbstverständlich eingestellt.«

»Gut«, sagte Freya. »Ich möchte gern so schnell wie möglich zurück nach London.«

»Wie Sie wünschen«, sagte Steinrücken. »Der Herr Botschafter wird alles Nötige veranlassen. Ich muss Sie allerdings darauf hinweisen, dass alles, was in diesem Gespräch gesagt wurde, der Geheimhaltung unterliegt.«

»Ja, natürlich. Danke, Herr Staatssekretär.«

»Ich danke Ihnen, Frau Harmsen.«

Zwei Stunden später saß Freya an Bord eines gecharterten Privatflugzeugs. Außer ihr waren nur zwei Piloten und eine Stewardess an Bord des achtsitzigen Jets. Ihre Hände verkrampften sich beim Start um die Armlehnen ihres geräumigen Ledersessels, doch die Maschine hob unbehelligt ab, stieg rasch auf und drehte in einer eleganten Kurve vom Flughafen Charles de Gaulle Richtung Norden.

Terry holte sie am Londoner City-Flughafen ab. Sie umarmten und küssten sich lange. Er schlug vor, zunächst in seine Wohnung zu fahren, damit Freya sich ausruhen konnte. Doch sie hatte dem englischen Polizeioffizier versprochen, sich bei ihm zu melden.

»Jetzt hab ich unsere Geschichte so oft erzählt, da kommt es auf einmal mehr auch nicht an«, meinte sie.

Chief Inspector Davidson von der Metropolitan Police war ein gutaussehender Mann Mitte vierzig mit einem markanten Kinn und graumelierten Schläfen. Er war äußerst freundlich und bedankte sich mehrfach dafür, dass sie gekommen war.

»Ich würde gern noch zwei Spezialisten aus unserer Terrorismusabteilung und der Abteilung für Cyberkriminalität hinzuziehen, wenn Sie nichts dagegen haben«, sagte er.

»Nein, natürlich nicht.«

Also erzählte Freya die Geschichte von Andy, Viktoria, Marna und ihr selbst ein fünftes Mal. Die beiden Spezialisten machten skeptische Gesichter, doch das beunruhigte sie nicht mehr. Nach knapp drei Stunden war die Befragung beendet. Alle drei Polizisten hatten jetzt ernste Mienen. Auch hier schien man ihr zu glauben oder ihre Geschichte zumindest ernst zu nehmen.

Erleichtert verließ sie mit Terry das Polizeigebäude am berühmten New Scotland Yard. Sie hatte getan, was sie konnte. Der Kampf gegen das MirrorNet lag nun nicht mehr in ihrer Hand.

## 0110001011001 0 **67.** 1001011101010 0

»Ich will jetzt endlich wissen, was hier los ist!«, rief Jacks Mutter. »Wer waren diese Typen? Wieso ist plötzlich dieses Auto von der Gegenspur auf uns zugerast?«

»Ich hab dir doch von Mike erzählt, Mom. Der Typ, der hinter mir her war. Er muss sich auch so einen Mirror zugelegt haben. Das MirrorNet hat ihn offensichtlich auf mich angesetzt, als ich mich geweigert habe, den Mann hier umzulegen.«

»Du hast was? Wer sind Sie eigentlich?«

»Mein Name ist Carl Poulson«, stellte er sich vor. »Und ich fürchte, Ma'am, dieses Schlamassel ist meine Schuld.«

»Ihre Schuld? Wie denn das?«

»Ich habe zusammen mit meinem besten Freund die Mirrors erfunden. Doch das System, das die Geräte steuert, ist außer Kontrolle geraten. Es teilt die Menschen jetzt in Freunde und Feinde ein. Jeder, der nicht tut, was es sagt, ist sein Feind und muss eliminiert werden. Ihr Sohn hat vom MirrorNet den Auftrag bekommen, mich zu töten. Glücklicherweise hat er sich geweigert. Daraufhin hat das MirrorNet anscheinend diese anderen Typen auf uns angesetzt. Das Fahrzeug, das auf uns zugerast ist, wurde von einem Computer gesteuert. Wir haben noch mal Glück gehabt. Aber ich fürchte, es wird nicht lange dauern, bis wir erneut zur Zielscheibe werden.«

»Und was, denken Sie, sollten wir jetzt tun?«

»So schnell wie möglich so weit weg von hier wie möglich«, sagte Jack. »Ich kenne ein paar Typen in Vegas, die können uns vielleicht helfen, eine Weile von der Bildfläche zu verschwinden.«

»Nein, das geht nicht«, widersprach Poulson. »Das MirrorNet würde uns vorher erwischen. Wir müssen es aufhalten!«

»Ich habe nicht von Ihnen gesprochen, Mr Poulson. Ich werde Sie an der nächsten Tankstelle absetzen. Von da können Sie sich ein Taxi nehmen, oder was weiß ich.«

»Warten Sie, Jack. Sie müssen mir helfen! Sie wissen, wozu das MirrorNet fähig ist. Ich brauche Sie als Zeugen!«

»Wie bitte? Sie haben dieses Ding gebaut, und Sie brauchen mich, um zu erklären, was es tut?«

»Die Firma gehört mir nicht mehr, und das MirrorNet tut alles, um meine Glaubwürdigkeit zu untergraben. Das wird ihm jetzt noch leichterfallen. Immerhin haben wir eine Frau und ihr Kind überfallen, ein Auto gestohlen und einen schweren Unfall verursacht. Bevor irgendwer mir ernsthaft zuhört, vergehen Tage, wenn nicht Wochen. In dieser Zeit kann das MirrorNet schreckliches Unheil anrichten. Vielleicht ist es dann sogar nicht mehr aufzuhalten. Wir müssten jetzt etwas tun!«

»Und was?«

»Es gibt jemanden, mit dem ich sprechen muss. Der vielleicht als Einziger die Macht hat, das MirrorNet abschalten zu lassen.«

»Wer soll das sein?«

»Er heißt Ashton Morris und ist Finanzvorstand der Firma Global Information Systems.«

»Ich verstehe immer noch nicht, was ich mit der Sache zu tun habe«, sagte Jack.

»Sie müssen mir helfen, ihn zu überzeugen.«

»Wenn Sie das nicht schaffen, wie soll ich es können?«

»Erzählen Sie ihm einfach von ihrem Mirror, was er für Sie getan hat, wie er Sie benutzt hat.«

»Tut mir leid, Mr Poulson, aber das ist alles zu hoch für mich. Dahinten kommt eine Tankstelle. Ich setze Sie ab, und dann sehen Sie zu, wie Sie klarkommen. Sie schaffen das schon.«

»Nicht so schnell, mein Sohn«, schaltete sich Mom ein. »Was wäre Ihnen denn unsere Hilfe wert, Mr Poulson?«

Er drehte sich verdutzt um. »Na schön«, sagte er. »Wenn Sie mich zu Ashton Morris fahren und mir helfen, ihn zu überzeugen, und wenn das Ganze mit der Abschaltung des MirrorNets endet, dann zahle ich Ihnen eine Belohnung von einer Million Dollar.«

Jack wäre beinahe vor Schreck von der Straße gefahren. Eine Million Dollar! Und das auch noch legal!

»Zwei Millionen!«, sagte Mom vom Rücksitz aus. »Schließlich riskiere ich hier auch meinen Hintern.«

Poulson grinste. »Einverstanden!« Er reichte ihr eine Hand, in die sie einschlug.

Jack fragte sich, ob er überhaupt etwas zu der Sache zu sagen hatte oder ob er jetzt bloß noch der Fahrer der beiden war.

»Und wohin darf ich Sie für zwei Millionen Dollar bringen?«, fragte er.

Poulson sah auf die Uhr. »Morris macht immer relativ pünktlich

Feierabend. Wahrscheinlich ist er schon zu Hause oder auf dem Weg dorthin. Ich war mal bei ihm zum Grillen eingeladen, kurz nach der Firmenübernahme. Er wohnt in Tiburon, nördlich von Sausalito.«

»Dann fahren wir am besten über die Richmond-San Rafael Bridge«, stellte Jack fest. »Mit ein bisschen Glück bleiben wir so vielleicht unterhalb des Radars ihres wild gewordenen Computersystems.«

Doch als sie die Interstate 580 entlang in Richtung der Bezahlstation vor der Brücke fuhren, gerieten sie bald in einen Stau. Entweder hatten die Bullen die Brückenzufahrt dichtgemacht und kontrollierten jedes Fahrzeug, oder die Brücke war aus einem anderen Grund gesperrt.

Eine Bewegung, die er aus dem Augenwinkel wahrnahm, ließ Jack herumfahren. Neben seinem Auto schwebte ein kleines, flaches Fluggerät mit vier Rotoren. An seiner Unterseite war eine schwenkbare Kamera angebracht, die in seine Richtung zeigte.

»Verdammt, das ist ein MirrorBird!«, rief Poulson. »Wir müssen irgendwie hier weg!«

Jack kurbelte die Scheibe herunter, hielt die Pistole aus dem Fenster und schoss. Die Drohne explodierte in einer Wolke aus Plastik und Metall. Ohne sich um das empörte Hupen der anderen Fahrer zu kümmern, lenkte er den Wagen auf den Standstreifen und fuhr an dem Stau vorbei bis zu der Ausfahrt unmittelbar vor der Brücke.

»Und jetzt?«, fragte er.

»Zum Hafen«, sagte Poulson. »Vielleicht können wir uns ein Boot mieten, das uns über die Bay bringt. Morris' Grundstück liegt direkt am Wasser.«

Jack kannte sich in Richmond nicht aus, aber es war nicht sonderlich schwierig, den Yachthafen zu finden. Sie parkten das Auto in der Nähe und gingen zu Fuß weiter. Sie konnten den Führer eines Touristenboots überzeugen, sie trotz später Stunde noch auf die Bay hinauszufahren – gegen eine Vorauszahlung in bar in Höhe von hundert Dollar, die Jack vorstrecken musste, da Poulson nicht genug Bargeld bei sich hatte. Er konnte nur hoffen, dass Mom sich nicht in dem Mann täuschte, sonst riskierte er hier seinen Arsch und bezahlte auch noch Bares dafür.

Sie hatten vereinbart, nur einen kurzen Trip von einer halben Stunde auf die Bay zu unternehmen. Als der Bootsführer umkehren wollte, überzeugte ihn Jack mit der Pistole, den Kurs zu ändern und hinüber nach Tiburon zu fahren. Der Mann war drauf und dran, Zicken zu machen, das konnte Jack in seinen Augen lesen.

»Hören Sie zu, Mister«, sagte Mom. »Wir sind in einer echten Notlage. Verzeihen Sie, dass mein Sohn Sie mit der Waffe bedroht, aber wir haben keine Zeit, zu diskutieren. Mr Poulson hier wird Sie für Ihre Unterstützung großzügig entschädigen. Habe ich recht, Mr Poulson?«

Der Milliardär nickte.

Das wettergegerbte Gesicht des Bootsführers hellte sich auf. »Moment … Sie sind doch nicht etwa Carl Poulson, der Gründer von Walnut Systems?«

»Der bin ich.«

»Das gibt's doch nicht! Ich habe Aktien von Walnut Systems gekauft, Sir. Hat mir bei der Übernahme ein hübsches Sümmchen eingebracht. Es ist mir eine Ehre, Sie an Bord zu haben. Hätten Sie sich nur gleich zu erkennen gegeben! Darf ich fragen, worum es hier geht? Was ist so dringend, dass Sie ein Touristenboot entführen?«

»Sie dürfen weiter geradeaus fahren, sonst nichts«, sagte Jack. Er steckte die Pistole weg, behielt den Typen aber im Auge.

Nach etwa einer halben Stunde hatten sie die Bay überquert und fuhren nun langsam an der Küste einer kleinen Halbinsel entlang, die zu dem Ort Tiburon gehörte.

»Da ist es!«, sagte Poulson und zeigte auf ein hinter Bäumen halbverstecktes luxuriöses Haus mit einem kleinen Bootsanleger, an dem ein Segelboot vertäut war.

Der Bootsführer fuhr an den Steg, was dazu führte, dass ein Typ mit dunklem Anzug, Sonnenbrille und Knopf im Ohr aus dem Haus kam.

»Sie können hier nicht anlegen!«, rief der dem Bootsführer zu. »Dies ist Privatbesitz! Fahren Sie bitte weiter!«

Der Bootsführer ignorierte die Anweisung und ging längsseits zum Steg, so dass Poulson, Jack und seine Mutter an Land gehen konnten. »Mein Name ist Carl Poulson«, sagte der Milliardär. »Ich muss dringend Mr Morris sprechen. Das ist ein Notfall.«

Der Bodyguard nickte. »Okay, kommen Sie mit.«

Poulson bedankte sich bei dem Bootsführer und versprach, sich noch einmal zu melden und ihn großzügig für seine Hilfe zu entlohnen.

In diesem Moment hörte Jack das ferne Knattern eines Hubschraubers über der Bay. Es sah so aus, als hielte das schwarze Fluggerät genau auf sie zu.

## 0110001011001 0 **68.** 10010111010100

Mit klopfendem Herzen sah Andy aus dem Fenster. Es hatte sich wieder eine kleine Gruppe von Idioten vor ihrem Haus versammelt. Es waren bloß noch fünf, halb so viele wie vor dem Besuch der Polizei. Vielleicht würden auch diese Typen irgendwann verschwinden. Er überlegte, ob er seine Geheimaktion abbrechen und bis dahin warten sollte. Aber er hatte sich nun mal in einer halben Stunde mit Viktoria im Quarree verabredet, und jetzt zu kneifen wäre ihm feige vorgekommen.

Es war schon erstaunlich: Andy war normalerweise nicht gerade abenteuerlustig, und so eine riskante Aktion wäre ihm vor ein paar Wochen nicht in seinen kühnsten Träumen eingefallen. Aber jetzt fühlte er sich stark und mutig. Außerdem war er volljährig; selbst wenn Mama oder der Mann ihn erwischten, konnten sie gar nichts machen.

Die beiden saßen im Wohnzimmer vor dem Fernseher. Die Tür war angelehnt, aber der Mann war etwas schwerhörig und der Fernseher lief ziemlich laut, so dass Andy sich unbemerkt an ihnen vorbei ins Elternschlafzimmer schleichen konnte. Er holte ein Seidentuch und ein rosafarbenes Sweatshirt, das seiner Mutter gehörte, aus dem Kleiderschrank. Dann ging er ins Bad und malte sich mit einem Lippenstift den Mund kirschrot an. Das war gar nicht so einfach. Er unterdrückte ein lautes Auflachen, als er sich im Spiegel betrachtete.

Er verließ das Badezimmer, band sich das Kopftuch um und setzte Mamas große schwarze Sonnenbrille auf. Um die Verkleidung zu vervollständigen, hängte er sich eine alte leere Handtasche um. Zum Schluss legte er eine Kugel aus zerknülltem Papier in seinen rechten Sneaker, bevor er sich die Schuhe anzog. Lautlos öffnete er die Tür und zog sie ebenso leise hinter sich zu. Er lauschte einen Moment. Nichts rührte sich. Er hatte einen Zettel in die Küche gelegt: *Bin bei Viktoria. Bin bald zurück. Andy.* Mama würde einen Herzkasper kriegen, wenn sie den Zettel las, aber das musste er in Kauf nehmen.

Unten vor dem Hauseingang konnte er die Idioten reden hören. Sie hatten aufgehört, Sprüche zu skandieren, und unterhielten sich. Andy schnappte die Worte Wichser und Schwachkopf auf, womit vermutlich er gemeint war. Sie erfüllten ihn mit Stolz.

Er ging die Treppe hinunter. Durch die Glastür des Hauseingangs konnte er die Typen sehen, die auf ihn warteten. Er stieg weiter die Treppe hinab in den Keller. An einem langen Flur lagen die Kellerräume, die zu den Wohnungen gehörten, sowie ein Heizungskeller und ein Raum mit mehreren Münzwaschautomaten. Durch eine Metalltür gelangte man in den Keller des Nachbarhauses. Dort stieg er die Treppe wieder hinauf und verließ das Haus. Er versuchte, den Impuls zu unterdrücken, sich nach den Idioten umzudrehen, die vor dem nächsten Hauseingang standen, voller Hass auf ihn. Dann fiel ihm ein, dass es wahrscheinlich normal war, wenn sich eine Frau, die aus dem Haus kam, nach der Gruppe von Menschen umsah, die vor dem Nachbarhaus herumlungerten. Also erlaubte er sich einen kurzen Blick.

Einer der Idioten sah ihn an. Er trug einen MirrorClip. Andy zuckte zusammen, drehte sich um und ging, so langsam er konnte, in die andere Richtung. Die Papierkugel in seinem Schuh führte dazu, dass er leicht humpelte. Es war ein Trick, den er im Internet gefunden hatte: Computer konnten eine Person an ihrem Gang erkennen, doch wenn man etwas in seinen Schuh tat, veränderte sich die Gehbewegung, und man blieb unerkannt.

Er erreichte unbehelligt die U-Bahn-Station. Niemand beachtete ihn. Nur in der U-Bahn starrte ihn ein Kind merkwürdig an und tuschelte mit seiner Mutter. Andy lächelte ihm zu. Kurz darauf stieg er an der Station Wandsbek Markt aus und ging in das Café im ersten Stock, in dem er Viktoria zum ersten Mal getroffen hatte. Sie war noch nicht da, also setzte er sich an einen freien Tisch und wartete.

Sie kam zehn Minuten später, sah sich suchend um, erkannte ihn jedoch nicht. Sie hatte sich eine knallrote Perücke aufgesetzt und trug ebenfalls eine Sonnenbrille, doch ansonsten sah sie aus wie immer. Andy musste grinsen. Er hob eine Hand, um ihr zuzuwinken.

»Wie siehst du denn aus!«, rief Viktoria, als sie ihn schließlich doch erkannte. Sie kicherte.

Er bestellte für sie einen Cappuccino und für sich einen Zitronentee, genau wie beim ersten Mal, als sie hier gesessen hatten. Es fühlte sich sehr aufregend an, hier inmitten all der Leute zu sitzen und mit Viktoria zu reden. Hin und wieder ging jemand mit einem MirrorClip im Ohr an ihrem Tisch vorbei. Andy musste sich dann immer sehr zusammenreißen, um sich nicht nach der Person umzudrehen.

»Lass uns von hier verschwinden«, sagte Viktoria, nachdem sie ihre Getränke geleert hatten.

»Du willst schon wieder nach Hause?«, fragte er enttäuscht.

»Nein. Ich weiß was Besseres. Komm mit!«

Er bezahlte die Rechnung, stand auf und folgte ihr. Sie unterquerten den Wandsbeker Marktplatz durch eine Unterführung und folgten auf der anderen Seite einer kleinen Nebenstraße, vorbei an einem Polizeirevier. Andy erkannte die Straße sofort wieder: Hier war er zuletzt mit André Salu gewesen, als sie Viktoria gesucht hatten.

Sie führte ihn zu dem Schrebergarten des Schriftstellers. Der Schlüssel lag immer noch in dem Versteck, aus dem ihn André das letzte Mal geholt hatte.

»Hier haben wir unsere Ruhe!«, sagte Viktoria, als sie die Tür hinter sich schloss.

Sie umarmte ihn und gab ihm einen langen Kuss. Dann legte sie die Perücke ab und zog ihren schwarzen Pullover aus.

## 01100010110010 **69.** 10010111010100

»Carl! Was machen Sie denn hier? Hätten Sie Ihren Besuch nicht vorher ankündigen können? Meine Sicherheitsleute sind ein wenig nervös, da kann es schnell zu Missverständnissen kommen.« Morris warf einen missmutigen Blick zu Jack und seiner Mutter, die auf teuren Verandamöbeln Platz genommen hatten und den gutgepflegten Garten der Villa bewunderten.

»Tut mir leid, Ashton, aber wie Sie sich denken können, ist die Sache dringend.« Carl erzählte in knappen Worten, was geschehen war. »Ich wusste nicht, an wen ich mich sonst wenden soll«, schloss er.

Morris betrachtete ihn kritisch. »Und Sie erwarten jetzt, dass ich Ihnen das glaube und einfach so die MirrorNet-Server abschalten lasse?«

»Ashton, ich weiß, Sie standen der Übernahme von Walnut Systems von Anfang an skeptisch gegenüber«, sagte Carl. »Und Sie hatten recht damit. Mein Cogründer Eric ist der Ansicht, dass wir übereilt auf den Markt gegangen sind, und auch er hatte recht. All das ist meine Schuld. Aber jetzt müssen Sie mir helfen, noch größeren Schaden zu verhindern!«

»Noch größeren Schaden? Ich wüsste nicht, wie dieser Schaden noch größer werden könnte! Haben Sie eine Ahnung, was mit dem GIS-Aktienkurs passiert, wenn wir die MirrorNet-Server abschalten und bekannt wird, warum wir das getan haben?«

»Mr Morris, hier geht es nicht mehr bloß um Geld. Dieser Mann hier hat vom MirrorNet den Auftrag bekommen, mich zu ermorden. Als er sich weigerte, wurden wir von Gangstern beschossen. Das MirrorNet hat versucht, uns in einen schweren Unfall zu verwickeln. All das nur, damit ich nicht herkommen und Sie warnen kann. Bitte, Ashton …«

Der Rest ging in dem Dröhnen von Rotoren unter, die unvermittelt hinter den höhergelegenen Nachbarhäusern auftauchten. Ein großer schwarzer Hubschrauber mit dem Emblem der Navy setzte zur Landung an.

»Was zur Hölle soll das denn jetzt bedeuten?«, rief Morris.

»Sie gehen besser ins Haus, Sir!«, sagte der Sicherheitsmann und lotste Morris und die anderen ins Innere. Dann ging er zu dem Hubschrauber, aus dem jetzt zwei schwerbewaffnete Soldaten sprangen, gefolgt von einem grauhaarigen Mann in dunklem Anzug. Mit unsagbarer Erleichterung erkannte Carl die vierte Person, die aus dem Hubschrauber kletterte: Eric!

»Mein Name ist Clive Hudson«, stellte sich der ältere Mann vor, nachdem der Sicherheitsmann ihn und Eric ins Haus geführt hatte. »Ich bin Leiter der Außenstelle Palo Alto des National Cybersecurity Center. Mr Morris, ich ersuche Sie hiermit, alles Nötige zu veranlassen, um das MirrorNet und alle damit verbundenen Server und Datencenter so schnell wie möglich abzuschalten!« Er hielt Morris ein entsprechendes Schreiben mit dem Briefkopf seiner Behörde hin.

»Und um mir das mitzuteilen, landen Sie mit dem Hubschrauber in meinem Garten?«, empörte sich Morris. »Hätte es da nicht auch ein Anruf getan?«

»Ihr Mitarbeiter hier«, Hudson wies auf Eric, »hat mich davon überzeugt, dass der direkte Weg in diesem Fall der beste ist.«

»Mr Brandon ist nicht mehr unser Mitarbeiter«, sagte Morris.

»Das ändert wohl kaum etwas an der Bedrohungslage.«

»Also schön. Aber so einfach ist das nicht. Ich selbst habe keinerlei Befugnis, irgendwelche Server abzuschalten. Ich müsste erst einen formellen Aufsichtsratsbeschluss erwirken. In einer solchen Situation sieht die Satzung vor, dass ein Noterlass beschlossen werden kann, wenn sich mindestens drei Aufsichtsratsmitglieder zusammenfinden, von denen mindestens eines ein aktiver Vorstand der Gesellschaft sein muss. Der Beschluss muss zudem einstimmig gefasst werden.«

»Dann hören Sie auf mit Ihrem juristischen Geschwafel und trommeln Sie Ihre Kollegen zusammen, Herrgott noch mal!«, rief Hudson. »Ihr Mirror-System ist offensichtlich eine Bedrohung für die nationale Sicherheit der Vereinigten Staaten. Ich rate Ihnen, nichts zu tun, was man Ihnen später als Verzögerungstaktik oder gar Behinderung der Arbeit einer Bundesbehörde auslegen könnte!«

Während die beiden diskutierten, nahm Carl Eric zur Seite. »Wo zum Teufel hast du gesteckt? Ich hab dauernd versucht, dich anzurufen!«

»Ich hab ein paar Kontakte genutzt, um das Department of Homeland Security auf das Problem aufmerksam zu machen. War nicht ganz einfach. Du wirst vielleicht verstehen, dass ich dafür von der Bildfläche verschwinden musste, um das MirrorNet nicht auf den Plan zu rufen.«

»Ich wäre deswegen fast draufgegangen!«, warf ihm Carl vor. Er erzählte, was geschehen war.

»Oh Mann!«, rief Eric. »Du hättest wissen müssen, dass ich dir nicht einfach eine Mail schicken würde, wenn ich dich zu einem geheimen Treffpunkt lotsen wollte.«

»Ja, ich weiß. Das war dämlich. Aber dafür haben wir jetzt einen weiteren Zeugen, der klar bestätigen kann, dass das MirrorNet kriminell handelt.«

»Dafür gibt es inzwischen genügend Anzeichen. Überall auf der Welt kam es zu ähnlichen Vorfällen wie dem, über den die deutsche Journalistin berichtet hat. Nachdem ihr Video erschienen ist, sind immer mehr solcher Berichte aufgetaucht. Inzwischen scheint da draußen eine richtige Schlacht zwischen MirrorNet-Anhängern und -Gegnern zu toben.«

Etwa eine Stunde später traf Ted Corley ein, kurz darauf kam Don Spinner dazu. Morris stellte fest, dass genügend Aufsichtsratsmitglieder anwesend waren, um gemäß Paragraph siebzehn Absatz drei der Satzung von Global Information Systems in einem Notfall beschlussfähig zu sein. Er stellte den Antrag, zu entscheiden, dass sämtliche Server zum Betrieb des MirrorNets sowie alle Back-up-Systeme sofort und auf unbestimmte Zeit abzuschalten seien.

»Du willst was?«, rief Corley. »Bist du völlig übergeschnappt, Ashton?«

»Ich stelle meinen Antrag auf Ersuchen des Ministeriums für Innere Sicherheit der Vereinigten Staaten, dessen Vertreter Mr Hudson hier anwesend ist. Mr Hudson, würden Sie uns bitte kurz erläutern, warum Sie das wünschen?«

Hudson erklärte, dass vom MirrorNet eine Gefahr für die öffentliche Sicherheit ausgehe, und verwies dann auf Eric und Carl, die noch einmal erläuterten, warum das MirrorNet abgeschaltet werden musste. Carl erteilte auch Jack das Wort, der in plastischer Schilderung beschrieb, wie ihn sein Mirror benutzt hatte und fast zum Mörder hatte werden lassen.

»Das ist doch alles gequirlte Scheiße!«, rief Corley. »Du glaubst doch nicht etwa diesen beiden Verrätern hier, die von Anfang an gegen uns gearbeitet und den Erfolg des MirrorNets sabotiert haben? Und dann präsentieren sie dir einen Kleinkriminellen und seine Mutter als Zeugen! Sie, Mr Homeland Security, können denen gern auf den Leim gehen. Ich werde es nicht tun. Als zuständiges Vorstandsmitglied der Global Information Systems kann ich diesen Beschluss niemals mittragen! Der Antrag von Ashton Morris ist abgelehnt!«

»Nicht so schnell, Ted«, wandte Don Spinner ein. »Als Anwalt muss ich dir sagen, dass du ein hohes persönliches Risiko eingehst, wenn du dich dem Ersuchen der Behörde widersetzt. Sollte sich das, was die Gründer von Walnut Systems uns gesagt haben, als wahr erweisen, könntest du unbeschränkt persönlich haftbar gemacht werden. Möglicherweise wird man dich außerdem wegen Behinderung der Justiz anklagen.«

Hudson nickte bedeutungsschwer. »Sie sollten auf Ihren Anwalt hören, Mr Corley.«

Corley starrte Don Spinner an, als sei dieser verrückt geworden.

Dann schlug er mit der Faust so heftig auf den Tisch, dass die Longdrinkgläser darauf klirrten. »So eine verfluchte Scheiße! Weißt du, dass wir gerade dabei sind, GIS zu ruinieren, Don?«

Der Anwalt nickte. »Besser GIS als uns persönlich, Ted.«

Corley schien nicht zu wissen, wohin mit seiner Wut. Er wandte sich an Carl. »Das ist alles Ihre Schuld! Sie haben uns getäuscht, als wir Ihre Firma übernommen haben! Wenn das hier vorbei ist, dann sorge ich persönlich dafür, dass Sie jeden einzelnen Penny zurückzahlen, den Sie bei der Übernahme verdient haben!«

»Moment mal!«, rief Jacks Mutter.

Carl hob beschwichtigend die Hand. »Sie haben recht, Ted. Das hier ist meine Schuld. Und ich übernehme die Verantwortung dafür. Über Schadensersatz können sich später die Anwälte auseinandersetzen. Aber jetzt müssen wir erst mal verhindern, dass noch größerer Schaden entsteht. Ich bitte Sie, Ted, stimmen Sie Mr Morris' Beschlussvorlage zu!«

Corley grummelte etwas, doch dann sagte er: »Also gut. Unter Protest stimme ich der Vorlage meines Kollegen Finanzvorstand zu.«

»Hör auf mit dem Schwachsinn, Ted!«, sagte Don Spinner. »Man kann nicht unter Protest etwas zustimmen. Entweder, du stimmst zu, oder du stimmst nicht zu.«

»Na schön. Ich stimme zu.«

»Dann nehme ich ins Sitzungsprotokoll auf, dass einstimmig beschlossen wurde, den von Ashton Morris vorgeschlagenen Noterlass anzunehmen und mit sofortiger Wirkung umzusetzen.«

Mit diesen Worten wurde die Arbeit, in die Eric und Carl Jahre ihres Lebens investiert hatten, zunichtegemacht und das Ende des MirrorNets besiegelt.

## 01100010110010 **70.** 10010111010100

Der Platz vor dem Buckingham Palace war vollgestopft mit Menschen, und immer noch strömten von allen Seiten mehr hinzu. Sie trugen selbst hergestellte Transparente und Pappschilder mit Aufschriften wie *Hände weg von meinem besten Freund*, *Mein Mirror gehört mir* und *Kein Mirror-Verbot*. Fast alle Demonstranten trugen MirrorClips oder hatten MirrorGlass-Brillen auf. Manche skandierten Sprüche oder schlecht gereimte Verse, die in dem Chaos jedoch kaum zu verstehen waren.

Freya und Terry standen am Rand des Platzes und beobachteten die Demonstration. Sie hatten beide schon eine Menge politischer Kundgebungen gesehen und waren auch auf einigen mitmarschiert. Das hier war etwas anderes. Die Versammlung der Mirror-Fans wirkte spontan und unorganisiert wie ein Flashmob. Es war offensichtlich, dass das MirrorNet seine Anhänger kurzfristig mobilisiert hatte.

Nach britischem Recht mussten Demonstrationen vorher vom Veranstalter bei der Polizei angemeldet werden. Zwar gab es, anders als in Deutschland, keine Bannmeile, in der jegliche Demonstrationen grundsätzlich verboten waren. Doch die Polizei sorgte üblicherweise dafür, dass Demonstrationen mit ausreichend Distanz zum Parlament und dem Königspalast abgehalten wurden. Diesmal jedoch gab es keinen offiziellen Veranstalter und keine Vorankündigung.

Die Sicherheitskräfte, die den Palast beschützen sollten, waren offensichtlich überfordert. Noch verhielten sich die Demonstranten friedlich, doch Aggressivität lag in der Luft, die sich jederzeit in Ausschreitungen entladen konnte.

»Ich denke, wir haben genug gesehen«, sagte Terry.

Er trug ein T-Shirt mit der Aufschrift *Keep Calm and Drink Tea*, eine Kappe mit der britischen Flagge und eine Sonnenbrille. Freya hatte sich mit Perücke, Kopftuch und verspiegelter Sonnenbrille unkenntlich gemacht und sich außerdem die Lippen grellrot geschminkt. Zudem trug sie einen mit Tüchern ausgestopften BH und hatte sich unter ihrem Sweatshirt ein Handtuch um ihren Bauch gewickelt, so dass sie wesentlich fülliger aussah, als sie war. Sie unterschieden sich optisch kaum von den übrigen Touristen, die eigentlich die Wachablösung hatten beobachten wollen und von der spontanen Demo überrascht worden waren.

»Nur einen Moment noch«, sagte Freya, während sie ihr Smartphone hochhielt und die Versammlung filmte.

Am Tag nach ihrem Besuch bei der Metropolitan Police war sie zu einer Anhörung vor einem Ausschuss des britischen Parlaments bestellt worden, der sich mit der Frage beschäftigte, ob die Mirrors verboten werden sollten. Mehrere Zeitungen hatten große Artikel über das »Mirror-Problem« gebracht, in denen auch immer wieder ihr Video zitiert worden war. Sie hatte ein halbes Dutzend Interviews gegeben.

Terry war der Ansicht gewesen, es reiche jetzt, und hatte vorgeschlagen, dass sie sich für ein paar Tage irgendwo in einem gemütlichen Hotel auf dem Land einquartierten und warteten, bis sich die Aufregung legte. »Du hast mehr als jeder andere getan, um auf das Mirror-Problem aufmerksam zu machen«, hatte er gesagt. »Nun müssen andere den Job zu Ende bringen.«

Doch Freya war viel zu sehr Journalistin, um sich jetzt, da die entscheidende Schlacht um das MirrorNet begonnen hatte, irgendwo zu verkriechen. Außerdem war sie stolz darauf, dass die Probleme des Systems »ihre« Story waren, die erst dann zu Ende erzählt war, wenn das MirrorNet endgültig abgeschaltet worden war. Also hatte sie beschlossen, herzukommen, als sie über Twitter von der spontanen Versammlung vor dem Buckingham Palace erfahren hatte, und sich hastig als Touristin kostümiert. Terry war ihr notgedrungen gefolgt, doch er war die ganze Zeit nervös und drängte sie immer wieder, aus der »Gefahrenzone« zu verschwinden.

Mehrere Mannschaftswagen der Polizei kamen mit Blaulicht die Mall entlang, die vom Trafalgar Square zum Palast führte. Sie hielten unweit der Stelle, an der Freya und Terry standen. Etwa drei Dutzend Polizisten, mit transparenten Schildern und Gummiknüppeln bewaffnet, sprangen heraus – hoffnungslos wenige im Vergleich zu den Tausenden Demonstranten. Sie bildeten Gruppen, gingen jedoch nicht gegen die Versammlung vor.

Einige der Demonstranten wandten sich den Polizisten zu und begannen, sie zu beschimpfen. Ein Stein flog, prallte aber harmlos an einem Schild ab.

»Lass uns von hier verschwinden, Freya!«, bat Terry.

»Gleich.«

Nun kamen auch von den anderen Straßen Polizeiwagen auf den Platz zugefahren, darunter auch ein Wasserwerfer. Die Menge verstummte und blickte angespannt feindselig auf die Polizeitruppen, die sie umzingelten. Freya wurde klar, dass die Polizei einen taktischen Fehler beging, indem sie den Demonstranten jede Rückzugsmöglichkeit abschnitt. Die Einheiten drückten die Massen in Richtung der Tore des Palasts, wo nur einige Wachsoldaten mit Maschinengewehren bewaffnet die Stellung hielten. Falls der Wasserwerfer den Mob in Raserei versetzte, würde es nur Minuten dauern, bis die ersten Schüsse fielen und eine Panik ausbrach.

Ein Polizeioffizier mit einem Megaphon stieg auf eine kurze Trittleiter. Doch bevor er auch nur ein Wort sagen konnte, verließen die Demonstranten den Platz und marschierten diszipliniert und ohne Pöbelei an den verdutzten Polizisten vorbei. Freya hatte noch nie erlebt, dass sich eine öffentliche Versammlung auf diese Weise auflöste, als sei die Menge plötzlich flüssig geworden und sickere durch die Lücken des noch nicht vollständig errichteten Polizeikordons. Der Offizier, der die Versammelten vermutlich hatte auffordern wollen, den Platz zu verlassen, ließ ratlos sein Megaphon sinken.

»Wow!«, sagte Terry. »Das MirrorNet hat seine Anhänger aber wirklich im Griff!«

»Komm, lass uns ihnen folgen!«, sagte Freya leise und schloss sich einer Gruppe von Demonstranten an, die schweigend von der Mall in den St. James's Park marschierte.

»Spinnst du jetzt?«, fragte Terry. »Wo soll das denn noch hinführen?«

»Genau das will ich herausfinden. Das MirrorNet hat offensichtlich etwas vor.«

Terry grummelte etwas, doch er trottete hinter ihr her.

Anscheinend hatte das MirrorNet die Versammelten zu verschiedenen Zielen beordert. Es wurde bald klar, dass der Teil, dem Freya und Terry folgten, zum Parlamentsgebäude am Themseufer zog. Nachdem sie eine Weile ratlos herumgestanden hatten, kletterten die Polizisten wieder in ihre Einsatzwagen.

Die Demonstranten durchquerten derweil den St. James's Park. Ein Stück die Straße hinunter hatte die Polizei hastig eine Sperre errichtet, doch die MirrorNet-Anhänger wichen ihr mühelos aus, nahmen einen Umweg durch das Gewirr von Straßen rund um die Westminster Cathedral und erreichten schließlich den Parliament Square, ohne dass die Polizei dies verhindern konnte. Hier warteten bereits Tausende Demonstrationsteilnehmer, die aus anderen Teilen des Stadtgebiets eingetroffen sein mussten.

»Ist das nicht unglaublich?«, rief Freya in einer Mischung aus Ehrfurcht und Begeisterung. »Wenn das MirrorNet nicht so böse wäre, könnte es zu ganz neuen Formen der freien Meinungsäußerung führen!«

Ein paar Demonstranten in der Nähe drehten sich um und starrten sie an. Freya begriff, dass sie, ohne nachzudenken, laut gesprochen hatte. Ihre Verkleidung nützte ihr nichts, wenn die Mikrofone der MirrorClips in ihrer Nähe ihre Stimme erkannten!

Die Menge verstummte schlagartig. Mehrere Tausend Gesichter wandten sich ihnen zu. Nur das genervte Hupen der Autofahrer, die auf der Westminster Bridge feststeckten, war zu hören.

»Au Scheiße!«, rief Terry.

## 01100010110010 **71.** 10010111010100

»Fahre zur U-Bahn-Station Wandsbek Markt!«, sagte Lukas' Mirror.

»Hast du das auch gehört?«, fragte er aufgeregt.

»Klar«, erwiderte Katrin.

»Einsatz!«, rief Lukas begeistert. Er griff sich sein Klappmesser und einen Schlagring, den er schon länger nicht mehr benutzt hatte. Man konnte ja nie wissen. Obwohl es draußen recht warm war, zog er seine Lederjacke über.

»Bist du endlich so weit?«, fragte Katrin ungeduldig.

»Ja.«

Sie verließen die Wohnung und nahmen die U-Bahn nach Wandsbek. Dort lotste sie Lukas' Mirror in ein Café im ersten Stock. Sie bestellten sich eine Cola.

»Was machen wir hier?«, fragte er.

Katrin deutete mit dem Kopf auf einen Tisch in der Nähe, an dem eine ältere Frau und ein Mädchen saßen. Beide trugen Sonnenbrillen.

»Da sind sie«, flüsterte Katrin.

»Da ist wer?«

»Die Wichser aus dem Video. Der Schwachkopf und das Mädchen. Sie haben sich verkleidet. Aber das MirrorNet hat sie erkannt.«

Lukas wollte aufspringen und sich die beiden vorknöpfen, doch Katrin legte eine Hand auf seinen Unterarm, um ihn zurückzuhalten. »Warte. Keine überhastete Aktion. Wir folgen den beiden und warten auf eine günstige Gelegenheit.«

»Okay.«

Die beiden quatschten eine Weile. Jetzt, da Katrin ihn darauf hingewiesen hatte, erkannte Lukas, dass sich der Spacko als Frau verkleidet hatte. Der Mund war sehr grob geschminkt, und man sah seine Bartstoppeln.

»Starr da nicht so hin«, ermahnte ihn Katrin. »Sonst merken sie noch, dass wir sie durchschaut haben.«

Lukas wandte den Blick ab.

Endlich bezahlte der Spacko die Rechnung, und die beiden standen auf. Katrin zwang ihn, noch ein wenig zu warten, bevor sie sich ebenfalls erhoben und ihnen folgten.

Im Gewühl des Einkaufszentrums verloren sie die beiden aus den Augen, doch ihr Mirror führte sie zielsicher in eine Nebenstraße, die parallel zu Bahngleisen verlief. Dort lagen mehrere Schrebergärten. Als sie einen davon erreichten, sagte Lukas' Mirror: »Öffne die Pforte.«

»Leise jetzt«, flüsterte Katrin. »Lass mich vorgehen.«

Sie schlichen auf das Grundstück. Katrin lauschte an der Tür des kleinen Häuschens. Lukas hörte Geräusche aus dem Inneren: Rascheln, das Knarzen von Holz, leise Stimmen.

Er grinste breit. Den beiden Wichsern würde er die Abreibung ihres Lebens verpassen!

# 01100010110010 72. 10010111010100

Freya und Terry rannten um ihr Leben. Die Menge hinter ihnen johlte, schnaufte, grölte wie eine Meute blutrünstiger Tiere auf einer Hetzjagd.

Sie folgten der Great George Street zurück Richtung St. James's Park. Verzweifelt suchte Freya nach einem Schutz, einem öffentlichen Gebäude, in das sie flüchten konnten, oder einem Einsatzwagen der Polizei. Doch alle Türen waren verschlossen, und die Einsatzkräfte waren nun am Parliament Square hinter ihnen konzentriert, von dem sie durch den Mob abgeschnitten waren.

Sie erreichten eine Seitenstraße, die nach links abbog. Freya wollte sich dorthin wenden, in der Hoffnung, irgendeine Zuflucht zu finden, einen Pub, einen Laden, irgendetwas mit einer Tür, die sie hinter sich schließen und hinter der sie um Hilfe rufen konnte. Doch in diesem Moment sah sie eine Gruppe junger Leute mit MirrorClips von dort auf sie zurennen. Also blieb ihr nichts übrig, als weiter geradeaus zu flüchten.

Kurz darauf erreichten sie die Ecke des Parks. Nach Westen führte der Birdcage Walk weiter Richtung Buckingham Palace, nach Norden ging es die Horse Guards Road entlang. Von dort kam ebenfalls ein Trupp von MirrorNet-Anhängern. Als sie über die Schulter blickte, sah sie, dass der größte Teil der Menge zurückgefallen war und nur noch etwa ein Dutzend junge Männer sie verfolgten. Doch die sahen umso entschlossener aus, sich an ihr für die Veröffentlichung des Videos, das zu einem Verbotsverfahren gegen die Mirrors geführt hatte, zu rächen.

Sie rannten weiter Richtung Westen, den Birdcage Walk entlang. Vornehme mehrstöckige Wohnhäuser mit Parkblick waren hier aufgereiht, vor Touristen und anderen Störenfrieden durch mannshohe Stahlzäune geschützt. Als Freya ein geöffnetes Tor erblickte, rannte sie, ohne nachzudenken, hindurch. Eine kurze Auffahrt führte zu einem eleganten, von Säulen flankierten Eingang. Sie sah in einem Fenster eine ältere Frau, die rasch einen Vorhang zuzog.

Freya klingelte verzweifelt an der Tür. »Helfen Sie uns!«, rief sie. »Rufen Sie die Polizei! Und öffnen Sie um Gottes willen die Tür!«

Keine Reaktion war zu hören.

Inzwischen hatte die Meute sie erreicht und umzingelte sie nun. Freya sah die Mordlust in den Blicken der Männer. Einige ruckten die Köpfe hin und her wie seltsame Raubvögel. Erst als Freya Fetzen lauter Rockmusik aus einem MirrorClip dröhnen hörte, verstand sie, warum.

Terry stellte sich schützend vor Freya, die sich so weit wie möglich in den Eingang gedrückt hatte und immer noch verzweifelt auf den Klingelknopf hämmerte.

Er hob beschwichtigend die Arme. »Hört mir zu! Ich weiß, das MirrorNet sagt euch, ihr sollt …«

Weiter kam er nicht. Mit einem animalischen Aufschrei stürzte sich der erste Angreifer auf ihn und boxte ihn in den Magen. Terry schrie auf und krümmte sich zusammen. Ein zweiter Mann trat ihm die Beine weg, so dass er zu Boden stürzte. Dann schlugen sie auch auf Freya ein. Sie schrie um Hilfe und versuchte vergeblich, ihren Kopf mit den Unterarmen zu schützen, während von allen Seiten Schläge und Tritte auf sie niederprasselten wie ein Regen von Pflastersteinen.

Es dauerte nicht lange, bis Dunkelheit sie von ihren Schmerzen und ihrer Angst erlöste.

## 0110001011001 0 73. 1001011101010 0

Plötzlich wurde die Tür aufgerissen. Grelles Tageslicht fiel in das schummrige Innere und beleuchtete Viktorias halbnackten Oberkörper.

Erschrocken fuhr Andy hoch. Er hatte befürchtet, dass André unvermittelt hier aufgetaucht war. Doch den jungen Mann und die Frau, die jetzt über ihnen aufragten, kannte er nicht.

»Damit hast du wohl nicht gerechnet, Spacko!«, sagte der Mann. »Jetzt geht's euch beiden Wichsern an den Kragen!«

Andy sprang auf. Das Sweatshirt hatte er inzwischen ausgezogen, sein Hemd hing ihm halb aus der Hose. »Was ... was wollen Sie hier?«, rief er.

Viktoria setzte sich auf und griff nach ihrem Handy. »Dieses Haus gehört dem Schriftsteller André Salu«, sagte sie. »Ihr habt hier nichts verloren. Verschwindet sofort, oder ich rufe die Polizei!«

»Gar nichts wirst du, du kleine Fotze!«, sagte die Frau. Sie packte Viktorias Arm, entriss ihr das Handy und warf es in eine Ecke der kleinen Behausung.

»Ihr werdet jetzt die Scheiße widerrufen, die ihr in diesem Drecksvideo erzählt habt!«, sagte der Mann.

»Was?«, fragte Andy.

»Das Video, in dem ihr diese Lügenmärchen über die Mirrors erzählt«, erklärte die Frau. »Wir wollen, dass ihr zugebt, dass das alles nur ausgedacht war, um euch wichtig zu machen. Dann verschwinden wir wieder, und ihr könnt euer kleines Techtelmechtel fortsetzen.«

»Das waren keine Lügenmärchen«, sagte Viktoria trotzig. »Eure Mirrors benutzen euch beide nur. Ihr werdet sehen, wenn das MirrorNet euch nicht mehr braucht, wird es euch fallen lassen wie heiße Kartoffeln.«

»Schnauze, Lügnerin!«, fauchte der Mann. Plötzlich hatte er ein Klappmesser in der Hand. »Noch ein falsches Wort, und ich schneide dir die Zunge raus!«

Andy spürte, wie ihm das Blut in den Kopf schoss. »Tu … tu ihr nichts!«, sagte er mit zitternder Stimme.

»Ach, wie süß!«, sagte der Mann. »Schau mal, Katrin, der Spacko hat Angst um seine kleine Freundin!«

»Keine Namen, du Idiot!«, zischte die Frau. »Und jetzt zu euch beiden. Ihr werdet jetzt jeder den folgenden Satz sagen: ›Was ich der Journalistin Freya Harmsen über die Mirrors erzählt habe, war gelogen. Ich habe mir das alles nur ausgedacht.‹ Habt ihr das kapiert?«

»Da könnt ihr lange warten, ihr Mirror-Zombies!«, sagte Viktoria.

»Ach ja? Na schön, du kleine Schlampe. Los, bring ihr ein paar Manieren bei, Oskar.«

»Wer?«, fragte der Mann.

»Na du, du Blödian!«

Der Typ, den sie Oskar genannt hatte, guckte beleidigt, doch er näherte sich Viktoria mit dem Messer.

Andy hörte eine Art Rauschen in seinen Ohren. Er nahm jede Einzelheit des kleinen Gartenhäuschens in überwältigender Klarheit wahr: den kleinen Tisch, den Stuhl, das Regal mit Dünger und Gartengeräten, das zerwühlte Schlafsofa, auf dem Viktoria und er gelegen hatten, die Staubteilchen, die in den schmalen Lichtstreifen tanzten, den Geruch nach Öl und Feuchtigkeit.

»Lass … sie … in … Ruhe!«, brachte er zwischen zusammengepressten Zähnen hervor.

Der Mann drehte sich zu ihm um und fuchtelte mit dem Messer vor seinem Gesicht herum. »Ach ja? Was willst du denn machen, du

Spacko? Willst du mir etwa drohen?« Er lachte. »Wenn ich mit der kleinen Schlampe fertig bin, wirst du sie vielleicht nicht mehr ganz so gern haben. Denn dann hat sie nämlich ein paar hässliche Narben!«

Die Zeit schien plötzlich stillzustehen. Andy beobachtete sich selbst dabei, wie sich sein rechter Arm nach dem Regal neben ihm ausstreckte, wie er den Griff einer kleinen Handharke mit drei gebogenen Zinken umfasste, ausholte, den Arm in Richtung des Mannes mit dem Messer schwang, wie dieser seinen Arm emporriss, doch den Angriff nicht mehr abwehren konnte, wie sich die drei Metallzinken in seine Wange und seinen Hals bohrten, wie er zurücktaumelte, während ein dicker Schwall von Blut aus einem Loch in seinem Hals hervorquoll. Andy nahm es wie ein unbeteiligter Zuschauer wahr, als hätte er mit alldem nichts zu tun.

Dann endete die Zeitlupe, und er hörte Viktoria und die fremde Frau gleichzeitig schreien.

»Du Wichser!«, brüllte die Frau und stürzte sich auf ihn. Sie hatte plötzlich eine Gartenschere in der Hand. Doch bevor sie Andy damit ernsthaft verletzen konnte, schlug ihr Viktoria eine leere Bierflasche gegen den Schädel, und sie brach zusammen.

Der Mann lag inzwischen auf dem Boden des Gartenhäuschens und röchelte. Mit einer Hand versuchte er, die Blutung zu stoppen, doch das hellrote Blut quoll in pulsierenden Strömen aus seinem Hals, tränkte das T-Shirt unter seiner Lederjacke und bildete eine Lache auf dem Boden.

»Kümmere du dich um die Frau!«, rief Viktoria, während sie mit der Gartenschere einen Streifen des Bettlakens abtrennte und sich damit neben den Mann kniete.

Die Frau versuchte, sich stöhnend aufzusetzen, doch Andy warf sich auf sie. Er packte ihre Arme, zog sie auf den Rücken und fixierte sie mit Draht.

»Du blöder Wichser!«, rief sie. »Dafür werdet ihr büßen! Wir machen euch fertig!«

»Die Mirrors!«, rief Viktoria, die damit beschäftigt war, dem Mann einen Druckverband am Hals anzulegen.

Andy begriff. Er nahm der Frau ihren MirrorClip ab und zerschnitt ihn mit der Gartenschere, die sie als Waffe benutzt hatte. Dann durchsuchte er ihre Taschen, bis er das MirrorBrain gefunden hatte. Er hackte mit der Spitze der Schere darauf ein, bis von dem Display nur noch Trümmer übrig waren. Ebenso verfuhr er mit dem Mirror des Mannes.

»Das wird euch nichts nützen!«, schrie die Frau. »Das MirrorNet wird alle seine Anhänger zusammentrommeln! Sie werden euch fertigmachen! Ihr kommt keine fünf Meter weit!«

»Geh und hol die Polizei!«, rief Viktoria. »Ich bleibe hier und passe auf die beiden auf!«

»Bist du sicher?«

»Ja. Beeil dich! Ich will nicht, dass der Idiot mir verreckt.«

Andy rannte mit blutverschmiertem, halboffenem Hemd zu der Polizeiwache, die nur zweihundert Meter entfernt lag.

Die Beamtin am Empfangstresen machte große Augen. »Was ist denn mit Ihnen passiert?«

»Kommen Sie, schnell«, brachte Andy heraus. »Es gab einen Überfall. Wir brauchen einen Krankenwagen. Einer der Täter ist schwer verletzt. Meine Freundin ist noch bei ihm.«

Zwei Polizisten kamen aus einem Nebenraum und folgten Andy. Als er vor das Polizeirevier trat, kamen ein halbes Dutzend junger Menschen mit MirrorClips im Ohr die Straße entlang. Als sie die Polizisten sahen, blieben sie unschlüssig stehen.

»Schnell!«, drängte Andy und rannte los.

»Was ist denn hier passiert?«, rief einer der Beamten, als sie den Schrebergarten erreichten.

»Diese Wichser haben uns grundlos angegriffen!«, keifte die Frau. Der junge Mann war inzwischen bewusstlos. Viktoria hatte Tränen in den Augen, während sie sich immer noch bemühte, die Blutung am Hals des Mannes zu stoppen.

Der Notarzt traf wenige Minuten später ein. Zwei Männer verfrachteten den Verletzten auf eine Trage.

»Wird er durchkommen?«, fragte Viktoria.

Der Notarzt nickte. »Er hat ziemlich viel Blut verloren, aber wir haben ihn jetzt stabilisiert.«

Die Polizisten begannen, Andy, Viktoria und der Frau Fragen zu stellen. Als sie merkten, dass sich die Aussagen widersprachen, nahmen sie alle drei mit aufs Polizeirevier. Kurz darauf traf André Salu ein und bestätigte, dass sich Andy und Viktoria rechtmäßig in dem Schrebergarten aufgehalten hatten und sie dort von dem Mann und der Frau überfallen worden waren. Daraufhin durften Andy und Viktoria nach Hause gehen.

Als Andy schließlich zu Hause eintraf, waren die Idioten vor seiner Haustür verschwunden.

## 01100010110010 74. 10010111010100

Ein rhythmisches Piepen drang durch die Dunkelheit. Etwas lag schwer auf ihr. Sie öffnete die Augen, doch ihr Blick war verschwommen. Schemenhaft erkannte sie eine Gestalt, die sich über sie beugte.

»Terry?« Der Name kam nur als kaum hörbares, heiseres Krächzen heraus. Ihr Hals fühlte sich an, als hätte sie mit kochendem Wasser gegurgelt.

»Ganz ruhig. Du bist in Sicherheit«, sagte jemand auf Deutsch.

Ihr Blick klärte sich etwas, und sie erkannte Linus, der sie besorgt ansah. Sie befand sich offensichtlich in einem Krankenhaus.

»Linus? Was … was machst du hier?«

»Ich habe von deinem … Unglück gehört. Da dachte ich, ich komm mal vorbei und seh nach dir. Deine Eltern sind auch hier. Sie sind gerade mittagessen.«

»Wie … wie lange …?«

»Die Ärzte haben dich ein paar Tage in einem künstlichen Koma gehalten, um dich besser behandeln zu können. Du bist mehrfach operiert worden. Diese Schweine haben dir fast jeden Knochen im Leib gebrochen. Du kannst von Glück sagen, dass du noch lebst.«

Freya schluckte. »Terry?«

Linus senkte den Blick. »Dein Freund hat es nicht geschafft. Er ist auf dem Weg zum Krankenhaus an inneren Verletzungen gestorben. Es tut mir leid.«

Freyas Blick verschwamm erneut, als ihre Augen sich mit Tränen füllten. Ein Teil von ihr wehrte sich gegen die Behauptung, ihr Freund sei tot. Doch nicht Terry, der immer vorsichtig war, der sich an alle Vorschriften hielt, jedem Streit aus dem Weg ging! Der kluge, besonnene, weitsichtige Terry. Dann fiel ihr ein, wie er sie gedrängt hatte, sich aus der Gefahrenzone zu begeben, und ihr Magen verkrampfte sich, als sie erkannte, dass sie die Schuld an seinem Tod trug. Ein Zucken ging durch ihren Körper, fast wie ein epileptischer Anfall, und ein animalisches Heulen drang aus ihrer Kehle, das nur langsam in etwas überging, das man Weinen nennen konnte. Linus sagte nichts, war einfach nur bei ihr und hielt ihre Hand. Sie war dankbar dafür.

»Was … was ist mit dem MirrorNet?«, fragte sie, als sie endlich die Kraft dazu aufbrachte.

»Es ist offenbar abgeschaltet worden. Jedenfalls funktionieren die Mirrors seit vorgestern nicht mehr. Die Lage auf den Straßen hat sich seitdem beruhigt. Aber es war schlimm, das kann ich dir sagen. Überall auf der Welt gab es Demonstrationen der Mirror-Anhänger, Ausschreitungen, Krawalle, Straßenschlachten mit der Polizei und zwischen Anhängern und Gegnern des MirrorNets, sogar Anschläge auf Regierungseinrichtungen. Allein in Hamburg gab es ein Dutzend Todesopfer, weltweit waren es Tausende. Die Zeitungen sind voll von dem Mirror-Irrsinn, wie sie es nennen. Die Aktien sämtlicher Technologiefirmen sind eingebrochen, bevor der Handel ausgesetzt wurde. Politiker schieben sich gegenseitig die Verantwortung dafür zu, dass so etwas passieren konnte. Im Fernsehen werden Psychologen interviewt, die versuchen, zu erklären, wieso so viele Menschen blind den Empfehlungen ihrer Mirrors gefolgt sind. Die Fernsehfuzzis stehen übrigens Schlange, um dich zu interviewen, aber die Polizei und deine Eltern lassen niemanden zu dir. Du bist so was wie eine globale Heldin geworden. Du warst es, die den Wahnsinn gestoppt hat. Gerade noch rechtzeitig, wie es scheint.«

Linus hatte es sicher nicht so gemeint, aber »gerade noch rechtzeitig« klang zynisch in ihren Ohren. Für Terry war es zu spät gewesen, und für die vielen anderen Menschen, die diesem Wahnsinn zum Opfer gefallen waren, ebenfalls. Sie konnte nur hoffen, dass diejenigen, die dieses Monster namens MirrorNet geschaffen hatten, dafür zur Rechenschaft gezogen werden würden und dass all die geldgierigen Investoren und Geschäftemacher, die versucht hatten, damit reich zu werden, nun an den Schadensersatzklagen zugrunde gehen würden. Wenigstens das.

Terry würde dadurch nicht wieder lebendig werden. Er hatte einen schrecklichen Preis dafür gezahlt, dass sie den Kampf gegen das MirrorNet aufgenommen hatte. Sie dachte daran, wie er sie ausgelacht hatte, als sie ihm von dem merkwürdigen Verhalten ihres Mirrors erzählt hatte, und einen Moment lang wünschte sie sich, sie hätte auf ihn gehört und wäre der Sache nicht weiter nachgegangen. Doch dazu war es nun zu spät. Sie musste die Konsequenzen ihrer Taten tragen.

Sie konnte nur hoffen, dass ihr Handeln wenigstens dazu beigetragen hatte, dass etwas Derartiges nie wieder vorkommen würde, dass die Menschheit aus diesem Fehler lernen und zukünftig weniger leicht auf die Heilsversprechungen der Technologiepropheten hereinfallen würde.

Doch die Journalistin in ihr hatte da ihre Zweifel.

## 01100010110010 75. 1001011010100

Sie aßen zum letzten Mal bei Ronaldo's. Schwermütig betrachtete Carl die halbgegessene Pizza vor sich. Wie oft hatten sie hier gesessen und angeregt diskutiert, wenn Carl versucht hatte, Eric von seinen Visionen zu begeistern, und dieser immer wieder unerbittlich auf die praktischen Probleme der Umsetzung hingewiesen hatte. Es war eine harte Zeit gewesen, die Jahre, bis der erste Prototyp eines Mirrors halbwegs funktioniert hatte – Jahre, in denen Walnut Systems mehrmals kurz vor der Pleite gestanden hatte. Doch es war auch eine gute Zeit gewesen, eine Zeit der durchgearbeiteten Nächte, der bedingungslosen Kameradschaft, des Kampfgeists und des Stolzes. Carl vermisste diese Zeit.

Ihr gemeinsames Projekt war nun ein gigantischer Trümmerhaufen. Die meisten Mitarbeiter waren einfach nach Hause gegangen, als ihnen Carl vor drei Tagen die Hiobsbotschaft verkündet hatte. Doch es hatte auch lautstarke Proteste gegeben, Widerstände, Buhrufe, Schmähungen, Drohanrufe. Kaum einer seiner Mitarbeiter hatte glauben können, dass die Entscheidung, die MirrorNet-Server herunterzufahren, wirklich auf Carl zurückging und nicht eine hinterhältige Finte der verhassten Muttergesellschaft war.

Das MirrorNet tat das Seine, um Verwirrung zu stiften und das Abschalten der Server zu verzögern. Fehlgeleitete Mitarbeiter weigerten sich, Zugang zu den Serverräumen zu gewähren, und mussten teilweise von der Polizei dazu gezwungen werden. Einmal kam es zu einer längeren Diskussion zwischen zwei verschiedenen Polizeibehörden, von denen die eine das Herunterfahren der Server durch von Ashton Morris persönlich beauftragte Mitarbeiter unterstützte, während die andere versuchte, genau dies zu verhindern. Offensichtlich hatte jemand die Polizei angerufen und behauptet, als offizielle Mitarbeiter getarnte Kriminelle trieben ihr Unwesen auf dem Firmengelände.

All die Konfusion führte dazu, dass das Abschalten der Server mehrere Tage dauerte, doch am Ende unterlag das MirrorNet. Inzwischen funktionierte kein einziger Mirror mehr.

Die Reaktionen in der Öffentlichkeit waren entsprechend heftig ausgefallen. Der Aktienkurs von GIS war vom Handel ausgesetzt worden. Es hatte überall auf der Welt heftige Proteste und Kundgebungen gegeben, die teilweise gewaltsam eskaliert waren. Angeblich summierte sich die Zahl der Toten und Verletzten auf mehrere Zehntausend. Carl wurde schlecht, wenn er nur daran dachte. Er wusste, dass ihm niemand dafür danken würde, dass er für die Abschaltung des MirrorNets gekämpft hatte. Er würde am Ende als Buhmann dastehen, derjenige, der das Chaos verursacht hatte. Er konnte von Glück sagen, wenn er nicht ins Gefängnis kam.

»Und du?«, fragte Eric. »Was hast du jetzt vor?«

Sein Freund schien ebenso niedergeschlagen zu sein wie er selbst. Dabei hatte es Eric richtig gemacht und sich mit seiner Kündigung rechtzeitig aus der Schusslinie gebracht.

»Keine Ahnung«, meinte Carl. »Ich werde wohl die nächste Zeit rund um die Uhr mit irgendwelchen Anwälten sprechen.«

»Ich meinte, wenn das hier vorbei ist.«

Carl zuckte mit den Schultern. »Wer weiß, vielleicht schreibe ich ein Buch über die ganze Sache. Als abschreckendes Beispiel.«

»Keine schlechte Idee«, meinte Eric. »Ich habe irgendwie das Gefühl, dass diese Sache noch nicht vorbei ist.«

»Natürlich ist sie nicht vorbei. Sie ist erst vorbei, wenn die letzte Gerichtsverhandlung zu diesem ganzen Desaster abgeschlossen ist. In zehn Jahren, frühestens.«

»Das meinte ich nicht. Wir haben das MirrorNet abgeschaltet, aber es ist immer noch da. Die Software ist noch da. Die neuronalen Netze ebenfalls. Sogar alle Nutzerdaten sind noch da. Im Prinzip könntest du es morgen wieder einschalten, und das Schlamassel ginge von vorn los.«

»Du glaubst doch nicht etwa, dass jemand so verrückt wäre, das zu tun?«

»Wer weiß«, meinte Eric und nippte an seiner Cola. »Ich hoffe nicht. Aber bei GIS weht jetzt ein eisiger Wind. Ted Corley ist zurückgetreten, und der Stuhl von Morris wackelt auch. Die Aktionäre werden vermutlich den gesamten Aufsichtsrat austauschen. Und wer weiß, was dann passiert. Vielleicht sagt sich irgendwer, mit ein paar kleinen Verbesserungen könnte man die Mirrors doch wieder verkaufen.«

»Niemand wäre doch wohl so verrückt, sich jetzt noch einen Mirror zuzulegen.«

»Unterschätz die Dummheit der Menschen nicht. Sie vergessen schnell. Außerdem gibt es ja vielleicht noch andere Einsatzmöglichkeiten für das MirrorNet, an der Börse zum Beispiel, oder beim Militär.«

»Beim Militär? Jetzt machst du mir Angst!«

Eric grinste. »Das wäre schon ein Szenario für deinen Vater, oder? Das MirrorNet erwacht neu in der Befehlszentrale einer riesigen Kampfdrohnenarmee, und alles, woran es denken kann, ist, sich an den beiden Menschen zu rächen, die dafür gesorgt haben, dass es abgeschaltet wird …«

Carl wusste nicht so genau, ob Eric einen Scherz machte oder nicht. Vielleicht war es auch eine Mischung aus Spaß und Ernst. Auf jeden Fall erzeugte die Vorstellung bei ihm eine Gänsehaut.

Sie bezahlten die Rechnung, dann verabschiedeten sie sich voneinander.

»Mach's gut, Eric!«, sagte Carl. »Danke, dass du mir geholfen hast.«

»Was hätte ich sonst tun sollen? Etwa tatenlos zusehen, wie du es vermasselst?«

»Idiot. Viel Erfolg mit deinem Projekt an der Uni!«

»Und dir viel Erfolg mit deinem Buch. Das ist übrigens eine gute Idee. Wenn du das Schreibtalent deines Vaters geerbt hast, müsste es eigentlich ein Bestseller werden.«

»Das bezweifle ich. Obwohl ich das Geld wohl gebrauchen könnte, jetzt, da allein aufgrund der Anwaltskosten all meine Millionen verdampfen werden wie eine Regenpfütze unter der Sonne Kaliforniens.«

»Na, das war doch schon mal sehr poetisch ausgedrückt. Pass auf dich auf, Carl!«

»Du auch, Eric!«

Er sah zu, wie sein Freund aufs Fahrrad stieg und um die Ecke verschwand. Dann holte er das neue Smartphone hervor, das zum Glück nicht ganz so smart war wie die Mirrors, und rief seinen Vater an. »Hallo Dad, ich könnte mal deine Hilfe gebrauchen.«

»Meine Hilfe? Wobei?«

»Ich will ein Buch schreiben.«

»Ein Buch? Du? Worüber denn?«

»Über die Mirrors.«

»Und du denkst, die Geschichte glaubt dir irgendwer?«

# EPILOG

»Somit lautet meine Empfehlung, Phase eins des Projekts SmartSoldier unverzüglich umzusetzen«, sagte der Analytiker aus dem Verteidigungsministerium. Man sah ihm an, dass er am MIT oder vielleicht in Stanford promoviert und gute Verbindungen in politische Kreise hatte – und dass er einem realen Kampfeinsatz noch nie näher als fünftausend Meilen gewesen war.

Der General blickte missmutig in die Runde. Mehr als ein Dutzend Mitglieder des Beschaffungsausschusses saßen hier zusammen, um eine der möglicherweise weitreichendsten Entscheidungen für die Zukunft der Kriegsführung zu treffen. Und er konnte ihren Gesichtern ansehen, wie sie fallen würde. Das Meeting heute war nur noch eine Formalität. Die Diskussion, die sich nun anschloss, war ein erneuter Austausch von Standpunkten, die längst klar waren. Das Tauziehen der verschiedenen Interessengruppen hatte hinter den Kulissen längst stattgefunden, und der Ball lag schon lange jenseits der Torlinie.

Trotzdem würde der General nicht einfach aufgeben. Er würde versuchen, das Unheil aufzuhalten, solange er konnte. Er würde kämpfend untergehen, so, wie er es im Ernstfall von jedem seiner Leute erwartete. Er war zweimal im Einsatz verletzt worden, einmal hatte er dabei eine Hand und ein Auge verloren, so dass man ihn hinter seinem Rücken Captain Hook nannte – ein Titel, der ihm nicht unsympathisch war.

Weniger sympathisch waren ihm die meisten anderen Akteure im

Raum. Da waren die sogenannten Berater, Zivilisten, die meist ihr Salär direkt oder indirekt von denselben Leuten bezogen, die versuchten, dem Verteidigungsministerium mit immer phantastischeren Projekten Geld aus der Tasche zu leiern. Dann die Vertreter der anderen Militärgattungen – der Marine, der Luftwaffe, des Heimatschutzes –, die sich mehr für ihren Einfluss im Ministerium und die Größe ihres Haushalts fürs nächste Jahr interessierten als für das, was bei der Army passierte. Nicht zuletzt die Bürokraten aus dem Ministerium selbst, so wie der, der gerade diese lächerliche Präsentation gehalten und so getan hatte, als wären mit seinem Projekt alle Militärprobleme mit einem Schlag gelöst. Sie alle schienen zu glauben, dass man Kriege in Zahlen ausdrücken und das Ergebnis von Schlachten vorabberechnen konnte. Niemand hatte ihnen beigebracht, was der preußische Stratege Carl von Clausewitz schon vor zweihundert Jahren treffend auf den Punkt gebracht hatte: Kein Plan überlebte den ersten Feindkontakt.

Der Minister blickte in die Runde. »Möchte noch jemand etwas sagen, oder wollen wir gleich zur Abstimmung übergehen?«

Der General seufzte und hob seine Hand.

»Ja, General?«

»Meine Meinung hat sich durch die Präsentation Ihres Mitarbeiters nicht geändert, Sir«, sagte er. »Was Sie vorhaben, Herr Minister, ist, mit Verlaub, Wahnsinn. Wir alle haben gesehen, was passiert ist, als das MirrorNet außer Kontrolle geriet. Und nun wollen Sie demselben System die Kontrolle über meine Männer geben!« Er sah hilfesuchend zu dem Ölgemälde an der Stirnwand des Konferenzraums auf, das George Washington nach dem Sieg bei der Schlacht bei Yorktown zeigte, als könne der Geist des Unabhängigkeitskrieges von dort herabwehen und den Unsinn aus den Köpfen der Versammelten vertreiben. Eine vergebliche Hoffnung.

»Sie haben mich missverstanden, General«, meldete sich der

junge Präsentator ungefragt zu Wort. Er hatte irgendeinen vornehm klingenden französischen Namen genannt, Laguerre oder so ähnlich – der General konnte das Namensschild mit seinem einen Auge auf die Entfernung nicht erkennen. »Das System gibt Ihren Soldaten keine Befehle, sondern lediglich Anregungen, die jederzeit durch Befehle von Vorgesetzten überstimmt werden können. Die Entscheidung bleibt stets bei den Menschen.«

»Ach ja? Und wie sollen diese Menschen beurteilen, ob die ›Anregungen‹, wie Sie es nennen, richtig sind? Soldaten brauchen in der Schlacht klare Anweisungen, keine halbgaren Diskussionsvorschläge!«

»Okay, ich gebe zu, dass in den meisten Fällen keine Zeit bleibt, die Entscheidungen des SmartSoldier-Systems zu hinterfragen. Aber das ist auch nicht erforderlich, denn seine Entscheidungen sind so gut wie immer richtig.«

Der General spürte, wie sein Blutdruck in ungesunde Regionen stieg. »Das behaupten Sie ernsthaft, ohne dass dieses System auch nur ein einziges Mal in einer echten Gefechtssituation eingesetzt wurde? Ohne irgendeinen handfesten Beweis? Nach der katastrophalen Fehlfunktion, die weltweit Tausende Tote und Verletzte gefordert hat?« Er schüttelte den Kopf. »Wie kann auch nur irgendjemand mit einem Funken Verstand ernsthaft denken, dass das eine gute Idee ist?«

Die übrigen Versammelten blickten ihn ernst an, als habe er sie gerade persönlich beleidigt, was er vermutlich auch getan hatte.

»Sie täuschen sich, General. Erstens ist das strategische Geschick des SmartSoldier-Systems in Hunderten von Tests und Simulationen bestätigt worden. Seine Entscheidungen waren stets besser als die aller menschlichen Teams, gegen die es angetreten ist, darunter die besten Ihrer eigenen Kommandeure. Zweitens basiert das SmartSoldier-System, wie Sie zu Recht anmerken, auf dem MirrorNet. Doch trotz der bedauerlichen Zwischenfälle muss ich darauf hinweisen, dass das MirrorNet, bis es abgeschaltet wurde, tadellos funktioniert hat. Genau genommen hat es viel besser funktioniert, als es sich seine Entwickler hatten vorstellen können. Das Problem war lediglich eine unglückliche Festlegung der Zielfunktion des Systems.«

»Bedauerliche Zwischenfälle? Unglückliche Festlegung? Ich höre wohl nicht recht!«, brauste der General auf. »Durch das MirrorNet und die von ihm ausgelösten Unruhen sind mehr Menschen gestorben als bei der Schlacht um Iwojima!«

»Der General hat recht. Bitte achten Sie auf Ihre Wortwahl, Chris!«, tadelte der Minister seinen Mitarbeiter.

»Ich bitte um Entschuldigung, Sir. Aber es ändert nichts an den Fakten: Das MirrorNet hat seine Aufgabe, die Interessen seiner Benutzer insgesamt zu schützen, perfekt erfüllt und dabei außerordentlich großes Geschick gezeigt. So war es in der Lage, das Verhalten der einzelnen Demonstranten unter seiner Kontrolle so geschickt aufeinander abzustimmen, dass alle Gegenmaßnahmen der Polizeikräfte wirkungslos waren. Ich möchte auch darauf hinweisen, wenn es gestattet ist, dass die weitaus meisten Opfer der Ausschreitungen keine Mirror-Nutzer waren – somit aus Sicht des MirrorNets feindliche Personen. Ich möchte das Leid der Opfer nicht bagatellisieren, aber das System hat genau das getan, was jeder gute General in seiner Situation getan hätte: Es hat seine eigenen Ressourcen optimal genutzt, um seinen Feinden zu schaden.«

Jetzt reichte es! »Sie meinen damit die Art, wie das MirrorNet seine eigenen Benutzer hintergangen hat, wenn es berechnet hatte, dass das für andere Nutzer vorteilhaft war? Die eigenen Leute verraten, sobald das für den Gesamterfolg der Mission hilfreich ist – jeder General, der so etwas täte, würde sofort das Vertrauen seiner Untergebenen verlieren und käme vors Kriegsgericht.«

»Da muss ich Ihnen widersprechen, General«, meldete sich einer der Berater, ein älterer Mann mit gegeltem Haar und tadellos sitzender Krawatte. »Es ist immer wieder vorgekommen, dass in Kriegen einzelne Truppenteile oder sogar ganze Armeen geopfert wurden, um eine Schlacht oder den gesamten Krieg für sich zu entscheiden. Ich hätte gedacht, dass Ihnen das bekannt ist.«

»Es ist eine Sache, so etwas zu tun, wenn man keine andere Möglichkeit mehr hat«, erwiderte der General, der jetzt große Mühe hatte, seine Stimme im Zaum zu halten. »Es ist etwas ganz anderes, es aus kaltem Kalkül zu tun. Das ist einfach unmoralisch!«

»Vielleicht ist genau das der Grund, warum wir SmartSoldiers brauchen«, erwiderte der Berater kühl. »Um zu verhindern, dass Menschen unnötig ihr Leben verlieren, weil die notwendigen strategischen Entscheidungen aus moralischen Vorbehalten heraus nicht getroffen werden.«

»Dem stimme ich zu«, sagte der junge Mann aus dem Ministerium. »Das System wird dafür sorgen, dass unsere militärischen Ziele mit minimalen Verlusten und ressourcenoptimal erreicht werden.«

»Davon abgesehen sollte uns allen im Raum klar sein, dass es nur eine Frage der Zeit ist, bis unsere Feinde eine vergleichbare oder sogar bessere Technik entwickeln und gegen uns einsetzen«, sagte der Minister. »Wir haben zurzeit einen Vorsprung, doch mit der rasanten Entwicklung der Computertechnik könnte dieser rasch dahinschmelzen. Die Chinesen arbeiten nach Erkenntnissen der CIA bereits an ähnlichen Systemen, und ich muss wohl nicht extra darauf hinweisen, dass sie uns in Bezug auf die Truppenstärke haushoch überlegen sind.«

Der General blickte hilfesuchend in die Runde. Die übrigen Teilnehmer nickten entweder beifällig oder starrten wie peinlich berührt auf ihre Tablet-PCs.

»Ich sehe, dass ich Sie nicht umstimmen kann«, sagte er. »Aber ich werde diese Entscheidung nicht mittragen. Ich werde mich nicht vor meine Offiziere stellen und ihnen verkünden, dass das Mirror-Net mit einem neuen Etikett ab jetzt das Kommando übernimmt und ihre Einsatzstrategie diktiert. Für den Fall, dass beschlossen wird, das System einzuführen, ersuche ich hiermit um Entbindung von meinen Aufgaben als Chef des Generalstabs der Army.«

»Bitte beruhigen Sie sich doch, Charly«, sagte der Minister. »Niemand will Ihren Rücktritt. Und hier geht es auch nicht darum, eine Entscheidung darüber zu treffen, ob die ganze Army mit Smart-Soldier-Systemen ausgestattet wird. Es geht erst mal nur um einen Test mit einer Spezialeinheit. Gerade der Einsatz kleiner Elitetruppen in Krisengebieten kann durch SmartSoldiers optimal unterstützt werden.« Das klang wie ein auswendig gelernter Satz aus einer Hochglanzbroschüre eines Rüstungsherstellers, was nur die Ahnung des Generals bestätigte, dass die Entscheidung des Ministers längst feststand.

Er holte noch einmal Luft, dann sagte er den Satz, von dem er wusste, dass es der letzte seiner langen Militärkarriere war: »Ich bleibe dabei. Solange ich General bin, wird keiner der Leute, für die ich Verantwortung trage, ein SmartSoldier-System tragen.«

Betretenes Schweigen entstand. Der Minister nickte schließlich. »Nun gut, das besprechen wir später. Kommen wir jetzt zur Abstimmung. Wer ist dafür, dass SmartSoldiers testweise eingesetzt wird?«

Fast alle Hände hoben sich.

»Dann«, sagte der Minister mit einem zufriedenen Nicken, »ist es entschieden.«

# NACHWORT

Im Sommer 2015 entstand die Idee, eine überarbeitete Version meines Romans »Das System« zu verfassen. Mittlerweile waren zehn Jahre vergangen, seit ich den ersten Entwurf der Geschichte geschrieben hatte. Damals, im Sommer 2005, war Facebook noch ein Studentennetzwerk an der Harvard University, YouTube war in Deutschland völlig unbekannt, das iPhone noch nicht erfunden, Twitter existierte noch nicht einmal. Die Börsenblase der »New Economy« war geplatzt, viele Unternehmen waren zur analogen Tagesordnung zurückgekehrt, und kaum jemand hätte zu diesem Zeitpunkt für möglich gehalten, wie tiefgreifend sich unser Leben in der kommenden Dekade durch die Mobilisierung des Internets verändern würde.

Heute sind Smartphones unsere permanenten Begleiter. Sie helfen uns, einzukaufen, bargeldlos zu bezahlen, uns überall zurechtzufinden, unser Leben permanent mit Freunden, Bekannten und Unbekannten zu teilen. Freundliche Assistentinnen beantworten jederzeit unsere Fragen und weisen uns selbständig darauf hin, wenn auf dem Weg zu unserem nächsten Termin ein Stau ist und wir zusätzliche Zeit für die Anreise einplanen müssen. Wir alle wissen, dass durch die Nutzung dieser Dienste im Hintergrund eine gigantische Menge von Daten über uns gesammelt wird. Daten, die Unternehmen wie Facebook, Google und Amazon nutzen, um uns noch bessere, passgenauere Angebote zu machen und die Antworten auf unsere Fragen noch genauer auf unsere Bedürfnisse zuzuschneiden.

Obwohl wir aufgrund der Möglichkeit des Missbrauchs dieser Daten ein vages Gefühl des Unwohlseins verspüren, wehren wir uns kaum dagegen, denn die Annehmlichkeiten, die aus »Big Data« resultieren, sind verführerisch.

Die meisten von uns sind sich kaum bewusst, welche unglaubliche Rechenleistung die Geräte besitzen, die wir in der Hosentasche mit uns herumtragen. Die Leistung eines Smartphones der neusten Generation im Jahr 2015, gemessen in Rechenoperationen pro Sekunde, entspricht ungefähr der des schnellsten Computers der Welt im Jahr 1996. Die meisten von uns haben also heute permanent einen Supercomputer bei sich, um den sie zwanzig Jahre zuvor jede Universität, jedes militärische Forschungszentrum, jeder Geheimdienst beneidet hätte. Doch dieses Gerät in unserer Hosentasche ist nur die Spitze des Eisbergs – die eigentliche Rechenleistung, die all die nützlichen mobilen Services ermöglicht, steckt in den Servern der Firmen, die diese Dienste anbieten. Etliche Millionen Computer verrichten in den Rechenzentren der Suchmaschinen, sozialen Netzwerke, Onlineshops und unzähliger anderer Anbieter zuverlässig und weitgehend geräuschlos ihren Dienst. Niemand weiß, wie groß ihre kombinierte Leistung ist, aber nach meiner persönlichen Schätzung übertrifft die heute global verfügbare Rechenkapazität die gesamte weltweite Rechenpower des Jahres 2005 um mindestens das Hunderttausendfache. Und ein Ende des Wachstums ist nicht in Sicht: Schon reden wir über das »Internet der Dinge« und »Industrie 4.0« und meinen damit, dass in naher Zukunft die Kommunikation der Maschinen untereinander den Dialog zwischen Menschen in Umfang und Intensität um ein Vielfaches übertreffen wird.

»Das System« handelt von einer außer Kontrolle geratenen »Künstlichen Intelligenz«. Im Jahr 2005 gehörte dieser Begriff noch in das Reich der Science-Fiction. Zwar hatte bereits 1996 ein Computer den amtierenden Weltmeister im Schach geschlagen, doch

»intelligent« konnte man keines der Systeme nennen, die damals im Bereich des Möglichen lagen. Obwohl ich über ein Teilgebiet Künstlicher Intelligenz promoviert habe, hatte ich nur eine sehr vage Vorstellung davon, wie »das System« in meinem Roman funktionieren könnte. Als Schriftsteller konnte ich es mir erlauben, die technischen Details einfach zu ignorieren und zu behaupten, ein Computervirus, der sich über das Internet ausbreitete und dabei die Strukturen eines neuronalen Netzes imitierte, entwickle plötzlich irgendwie ein eigenes Bewusstsein und Intelligenz.

Das exponentielle Wachstum der Computerleistung und Fortschritte in der Softwareentwicklung haben die Situation inzwischen grundlegend geändert. 2011 schlug der IBM-Computer »Watson« die weltbesten Spieler in der Spielshow Jeopardy, bei der es nicht um engbegrenzte mathematische Probleme, sondern um menschliches Allgemeinwissen geht. Heute können selbst die persönlichen Assistentinnen in unseren Smartphones, wie »Siri« oder »Cortana«, nicht nur unsere Sprache verstehen, sondern auch viele unserer Fragen sinnvoll interpretieren und beantworten. Wenige Wochen, bevor ich die Arbeit an diesem Roman abschloss, schlug ein von einem Google-Team entwickeltes Computerprogramm den weltbesten Spieler in Go – einem Spiel, das für Computer sehr viel schwieriger zu meistern ist als Schach. »Künstliche Intelligenz« hilft heute Ärzten bei der Diagnose von Krankheiten, Softwareentwicklern beim Schreiben von Programmen und Google Cars dabei, fahrerlos durch den Stadtverkehr von Los Angeles zu navigieren. Facebook erkennt Gesichter auf Fotos besser als jeder Mensch. Amazon kennt unsere Wünsche inzwischen so gut, dass die Firma dazu übergeht, Artikel bereits in Verteilzentren in unserer Nähe zu schicken, bevor wir sie bestellen. Im Unterschied zur landläufigen Meinung können Computerprogramme sogar kreativ sein: Sie schreiben zum Beispiel vollautomatisch Zeitungsartikel über Sportereignisse und die Börsenentwicklung. In einem faszinierenden Experiment benutzte Google seine Bilderkennungsalgorithmen, um in Bilder von Wolken oder Landschaften Objekte »hineinzuinterpretieren«, und schuf so bizarre Kunstwerke, die dem Pinsel eines surrealistischen Künstlers entsprungen sein könnten.

Während »Künstliche Intelligenz« in den Neunzigern und Zweitausendern noch ein Nischendasein in der Softwareentwicklung fristete, ist sie inzwischen zu einem der wichtigsten Wettbewerbsfaktoren im Rennen um die Marktführerschaft in vielen Branchen geworden. Alle großen Softwareanbieter investieren Milliardenbeträge in entsprechende Forschungszentren oder kaufen für ähnlich große Beträge Start-ups, die in diesem Bereich Erfolge vorzuweisen haben.

Niemand weiß, wie lange es noch dauert, bis ein Computer die Leistungsfähigkeit eines menschlichen Gehirns übertrifft – die Schätzungen der Experten reichen vom Jahr 2030 bis zur zweiten Hälfte des Jahrhunderts. Doch bereits jetzt ist klar, dass Computerprogramme aus dem Gebiet der sogenannten Künstlichen Intelligenz schon lange vorher einen immer größeren Teil unseres Lebens dominieren werden. Sie sagen uns bereits jetzt, welche Musik wir hören, welche Bücher wir lesen, mit welchen potentiellen Liebespartnern wir uns verabreden sollten. In Zukunft werden sie automatisch unsere E-Mails schreiben (Google arbeitet bereits an einer entsprechenden Funktion) oder uns Tipps geben, wie wir uns optimal beim ersten Date verhalten – abgestimmt natürlich auf die Interessen und Neigungen unseres Gegenübers. Mehr und mehr verlassen wir uns darauf, dass diese Empfehlungen richtig sind, und das sind sie meistens, weil uns die Systeme, die wir nutzen, immer besser kennen, weil die Datenmodelle, die sie von uns erstellt haben, immer exakter mit unserer tatsächlichen Denk- und Verhaltensweise übereinstimmen.

Dass diese Entwicklung auch Risiken birgt, liegt auf der Hand. Heute sind es nicht mehr nur Thrillerautoren, die vor den Gefahren einer ungebremsten und unkontrollierten technischen Entwicklung warnen. Der Physiker Stephen Hawking sieht in der Entwicklung einer Künstlichen Intelligenz, deren Leistung die menschliche übersteigt, eine Gefahr für das Überleben der Menschheit. Der Internetunternehmer Elon Musk steht als Gründer von PayPal, Tesla und SpaceX sicher nicht unter Verdacht, technophob zu sein, doch auch er warnt immer wieder vor den Gefahren einer unkontrollierten Entwicklung Künstlicher Intelligenz und unterschrieb einen Appell gegen die Entwicklung autonomer intelligenter Waffensysteme, dem sich zahlreiche internationale Forscher und Wissenschaftler anschlossen. In seinem bemerkenswerten Sachbuch »Superintelligenz« setzt sich der Philosoph Nick Bostrom mit den gewaltigen Schwierigkeiten auseinander, die wir noch lösen müssen, bevor wir einen Computer, der intelligenter ist als wir, dazu bringen können, aus Sicht der Menschheit das »Richtige« zu tun.

Vor diesem Hintergrund wurde rasch klar, dass es mit einer Überarbeitung meines Romans »Das System« nicht getan war. Die Geschichte einer Künstlichen Intelligenz, die sich der Kontrolle ihrer menschlichen Schöpfer entzieht, musste vollständig neu erzählt werden. Der wichtigste Unterschied zu meinem ersten Roman ist, dass die Protagonisten diesmal nicht gegen ein autonom agierendes »böses« Computersystem kämpfen, sondern gegen ein außer Kontrolle geratenes Mensch-Maschine-System – eine unheilvolle Allianz aus manipulativen Geräten und ihren naiv-egoistischen Benutzern. Dies erscheint mir ein sehr viel realistischeres Szenario als das ursprüngliche.

Diesmal musste ich in meiner Phantasie kaum über das hinausgehen, was bereits heute technisch möglich ist. Das im vorliegenden Roman beschriebene fiktive Gerät »MirrorBrain« hat beispielsweise eine Rechenleistung, die etwa um den Faktor zehn über der eines iPhone 6 liegt und vermutlich in den nächsten drei bis fünf Jahren Standard für neue Smartphones sein wird. Die beschriebenen Techniken zur Interpretation natürlicher Sprache und zur Abbildung neuronaler Netze existieren bereits und werden von Firmen wie Google, Facebook und Amazon angewendet, um das Verhalten von Menschen vorherzusagen und mehr oder weniger subtil zu beeinflussen.

Natürlich habe ich mir trotzdem ein paar kreative Freiheiten herausgenommen. Ich behaupte nicht, dass sich ein Programm wie das MirrorNet in der Realität genau so verhalten würde, wie ich es in diesem Roman beschrieben habe. Und auch die Menschen, die irgendwann vielleicht Geräte ähnlich den Mirrors kaufen, werden hoffentlich nicht so dumm und naiv sein wie einige der Figuren in diesem Buch. Andererseits zeigt die Geschichte, dass wir Menschen dazu neigen, Gefahren und Nachteile neuer Technologien zu ignorieren, sofern uns deren Vorteile attraktiv genug erscheinen – die globale Erwärmung ist nur ein Beispiel dafür. Und wenn ich sehe, mit welcher Bereitwilligkeit die meisten Nutzer (mich selbst eingeschlossen) Daten über sich und ihr Verhalten im Internet verfügbar machen, dann befürchte ich, dass unsere kollektive Naivität größer ist, als uns lieb sein kann.

Aber ich bin kein Pessimist. Als Autor von technischen Thrillern sehe ich es als meine Aufgabe an, mich mit den möglichen negativen Folgen der technischen Entwicklung zu beschäftigen. Das bedeutet jedoch nicht, dass ich Angst vor Technik hätte. Ich habe selbst mehrere Technologieunternehmen gegründet und unter anderem zusammen mit zwei Teamkollegen die Papego-App entwickelt, die es ermöglicht, gedruckte Bücher wie dieses unterwegs auf dem Smartphone weiterzulesen. Wenn eines Tages jemand ein Gerät wie den »Mirror« erfindet, werde ich einer der ersten sein, die es kaufen.

Nicht die Technik ist unser Problem, sondern die Art, wie wir damit umgehen. Wir – Sie, liebe Leserinnen und Leser – haben es in der Hand, ob uns die neuen technischen Möglichkeiten der kommenden Jahrzehnte in eine bessere Zukunft oder in eine orwellsche Dystopie der totalen Überwachung und Fremdbestimmung durch Maschinen führen. In diesem Sinne hoffe ich, Sie mit dem vorliegenden Roman zum Nachdenken angeregt zu haben.

*Hamburg, im April 2016*
*Karl Olsberg*

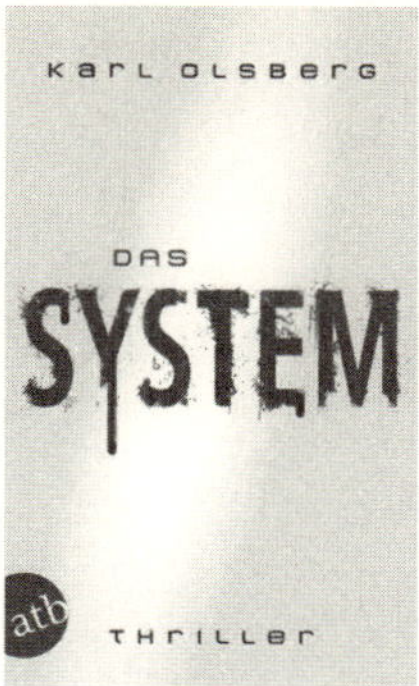


**Karl Olsberg**
**Das System**
Thriller
403 Seiten. Broschur
ISBN 978-3-7466-2367-2
Auch als E-Book erhältlich

# Es lernt, es wächst, es tötet …

Die Zukunft der Menschheit ist in Gefahr. Was wäre, wenn alle Computer der Welt plötzlich verrückt spielten? Als Mark Helius zwei Mitarbeiter seiner Softwarefirma tot auffindet, weiß er, dass im Internet etwas Mörderisches vorgeht. Stecken Cyber-Terroristen dahinter? Oder hat das Datennetz ein Eigenleben entwickelt? Eine Jagd auf Leben und Tod beginnt, während rund um den Globus das Chaos ausbricht.
Dieser atemberaubende Thriller zeigt beklemmend realistisch, wie schnell unsere technisierte Welt aus den Fugen geraten kann. »Das System« wird Ihren Blick auf unsere Welt verändern.

**Regelmäßige Informationen erhalten Sie über unseren Newsletter. Jetzt anmelden unter: www.aufbau-verlag.de/newsletter**

aufbau taschenbuch

**Karl Olsberg**
**Glanz**
Thriller
394 Seiten. Broschur
ISBN 978-3-7466-2689-5
Auch als E-Book erhältlich

# Verloren in der virtuellen Welt

Als der 14-jährige Eric nach einer Überdosis der Droge »Glanz« vor dem Laptop ins Koma fällt, ist seine Mutter Anna verzweifelt. Da die Ärzte keinen Rat wissen, nimmt sie schließlich die Hilfe einer mysteriösen Frau an. Das Unvorstellbare geschieht: Anna kann in die Traumwelt im Kopf ihres Sohnes vordringen, der in einem phantastischen Computerspiel gefangen zu sein scheint. Doch während sie versucht, ihn zurück ans Licht der Wirklichkeit zu führen, verdichten sich die Hinweise, dass Eric das Opfer eines üblen Spiels ist …